SOPHIE VILLARD

Mademoiselle EIFFEL und der Turm der LIEBE

Roman

PENGUIN VERLAG

Die Zitate auf S. 134 und S. 246 stammen aus: Uwe Schultz, *Der Eiffelturm*, Primus Verlag 2013.
Die Zitate auf S. 139 f. stammen aus: Philippe Coupérie-Eiffel, *Eiffel über Eiffel*, Edition Olms 2014.

MIX
Papier | Fördert gute Waldnutzung
FSC® C083411

Klimaneutral*
Druckprodukt
ClimatePartner.com/14044-1912-1001

Penguin Random House Verlagsgruppe FSC® N001967

1. Auflage 2023

Dieses Werk wurde vermittelt durch
die Literaturagentur Hille und Schmidt.
Redaktion: Susann Harring
Umschlaggestaltung: www.buerosued.de
Umschlagabbildung: Lee Avison/Arcangel Images/Magdalena Russocka/
Trevillion Images
Satz: Buch-Werkstatt GmbH, Bad Aibling
Druck und Bindung: CPI books GmbH, Leck
Printed in the EU
ISBN 978-3-328-10881-8
www.penguin-verlag.de

Dies ist ein historischer Roman. Er basiert auf der Entstehungsgeschichte des Eiffelturms. Zahlreiche tatsächliche Abläufe und handelnde Personen sind jedoch so verändert und ergänzt, dass Fakten und Fiktion eine untrennbare künstlerische Einheit bilden.

Für alle, die große Träume haben

Nichts auf der Welt ist so kraftvoll wie eine Idee,
deren Zeit gekommen ist.

Victor Hugo

Prolog

Paris, 6. Mai 1889, Tag der Eröffnung der Weltausstellung

Der Duft von tausend Kirschblüten erfüllte die Luft, und die Frühsommersonne wärmte Claires Gesicht, als sie im offenen Coupé über den Boulevard fuhren – hin zu der Feier, der sie nun so lange entgegengefiebert hatte. Die Hufe der zwei edlen Schimmel mit den geflochtenen Mähnen vor der Kutsche klapperten unermüdlich dem Ziel entgegen, das heute das begehrteste der Stadt war. Je näher sie ihm kamen, desto mehr Schmuck zierte die Straßen: An den Laternen flatterten Trikolore-Fahnen im leichten Wind, und hoch oben in der Luft überspannten Wimpelketten in Blau-Weiß-Rot die Straßen. Die fröhlichen Klänge einer Musikkapelle wehten von ferne heran.

Es hätte einer der schönsten Tage in Claires Leben sein sollen. Doch womöglich würde es stattdessen ihr schlimmster werden! Sie hätte schreien mögen vor Anspannung und knetete auf dem Schoß ihre Hände, bis die Knöchel ganz weiß wurden, während sie an den Caféterrassen mit den emsigen Kellnern und speisenden Gästen vorbeirollten. Flaneure mit Spazierstöcken und Damen mit ausladenden Hüten und für diesen Festtag prachtvollen Tournürenkleidern füllten die Trottoirs. Ein Clochard kauerte an der Straßenecke und hoffte wohl, dass ihm heute besonders großzügige Almosen zugesteckt würden.

Im Schaufenster eines Kaufhauses erhaschte Claire einen

kurzen Blick auf das Spiegelbild ihrer Kutsche: der gute alte Jacques vorne auf dem Bock mit seinem Zylinder. Dahinter im Coupé der kleine Junge, der sein Stofftier im Arm hielt, und daneben die schlanke, aufrecht sitzende Frau in ihren Zwanzigern mit dem eleganten Hut, unter dem rotblonde, zu einem Dutt aufgesteckte Haare hervorlugten.

Wie selbstsicher und zuversichtlich diese junge Dame doch wirkte! Von den elenden Strapazen und Qualen der letzten Tage und Wochen war nichts zu erkennen. Gut, dass der Schein doch manchmal trog, dachte Claire. Gut so. Denn ganz gewiss konnte sie ihre Anspannung und ihre Angst jetzt nicht zeigen. Jetzt nicht!

Sie riss sich zusammen und hob das Kinn noch ein Stück weiter. Sechsundzwanzig Monate war es nun her, dass sie den Grundstein für den Turm gelegt hatten. Sechsundzwanzig Monate, in denen dieser Koloss aus Eisen sie ins Schwitzen, zum Staunen, zum Lachen gebracht hatte. Und zum Weinen. O ja, zum Weinen auch. Claire blinzelte und zwang sich, nicht an Francesca zu denken, sondern im Hier und Jetzt zu bleiben, bei diesem Riesen mit seinen dreihundertundzwölf Metern, dem höchsten Turm der Welt! Endlich stand er stolz mitten in der Stadt, überragte jedes andere Gebäude der Welt und diente am Champ de Mars als Tor zur Weltausstellung, um all die französischen und internationalen Besucher zu empfangen und zu begeistern.

Es war wirklich verrückt, dachte Claire, dass diese exakt achtzehntausendundachtunddreißig Einzelteile aus Eisen, die Vater und die Ingenieure und Architekten der Firma entworfen und vorfertigen lassen hatten – dass diese vielen Teile am Ende tatsächlich auf den Hundertstelmillimeter genau ineinandergepasst und so diese neue Attraktion der Stadt Paris ergeben hatten wie ein übergroßes Puzzle. Beinahe kam es ihr vor wie ein Wunder. Vor allem, wenn sie daran dachte, wie sie anfangs doch gegen so viele Widerstände …

»Darf ich heute bis ganz oben rauf, Mama?«, unterbrach Roberts helle Kinderstimme ihre Gedanken, und Claire wandte sich lächelnd ihrem Sohn zu, der im Sonntagsstaat, die Füße in den feinen Lackschuhen in der Luft baumelnd, neben ihr saß. Sogar einen kleinen Frack und einen Zylinder hatten sie für ihn anfertigen lassen.

Sie gab ihm einen Kuss auf die Wange. »Natürlich darfst du bis ganz nach oben, mein Schatz. Und Fibu auch«, sagte sie und kitzelte sein Stoffschaf an dem dicken Wollbauch. Robert strahlte, fing ihre Hand ab und drückte einen Kuss darauf, bevor er wieder aus der Kutsche schaute und laut die Kirschbäume zählte, unter deren üppigen Blütenzweigen sie hindurchglitten, vorbei an einem Kiosk, der die Titelseiten der Zeitungen präsentierte. Deren Schlagzeilen lauteten an diesem Tag alle gleich: »Weltausstellung mit Eiffelturm eröffnet heute!«

Natürlich durfte Robert ganz nach oben auf den Turm, dachte Claire. Wenn, ja wenn nur der letzte Fahrstuhl auch endlich liefe! Gustave und Adi waren heute früh schon im Morgengrauen aufgebrochen, um mit den Ingenieuren von der Aufzugfirma die letzten Handgriffe persönlich zu überwachen und den finalen Testlauf zu starten. Ihr wurde flau in der Magengegend, wie so oft in den letzten Tagen. Sie schob es auf die Tatsache, dass die Augen der ganzen Welt heute auf Paris, auf die Exposition Universelle Internationale, vor allem aber natürlich auf den Turm gerichtet waren. Auf ihren verrückten Eiffelturm! Was hatte er die Familie an Kraft und Nerven gekostet, bis endlich, endlich jeder Niet, jeder Stahlträger, jede Querverstrebung an ihrem Platz gewesen war! Und jedes Gramm Rostschutzfarbe. Erst gestern war der Malertrupp mit dem letzten Farbtopf Venezianisch-Rot abgerückt, nicht ohne vorher aus dreihundert Metern Höhe einen der Töpfe fallen zu lassen. Glücklicherweise hatte er niemanden getroffen. Lediglich der Anzug und die Schuhe eines Spaziergängers waren von den Spritzern ruiniert worden. Claire hatte die Kosten für die Reinigung bereits erstattet und dem guten Mann und seiner Gattin einen Präsentkorb zukommen lassen, der den Schreck hoffentlich verdaulicher machte.

Sie lehnte sich zurück, atmete tief durch und schloss für einen Moment die Augen, während die Pferde unermüdlich weitertrabten und Robert bei Baum Nummer 37 ankam. Sie musste versuchen, das flaue Gefühl zu verdrängen, sich zu entspannen und sich auf diese Feier zu freuen. Besonders auf das Feuerwerk und die Lichterschau, die für den Abend geplant waren. Es würde die größte und wichtigste Feier ihres Lebens werden – nach ihrer Hochzeit mit Adi natürlich. Sofort erfasste sie wieder diese Panik, diese Angst, die ihre Brust einschnürte und ihr die Luft nahm. Sie atmete tief durch. Sie musste es schaffen, Adi umzustimmen. Ihn von seinen vermaledeiten Plänen abzubringen. Sie musste es schaffen!

Sie setzte sich ein wenig aufrechter hin und bemerkte, dass sie schon wieder anfing, ihre Hände zu kneten. Hör auf damit, diese Aufregung ist lächerlich, ermahnte sie sich. Sie würde einfach mit ihm reden! Noch heute. Auf dem Turm. Zwischen all den schillernden Ehrengästen, Politikern, Schauspielern,

Wissenschaftlern und Tüftlern. Ganz egal, ob Thomas Edison mit seinem Phonographen, Buffalo Bill mit Annie Oakley oder Gottlieb Daimler mit seiner eigenartigen Kutsche ohne Pferd warteten – sie würde ihren Mann in den kleinen, privaten Eiffel'schen Salon an der Spitze des Turms führen und mit ihm reden.

Danach blieb ihr nur zu hoffen, dass Adi die richtige, die einzig richtige Entscheidung treffen und seinen zerstörerischen Plan ad acta legen würde!

Und obwohl es doch schon so frühlingslau war, begann Claire in ihrem Festkleid zu frieren. Sie legte den Arm um Robert, der nun auf der Sitzfläche kniete und Fibu über den Kutschenrädern schweben ließ. Dein Papa gehört doch hierher, zu uns, dachte sie. Die Familie hatte in den letzten sechsundzwanzig Monaten schon genug mitgemacht. Nun war es Zeit, in ruhigere Bahnen einzubiegen. Es war Zeit, sich auf das zu besinnen, was wirklich zählte. Und das waren keine Höhenmeter, keine Stufenzahlen, keine Stahllegierungen und auch keine Bauskizzen.

Das Stoffschaf erschien plötzlich nah vor ihren Augen, Robert schob sich auf ihren Schoß. »Fibu will auf dem Turm in dem Restaurant mit mir unbedingt ganz viele von diesen salzigen Kartoffelstangen essen, Mama«, sagte Robert und nickte eifrig.

Sie besann sich kurz, lächelte und stupste ihm die Nase. »Diese neumodischen Pommes Frites aus Belgien? Da hat Fibu absolut recht. Das solltet ihr tun.« Robert rutschte zufrieden wieder von ihrem Schoß und wandte sich dem Boulevard zu. Er streckte sich und brach einen Kirschblütenzweig von einem tief hängenden Ast ab, um ihn seiner Mutter zu schenken.

Claire roch daran und steckte ihn ins Reversloch ihres Kleides. Sie würde diese rosafarbenen Blüten aufbewahren und später pressen, nahm sie sich vor. Diese Kirschblüten sollten ihr für immer eine Erinnerung an diesen denkwürdigen Tag sein. An den Tag der Eröffnung der Weltausstellung und ihres Turms. An diesen Tag, der ein Ende markierte, aber auch einen Aufbruch. An den Tag, an dem sie ihren Turm endlich loslassen – und ihre kleine Familie … hoffentlich retten konnten.

Und obwohl sie sich die Fahrt über so sehr zusammengenommen hatte, rollten nun doch die Tränen. Schnell wischte sie sie sich von den Wangen. »Mami freut sich nur so über deine Blüten, mein Liebling«, sagte sie zu Robert, der sie verwundert ansah, sich mit dieser Erklärung aber glücklicherweise zufriedengab. Mit Fibu kletterte er nach vorne zu Jacques. »Sind wir bald da?«, fragte er ihn mit heller Kinderstimme, die voller Vertrauen, Hoffnung und Glaube war. Vertrauen auf die Welt, auf die Familie.

Sie schluckte. Ja, sie waren bald da. Immer mehr Menschen strömten die Straßen Richtung Champ de Mars entlang. Alles lachte und scherzte, es herrschte lebendige Volksfeststimmung.

Sie waren fast da. Am Eiffelturm.

Am Ort der Entscheidung.

Teil I

Aus der Zeitung *Le Temps*, 13. Juni 1886:

Sieger der Ausschreibung steht fest: 300-Meter-Eisenturm gewinnt!

Bei der Ausschreibung um die Attraktion der Weltausstellung in drei Jahren in Paris ist nun die Entscheidung gefallen. Die Kommission, bestehend aus Vertretern der Stadt, der Regierung und der Wirtschaft, hat sich für den Entwurf der Firma Eiffel entschieden. Unter der Leitung des umtriebigen Unternehmers Gustave Eiffel, der vorwiegend durch seine Brückenkonstruktionen in ganz Europa bekannt ist, hatten seine Ingenieure Koechlin und Nouguier den Siegerentwurf ersonnen: einen fachwerkartigen Stahlturm von mehr als 300 Metern Höhe. Der aufsehenerregende Turm soll das höchste Bauwerk der Welt werden.

Die Kommission begründet ihre kühne Wahl mit der – im Vergleich zu den Konkurrenzentwürfen aus Stein – optischen Leichtigkeit, Transparenz und Winddurchlässigkeit.

Kritiker des Bauwerks, zu denen sehr bekannte Schriftsteller, Künstler und Impresarien der Stadt gehören, hatten im Vorfeld die in ihren Augen fehlende Ästhetik und die Schroffheit des bisher nur für Industriebauten genutzten Materials bemängelt und nach Bekanntgabe des Siegers am gestrigen Tag zu Protesten aufgerufen. Ein solches Stahlmonstrum sei von überallher zu sehen und störe das Stadtbild somit grundlegend. Man werde den Bau unter keinen Umständen dulden, sondern sich zu wehren wissen, hieß es aus diesen Kreisen.

Die Weltausstellung wird am 6. Mai 1889 am Champ de Mars eröffnet werden. Sie findet in Paris anlässlich des 100. Jubiläums der Französischen Revolution statt.

Kapitel 1

Vevey am Genfer See, Schweiz,
Ferienhaus der Familie Eiffel, 12. August 1886

»Nein, warte, warte! Lass die Augen zu«, hörte Claire die aufgeregte Stimme ihrer jüngeren Schwester Valentine, die sie fest am Arm hielt und mit langsamen Schritten in den Salon führte. Füßescharren auf dem Parkett und Flüstern verrieten ihr, dass die Familie sich aufstellte. Claire lächelte und ließ die Augen geschlossen, wie ihr geheißen. Mit tastenden Schritten bewegte sie sich vorwärts. Sie freute sich auf den Anblick, den sie gleich würde genießen können. Wie schön das doch jedes Jahr aufs Neue war, dieses Fest an ihrem Namenstag, am Tag der Clara von Assisi, zu dem die ganze Familie in der Villa Claire hier oben am Genfer See zusammenkam. Als Gustave diese Tradition vor ein paar Jahren eingeführt hatte, um seine große Dankbarkeit seiner ältesten Tochter gegenüber auszudrücken, hatte Claire sich zunächst gewehrt, weil ihr so viel Aufmerksamkeit unangenehm war. Aber nun genoss sie dieses Ritual, brachte es doch die ganze Familie zuverlässig und regelmäßig zusammen.

Wie jedes Mal spürte sie auch jetzt, wie ihr die Hitze ins Gesicht stieg und sie rot wurde, weil sie vor allen stehen musste. »Du bist wieder Signorina Tomato«, flüsterte Valentine ihr freundlicherweise ins Ohr. Aber sie wusste schon, nach dieser kleinen Zeremonie würde sich zum Glück niemand mehr auf sie konzentrieren, denn dann wurde gefeiert, gegessen, gelacht, kleinen Sketchen und musikalischen Einlagen der Kinder gelauscht und später am Abend getanzt.

Es rührte Claire jedes Jahr aufs Neue, wie viel Sorgfalt, Planung und Ideen Gustave und die gesamte Familie in diesen Festtag steckten. Und besonders Valentine, die ihr von den vier Geschwistern vom Temperament und vom Aussehen her am ähnlichsten war, war stets die Impulsgeberin und Organisatorin dieses Tages.

»Überraschung!«, schallte es ihr nun aus mehr als zwanzig Mündern entgegen. Claire öffnete die Augen und erblickte in einer langen Reihe stehend ihren Vater, ihren Mann Adi mit Baby Robert auf dem Arm, ihre Geschwister, dazu Cousinen, Tanten und Onkel, die wie üblich ein Lied anstimmten, das sie vorher extra einstudiert hatten. Diesmal war es Claires Lieblingschanson »Beau Soir« von Debussy. Sie legte einen Arm um Valentine, die an ihrer Seite blieb, und lauschte dem Lied mit dem romantischen Text, bis die Familie verstummte und alle klatschten.

Gustave räusperte sich, fuhr sich durch das wellige graue Haar und trat vor. Er nahm beide Hände Claires in seine.

»Meine liebe Claire, schon wieder ist ein Jahr vorbei – und was für eines. Meine geliebte Tochter ist selber Mutter geworden.« Er hatte Tränen in den wasserblauen Augen, als er von Claire hinüber zu Adi und Robert schaute, der friedlich auf dem Arm seines Vaters schlief. »Meine Claire hat eine eigene Familie gegründet mit einem wunderbaren Mann, den wir in unsere Herzen geschlossen haben.« Er nickte Adi zu. Der lächelte zurück. »Mit eurem kleinen Robert beginnt ihr einen neuen Abschnitt in unserer Familiengeschichte. Und ich muss sagen, dass mir das Herz aufgeht, wenn ich euch zusammen sehe.« Er gab Claire einen Kuss auf das Haar. »Auch wenn ich ein wenig traurig bin. Denn das bedeutet natürlich, dass ich, dein alter Herr, nicht mehr der Stern bin, um den du kreist.« Er lachte, aber es klang in der Tat ein wenig bedrückt. »Umso mehr möchte ich dir danken, meine Claire, für all das, was du seit dem Tod deiner Mutter für uns getan hast. Wärest du nicht mit deinen damals gerade einmal vierzehn Jahren so beherzt an Mutters Stelle getreten und hättest dich so liebevoll um deine Geschwister gekümmert – ich weiß nicht, wie ich das als alleinerziehender Vater hätte schaffen sollen.«

»Zumal du so viele Brücken zu bauen hattest!«, rief einer der Onkel, und alles lachte.

Gustave nickte. »Das ist richtig. Claire hat mir diese Arbeit ermöglicht, und nicht nur das. Sie hat stets meinen Ideen und Überlegungen gelauscht, meine hochtrabenden Pläne benickt, die für ein junges Mädchen mit all den Winkelgraden, Windberechnungen und Baumaterialprüfungen sicherlich manchmal ein wenig, nun ja, spröde gewesen sein mögen.«

»Aber nein, Papa«, sagte Claire und zwinkerte. »Das war fast so spannend wie die Abenteuerromane von Jules Verne, die ich so gerne gelesen habe.«

»Hört, hört!«, rief ein Cousin und erntete ausgelassenes Gelächter.

Gustave zog eine kleine, mit lilafarbenem Samt bezogene Schmuckschatulle aus seiner Westentasche hervor. »Für all das, und weil du einfach die liebste Person bist, die ich habe, möchte ich dir etwas Besonderes schenken.« Er übergab ihr die Schatulle und nickte ihr aufmunternd zu. »Schau hinein!«

Claire nahm das Kästchen und klappte es auf. Ein wunderschönes goldenes Medaillon, in Herzform und mit Diamanten besetzt, glänzte in seinem Samtbett.

»Mach es auf!«, sagte Gustave ungeduldig, woraufhin sie das Schmuckstück vorsichtig herausnahm und die Oberseite aufklappte. Innen fand sie als winzige, filigrane Emaillearbeit das Foto von Adi, Robert und ihr, das sie neulich bei einem Fotografen hatten machen lassen und das bereits gerahmt auf dem Kaminsims im Salon zu Hause in Paris stand. Sie fiel ihrem Vater um den Hals. »Danke, Papa! Ist das schön. So kann ich meine Liebsten immer bei mir tragen.«

Gustave nickte. »Und ich bin hoffentlich auch immer bei dir, selbst wenn ich nicht auf dem Bild bin.«

»Aber natürlich, Papa!« Sie gab ihm einen Kuss auf die Wange. »Du bist immer in meinem Herzen. Außerdem sehen wir uns doch jeden Tag.«

Gustave nickte. »Dafür bin ich ebenso dankbar, meine Claire, dass wir in Paris auch nach deiner Hochzeit weiterhin unter einem Dach wohnen. Danke auch dir, Adi!« Erneut bedachte er den Schwiegersohn mit einem freundlichen Nicken. »Ich freue mich sehr, dass ihr mir ein paar Räume im Palais überlasst. Was wäre ein alter Mann wie ich schließlich ohne Familienanschluss?«

Claire stupste ihn in seinen stattlichen Bauch, der wie immer in eine silbergraue Weste verpackt war. »Alter Mann? Aber Papa! Du bist noch nicht mal sechzig. Und du hast noch so viel vor!«

»Allerdings!«, riefen wieder ein paar der Verwandten dazwischen. »Allerdings!«

»Das ist richtig, meine Claire.« Gustave lachte befreit. »Aber wir wollen hier und heute nicht von der Arbeit reden. Jetzt wird gefeiert! Ans Büfett, meine Lieben, raus in den Garten. Die lange Tafel ist im Schatten der Obstbäume eingedeckt und bereit für gute Gespräche und eine schöne Familienzeit!«

Das ließen sich die Gäste nicht zweimal sagen, sondern strömten durch die Flügeltüren auf die Terrasse, die den Blick den Hang hinunter auf den See freigab. Einige Segelboote kreuzten über das Wasser, und ein Ausflugsdampfer stieß dicke Rauchwolken aus. Die Bergkulisse auf der anderen Seite des Wassers war von leichten Schleierwolken umhüllt.

Claire legte das Medaillon um und schlenderte mit Adi und Robert dem Rest der Familie hinterher. Die gute Bergluft ließ sie sofort durchatmen, und sie genoss das Geräusch, das entstand, wenn sie durch das hohe Gras streiften. Ein Geräusch, das sie in Paris nie hören konnte. Deshalb ließ Vater die Wiese hier in Vevey auch nur selten mähen, damit diese ursprüngliche Sommerhausatmosphäre erhalten bliebe und Bienen und Insekten ihre Freude hatten.

Weiter unten, nahe am Seeufer mit dem schmalen Sandstrand, rückte Adi Claire und sich selbst Liegestühle zurecht, und sie setzten sich mit Robert in den Schatten eines Apfelbaums. Claire legte sich ihren Sohn auf den Bauch und streichelte ihm den Rücken; sofort schlief er friedlich ein, während das Läuten der Dorfkirche zu ihnen herüberschallte. Adi zog Claires freie Hand zu sich hinüber und küsste sie. »Ich bin so stolz auf dich! Es ist ein solches Glück, mit dir verheiratet zu sein.«

Claire lehnte sich in dem Liegestuhl zurück, ohne den Blick von ihrem Mann abzuwenden. Was für ein schöner Mann, dachte sie und liebkoste mit ihrem Blick seine dunklen Haare, seine klugen, verschmitzten Augen und seinen anmutig geschwungenen Mund, dessen Küsse ihr zum Lebenselixier geworden waren.

Ein Schwarm Spatzen ließ sich zwitschernd auf dem Apfelbaum über ihren Köpfen nieder. Adi blinzelte und schloss die Augen. »Wie wäre es, wenn wir für immer hier auf diesen Liegestühlen sitzen bleiben würden und einfach das Leben genießen?«

Claire lachte und beobachtete den Flug einer Biene zu einer blauen Wiesenblume. »Das wird wohl leider nicht möglich sein bei dem, was ihr in der Firma in nächster Zeit vorhabt!«

»Du meinst dieses winzige Vorhaben, diesen klitzekleinen Turm?«, scherzte Adi und versuchte sich offenbar nicht anmerken zu lassen, dass sein erstes Projekt als Juniorchef in der Firma Eiffel ihn höchstwahrscheinlich ein wenig herausfordern würde.

Claire nickte und strich Roberts weiche Haare zur Seite, während dieser seinen Kopf noch enger an sie schmiegte und im Schlaf gluckste. Grundgütiger, was roch er gut! Sie konnte nicht genug davon kriegen und schnuffelte an seinem Haar. »Es werden intensive Wochen und Jahre werden.«

»Wenn der Turm denn überhaupt gebaut werden kann.« Adis Miene verfinsterte sich. »Momentan spricht doch einiges dagegen.«

Claire schloss die Augen. Eigentlich wollte sie sich an solch einem schönen Tag nicht mit Problemen und Herausforderungen beschäftigen. Sie waren hier, um die Familie zu feiern und den Sommer zu genießen. Und das sollten sie auch tun.

Solange es möglich war.

Sie hörten das Gras hinter sich rascheln, schnelle Schritte durchpflügten es. Schon erklang Vaters Stimme, die sehr großen Aufruhr verriet: »Es tut mir so leid, euch stören zu müssen. Aber gerade kam ein furchtbares Telegramm!«

Claire und Adi richteten sich in den Liegestühlen auf und schauten ihn erschrocken an. Robert erwachte mit einem lauten Greinen.

»Pascal hatte einen Herzanfall. Er ist …« Gustave stockte. »Er ist verstorben.« Tränen traten ihm in die Augen.

Sogleich übergab Claire Robert an Adi und stand auf, um Vater zu umarmen. Pascal! Wie schrecklich. Vaters langjähriger Sekretär war ein Urgestein der Firma. Mehr als zwanzig Jahre hatten sie Seite an Seite gearbeitet, Tag für Tag. Pascal war bei allen Projekten auf das Engste eingebunden gewesen und hatte auch die private Korrespondenz von Gustave geleitet. Er war ein kluger Ratgeber und stets zu Diensten gewesen, in eiligen Bauphasen manchmal sogar des Nachts. Dann hatte Vater Pascal rufen lassen, der mit seiner Frau in einer kleinen Mansardenwohnung nicht weit der Eiffels wohnte, und die beiden Männer hatten ein Memo erarbeitet oder einen wichtigen Brief verfasst.

Pascal – nicht mehr da? Das war doch nicht möglich! Sie spürte, wie Vater weinte, und streichelte seinen Rücken.

»Der liebe Pascal!« Vater schluchzte. »Es war natürlich klar, dass er nicht ewig an meiner Seite sein würde. Er war doch auch schon Mitte sechzig. Es war absehbar, dass er bald aufhören und in den Ruhestand gehen müsste. Aber so?«

Claire schob ihn zum Liegestuhl und ließ ihn sich setzen, während Adi mit Robert ins Haus verschwand. Sie stellte sich hinter ihren Vater, legte die Hände beruhigend auf seine Schultern.

Gemeinsam beobachteten sie, wie die Sonne immer tiefer sank und schließlich auf der anderen Seite des Sees hinter den Bergen unterging.

Claire konnte nicht schlafen in dieser Nacht. Ein riesiger silberner Vollmond hing am wolkenlosen Himmel und schickte sein Licht direkt auf ihr Bett. Es war zu warm und stickig im Zimmer, aber auch ohne diese Umstände wäre sie heute wohl nicht zur Ruhe gekommen. Sie vergewisserte sich, dass Adi und Robert schliefen, und schlich aus dem Zimmer. Wie oft hatte sie das schon getan, als Kind und später als Backfisch, hier im Sommerhaus in Vevey: raus in den Garten, frische Bergluft atmen, Sterne beobachten.

Im Nachtgewand öffnete sie die Verandatür und huschte um das Haus herum. Die Sterne konnten sich heute gegen den Mond gar nicht durchsetzen, so hell schien er. Sie lief weiter den Berg hinauf durch den schmalen Waldstreifen und hinter die Scheune zum Tennisplatz. Ein paar Bälle schlagen würde ihr jetzt bestimmt gegen diese Unruhe helfen. Sie nahm einen Schläger aus der Kiste am Spielfeldrand und stellte sich quer zur Scheune auf, um die Bälle an die Wand zu donnern. Mit voller Wucht.

Wie konnte das Leben so gemein sein und ihnen Pascal entreißen? Den lieben Pascal, die gute Seele der Firma? Es war ein großer Einschnitt in der Firmengeschichte. Und ein großer Einschnitt für die Familie.

Rums, sie ließ den Ball gegen die Wand knallen und spürte, wie gut die Anstrengung tat. Die Muskeln ihres rechten Armes spannten unter dem Rüschennachthemd. Bumm! Was sollten sie jetzt nur tun? Wie sollte Vater einen Mitarbeiter finden, der so perfekt war wie Pascal, einen so großzügigen, ja selbstlosen Freund?

»Claire!«, hörte sie auf einmal die Stimme ihrer Schwester. Valentine bog um die Ecke der Scheune, ebenfalls im Nachtgewand, die langen Haare noch zu einem Kranz gebunden. »Gib mir auch einen Schläger! Es ist nicht an Schlafen zu denken.« Bevor Claire reagieren konnte, griff Valentine schon in die Kiste und förderte einen zutage.

»Dann können wir ein Spiel wagen, was?«, fragte Claire, die sich nicht im Geringsten über das Auftauchen ihrer Schwester wunderte. Sie hatten schon so manche Sommernacht, wenn die Mückenplage zu groß gewesen war oder die Luft vor Hitze gestanden hatte, hier auf dem Tennisplatz verbracht.

»Aufschlag?«, fragte Valentine und wartete die Antwort gar nicht ab, sondern knallte schon den ersten Ball, der im Mondlicht wie ein übergroßes Glühwürmchen aussah, über das Netz.

Die nächsten Minuten spielten sie konzentriert und eisern, Schweiß lief ihnen vom Nacken unter das Nachthemd. Bis Valentine plötzlich den Ball auffing, zum Netz kam und verkündete: »Ich werde heiraten.«

Claire ließ den Schläger sinken und trat ebenfalls ans Netz vor. »Du wirst was?«

»Ich werde heiraten«, wiederholte Valentine, als wäre das ganz offensichtlich, doch Claire begriff immer noch nicht.

»Ich habe dir doch von Conte Piccioni erzählt«, begann Valentine ernst, während sie an den Maschen ihres Schlägers spielte.

Claire zog ihre Hand weg. »Nicht, der geht kaputt.«

Valentine verdrehte die Augen und unterließ es. »Immer korrekt bleiben und Haltung bewahren, richtig?« Sie wartete keine Antwort ab, sondern kehrte sofort zum ursprünglichen Thema zurück: »Hast du überhaupt verstanden, was ich gesagt habe?«

Conte Camille Piccioni. Claire nickte langsam. Dieser italienische Graf, der seit Kurzem in Paris weilte und über Adis Herrenclub in ihren Kreis gelangt war. Dieser elegante, sehr charmante Conte aus der Provinz Umbrien. Sie hatte nicht bemerkt, dass er sich besonders um Valentine bemüht hätte, als sie neulich einmal bei einem gemeinsamen Essen bei Freunden eingeladen waren. »Wie kommst du darauf, dass er Interesse am Heiraten hat?«, fragte sie vorsichtig und nahm der Schwester den Schläger ab, um die Gerätschaften wieder in der Kiste zu verstauen.

»Er ist kurz davor, mir einen Antrag zu machen, ich spüre das«, sagte Valentine überzeugt und nickte.

»Was macht dich da so sicher?« Claire wurde immer unruhiger. Hoffentlich benahm sich dieser junge Mann auch ordentlich ihrer kleinen Schwester gegenüber.

»Die Art, wie er mich anschaut und wie er neulich beim Konzert, wo du und Adi nicht dabei sein konntet, kurz meine Hand genommen hat.«

Um Himmels willen, hoffentlich hatte das niemand gesehen! »Aber Valentine, du weißt, du musst vorsichtig sein. Lass dich nicht in gefährliche Situationen drängen, hörst du?« Sie schaute die Schwester eindringlich an.

Der Mondschein zauberte einen weichen Schein auf deren lächelndes Gesicht. »Ich werde mit ihm auf sein italienisches Landgut gehen. Ich habe schon angefangen, Italienisch zu lernen: Buongiorno. Arrivederci. Grazie«, sprach sie die Worte schmachtend aus.

»Valentine, ich denke …«

Das verträumte Lächeln auf dem Gesicht ihrer Schwester erstarb mit einem Mal, sie fixierte Claire: »Du denkst wieder nur an die Gefahren, richtig? Du glaubst mir nicht. Aber ich sage dir: Es wird so kommen! Ich werde eine italienische Gräfin sein. Und dann habe auch ich mal etwas Gutes in die Familie hineingetragen. Dann wird Vater mich loben, nicht immer nur dich!«

»Aber …« Claire erschrak. »Aber das stimmt doch nicht, er hat uns doch alle lieb!«

»Aber dich besonders!« Valentine verzog das Gesicht. »Die tolle Claire, die große Schwester. Die Retterin der Familie, bla, bla, bla!«

»Aber Valentine, bitte …« Claire wollte sie am Arm festhalten und ihr sagen, dass das ein ganz falscher Eindruck war. Doch Valentine riss sich los und wandte sich zum Gehen. »Du wirst mir meine Partie mit dem Grafen nicht verderben, hörst du? Er ist so intelligent und so charmant und so *bello*.« Sie lächelte schon wieder mit diesem verklärten Gesichtsausdruck. »Buona notte!«, hauchte sie noch über die Schulter zurück und verschwand.

Claire blieb mitten auf dem Spielrasen neben dem Netz zurück. Dass Valentine eifersüchtig war, hatte sie nicht gewusst. Um Himmels willen. Ob es den anderen Geschwistern auch so ging? Sie nahm sich vor, bei Gelegenheit mit Vater zu reden und das Problem zu erörtern. Sie sah den Silbermond hinter ein paar Wolken verschwinden, und der Ruf des Käuzchens aus dem nahen Wald begleitete sie auf ihrem Weg zurück ins Bett.

Kapitel 2

Villa Claire, Vevey am Genfer See, am nächsten Tag

»Ich habe nachgedacht«, sagte Gustave am nächsten Morgen beim Frühstück und stellte seinen Orangensaft ab, von dem er kaum getrunken hatte. Es war noch früh, denn Gustave wollte so schnell wie möglich nach Paris, um Pascals Familie zur Seite zu stehen.

Claire schaute von ihrem Rührei auf, das die Köchin Nanette mit frischem Schnittlauch aus dem Garten verfeinert hatte. Sie blickte zu Valentine auf der anderen Seite des Tisches hinüber, die nach dem Streit gestern Nacht noch nicht einmal Guten Morgen zu ihr gesagt hatte und sich auch jetzt demonstrativ ihrem Vater zuwandte.

»Ich brauche einen Nachfolger für Pascal, und zwar schnell«, sagte Gustave und schüttelte sogleich den Kopf zu seinen eigenen Worten. »Nein, nicht schnell, sondern sofort! Wir stecken mitten in den Vorbereitungen und Planungen für den Dreihundert-Meter-Turm. Es gibt unendlich viele Fragen und Probleme, die gelöst werden müssen. Außerdem haben wir die Einweihung der Freiheitsstatue in New York in zwei Monaten vor uns.« Er legte sein Besteck zusammen. An Essen war jetzt sowieso nicht mehr zu denken.

Claire nickte. Richtig, die Einweihung der Statue stand auch noch bevor, dieser kupfernen Lady mit der Fackel in der Hand und der Strahlenkrone auf dem Kopf, die gerade in diesen Tagen im Hafen von New York zusammengebaut wurde und im Oktober fertig sein sollte. Ein Geschenk Frankreichs an die Vereinigen Staaten, für das die Firma Eiffel das stählerne Untergerüst gebaut hatte.

Aber ganz unabhängig von diesen beiden großen Projekten brauchte Gustave ohne Frage unbedingt sofort einen Sekretär an seiner Seite, der ihm die täglich auf ihn einströmende Terminflut ordnete und die wichtigen Briefe von den unwichtigen trennte. Der ihm Informationen über Besucher und Firmenhintergründe gab, wenn er in geschäftliche Verhandlungen gehen musste. Der ihm auch gelegentlich einen Friseurtermin organisierte oder Blumen als Dankesgruß an Geschäftspartner oder Freunde schickte. »Hast du denn schon eine Idee, wer aus der Firma das übernehmen könnte?«, fragte sie und ging in Gedanken die engsten Mitarbeiter ihres Vaters durch. Eigentlich waren das alles Ingenieure und Architekten, die an ihrem jeweiligen Zeichentisch oder der Rechenmaschine unabkömmlich waren, gerade jetzt, da die Planung des Turms so viele Skizzen und Baupläne erforderte. Nein, ihr fiel niemand ein, der den Platz von Pascal einnehmen könnte. Zumal Pascal noch andere Qualitäten besessen hatte: Er war hundertprozentig loyal gewesen, verschwiegen und zurückhaltend, hatte sehr gut beobachten können und eine hervorragende Menschenkenntnis besessen. Nicht selten hatte er Vater vor dem ein oder anderen Geschäftsabschluss oder zu engen Kontakt gewarnt. Und meist hatte er recht behalten, und der potenzielle Geschäftspartner stellte sich später als Parvenü heraus. Außerdem war Pascal so umsichtig gewesen, Vater im richtigen Moment ein Mittagessen zu besorgen und aufzupassen, dass er seinen täglichen Spaziergang absolvierte, bei dem er nachdenken und entspannen konnte.

»Wer könnte das denn übernehmen?«, fragte nun auch Adi von der anderen Seite des Frühstückstisches.

»Ich habe intensiv darüber nachgedacht«, sagte Gustave. »Und mir ist nur eine Person eingefallen, die alle Kriterien erfüllt, die ich an diese Aufgabe knüpfe. Der ich hundertprozentig vertraue, die nicht in das aktuelle Planungsgeschäft eingebunden, trotzdem aber bereits sehr intensiv mit dem Turmprojekt vertraut ist.«

»Wer ist es, Vater?«, fragte nun auch Valentine.

Gustave räusperte sich. »Es ist – und ich möchte betonen, dass ich fest daran glaube, dass wir nur mit dieser Person in der Lage sein werden, die Herausforderungen, die uns mit dem Turm bevorstehen, ordentlich zu meistern – es ist eine Person, die wir alle kennen und lieben.«

»Gustave, nun spann uns bitte nicht so auf die Folter. Wir wollen doch wissen, mit wem wir demnächst so eng zusammenarbeiten werden«, sagte Adi. Denn selbstverständlich mussten auch die Architekten und die Ingenieure, zu denen er selbst gehörte, mit »dem neuen Pascal« kooperieren.

Mit einem Mal stand Gustave auf, und alle blickten ihn erstaunt an. Wollte er etwa schon den Tisch verlassen, ohne ihnen das Ergebnis seiner Überlegungen mitzuteilen?

Aber er blieb stehen, schaute feierlich in die Runde und sagte: »Die Person, die die Position von Pascal am besten übernehmen kann und sie sicherlich auch mit Freude übernehmen wird, ist: Claire!« Er lächelte sie an und reichte ihr die Hand über den Tisch. »Du hast alles, was es für diese Arbeit braucht, und du bist meine engste Vertraute. Ich bin fest davon überzeugt, dass du die Richtige für diese wichtige Phase unserer Firma bist. Schlägst du ein, Claire?«

Claire schaute ihren Vater nur entgeistert an, ohne seine Hand zu ergreifen. Hatte sie richtig gehört? Sie merkte, wie sie unter der Tischplatte anfing, ihre Hände zu kneten.

»Der Turm wird vielleicht das wichtigste Projekt in unserer Firmengeschichte sein. Er wird uns lange beschäftigen, wir werden ihn zur Ehre Frankreichs bauen. Als Zeichen für die französische Ingenieurskunst, den technischen Fortschritt und als hoffnungsvolles Symbol der Zukunft. Es wird eine harte Zeit werden mit viel Gegenwind.« Er schaute sie bittend an. »Ich brauche dich dafür an meiner Seite, Claire. Als meine Privatsekretärin.«

Schweigen lag über dem Frühstückstisch, kein Besteck klapperte, keine Tasse wurde auf die Untertasse gestellt. Nur die Vögel draußen im Garten vor der geöffneten Flügeltür sangen ihr Sommerlied. Claire schaute zu Valentine hinüber, aber die Schwester fixierte ihre Serviette auf dem Schoß und ließ sich auf keinen Blickkontakt ein.

Claire war immer noch nicht in der Lage, etwas zu erwidern. Sie sollte die Privatsekretärin ihres Vaters werden? Aber nein! Das konnte sie doch gar nicht! Sie hatte keinerlei Büroerfahrung, konnte gerade mal das bisschen Stenografie, das man ihr in der Schule beigebracht hatte. Außerdem bedeutete das Ganze doch lange Arbeitszeiten, von früh bis manchmal spät in die Nacht. Es bedeutete Dienstreisen in ferne Länder und schwierige Geschäftsgespräche mit Firmen aus aller Welt. Wie stellte sich Gustave das vor? Was sollte mit Robert geschehen? Schließlich wäre auch Adi als Ingenieur von früh bis spät mit dem Turm beschäftigt. Sie war doch gerade erst Mutter geworden und wollte sehen, wie ihr Kind heranwuchs, wollte es lachen hören, wollte sein

Bäuchlein streicheln, wenn es Schmerzen hatte, wollte mit ihm durch die Parks von Paris spazieren fahren und erleben, wie es laufen lernte. Zudem hatte sie noch keine Frau getroffen, die in einer Firma arbeitete, anstatt sich um die Familie und die Hausangestellten zu kümmern. Das wäre doch ein ganz und gar ungewöhnlicher Schritt. Wie kam Vater nur darauf?

Sie blickte zu ihm hinüber, der bestärkend nickte, sich aber vorerst wieder hinsetzte, als er merkte, dass sie zögerte.

Nun gut, sie konnte verstehen, dass er ihr am meisten vertraute. Und vielleicht könnte es ihr sogar Freude bereiten, an diesem Riesenprojekt, das sie auch finanziell als Familie enorm belasten würde, mitzuarbeiten und es gegen alle Widerstände zum Erfolg zu führen.

Aber … Robert und Adi. Sie schaute zu Adi hinüber, der mit gerunzelter Stirn auf seine Serviette blickte und wohl auch gerade überschlug, was diese Forderung seines Schwiegervaters für sie als kleine Familie bedeutete.

Nein, es ging nicht! »Vater«, gab Claire sich einen Ruck, »ich danke dir für dein Angebot und das große Vertrauen. Es wird jedoch nicht möglich sein, weil Robert doch noch so klein ist und ich …«

Gustave lächelte. »Ich wusste, dass du das sagen würdest, meine liebe Claire. Ich kenne doch dein großes Mutterherz. Aber sei gewiss, auch dafür habe ich bereits eine Lösung parat. Die beste überhaupt.«

Nun schauten alle auf, auch Adis Miene war gespannt.

»Wir holen uns die liebe Manon zurück!«, rief Gustave und lachte vergnügt.

Manon, die alte Kinderfrau, die in Claires Kindheit im

Eiffel'schen Haushalt gearbeitet hatte und sie und die Geschwister begleitet hatte, bis Claire zwölf Jahre alt gewesen war. Manon, die liebe Manon, die sie so geprägt hatte mit ihrer lustigen, zupackenden Art. Aber sie musste doch inzwischen um die sechzig Jahre alt sein, und hatte sie nicht …

»Wir holen Manon zurück!«, wiederholte Vater in ihre Gedanken hinein. »Ich bekam neulich einen Brief von ihr – einer der letzten Briefe, die Pascal beantwortet hat.« Er schluckte schwer. »Sie schrieb, dass ihr Mann, den sie so lange gepflegt hat, vor einem Jahr gestorben sei. Dass sie seitdem in einem Haushalt in der Nähe diene, aber Sehnsucht nach Paris und nach uns habe. Ob sie uns nicht einmal besuchen könne.«

»Und was hast du ihr geantwortet?«, fragte Claire.

»Ich habe geantwortet, dass sie jederzeit willkommen ist, uns zu besuchen.« Er lächelte. »Und nun werde ich eine konkrete Einladung hinterherschicken und sie gezielt bitten, wieder bei uns anzufangen. Ich bin mir fast sicher, dass sie das machen wird.«

Claire schwieg. Wenn Manon tatsächlich zurückkäme und Robert betreuen würde, während sie mit dem Turmprojekt beschäftigt wären – sie hätte ein gutes Gefühl dabei. Sie würde Robert in den besten Händen wissen, in der liebevollsten Atmosphäre, bei der geduldigsten Person.

Sie schaute zu Adi hinüber, der Manon nur aus Erzählungen kannte, und sah, dass seine Miene sich deutlich aufgehellt hatte. Er blickte ihr in die Augen und nickte unmerklich. Konnte sie es also wirklich tun? Nein, nein, nein, das war alles zu schnell! Sie musste ganz in Ruhe nachdenken, sich zurückziehen von diesem Tisch, an dem alle gespannt warteten, was sie erwidern würde. Dies war schließlich eine Entscheidung, die deutliche Auswirkungen auf ihre Familie, auf ihre Ehe, auf ihren Sohn haben würde.

»Entschuldigt mich bitte!« Sie stand auf und verließ den Frühstücksraum durch die große Flügeltür, ohne auf die Rufe zu achten, die ihr folgten. Die Sonne, der Duft des Gartens und das Summen der Natur empfingen sie, als sie über die Wiese zum See lief. Mitten ins noch leicht feuchte Gras setzte sie sich und betrachtete das Wasser, auf dem zu dieser Morgenstunde noch kein Schiffsverkehr herrschte. Sie ließ sich nach hinten fallen und schaute in den Himmel, an dem nur eine einzige kleine Wolke dahinzog. *Liebste Maman*, dachte sie, *was soll ich nur tun? Was ist richtig? Du hast gesagt, ich soll immer für Vater und die Geschwister da sein. Das bin ich. Aber geht dieser Wunsch, in der Firma mitzuarbeiten und meine eigene kleine Familie ganz hintanzustellen, nun nicht zu weit? Soll ich Vater wirklich so weit folgen? Du, Maman, hast nie in der Firma mitgearbeitet, hast dich um uns Kinder und um den Haushalt gekümmert. Kann ich denn nun aufbrechen, um etwas so Neues, Ungewöhnliches zu wagen? Was wird es für uns bedeuten, für Adi, Robert und mich? Ach, Maman, wärst du nur hier, um mir einen Rat zu geben.*

Sie wälzte sich auf die Seite und vergrub ihr Gesicht in der Armbeuge. Sie musste eine Entscheidung treffen. Es war verlockend, am Turmprojekt mitzuarbeiten, das schon. Vater wollte es so. Und Maman hatte gesagt, sie solle immer für Vater da sein.

Also, dann … dann sollte es wohl sein!

Sie sprang auf, denn jetzt wollte sie keine Zeit verlieren, den anderen ihre Entscheidung mitzuteilen, damit sie nicht in Versuchung geriet, wieder den ängstlichen, zaghaften Weg zu wählen und abzusagen. Man musste im Leben mutig sein und Dinge wagen, auch das hatte Maman ihr und den Geschwistern immer vermittelt.

Schnellen Schrittes lief sie zurück ins Haus und direkt hinein in den Frühstücksraum.

»Wenn Manon tatsächlich zurückkommt«, rief sie außer Atem in die Runde, »dann könnte ich mir diese Aufgabe wohl vorstellen.« Sofort hörte man vereinzeltes Tischklopfen.

Gustave klatschte in die Hände. »Ich wusste, dass du es machst! Und es ist genau die richtige Entscheidung. Für uns als Familie, die wir mit unserem Privatvermögen für diesen Turm haften werden. Es geht somit, wie ihr alle wisst, auch um unser Palais in Paris und um dieses schöne Ferienrefugium hier am Genfer See.«

Es wurde sehr still um den Frühstückstisch. Nie mehr hier zusammenkommen, den Sommer genießen und Familienfeste feiern? Das war natürlich keine Option!

Und Gustave ließ noch nicht locker mit seinen Schreckgespenstern. »Wenn es nicht klappt mit dem Turm, dann müssen wir Insolvenz anmelden, sie werden uns aus Paris verjagen, und wir können in meine Heimat rund um Dijon zurückgehen und in der Provinz versauern.« Er meinte es ganz ernst, so wie er nickte, ohne eine Miene zu verziehen. »Meine liebe Claire, es ist also die absolut richtige Entscheidung für unsere Familie, für die Firma – und für Frankreich. Denn unsere Landsleute werden bald bemerken, was sie mit diesem Turm aus der Werkstatt Eiffel bekommen: ein nationales Wahrzeichen!«

Jetzt übertrieb er womöglich ein wenig, dachte Claire, es war schließlich nur eine Attraktion für die Weltausstellung. Aber wie dem auch sei: Ja, sie wollte diese wichtige Aufgabe annehmen. Für die Familie. Sie schaute noch einmal zu

Valentine hinüber, die nun ihre Serviette auf den Teller legte, aufstand und den Raum verließ. Claire widerstand der Versuchung, ihr zu folgen. Gut, dann war Valentine eben dagegen, dass sie Vaters Privatsekretärin wurde. Aber es ging hier schließlich nicht darum, wer Vater am nächsten war, sondern um eine Unternehmung, die über das Schicksal der Familie bestimmte.

Während der Frühstücksraum sich nach und nach leerte, blieb Claire nachdenklich auf ihrem Stuhl zurück und begann, über die Kollegen im Büro nachzudenken. Wie würden all die langjährigen Mitarbeiter – die Ingenieure, Architekten, technischen Zeichner und Lehrlinge – reagieren, wenn dort plötzlich eine Frau auftauchte? Noch dazu die Tochter des Chefs? Sie waren doch Pascal gewöhnt. Und sie waren es gewöhnt, unter sich zu bleiben.

Unter Männern.

Uff. Vielleicht war sie doch zu schnell mit ihrer Entscheidung gewesen, dachte sie. Aber sie stand auf und zwang sich, vorerst nicht mehr über die neue Aufgabe nachzugrübeln. Noch waren Ferien, noch lagen ein paar wunderbare Tage in Vevey am See vor ihnen.

Und die wollte sie mit Adi und Robert genießen. Trotz aller Aufregung über alles, was kommen würde.

Kapitel 3

Paris, 5. September 1886

Der erste Tag im Büro kam schneller heran als gedacht. Robert hatte sehr schlecht geschlafen in der vergangenen Nacht. Claire war mehrmals zu ihm ins Kinderzimmer gehuscht und hatte ihn herumgetragen und getröstet. Ziemlich müde war sie deshalb, als sie sich ihre graue, schlichte Bluse zuknöpfte, die sie extra für den ersten Tag gewählt hatte, um seriös zu wirken. Als Arbeitsrock erschien ihr der ebenfalls graue ohne jede Rüsche daherkommende als am geeignetsten. Aber wenigstens eine Brosche konnte sie sich erlauben, dachte sie und wählte die mit der Kornblume aus Saphir. Die Kette mit dem Medaillon von Gustave trug sie unter der Bluse am Herzen. Es beruhigte sie, es an sich zu wissen.

»Wir müssen los!«, rief Adi von unten aus der Halle, und sie lief schnell hinüber zu Robert und Manon ins Kinderzimmer, um sich zu verabschieden. Ihr kleiner Mann streckte sich nach ihr aus und weinte. Sie küsste ihn und musste ihn notgedrungen zurücklassen.

So schwer hatte sie sich das nicht vorgestellt, dachte sie, als sie mit Adi und Gustave in die Kutsche einstieg, den duftenden Kaffee aus dem Salon noch in der Nase, für den sie heute gar keine Zeit gehabt hatte bei der ganzen Aufregung. Zum Glück hatte die gute Nanette ihr noch eine Papiertüte mit einem frisch gebackenen, noch warmen Croissant in die Hand gedrückt, das sie sich vielleicht später im Büro gönnen konnte.

Im Gegenzug hatte sich Claire noch einmal versichert, dass Nanette auch wisse, was für das Abendessen einzukaufen und zu kochen sei. Etwas, das sie sonst im Laufe des Vormittags in Ruhe besprachen.

Es ging ins Büro! Wie aufregend das klang, dachte sie, als sie in der Kutsche durch die Boulevards glitten, Gustave und Adi auf der Sitzbank gegenüber in die Zeitungen vertieft. Aufgeregt zupfte sie an ihrer Frisur herum und war sich nicht sicher, ob diese ausreichend gelungen war in der Kürze der Zeit.

Nach ein paar Minuten Fahrt hielten sie schon vor dem ehemaligen Fabrikgebäude, in dem die moderne Dependance der Firma Eiffel untergebracht war. Zu dritt betraten sie das Großraumbüro mit der breiten Fensterfront, in dem die Ingenieure und Architekten bereits eifrig an ihren hohen Tischen mit den schräg aufgestellten Tischplatten rechneten und zeichneten. Mit Lineal, Zirkel und Bleistiften fabrizierten sie unzählige Linien, Kreise, Zahlen. Sie maßen ab, sie überlegten, sie kritzelten. Als sie allerdings der drei Ankömmlinge gewahr wurden, hielten sie inne und blickten ihnen entgegen.

»Meine Herren«, rief Gustave. »Guten Morgen! Hier gleich einmal eine Ansage für alle: Ab heute übernimmt meine Tochter Claire den Posten als meine Privatsekretärin.« Er pausierte kurz, dann fuhr er fort: »Wir alle vermissen Pascal, das ist klar. Aber mit meiner Tochter habe ich eine gute Nachfolgerin gefunden. Sie kennt sich mit der Idee des Turms, der uns demnächst so sehr beschäftigen wird, bereits gut aus. Doch die Hauptsache ist: Sie kennt sich mit mir und meinen Macken gut aus.« Er lachte. »Bitte wenden Sie sich also in allen Fragen künftig zunächst an sie.« Er zeigte auf einen komplett leeren Schreibtisch am Ende des Großraums, kurz vor der Tür zu seinem verglasten Chefzimmer. »Sie wird hier sitzen, wie einst Pascal, und sie ist ab heute Ihre Ansprechpartnerin für alle Belange, meine Herren! Gutes Schaffen weiterhin!« Damit beendete er seine kurze Rede und verschwand in sein Büro.

Die Männer wandten sich wieder ihrer Arbeit zu, ohne erkennen zu lassen, dass sie Claire überhaupt registriert hatten. Adi nahm sie am Arm und begleitete sie zu ihrem neuen Arbeitsplatz. Er zog ihr den Stuhl hervor. »Bitte, mein Liebling, nimm Platz«, flüsterte er ihr ins Ohr. »Viel Erfolg! Ich bin sehr stolz auf dich!« Damit verzog er sich zu seinem Zeichentisch inmitten der anderen Ingenieure, zwinkerte ihr noch einmal zu und vertiefte sich in seine Arbeit.

Mit klopfendem Herzen setzte sie sich an den Schreibtisch und fuhr über die leere Tischplatte. Womit sollte sie denn arbeiten? Sie zog die Schublade auf und fand immerhin ein paar lose Blätter Papier und einen Bleistift. Diese Utensilien legte sie auf dem Tisch zurecht und wartete.

Und wartete. Es musste doch einmal einer der Herren eine Frage haben, einen Wunsch, einen Rechercheauftrag? Niemand kam. Und Gustave? Sie wandte sich zu Vater in seinem Büro, der aber hinter der Glasscheibe an seinem Schreibtisch saß und weiter Zeitung las.

Hmm. Sie blickte auf die Uhr. Es war noch nicht einmal halb zehn Uhr. Was sollte sie denn bitte schön bis nachmittags um fünf hier machen?

Sie lugte durch die große Fensterfront und sah Jacques draußen warten. Gut, dann würde sie eben ein paar Besorgungen machen, um sich hier ein wenig häuslich einzurichten. Sie nahm ihre Tasche und stolzierte hinaus. Ziemlich sicher folgte ihr jeder Blick – ebenso eine Stunde später, als sie mit einem ausufernden Blumenbouquet, bestehend aus Rosen, Nelken, Narzissen und Gräsern, zurückkam. Sie arrangierte es in einer bauchigen Vase und stellte es auf ihren Schreibtisch. Nun war ihr schon etwas wohler.

Außerdem platzierte sie einen hübschen Schreibblock mit Ledermappe und einen goldenen Füllfederhalter vor sich, dazu eine dieser neumodischen elektrischen Lampen mit Glühbirne. Wozu gab es hier in der ehemaligen Fabrikhalle schließlich einen Stromanschluss. Das ganze Equipment war ein wenig teuer gewesen, weil sie es beim neuen, exklusiven Kaufhaus Grands Magasins du Printemps gleich hinter der Opéra Garnier besorgt hatte. Aber das war es ihr wert.

Schließlich musste sie sich hier wohlfühlen und sollte gut arbeiten. Zufrieden schaute sie in die Runde, als ihr Werk vollendet war. Hübsch sah es aus. Ansprechend. Zupackend. Aufgeräumt.

Aber die Männer an ihren Arbeitstischen taten weiterhin sehr vertieft und schienen ihre Anwesenheit gar nicht zu bemerken, geschweige denn ihre Dienste zu benötigen.

Um Punkt fünf verabschiedete sie sich von Vater und Adi, die noch bleiben wollten, und ließ sich von Jacques nach Hause kutschieren.

Kapitel 4

Palais der Familie Eiffel,
Rue de Presbourg, Paris, wenig später

Sie fand Manon und Robert beim frühen Abendbrot im Esszimmer vor. Robert aß Erbsenbrei und war schon sehr grün im Gesicht. Manon erzählte, dass sie am Vormittag einen großen Spaziergang gemacht hätten und Robert zum ersten Mal »Katze« gesagt hatte, als er eine die Straße hatte überqueren sehen. Sein erstes Wort nach »Mama« und »Papa«! Fast musste Claire weinen beim Gedanken daran, dass sie nicht dabei gewesen war. Sie herzte ihn und fütterte ihn zu Ende, während Manon oben bereits das Bettchen und die Waschschüssel vorbereitete.

Und das alles sollte sie die nächsten Jahre verpassen, wenn sie als Vaters Privatsekretärin am Turmbau beteiligt wäre?

»Madame, sind Sie dann bereit für das große Backen?«, fragte Nanette, die eingetreten war, um das Geschirr abzuräumen. »Wir haben ja wieder eine ganze Menge vor uns.«

Das stimmte wohl. Denn Claire hatte nicht eingesehen, dass sie die Teilnahme am Wohltätigkeitsbasar von Adis Herrenclub absagen sollte, nur weil sie jetzt berufstätig war. Wie jedes Jahr würde sie selbst gebackene Madeleines beisteuern, die in feinen Pappschachteln verkauft wurden. Der Erlös käme den Kindern im Waisenhaus an der Rue Ordener zugute. Es war eine schöne Tradition, die Adis Club da pflegte, und selbstverständlich unterstützten die Gattinnen dieses Tun nach Kräften. Auch dieses Jahr würde Claire keine Ausnahme bilden. Schließlich waren ihre Madeleines, die sie nach dem alten Familienrezept ihrer Mutter herstellte, sehr beliebt. »Ich komme in die Küche, sobald Robert im Bett ist.«

Sie brachte ihn nach oben und zog ihn zur Nacht um. Dann sang sie ein Gutenachtlied und betete an seinem Bett, während Manon sich zurückhielt und die Anziehsachen für morgen zurechtlegte.

»Gute Nacht!«, sagte Claire schließlich zu beiden, Roberts Augen fielen schon zu.

Unten in der Küche hatte Nanette bereits alle Zutaten auf dem großen Holzarbeitstisch aufgebaut: Eier, Mehl, Zucker, Milch und als Geheimzutat eine Prise Zimt, die Claire immer in den Teig mischte und die ihre Madeleines so besonders schmecken ließ. Nur Nanette und Claire kannten dieses Geheimnis – aber der Rest der Familie rätselte bei großen Feiern jedes Mal, was den Zauber ausmachte.

Nanette reichte ihr eine Schürze. »Dann wollen wir mal, was?«

Claire nickte, und sobald sie die Schürze umhatte, tauchte sie ein in die wohlige Wärme, die der offene Ofen verströmte, in die Wohlgerüche und das beruhigende Geräusch des Wasserkessels, der blubberte und gleich pfeifen würde, weil Nanette ihnen einen Tee zubereitete, den sie während der Arbeit trinken würden.

Claire nahm sich die große Rührschüssel und begann, die ersten Zutaten hineinzustreuen. Nanette goss sich eine Tasse Tee ein und ließ Claire machen. Sie wusste, dass das Backen für ihre Dienstherrin Entspannung bedeutete. »Wie war Ihr erster Arbeitstag?«, fragte sie in ihren Tee hinein.

Claire schlug die Eier nacheinander auf und ließ ihren Inhalt in die Schüssel gleiten. »Nun ja, sagen wir mal, es war nicht besonders.«

»Nicht besonders was?« Nanette blickte sie über ihren Tassenrand hinweg fragend an.

Claire überlegte. »Nicht besonders ansprechend, will ich es einmal nennen.« Und als Nanettes Blick weiterhin auf ihr ruhte: »Es war langweilig.«

Nanette lachte. »Das habe ich mir gleich gedacht, Madame. Ich hätte Ihnen ja auch geraten, lieber hier bei uns zu bleiben. Hier haben Sie genug zu tun mit dem ganzen Organisieren und dem kleinen Robert und so. Da brauchen Sie doch keinen Turm nicht mitzubauen. So was hat Ihre Mutter schließlich auch nicht …« Sie unterbrach sich, vermutlich, weil sie ahnte, sie würde Claires Gefühle verletzen, wenn sie weitersprach.

Claire knetete schweigend die Zutaten in der Schüssel zusammen. Den Teig zwischen den Fingern zu spüren tat gut. Langsam und sorgfältig walkte sie ihn. »Reichen Sie mir mal bitte den Zimt?«, bat sie Nanette, was die Köchin auch sofort tat. Vorsichtig verteilte Claire das so herrlich duftende Gewürz im Teig, so wie ihre Mutter es auch immer getan hatte.

Nanette schob schon die Madeleine-Backbleche heran und stand mit einer kleinen Kelle parat, um die Masse in die Kuhlen zu verteilen. In schneller Folge verschwanden vier Bleche im Ofen. Claire rührte neuen Teig an.

Bald duftete die ganze Küche und wärmte ihre Seele. Als alle Madeleines schließlich goldbraun dalagen und abkühlten, verkosteten Claire und Nanette jeweils eines: »Famos wie immer!«, sagte die alte Köchin anerkennend. »Das haben Sie wieder sehr gut hinbekommen.« Sie lächelte.

»Verpacken Sie sie dann bitte in diese schönen pastellfarbenen Kistchen mit dem Seidenpapier und der Schleife?«, fragte Claire.

»Aber natürlich, das mache ich morgen, wenn sie ganz abgekühlt sind. Hab schon alles dafür besorgt.« Nanette nickte eifrig.

Claire bemerkte, dass sie das gern selber getan hätte. Sie verließ die Küche, um in den Salon hinüberzugehen, wo heute Abend kein Feuer im Kamin brannte und keine Öllampe leuchtete, weil Adi und Gustave immer noch im Büro weilten. Sie ließ es so schummerig und setzte sich trotzdem in den Ohrensessel. Auf dem Kaminsims erahnte sie die Umrisse ihres Familienfotos, dessen Emailleversion sie an der Medaillonkette über ihrem Herzen trug.

Ihr Blick fiel auf die knorrige Kamelie auf dem Blumentischchen vor der chinesischen Tapete. Sie stand auf und nahm die Kupferkanne. Die Kamelie stammte noch von Maman, so alt war sie schon. Gelegentlich entwickelte sie wunderschöne rote Blüten, so wie in den letzten Wochen. Claire wässerte die Pflanze, sammelte die schon abgefallenen Blütenblätter auf und stellte die Kanne wieder zurück. Erschöpfung machte sich in ihr breit.

Morgen stand ein neuer Tag im Büro an. Sie merkte, wie ihr Tränen in die Augen stiegen, aber sie wischte sie fort. Der Turmbau war eine Familienaufgabe, und sie musste erledigt werden, so gut es ging, sagte sie sich. Also würde sie ihr Bestes geben! Schließlich war sie eine Eiffel!

Kapitel 5

Eineinhalb Monate später:
vor der Küste New Yorks, 27. Oktober 1886

Claire blickte aus dem Bullauge über die weite Wasserfläche. Gleich musste Land in Sicht kommen, wenn die berechnete Uhrzeit für die Ankunft des Ozeandampfers stimmte. Noch sah sie jedoch nichts als Wellen und Wolken. Aber ein paar Möwen flogen um das Schiff, also konnte das Land nicht mehr weit sein. Sie spürte ihr Herz einen freudigen Sprung tun, als sie daran dachte, bald amerikanischen Boden zu betreten – die Neue Welt.

Manchmal war es wohl doch nicht so schlecht, eine berufstätige Frau zu sein.

Und in den vergangenen Wochen war sie nun auch im Büro gut ins Arbeiten gekommen. Sie erledigte Gustaves Korrespondenz, lauschte bei den großen Gesprächsrunden der Ingenieure und Architekten und machte sich Notizen, um so viel wie möglich von den Konstruktionsplänen des Turms, an dem sie doch bald arbeiten sollten, mitzubekommen.

Aber nun erst einmal Amerika! Sie trennte sich vom Ausblick durch das Bullauge. Sie sollte die Garderobe für die Ankunft heraussuchen, dachte sie und schritt zum Einbauschrank am anderen Ende der Kabine. Gerade als sie ihn öffnete, klopfte es an der Verbindungstür zur Nachbarkabine, und schon trat Manon mit Robert auf dem Arm ein. Seine dichten Haare hatte Manon gerade erst gekämmt, wie Claire an deren Glanz erkannte. Roberts Augen glänzten ebenfalls, als er seine Mutter entdeckte. Er begann auf Manons Arm zu zappeln.

»Der junge Mann hat Sehnsucht«, sagte Manon lächelnd und übergab das Kind.

Claire drückte den warmen Körper an sich und genoss die kleinen Gluckslaute, die er von sich gab, als sie ihn liebkoste und kitzelte. »Mein kleiner Racker, mein süßer Kerl! Habt ihr fein gespielt, und hast du gut geschlafen? Ja? Und nun magst du etwas trinken?«

Robert strahlte und schien alle Fragen zu bejahen. Was für ein süßer Fratz, dachte Claire glücklich und setzte sich zum Stillen in den Chesterfieldsessel in einer Ecke der Kabine. Denn auch wenn er schon Brei zu sich nahm – und immer mehr davon –, war er noch nicht ganz abgestillt. Das Entsetzen unter den weiblichen Familienmitgliedern war anfangs groß gewesen, als sie mitbekamen, dass Claire sich für das Stillen entschieden hatte. Dafür gab es doch Ammen. Aber Claire hatte darauf bestanden, und sie war davon überzeugt, dass diese Entscheidung das Richtige für Robert gewesen war.

Während er trank, sah Manon Claires Kleiderschrank durch. »Du meine Güte, wie viel Garderobe hast du denn mitgenommen?«, sagte sie schmunzelnd. »Wolltest du ein halbes Jahr drüben bleiben?«

»Aber, Manon, man kann doch nie wissen …«

Manon lachte. »Natürlich, mein Herz. Ich scherze nur.« Sie hielt ein grau meliertes Kleid hoch. »Wäre das etwas?«

Claire schüttelte den Kopf. »Nein, viel zu ernst. Wir brauchen etwas Fröhliches. Schließlich kommen wir doch zu einem freudigen Anlass. Morgen bei den Feierlichkeiten zur

Einweihung der Freiheitsstatue kann es gerne etwas festlicher sein. Aber heute genügt ein unkompliziertes Ausgehkleid, um ein wenig in der Stadt herumzuwandern und einen ersten Eindruck zu gewinnen.« Sie streichelte Robert gedankenverloren über das Köpfchen und beobachtete Manon, wie sie die abgelehnten Kleider wieder in den Schrank hängte.

»Wie aufregend das alles ist!«, sagte Manon, während sie weitere Kleider musterte, sie aber stets gleich wieder zurückhängte. »Ich kann es immer noch nicht fassen, dass ich auf meine alten Tage noch nach Amerika komme. Ich bin dir so dankbar, dass du mich wieder eingestellt hast und ich euch hierher begleiten darf!« Manon hatte vor Aufregung rote Flecken im Gesicht.

»Aber Manon, wir sind dir doch so unendlich dankbar, dass du zurückgekommen bist.« Claire schenkte ihr einen liebevollen Blick. Und nun waren sie gemeinsam hier auf dem Schiff auf dem Weg nach New York! Wie aufregend. Natürlich hatten Manon und Robert mitgemusst. Abgesehen vom Stillen wollte Claire schließlich nicht gut vier Wochen ohne ihren Sohn sein. Sie war so dankbar, dass er und Manon gut miteinander zurechtkamen. Und es war immer wieder beinahe unglaublich, dass sie selbst als Baby ebenfalls in den Armen der Kinderfrau gelegen hatte, genau wie nun ihr kleiner Robert.

Sie konnte sich genau daran erinnern, wie sehr sie geweint hatte, als Manons Ehemann krank geworden war und Manon den Eiffel'schen Haushalt verließ, als sie selbst gerade zwölf Jahre alt geworden war. So war Manon später auch nicht da gewesen, als Maman starb.

Schnell versuchte Claire, die traurigen Gedanken zu vertreiben, indem sie sich auf die Schiffsgeräusche konzentrierte, das Stampfen der Dampfmaschine und das Klatschen der Wellen an die Außenbordwand. Aber die Erinnerung ergriff sie, und sie sah wieder alle Geschehnisse dieses schrecklichen Tages vor zehn Jahren vor sich, als ihre heile Familienwelt zerbrach.

Fast spürte sie wieder, wie sie mit den Knien auf den Boden nahe der geschlossenen Flügeltür in der alten Wohnung in Dijon gesunken war. Auf dem Parkett kauernd, hatte sie ausgeharrt, betend. »Bitte, lieber Gott, schenk Maman Stärke, Kraft und Deine Bewahrung. Bitte tu ein Wunder.« Sie hatte gehört, wie Vater hinter der Tür leise und beruhigend auf die Mutter eingeredet hatte, immer und immer wieder, bald hatte er sogar dieses alte Lied gesungen, das Maman so gerne mochte, weil es sie an ihre Kindheit erinnerte. Claire hatte die Hände noch stärker zusammengepresst, als ob das ihr Gebet dringlicher machen würde. Unten vor dem offenen Fenster trabten an diesem Herbstnachmittag Pferde vorbei, und Kutschen rollten durch den Sand, als ob es ein ganz gewöhnlicher Tag wäre.

Aus dem Zimmer neben Mamans hörte sie Valentine und die anderen Geschwister schluchzen. Außer Albert, dem Jüngsten, der noch nicht verstand, was sich zutrug, und laut mit seinen Bauklötzen hantierte.

Langsam, ganz langsam, zwang sich Claire auf die Füße. Ja, sie war in der Lage, zu stehen, sagte sie sich. Und sie war in der Lage, zu gehen – zu ihren Geschwistern. Sie würde sie ablenken und in den Arm nehmen. Sie war nun einmal die Älteste. Sie war die große Schwester, die jetzt Halt geben musste.

So wie Maman es immer getan hatte.

Tränen rannen ihr aus den Augen, aber sie wischte sie mit dem Ärmel ihres Kleides fort, raffte die Röcke und betrat entschlossenen Schrittes das Zimmer der Geschwister. Wenig später erschien Vater, die Augen gerötet. »Sie möchte dich noch einmal sehen«, sagte er leise zu Claire.

Sie zögerte, doch dann nickte sie langsam. Als sie die Tür zum Zimmer der Mutter öffnete, schlug ihr abgestandene Luft entgegen, und sie konnte kaum etwas erkennen, denn die zugezogenen Vorhänge hüllten alles in ein schummeriges Licht. Mit klopfendem Herzen setzte sie sich auf den Schemel neben dem Bett und suchte Mamans Hand auf der Bettdecke. Sie fühlte sich sehr kalt und knochig an, aber Claire spürte deutlich einen leichten Druck, mit dem Maman zeigte, dass sie ihre Anwesenheit bemerkte. Ganz leise erklang nun ihre Stimme, die geliebte Stimme, die einst so kraftvoll das Heim erfüllt hatte. Leise und schwach, aber hörbar sprach sie: »Meine große Claire.« Sie machte eine Pause, um Luft zu holen. »Ich liebe dich und bin sehr stolz auf dich.« Sie atmete schwer, und es dauerte, bis sie weitersprach: »Sei bitte stets für die Familie da, für deine Geschwister und besonders auch für Vater.« Sie hustete. »Suche immer das Beste für die Familie, aber …« Sie musste wieder Atem holen, bevor sie sehr, sehr leise weitersprach, kaum noch hörbar: »… aber vergiss darüber dein Herz nicht. Behüte dein Herz, mein Kind, und der Rest wird folgen.«

Damit schwieg sie, und Claire hörte an dem ruhigen Atem, dass sie eingenickt war. Sie beugte sich über die Mutter und gab ihr einen Kuss auf die Stirn.

Als sie den Raum verließ, sprangen ihr die Tränen nur so aus den Augen. Sie kauerte sich in die Ecke des Flures und weinte und weinte. Durch den Schleier ihrer Tränen nahm sie wahr, wie Vater wieder in das Zimmer der Mutter huschte.

»Was hältst du von diesem Kleid?«, fragte plötzlich Manon in ihre Erinnerung hinein und brachte sie zurück in die Kabine auf dem Ozeandampfer, der in wenigen Minuten im Hafen von New York festmachen würde. Doch bevor sie es richtig mustern konnte, hängte Manon es schon selbst wieder zurück: »Nein, doch nicht.« Sie zog das nächste heraus, »Das ist das richtige!«, und reichte es Claire.

Nach einem Blick auf das lichtblaue, leichte Ausgehkleid mit der eleganten Doppelknopfreihe musste sie Manon recht geben. Sie zwang sich, die traurigen Erinnerungen abzuschütteln und sich auf dieses Kleid, auf New York und die Tage, die nun vor ihnen lagen, zu konzentrieren. Nach der Anlandung würde sie in diesem Kleid durch die Straßen von New York flanieren. Und sie durfte bei der feierlichen Einweihung der Freiheitsstatue dabei sein, bei dieser Feier zu Ehren der Lady aus Kupferstahl.

Der Architekt Bartholdi hatte das Äußere der Statue wirklich sehr ansprechend entworfen, fand Claire. Mit dem langen wallenden Gewand, dem kraftvollen Arm mit der brennenden Fackel und natürlich dem Kopf mit dem Strahlenkranz. Eine stolze Frau, die die Freiheit symbolisieren sollte.

Von nun an und für immer.

Wie gut, dass er für die Unterkonstruktion Vater angefragt hatte, weil sie für das enorme Gewicht der Dame aus Stahl sein musste. So waren die Stahlstreben samt innenliegender Treppen und auch die kupferne Außenhaut der *Lady Liberty* in den vergangenen Jahren in der Gießerei Gaget in Paris geschmiedet worden. Zwischenzeitlich hatten die Einzelteile – jener

Frauenkopf mit der Krone oder die Hand mit der Fackel – verloren zwischen den alten Fabrikgebäuden und Häusern auf der Rue de Chazelles gestanden, wenn die Lagerflächen umorganisiert worden waren.

Claire erinnerte sich, dass die Hand mit der Fackel zeitig nach Amerika vorausgereist war, um als Wanderausstellungsstück in verschiedenen Städten die Spendenbereitschaft der Amerikaner zu erhöhen. Denn zumindest der Sockel, auf dem die Lady stehen sollte, musste von den Amerikanern selbst finanziert werden, auch wenn das Kunstwerk ein Geschenk Frankreichs war.

Wie man in den vergangenen Monaten in Paris die verbleibenden Einzelteile der Dame in zweihundertvierzehn Kisten gepackt, auf ein Schiff verladen und heil in die Neue Welt transportiert hatte, begeisterte Claire noch immer.

Die Montage der Figur war von amerikanischen Arbeitern seitdem ordnungsgemäß erledigt worden. Jeder Niet hatte gepasst. Bartholdi hatte alles überwacht und nun zur feierlichen Einweihung des kolossalen Bauwerks geladen.

Claire merkte, dass Robert mit dem Trinken fertig war, und stand auf, um ihn ein Bäuerchen machen zu lassen. Beim Hin- und Hergehen wanderten ihre Gedanken zu Adi daheim. Was er wohl gerade tat? Dachte er an sie und seinen Sohn? Oder war er zu beschäftigt mit der Planung und den Skizzen für den Turm, dessen Bau beginnen sollte, sobald sie zurück waren?

Sie übergab ihren nach seinem Bäuerchen sofort friedlich eingeschlafenen Sohn an Manon und machte sich daran, das leidige Korsett anzulegen. Sobald Robert in seinem Bettchen schlummerte, half Manon ihr beim Schnüren und dann beim Überziehen des blauen Kleides.

In dem Stapel von Hutschachteln machte Claire sich auf die Suche nach einer passenden Kopfbedeckung und legte schließlich die hellblaue Kappe mit den weißen Federn auf der Kommode bereit. Vor dem Bullauge sah sie endlich Land erscheinen, ein schmaler Streifen nur, aber Land!

»Manon! Da ist Amerika!«, rief sie.

Manon eilte sofort herbei. »Dass ich das einmal erleben darf, meine Claire!« Mit Tränen in den Augen lachte sie über das ganze Gesicht. Claire legte der Kinderfrau einen Arm um die Schultern, und gemeinsam schauten sie über die weite Wasserfläche. Noch war es ein winziger Streifen in der Ferne, doch das war sie, die Neue Welt. Schon bald würden sie die Stadt erblicken, von der Claire so viel gehört hatte: die Stadt der Vanderbilts und der Astors, die Stadt, die von den Holländern gegründet und wie auf einem Reißbrett angelegt worden war. Das war natürlich lange her, inzwischen war New York auf knapp zwei Millionen Einwohner angewachsen.

Es pochte an der Kabinentür, kurz darauf ertönte Vaters Stimme: »Kommst du an Deck, Claire? Wir wollen doch die Einfahrt in den Hafen nicht verpassen.«

»Natürlich, ich bin schon da«, rief sie, nahm ihre Kappe und ihre Handtasche, drückte Manons Hand, die immer noch begeistert aus dem Bullauge schaute, raffte ihren langen Rock und schob ihn durch die schmale Kabinentür in den Gang, wobei diese unsägliche Tournüre natürlich trotzdem am Türrahmen hängen blieb. Sie musste sich wirklich die Damenmode in Amerika genau ansehen. Vielleicht gab es dort bereits einen Weg, diese lästigen Ungetüme zu vermeiden. Ihr kurzer Ärger verflog aber sofort, als sie in die strahlenden Augen ihres Vaters sah.

»Mein Kind, nun wird Geschichte geschrieben«, sagte er bewegt. »Diese Freiheitsstatue wird ein Erfolg, das glaub mir mal.«

»Ich glaube dir.« Sie hakte sich bei ihm ein und wollte ihn mit sich in Richtung Deck ziehen. Doch Gustaves Blick wurde auf einmal ängstlich, und plötzlich blieb er stehen.

»Aber was ist, wenn die Leute sie doch nicht lieben, die Lady?« Er lehnte sich gegen die mahagonigetäfelte Wand, als ob er plötzlich keine Kraft mehr hätte. »Wenn sie sie unnütz oder gar lächerlich finden? Dann können wir uns Expansionen nach Amerika aus dem Kopf schlagen, so prominent, wie wir da mit unserem Namen drinstecken.«

Claire musste schmunzeln. Diese plötzlichen Zweifel kannte sie bereits von ihrem Vater. Er besaß eben doch eine zarte, sensible Künstlerseele, auch wenn er sehr, sehr große Skulpturen fabrizierte.

»Bleib ganz ruhig, Papa! Es ist eine wunderhübsche Statue, und es wird eine grandiose Einweihungsfeier geben. Sogar Präsident Cleveland gibt sich die Ehre – und selbstverständlich werden die Amerikaner die Lady lieben!«

Gustave schien sie gar nicht gehört zu haben, denn er sackte noch mehr in sich zusammen. »Manchmal frage ich mich, warum ich mir all diese aufwendigen Projekte zumute«, sagte er leise. »Warum kann ich denn nicht privatisieren, im Ferienhaus in Vevey wohnen, morgens einen brasilianischen Kaffee trinken, einen Spaziergang durch den Garten machen, vielleicht ein Bad im See nehmen und am Abend schön essen, um dann ruhig und zufrieden ins Bett zu gehen?«

»Weil du nicht ruhig und zufrieden wärst. Du brauchst die Herausforderung, du brauchst den Stahl. Und du bist neugierig, was sich noch alles aus ihm erschaffen lässt.«

Gustave blickte auf. »Wie recht du doch hast.« Damit stieß er sich von der Wand ab, drehte sich um und schritt pfeifend voran, als ob nichts gewesen wäre. »Du hast wie immer so recht, meine kluge Tochter.«

Claire lächelte, raffte die Röcke und folgte ihm am Ende des langen Ganges die Treppe hinauf an Deck, wo die Herbstsonne, der salzige Wind und der atemberaubende Ausblick auf die näher kommende Silhouette der Stadt jeden trüben Gedanken vertrieben.

Kapitel 6

New York, Manhattan, 28. Oktober 1886

Die Festlichkeiten begannen gleich am Morgen mit einer Militärparade durch die Stadt. Nachdem Claire Robert gestillt hatte und ihn in der Hotelsuite glücklich mit Manon spielen sah, brach sie mit Vater sofort auf, um das Spektakel zu beobachten. Marschkapellen und Soldaten mit Fahnen und Trompeten zogen vom Madison Square Garden aus durch die Straßen, an denen Hunderttausende Menschen jubelten.

Claire und Gustave verfolgten das Geschehen von der Ehrentribüne an der Börse aus, eingerahmt von den Honoratioren der Stadt, ja des ganzen Landes. Aber auch von Gästen aus Frankreich, so wie sie.

Gustave freute sich sehr, als er feststellte, dass er neben seinem alten Ingenieurskollegen Ferdinand de Lesseps zu sitzen kam, der ein weiteres großes französisches Projekt auf internationalem Boden betreute. »Mein werter Ferdinand«, sagte er deshalb gleich, nachdem man sich über die Bequemlichkeiten des modernen Reisens ausgetauscht hatte. »Was macht der Panamakanal?«

»Liest du keine Zeitung?«, gab Ferdinand de Lesseps sofort missmutig zurück, denn natürlich war allen bekannt, dass der Bau sich schwieriger gestaltete als geplant. Das Gelbfieber war in der sumpfigen Region auf der schmalsten Stelle Mittelamerikas ausgebrochen, etliche Arbeiter bereits erkrankt und gestorben. Und weil man nicht wusste, wie man mit den

Höhenunterschieden umgehen sollte, war der Bau massiv ins Stocken geraten. Die Kleinanleger aus Frankreich, die in das Projekt investiert hatten, bangten bereits um ihr Geld.

»Entschuldige, alter Freund«, setzte Gustave schnell hinterher, als er sah, dass dem Kollegen die Angelegenheit sehr naheging. »Wenn du einmal Hilfe brauchst, dann wende dich gerne an unser Büro.«

»Danke, mein Guter, das werde ich vielleicht sogar tun«, sagte de Lesseps. »Aber sind wir nicht heute hier, um die *Statue de la Liberté* und unseren Kollegen Bartholdi zu feiern? Lass uns wenigstens diesen Ehrentag nicht mit Problemen aufladen.« Er wandte sich an Claire: »Gefällt es Ihnen denn bisher, Madame?«

»Aber ganz wunderbar«, antwortete Claire und klatschte zum Takt der lauten Marschmusik. Begeistert beobachtete sie, wie gegenüber von der Börse aus die Händler Papierschnipsel aus den Fenstern auf die Wall Street rieseln ließen. Die winzigen bunten Zettelchen trudelten durch die Luft auf die Straße hinab, langsam, von unsichtbaren Winden angehoben und wieder fallen gelassen, hinauf und hinab. Wie schön das aussah!

Das war dann auch das Erste, was sie Manon berichtete, als sie kurz ins Hotel eilte, um Robert zu stillen, der aber wenig trank, sondern zufrieden auf seinem Schafsfell auf dem Teppich der Suite lag, vor sich hin brabbelte und mit der Holzrassel spielte.

Anschließend wurde Claire mit einem ausgesuchten Teil der Festgesellschaft zur Südspitze Manhattans kutschiert, vorbei an all den hohen Gebäuden ohne Gesicht und ohne Geschichte in den meist baumlosen Straßen. Diese amerikanische

Zweckmäßigkeit wirkte schon sehr ernüchternd, fand sie. Nur die kleinen Backsteinhäuser mit den Feuertreppen sehr weit unten in Downtown gefielen Claire gut. Dort schienen allerdings die Ärmsten der Armen zu hausen, offenbar hauptsächlich deutsche und italienische Einwanderer, wie die Namen der Geschäfte verrieten und die Sprachfetzen, die sie im Vorbeifahren von den spielenden Kindern auf den Straßen auffangen konnte.

Im Battery Park an der Südspitze Manhattans angekommen, setzte der männliche Teil der Festgesellschaft sogleich in mit Kränzen, Wimpeln und Flaggen geschmückten Schiffen nach Bedloe's Island über, wo die zu ehrende kupferne Dame halb verhüllt wartete. Ganze sechsundvierzig Meter hoch war sie, mit ihrem Steinsockel sogar dreiundneunzig Meter. Somit war sie vom Battery Park aus gut zu erkennen, wie Claire feststellte, während sie mit der Damendelegation ein Glas Champagner genoss und dem Vortrag eines Gästeführers lauschte, der sie darüber aufklärte, dass der Name »Battery« auf holländische Schützenkanonen zurückzuführen sei. Einst hatten sie hier an der Südspitze gestanden, um die Stadt Nieuw Amsterdam, wie New York zu Zeiten der Holländer hieß, zu verteidigen.

Schließlich wurde die Damendelegation auch auf einen Dampfer geleitet – allerdings um das Spektakel vom Wasser aus verfolgen zu können, statt auf der zugigen Tribüne direkt am Sockel der Statue sitzen zu müssen. Gerüchteweise hatte man wohl Angst gehabt, dass die Damen die Aufregung der Enthüllung der Statue und das lange Sitzen während der Reden nicht durchhalten würden. Claire war nicht böse, nach der Parade am Vormittag endlich einmal stehen zu können.

Zwischen fröhlich plaudernden Frauen aus aller Welt eroberte sie sich einen Platz direkt an der Reling und ließ den Blick über das Wasser schweifen. Gischt spritzte gegen die Bordwand, Schaumkronen wogten auf den Wellen. Der Wind hatte noch zugelegt, sodass Claire ihre Kappe festhalten musste.

Bedloe's Island lag nun direkt vor ihnen, und als der Festakt endlich begann, konnte Claire aus nächster Nähe – und vermutlich mit besserem Blick als die Herren auf ihrer Festtribüne – verfolgen, wie die Freiheitsstatue unter dem Jubel der Gäste enthüllt wurde und die französische Flagge, die über dem Haupt der Lady gelegen hatte, hinunterfiel. Nur die Reden konnte sie aus dieser Entfernung nicht verstehen, aber das war nicht weiter schlimm, zu sehr genoss sie die frische Meeresluft und den Ausblick auf das Wasser – als plötzlich großer Aufruhr entstand: Mehrere Ruderboote, die auf den Wellen heftig hoch und nieder schaukelten, näherten sich Bedloe's Island und der Statue.

An den Rudern saßen junge Frauen, die lautstark Zutritt zur Insel verlangten und Parolen skandierten. Verwundert verfolgte Claire die wackelige Aktion. In dem unruhigen Wasser drohten die Boote umzukippen, die Frauen hatten zu tun, überhaupt durch die Wellen voranzukommen. Um Himmels willen, was taten sie dort?, fragte sich Claire. Bis sie hörte, was die Damen um sie herum tuschelten: Suffragetten! Suffragetten! Alle schoben sich dichter an die Reling, um ja nichts zu verpassen.

Das also waren Suffragetten, diese Kämpferinnen für die Frauenrechte? Claire hatte von ihnen gelesen, aber daheim in Frankreich waren sie ihr bisher nicht begegnet. Sie bemühte sich zu verstehen, was die Frauen in den Booten riefen. Aber der Wind trug nur einzelne Fetzen der Sprechchöre heran. Sie schienen die Tatsache zu preisen, dass der teure Wert der Freiheit mit dieser Statue als Frau dargestellt worden war – und dann forderten sie doch tatsächlich das Frauenwahlrecht! Claire glaubte sich verhört zu haben, vielleicht war ihr Englisch auch zu schlecht. Denn welch verwegene Idee! Welch ein Hirngespinst! Dennoch ertappte sie sich dabei, den Frauen in den Booten zuzuwinken und zu klatschen, genau wie ein Großteil ihrer Gefährtinnen hier auf dem Dampfer.

Das Spektakel fand ein allzu abruptes Ende, als Polizisten die Frauen daran hinderten, Bedloe's Island zu betreten. Im nächsten Moment setzte die Marschkapelle auf der Insel wieder ein, und Präsident Cleveland beendete die Veranstaltung.

Die Aufregung auf dem Damen-Dampfer war groß, aber der Kapitän löste das Problem, indem er einfach abdrehte und sein Schiff zum Anleger zurücksteuerte.

Unterdessen streckte die Freiheitsstatue ruhig und feierlich ihre Fackel in den Himmel. Sie würde von nun an immer daran erinnern, dass Freiheit ein unantastbares Gut war. Und vielleicht würde sie eines Tages sogar Zeugin davon werden, dass die Wünsche der Suffragetten wahr wurden – auch wenn Claire nicht daran glaubte.

Die Erlebnisse dieses reichen Tages wirbelten ihr noch durch den Kopf, während sie spätabends endlich im Hotelzimmer ihre angeschwollenen Füße aus den schmalen Schnürstiefeln befreite und auf Strümpfen noch einmal kurz durch die Verbindungstür in das Zimmer von Manon und Robert huschte, wo sie ihren Sohn friedlich schlafend vorfand.

Zurück im eigenen Zimmer fiel sie endgültig ins Bett und versuchte erst gar nicht, zu warten und zu horchen, wann

Vater sein Zimmer auf der anderen Seite des Ganges betreten würde. Sicherlich war er noch mit Bartholdi und vielleicht auch Ferdinand de Lesseps auf die *Lady Liberty* anstoßen gegangen.

Zu Recht. Denn was hatten sie da Wunderschönes geschaffen!

Kapitel 7

Paris, November 1886

Zurück in Paris sollte die letzte heiße Planungsphase für den Turm und seinen Bau postwendend beginnen – aber die Heimkehrer erwartete eine böse Überraschung! Eigentlich hätte die Baugenehmigung längst erteilt sein sollen. Doch während ihrer Abwesenheit war eine Klage ins Haus geflattert: Eine Anwohnerin des Baufeldes am Champ de Mars, eine gewisse Comtesse de Poix, und einige weitere Pariser und Pariserinnen wollten den Turmbau verhindern, weil sie eine erhebliche Einschränkung ihrer Lebensqualität durch das große Bauwerk befürchteten, das an ihre Grundstücke grenzen würde.

»Das ist ja unerhört«, rief Gustave erbost, als sie mit Adi am großen Besprechungstisch in Gustaves Büro saßen und die böse Nachricht besprachen.

»Hört euch das an!«, sagte Adi, der die Klageschrift bereits genau studiert hatte. »›Unsere Mandantin befürchtet, dass der Stahl des Turms zu ungünstigen Schwingungen im Umfeld führen könnte und möglicherweise ein Magnetfeld aufbaut. Außerdem besteht die Gefahr des vermehrten Blitzeinschlags.‹« Er schüttelte den Kopf. »Als wenn wir den Blitzableiter vergessen würden. Aber jetzt kommt es noch bizarrer: ›Unsere Klientin befürchtet außerdem, dass der Turm einstürzen und ihr Chalet beschädigen könnte.‹« Er ließ das Schriftstück sinken. »Ist denn das zu fassen?«

Claires Gedanken drehten sich. Würde dieses besondere

Projekt, in das sie bereits so viel Herzblut, Zeit und Geld gesteckt hatten, etwa an der Klage einer verbohrten Aristokratin scheitern, die offensichtlich keinen Bezug zu Technik und Baukunst hatte?

Gustave nahm Adi das Papier ab und las es selber durch. Danach blickte er lange aus dem Fenster, bevor er unvermittelt auf die Tischplatte schlug, sodass sie zusammenzuckten: »Wie gut, dass du mit unseren Anwälten sofort an die Arbeit gegangen bist, Adi. So werden wir eine ausführliche, einfühlsame und sehr detaillierte Erwiderung stricken. Wir müssen diesen Leute alles ganz genau erklären, damit sie ihre Angst verlieren. So lächerlich sie uns auch erscheint.«

Claire war skeptisch. »Meinst du nicht, dass diese Angst nur vorgeschoben ist und sie einfach das Aussehen des Turms nicht mögen?« Sie erinnerte sich an die entsetzten Reaktionen auf die allerersten Skizzen ihres Turms und dessen Konkurrenten, die in der Ausschreibungsphase in den Zeitungen veröffentlicht worden waren. Als feststand, dass der Entwurf aus dem Büro Eiffel das Rennen machen würde, hatten Protestbriefe, Karikaturen, beinahe schon Beschimpfungen die Redaktionen erreicht, die einen Teil dieser erstaunlich emotionalen Leserreaktionen sofort ungefiltert und voller Begeisterung abgedruckt hatten – zum Leidwesen der Eiffels.

Gustave nickte. »Solche gibt es natürlich auch immer noch, das stimmt. Aber ich befürchte, diese verdrehte Comtesse und ihre Mitstreiter machen sich ernsthafte Sorgen.« Er klatschte in die Hände. »Nun gut, die Anwälte sind dran. Lassen wir sie ihre Arbeit machen. Und wir machen unsere, nicht wahr? Wie weit ist die Planung inzwischen vorangeschritten?«, wandte er sich an Adi und stand schon auf.

»Es geht gut voran. Überzeug dich selbst«, sagte dieser und verließ ebenfalls den Besprechungstisch, während Gustave Claire mit sich zog, als er einen Rundgang zu den Zeichentischen der Ingenieure und Architekten durch das Büro begann – ganz so, als stünde nicht das ganze Unternehmen auf der Kippe! Claire bewunderte ihren Vater. Das war also Führung: den Mitarbeitern Sicherheit und Zuversicht vermitteln.

Schnell schloss sie zu Gustave auf, der bereits an diesem Tisch stehen blieb, dann an jenem und den Männern anerkennende Worte zukommen ließ. Claire sah, wie engagiert die Mitarbeiter rechneten, radierten, grübelten. Es war beeindruckend, wie sie dieses große Puzzlespiel, das einmal einen Turm ergeben sollte, ersannen und aufzeichneten, hier im warmen Herbstlicht, das durch die großen Fensterfronten in die alte Fabrikhalle fiel. Obwohl sie nun schon ihr Leben lang damit zu tun hatte, brachte es sie immer noch zum Staunen, dass nach diesen vielen Skizzen später tatsächlich ein Bauwerk wachsen würde. In diesem Fall ein Turm, dessen vier Eckpfeiler immerhin jeweils zweiundsiebzig Meter voneinander entfernt stehen und sich erst in siebenundfünfzig Metern Höhe zur ersten Plattform vereinen lassen würden.

»Ziel bleibt es stets, den Turm möglichst leicht zu machen und sein Gewicht auf das Nötigste zu reduzieren, meine Herren, nicht wahr?«, rief Gustave in die Runde, erntete aber nur abwesendes Gemurmel, so vertieft war jeder in seine Arbeit.

»Monsieur, pro Quadratzentimeter Standfläche werden nach unserer neuesten Berechnung nur wenig mehr als zwei Kilogramm auf die Erde drücken«, sagte ein junger Ingenieur, der für seinen Eifer bekannt war und schon während des Gesprächs seinen Bleistift spitzte, wohl um sofort weiterarbeiten zu können. »Damit wird der Turm leichter als die meisten Pariser Bauten.«

»Sehr schön«, sagte Gustave und schüttelte dem jungen Mitarbeiter dankend die Hand. »Vergessen Sie aber auch nicht die Wärme- und Kälteeinflüsse, nicht wahr? Haben wir da schon Erkenntnisse, wie sich das sommers und winters auswirken wird?«

»Ja, Monsieur Eiffel«, schaltete sich nun Maurice Koechlin ein, der gestandene Chefingenieur der Firma. »Je nach Temperatureinwirkung wird unser Turm jedes Jahr um rund achtzehn Zentimeter wachsen und im Winter wieder schrumpfen.«

»Und das können wir ausgleichen?«, fragte Eiffel, nachdem er einen Blick auf die entsprechenden Berechnungen geworfen hatte.

»Ja, Monsieur, das ist möglich und in unseren Planungen bereits fest integriert.«

»Gut.« Gustave nickte. »Und der Wind?«

»Durch die filigrane Bauweise und die vielen luftigen Streben haben wir eine hohe Winddurchlässigkeit. Es wird zu Schwankungen von maximal sieben Zentimetern kommen. Aber da muss es schon richtig stürmen, was hier in Paris doch glücklicherweise äußerst selten geschieht.« Koechlin nickte geschäftig.

»Sehr gute Arbeit, ich danke Ihnen und Ihrer Mannschaft sehr, mein lieber Monsieur Koechlin«, sagte Gustave und ging mit den Händen auf dem Rücken zu den Architekten hinüber, während Claire die Berechnungsergebnisse der Ingenieure sorgfältig in ihrer Kladde notierte. Wer weiß, wer solche Details noch einmal wissen möchte, dachte sie.

Gustave war beim Chefarchitekten Stephen Sauvestre stehen geblieben, sie schloss auf. Sauvestre zwinkerte ihr zu: »Endlich sind Sie wieder da, Madame. Ich hab die vier Wochen lang Ihre Blumen sehr vermisst.«

Sie wurde rot und lächelte. Das hatte er bemerkt? »Vielen Dank, Monsieur. Ich werde gleich morgen wieder welche besorgen.«

Wie nett von ihm. Dabei hatte er so viel zu tun und war sicherlich sehr in Gedanken bei dem Turm. Er hatte ihn aber auch seit den Ursprungsentwürfen der Ingenieure optimal weiterentwickelt: Die Anzahl der Plattformen hatte er auf drei reduziert und vor allem diese wunderschönen leichten Verzierbögen für die erste Etage ersonnen. Alles Schwere war dadurch gewichen. Sauvestres Entwürfe gaben dem Turm beinahe etwas Spielerisches, fand Claire. Und die Bögen formten obendrein ein wunderbares Eingangstor für die Weltausstellung.

»Läuft alles zu Ihrer Zufriedenheit, Monsieur Sauvestre?«, fragte Gustave und warf einen Blick auf ein Papiermodell des Turms, das der Chefarchitekt mit seinen Mitarbeitern gebaut hatte.

»Sicher, sicher«, antwortete der Meisterarchitekt. »Wir entwickeln bereits die Ideen für die Außengestaltung der Restaurant-Pavillons auf den Etagen, Monsieur Eiffel.« Er lächelte. »Sie dürfen sich schon freuen. Auch die Plattformen mit ihren Räumlichkeiten werden Schmuckstücke werden.«

Gustave legte Sauvestre die Hand auf die Schulter. »Ich danke Ihnen so sehr für Ihre wunderbare Arbeit und bin gespannt auf die ersten Zeichnungen.«

»In wenigen Tagen ist es so weit«, sagte Sauvestre und

wandte sich schon wieder seinen Stiften und Papieren zu, nicht ohne Claire noch einmal zuzuzwinkern.

Es würde also nicht nur der höchste Turm der Welt werden, sondern auch der schönste, dachte Claire stolz, während sie sich an ihren Schreibtisch setzte und begann, die aufgelaufenen Briefe zu öffnen. Der schönste und der höchste! Auch wenn das viele Leute derzeit noch anders sehen mochten.

Es wurde Dezember, an dessen fünfzehntem Tag sie wie immer daheim im Palais an der Rue de Presbourg mit einer Dinnerparty für die ganze Familie Gustaves Geburtstag feierten. Nanette hatte schon Tage vorher gekocht und gewirkt, und so war die lange Tafel im Esszimmer mit dem feinsten Porzellan eingedeckt, Bratenduft zog durch das Haus. Natürlich waren auch die Geschwister aus ihren Internaten angereist, inklusive Valentine, die sich jedoch weiterhin von Claire fernhielt und sich weigerte, mit ihr noch einmal über ihren italienischen Conte zu sprechen. Auf Claires eindringliche Nachfrage hin erklärte sie nur, sie habe ihn in den letzten Monaten nicht gesehen, aber Briefe erhalten. Im Übrigen solle Claire sich nicht einmischen.

Und da Adi und Robert, aber natürlich besonders Gustave an diesem Festtag ihre volle Aufmerksamkeit verlangten, ließ sie vorläufig von Valentine ab. Doch sie nahm sich vor, sich bald einmal in Ruhe mit der Schwester zusammenzusetzen, der Geschichte mit dem Conte auf den Grund zu gehen und vor allem zu versuchen, Valentines Eifersucht zu beenden und sich mit ihr zu versöhnen. Sie waren doch Schwestern. Sie mussten zusammenhalten!

Niemand sprach an diesem Tag von der Klage der Comtesse. Sie war immer noch anhängig und sollte erst Anfang

Januar verhandelt werden. Es war eine große Anspannung, die sich von Gustave auf alle anderen Familienmitglieder und die Mitarbeiter übertrug, denn auch in dieser Zeit der Ungewissheit mussten die Planungen und Vorbereitungen für den anvisierten Baustart weiterlaufen. Auf eigenes Risiko. Und auf eigene Kosten sowieso.

In den Produktionshallen der Firma Eiffel in Levallois-Perret am Rande der Stadt wurden deshalb auch schon die ersten konfektionierten Pfeiler und Streben gegossen. In der Woche vor Weihnachten bat Gustave Claire, als kleinen Weihnachtsgruß für jeden der Arbeiter in den Werkstätten ein Marzipanbrot mit Schleife zu bestellen. »Die wollen wir ihnen persönlich vorbeibringen«, sagte er. Und so brachen sie am Tag vor Weihnachten damit in die Fabrik auf.

Als sie die große Werkstatthalle betraten, schlugen ihnen Hitze und enormer Krach entgegen. Die Hochöfen liefen, und die Männer schmiedeten und hämmerten bereits an den Stahlteilen, die als Erstes zum Einsatz kommen sollten, gleich oberhalb des Fundaments. Einige Träger und Streben lagen bereits fein säuberlich durchnummeriert in der Ecke der Halle bereit.

Gustave rief die Männer zusammen und hielt eine kurze Ansprache, in der er ihnen bereits jetzt dankte, versprach, dass die Bauarbeiten am Champ de Mars bald beginnen würden, und ihnen frohe Weihnachten wünschte. Claire verteilte die kleinen Geschenke und sah in verrußte, fragende Gesichter. Niemand wusste schließlich, ob die Stahlteile jemals zum Einsatz kommen würden oder ob das Engagement der Arbeiter hier in Kürze vorbei wäre, weil der Prozess zugunsten der Comtesse und anderer Gegner des Turms ausgehen würde.

Alles lief also nun auf den Gerichtstermin hinaus, der für den 8. Januar festgelegt worden war.

Weihnachten und Silvester herrschte bei den Eiffels daher eine angespannte Ruhe. Natürlich ließen sie es sich nicht nehmen, wie immer einen großen Weihnachtsbaum im Salon aufzustellen. Das Feuer im Kamin brannte, und Robert staunte über die vielen Kerzen und Gerüche. Seine Augen leuchteten, als er die Apfelringe und Schokoladenkringel am Weihnachtsbaum entdeckte. Und auch die Madeleines, die Claire einmal mehr mit Nanette gebacken hatte, schmeckten ihm schon hervorragend. Über das Stoffschaf, das er aus buntem Geschenkpapier auswickelte, freute er sich so sehr, dass er es gar nicht mehr loslassen wollte.

Trotzdem lag eine spürbare Spannung in der Luft. Alle waren nervös, wie der Prozess gegen die Comtesse ausgehen würde.

Alle bangten um den Turm.

In der Silvesternacht, zum Jahreswechsel, war es sicherlich nicht nur Claire, die sich dem lieben Gott zuwandte, um für das zurückliegende Jahr zu danken, in dem ihr und Adi ihr Sohn geschenkt worden war und in dem sie Amerika hatten besuchen dürfen. Und um sich für das kommende Jahr vor allem eines zu wünschen: dass der Traum vom Turm in Erfüllung ginge!

Kapitel 8

Neujahrsempfang im Salon des Grafen
de Montesquiou-Fezensac, Quai d'Orsay,
Paris, 7. Januar 1887

Sie hatten beschlossen, Claire als Botschafterin des Turms auszusenden, damit sie die Stimmung gegenüber dem Bauwerk positiv beeinflusste – bevor morgen die Gerichtsverhandlung alles entscheiden würde.

Und so fand sich Claire an diesem Abend im noch frischen neuen Jahr plötzlich in äußerst ungewöhnlicher Gesellschaft wieder: Eine Schildkröte mit goldüberzogenem und mit Rubinen, Smaragden und Diamanten besetztem Panzer kroch über den Brokatteppich auf ihre Füße zu! Der grünbraune Kopf des Tieres schraubte sich hoch, und die Schildkröte hielt inne, als ob sie den sanften Tönen des Pianisten, den Stimmen und dem Gelächter der Gäste im Salon lauschen wollte. Dann wurde der Kopf blitzschnell in den Panzer zurückgezogen, und wie ein Edelsteinkunstwerk blieb das Tier mitten im Raum auf dem orientalischen Teppich liegen.

Die anderen Gäste schienen sich durch die Schildkröte nicht weiter beunruhigen zu lassen. Vielleicht waren sie öfter im Salon dieses exzentrischen Grafen zu Gast, der die beliebtesten Gesellschaften von ganz Paris gab.

Claire war zum ersten Mal geladen, und sie musste sich eingestehen: Sie fühlte sich unwohl. Im Saal war es heiß und stickig, die Doppelfenster waren vom Atem der vielen Gäste so beschlagen, dass das Kondenswasser an ihnen hinunterlief. Und nicht nur diese Schildkröte irritierte sie, auch der Gastgeber selbst, der sich einen türkisfarbenen Turban um den Kopf geschlungen hatte wie ein indischer Maharadscha, passend zu einem fließenden Gewand aus reiner Seide und goldfarbenen Mokassins. Es machte sie nervös, wie er sich mit seiner brennenden Zigarettenspitze gestikulierend einen Weg durch die Gäste bahnte, vorbei an den mit Tüll besetzten Hüten und aufwendigen Frisuren der Damen und den pomadisierten Haaren der Herren. »Ah, welch eine Freude, Sie hier zu sehen, Mademoiselle Eiffel. Was macht der Turm?« Er zog an seiner Zigarettenspitze und wartete gar keine Antwort ab. »Wie ich höre, gibt es Schwierigkeiten mit einer lieben Freundin von mir, der Comtesse de Poix?« Er blies den Rauch senkrecht in die Luft. »Nehmen Sie es ihr bitte nicht übel, diese kleine Klage, Mademoiselle. Sie möchte eben nur nicht, dass diese vielen Tonnen Stahl im schlimmsten Fall möglicherweise auf ihr schönes Château am Rande des Champ de Mars krachen. Verständlich, n'est pas? Verständlich.« Er tätschelte Claire den Arm und entdeckte seine Schildkröte zu ihren Füßen. »Ach, meine liebe Cleopatra, was entfernst du dich auch so weit von Herrchen.« Er bückte sich und hob sie auf. Das Tier streckte den Kopf verzweifelt vor und ruderte mit den Beinen. »Komm, mein Mädchen, komm zu Papa. Ich werde dir ein Salatblatt vom Büfett stibitzen. Vielleicht haben die Gäste dir auch etwas Kaviar übrig gelassen. Ich weiß doch, wie gern du den magst, mein kleiner Liebling.«

Claire hatte es nicht geschafft, auch nur ein Wort in diesem Gespräch unterzubringen. Und dass er als Erstes und Einziges ausgerechnet dieses Ärgernis mit der verbohrten Comtesse anbringen musste! Zum Glück war diese heute Abend nicht anwesend. Wenn Claire gewusst hätte, dass ihr Gastgeber und die Comtesse befreundet waren … Nun gut, damit hätte sie wohl rechnen müssen. Schließlich war diese alte Pariser Gesellschaft ineinander verwoben und verschwägert und sah sich bei jeder Gelegenheit: in der Oper, bei der Jagd oder eben bei diesen Hausempfängen, die, wie Claire nun feststellen durfte, nicht ihren Geschmack trafen. Sie zog die handfeste Welt der Ingenieure und Industriellen diesen vermeintlich ach so feinen Sphären vor. In den Gesprächen dort ging es um Technik, Baumaterial, Wissenschaft. Aber hier? In diesen hochherrschaftlichen Pariser Kreisen, wo man die Barrikaden der Revolution in den Straßen und in den Köpfen längst beiseitegeschoben hatte und wo nun eine Melange aus altem Adel und gut situiertem Bürgertum zusammenhockte, um vorheriges Jahrhundert zu spielen – hier wehte ein anderer Wind, nämlich das müde Lüftchen des ewig Gestrigen.

Claire merkte, wie ihr Puls hochgegangen war, und wandte sich ab, um diesen Hort der Rückständigkeit zu verlassen, verfolgt, wie ihr schien, von spöttischen Mienen, denn natürlich waren alle durch die Presse über die Klage der Comtesse bestens informiert. Und einige empfanden sicherlich wie sie: Was sollte dieses Ungetüm von neumodischem Eisenturm mitten in der Stadt? Ein hässlicher Schandfleck, noch dazu womöglich gefährlich!

Claire wurde immer wütender – als ausgerechnet Charles Garnier sich vor ihr aufbaute. Wie immer sah der alte Architekt so aus, als ob er sich gerade für einen Besuch in der Oper zurechtgemacht hätte, in *seiner* Oper wohlgemerkt, der Opéra Garnier. Zweifelsohne war das ein prunkvoller Bau und der gesellschaftliche Treffpunkt der feinen Pariser Kreise. Wer etwas zu bereden hatte, wer Geschäfte machen oder gesehen werden wollte, wer der Kunst frönen oder den Ballettmädchen nachstellen wollte, der ging selbstverständlich in die Opéra Garnier. Und natürlich war Garnier damit ein ganz zentraler Angelpunkt der Gesellschaft. Kein Wunder also, dass er heute Abend ebenfalls beim exzentrischen Grafen anzutreffen war.

»Meine liebe Claire.« Garnier breitete die Arme aus, als ob er Claire umarmen wollte, was er dann glücklicherweise unterließ. Vertraut genug dafür wären sie einander allerdings gewesen, so oft wie Garnier mit Vater beisammengesessen und Pläne geschmiedet hatte. Damals, als sie gemeinsam das Observatorium in Nizza gebaut hatten.

Claire nahm ihren Fächer aus der Tasche und wedelte sich Luft zu, damit ihr in all dieser Stickigkeit nicht schwindelig wurde, und auch, um Garnier auf Abstand zu halten, während dieser fortfuhr: »Wo ist Gustave? Arbeitet er wieder bis tief in die Nacht?«

Claire nickte nur und suchte nach Worten, das Gespräch elegant zu beenden, bevor es richtig angefangen hatte. »In der Tat, und ich bin soeben im Aufbruch begriffen.«

»Wie schade, meine Liebe. Aber richten Sie Gustave meine herzlichsten Grüße aus.« Er verbeugte sich leicht.

Die herzlichsten Grüße, tatsächlich?, hätte Claire beinahe gefragt und musste an das denken, was Garnier im kleinen Kreis geäußert hatte: dass der Turm an Hässlichkeit nicht zu übertreffen sei und man unbedingt verhindern müsse, dass er die wunderschöne Haussmann-Architektur der Stadt überrage und ruiniere. Denn er sei ja unglücklicherweise von jeder Ecke der Stadt aus zu sehen.

»Das mache ich«, sagte sie stattdessen und entschlüpfte nach einer kurzen Abschiedsfloskel flink zwischen zwei matronenhaften Damen gen Foyer.

Dort griff sie nach ihrem Mantel, den ein Diener ihr schon entgegenhielt. Warum war sie heute Abend überhaupt hergekommen? Noch dazu alleine. An der Seite Adis oder ihres Vaters hätte sie diese Angriffe besser kontern können. Aber da die zwei Männer sich auf den Prozess morgen vorbereiten mussten, hatte Adi sie allein hierhergeschickt. Er und Vater saßen bestimmt mit den Anwälten zusammen und brüteten über einer möglichen Lösung, dachte sie und streifte sich gerade den Mantel über, als sie eine tiefe Stimme mit starkem amerikanischem Akzent vernahm: »Nun schauen Sie nicht so grimmig, Mademoiselle Eiffel. Das passt nicht zu Ihrem hübschen Gesicht und den fortschrittlichen, fröhlichen Ideen, die Sie in Ihrem klugen Kopf tragen.«

Sie blickte hoch. Ein Mann, vermutlich in seinen Dreißigern, mit ordentlich gezwirbeltem Bart, aufmerksamen Augen und fescher Welle im dunklen Haar stand vor ihr. Er trug einen ausgefallenen Anzug, der mit Sicherheit nicht von einem französischen Schneider stammte, und lächelte sie an.

»Und Sie sind Mister …?« Sie zog die Augenbrauen hoch. Ein wenig unverschämt war er schon, sie einfach so hinterrücks zu überfallen. Aber immerhin gab er sich Mühe, denn seine Miene verriet keinerlei Ironie.

»Ich bin Gordon Bennett.« Er verneigte sich. »Journalist aus Leidenschaft. Vielleicht kennen Sie meine kleine bescheidene

Publikation, *The Herald*. Ich bin der Herausgeber der Pariser Ausgabe.«

Natürlich kannte sie *The Herald*! Wer kannte die amerikanische Zeitung nicht? Sie lag in den Cafés, wo die Reisenden verkehrten, und oft sah man internationale Herrschaften in sie vertieft. Die Firma hatte sie auch abonniert. Schließlich war es notwendig zu erfahren, was in den Vereinigten Staaten und der Welt vor sich ging. Und auch wenn der *Herald* auf Englisch erschien, was ein wenig mühsamer zu lesen war, lieferte die Zeitung wertvolle Informationen, besonders für Papa. Erhielt er doch so Zugang zu den technischen Fortschritten auf dem anderen Kontinent und erfuhr gelegentlich auch, wenn etwas Neues rund um die Freiheitsstatue geschah.

Claire knöpfte ihren Mantel zu. Aber Moment mal. »Pariser Ausgabe?« Hatte er das gesagt? »Seit wann gibt es denn eine Pariser Ausgabe des *Herald*? Ich kenne nur das amerikanische Original.«

Bennett nahm seinen noch platten Zylinder von dem Diener entgegen, klopfte ihn mit einem Schlag gekonnt auf und setzte ihn sich aufs Haar, bei dem die vorangeschrittenen Geheimratsecken jetzt doch verrieten, dass er womöglich die vierzig schon überschritten hatte. »Die wird es ab übermorgen geben. Ich gedenke den legendären Turmbau zu begleiten und bei seiner Fertigstellung zur Eröffnung der Weltausstellung bereits eine große, lukrative Auflage zu haben, die meinen alten Herrn in New York erfreuen wird.«

»Sie sind der Verlegersohn?« Der Pianist im Salon beendete soeben ein Stück, Applaus brandete zu ihnen herüber.

»Oui, Mademoiselle. Und was sagen Sie zu meinem Angebot, den Turmbau exklusiv zu begleiten? Das gäbe wunderbare Publicity für Ihr entzückendes Bauwerk, dessen Pläne mir enorm modern und zukunftsweisend vorkommen. Völlig unverständlich, dass der Entwurf so vielen Leuten zu missfallen scheint.«

»Sie gehen also fest davon aus, dass er gebaut werden wird«, stellte Claire nachdenklich fest.

Ein neues Klavierstück setzte im Salon ein, auch das Stimmengewirr wurde wieder lauter.

»Aber natürlich, Mademoiselle. Es ist Zeit für so eine Frechheit. Nur schade, dass wir Amerikaner nicht auf diese Idee gekommen sind.« Er lachte, als er sah, wie sie die Augenbrauen hochzog. »Alle werden doch da hochwollen. Das ist solch eine kühne Idee, sie wird sich durchsetzen. Ich persönlich kann es nicht abwarten, dort oben mit Ihnen und Ihrem Herrn Vater mit einem Glas Champagner auf den Triumph anzustoßen.«

»Und mit meinem Mann, Monsieur Salles, der einer der leitenden Ingenieure ist.« Sie zog ihren Kragen zurecht. So. Nicht, dass er auf die Idee kam, sie wäre ungebunden.

Bennett nahm seinen Spazierstock. »Das ist mir selbstverständlich bekannt, Mademoiselle Eiffel – oder sollte ich besser ›Madame Salles‹ sagen?« Er registrierte wohl ihr Nicken, fuhr aber unbeirrt fort: »Also auch mit Monsieur Salles, selbstverständlich, werden wir dort oben anstoßen, mit Blick über die ganze Stadt.« Er hatte einen schwärmerischen Gesichtsausdruck, als ob er es schon vor sich sähe, das Dächermeer, das Straßengewirr, die Lichter zu ihren Füßen, darüber ein Feuerwerk. »Es ist sehr wichtig, sich Dinge und Ziele zu visualisieren, wissen Sie?«, fuhr er fort. »Man muss vor Augen haben, wo man hinwill.« Er öffnete die Tür des Palais zum Quai d'Orsay hinaus und ließ ihr den Vortritt. Sofort umströmte sie kalte, frische Luft. »Und ich will auf diesen irren Turm. Genau wie Sie, nicht wahr? Ach herrje.« Er schlug seinen Mantelkragen hoch, denn inzwischen hatte Schneefall eingesetzt.

Claires Atem bildete kleine Wölkchen um sie herum, als sie sich suchend umschaute. Durch ihren überstürzten Aufbruch hatte sie ganz vergessen, dass sie erst gegen zehn Uhr von Jacques abgeholt werden sollte. Nun stand keine Kutsche für sie bereit.

»Fahrt nach Hause gefällig?« Bennett lächelte, deutete mit der Hand auf eine Victoria-Kalesche, von deren Bock gerade der Kutscher sprang. »Leider müssen wir offen fahren, denn ich habe den leichten Wagen genommen, weil ich heute nicht mit Schnee rechnete. Man müsste endlich die Forschung in dieser Hinsicht vorantreiben. Es kann doch nicht sein, dass man nicht einmal ein paar Tage im Voraus weiß, wie das Wetter wird. Das wäre im Übrigen auch eine wunderbare Sache für meine Zeitung.«

Claire lachte. »Stellen Sie sich am besten eine Glaskugel auf.«

Bennett blieb stehen. »Nun bin ich enttäuscht, werte Mademoiselle Eiffel. Von einer Frau, die aus einer so technisch und wissenschaftlich begabten Familie stammt, hätte ich ein wenig mehr Zutrauen in den Entwicklungsgeist erwartet.«

»Sie können wohl Humor nicht sofort erkennen, Mister Bennett, den französischen, meine ich?« Claire lächelte. »Selbstverständlich ist mir bekannt, dass kluge Männer bereits emsig versuchen, Wetterinformationen zu sammeln und mit anderen Orten abzugleichen, um Muster und Bewegungen des Wetters zu finden. Vater schwärmt sehr von dieser Forschung.«

Bennett nickte. »Vielleicht sehen wir in dieser Hinsicht bald wirklich Fortschritte. Möglicherweise sogar mithilfe Ihres Turms. Das wäre doch eine wunderbare Forschungsstation dort oben, nicht wahr? Und vielleicht kann man von dort aus gar besser Signale übermitteln? Dann wären die Meldungen über die Regenwolken auch sehr schnell in meiner Zeitung.« Er lachte und deutete auf die Trittstufe der Kutsche, bei der sie nun angekommen waren. Er bot ihr die Hand zum Einstieg. »Madame?«

Claire blickte sich von der Bordsteinkante aus noch einmal um in der Hoffnung, dass Jacques aus Intuition vielleicht doch früher aufgetaucht wäre. Aber natürlich war er nirgends zu sehen. Sollte sie also tatsächlich mit diesem Amerikaner, der sich zwar ordentlich vorgestellt hatte und sich zuvorkommend benahm, den sie aber nicht kannte, in der Kutsche fahren? Es ziemte sich natürlich keineswegs. Auf der anderen Seite hatte sie keine andere Möglichkeit, nach Hause zu kommen. Denn alleine durch die Straßen von Paris zu wandern, noch dazu am späten Abend und bei immer stärker werdendem Schneefall, war für eine Dame noch viel undenkbarer.

»Wenn es Sie beruhigt, Madame Salles«, sagte Bennett, und bei dieser Gelegenheit benutzte er also ihren Ehenamen, stellte sie zufrieden fest, »dann machen wir es so: Mein Kutscher bringt Sie nach Hause und kehrt dann zurück und holt mich ab. Wenn ich mich recht erinnere, wohnen wir in sehr verschiedenen Richtungen. Ihre Wohnung ist an der Rue de Presbourg, nicht wahr?«

Claire nickte. Konnte sie von ihm verlangen, dass er hier im Schnee mindestens eine halbe Stunde wartete, bis die Kutsche ihn wieder abholte?

»Machen Sie sich keine Sorgen«, wehrte er sogleich ab, als könne er ihre Gedanken lesen. »Gleich um die Ecke ist ein Bistro. Dort werde ich mich aufwärmen und einen ordentlichen amerikanischen Whiskey trinken, bis Jean mich wieder aufgabelt.« Er entfernte sich schon von der Kutsche. »Auf Wiedersehen, Mademoiselle Eiffel«, rief er, zu seiner ursprünglichen Anrede zurückkehrend, die ihm besser zu gefallen schien. »Es war mir eine Ehre und ein Glück, Sie persönlich zu treffen.« Er drehte sich weg und rief noch über die Schulter: »Bis bald, see you soon!« Damit verschwand er um die Hausecke.

»See you soon«, murmelte Claire. So viel Englisch hatte sie auch spontan noch in petto, war es ihr doch auf der Reise zur Freiheitsstatue so oft begegnet. See you soon. Manchmal meinten sie das so, diese Amerikaner. Manchmal sagten sie es nur so daher. Wer wusste schon, zu welcher Kategorie dieser Mister Bennett gehörte.

Sie bestieg die Kutsche, und der Kutscher ließ die Pferde anziehen. Durch den ersten Schnee dieses Winters, dessen Flocken vor den Lichtern der Gaslaternen tanzten, bevor sie auf dem dunklen Kopfsteinpflaster schmolzen, klapperten die Pferdehufe durch die Straßen. Claire hob ihr Gesicht den Flocken entgegen und bewunderte die Schönheit der im Licht glitzernden Kristallgebilde. Darüber vergaß sie fast den Ärger mit Garnier und dem Grafen. Und auch den Charme des Mister Bennett. Hoffentlich waren Adi und Vater inzwischen mit den Anwälten zum Ende gekommen, dachte sie, als sie einen Handschuh auszog und die Hand ausstreckte, um die Flocken auf der Haut zu spüren.

Wenn dieser Turm, dem noch so viel entgegenstand, erst einmal seinen Platz am Champ de Mars eingenommen hätte, dann wollte sie auf der dritten Plattform in gut dreihundert Metern Höhe stehen und erfahren, wie fallender Schnee aus großer Höhe aussah. Nur Bergsteiger konnten das bisher wissen, dachte sie. Bald konnten es alle Besucher des Turms.

Ein wenig erschrak sie wieder einmal ob der schieren Kühnheit ihres Bauvorhabens. Hatten sie sich doch geirrt, und die Materialien und baulichen Möglichkeiten waren noch nicht reif für eine solche Ingenieursleistung? Sie zog die Hand zurück und setzte sich gerade auf. Nein, nein, Vater, Adi und all die Kollegen irrten sich selbstverständlich nicht mit ihren Berechnungen. In sechsundzwanzig Monaten würde der Turm stehen wie geplant.

Sie würden die Pariser und Pariserinnen für den Turm gewinnen und alle Widerstände überwinden! Und sie, Claire, würde sich mit aller Kraft dafür einsetzen, dass er Paris bereichern und den Ruf Frankreichs als zukunftsorientiertes Forschungsland festigen würde.

Sie lächelte und freute sich auf einmal, nach Hause zu kommen, dem schlummernden Robert einen Kuss zu geben und Adi und Vater von ihrer neuen Bekanntschaft zu berichten. Denn vielleicht war das Angebot dieses Mister Bennett gar nicht so schlecht. Gute Presse konnten sie schließlich dringend gebrauchen.

Kapitel 9

Paris, Eiffel'sche Wohnung in der Rue de Presbourg, später am Abend des 7. Januar 1887

Bennetts Kutscher setzte sie ordnungsgemäß direkt an der Haustür ab und verschwand durch das Schneegestöber, die Hufschläge gedämpft durch den inzwischen zentimeterhohen weißen Belag. Claire atmete auf, als sie die warme, heimelige Halle betrat und den feuchten Mantel ablegte. Als Erstes eilte sie ins obere Stockwerk zum Kinderzimmer, wo sie Robert und Manon friedlich schlafend vorfand. Sie beugte sich über ihren Sohn und strich ihm eine Locke zurück, um seine Stirn zu küssen, ganz sanft, sodass er nicht erwachte. Doch nach einer Weile riss sie sich von Robert los und eilte nach unten in den Salon. Vater und Adi saßen nicht bereits mit einem Cognac am Kamin, sondern waren immer noch über die Papiere gebeugt am großen Doppelschreibtisch in der Mitte des Raumes beschäftigt. Sie blickten kaum auf und erwiderten Claires Gruß nur einsilbig.

Halb enttäuscht, halb verständnisvoll ließ sie sie allein und bereitete erst einmal Tee zu. Nanette hatte bereits Feierabend und schlief oben in der Mansarde. Der Kessel dampfte bald und pfiff, und kurz darauf trug Claire das Tablett mit den drei Teetassen in den Salon und stellte die duftende Fracht vor den Männern ab, die dankbar zugriffen. »Wie ist der Stand?«, fragte sie und nahm sich selbst eine Tasse, in die sie Kandiszucker gab. Nur das Knacken des Kandis und das Ticken der

Standuhr an der Salonwand waren zu hören – bis Adi endlich antwortete: »Die Anwälte sind erst vor einer halben Stunde gegangen. Sie sagen, unsere Chancen stehen fünfzig zu fünfzig. Es kommt wohl darauf an, dass wir die Comtesse de Poix und die Nebenkläger in irgendeiner Weise, nun ja, beruhigen.«

»Durch die mathematischen Fakten, die die Möglichkeit eines Einstürzens des Turms widerlegen? Kennen sie die nicht bereits?«, fragte Claire, und Adi nickte.

»Und diese Informationen haben sie in der Tat leider nicht beruhigt.« Seine Stirn legte sich in Falten. Er sah sehr besorgt aus.

Claire hielt die Teetasse zwischen ihren Händen, die Finger waren nun beinahe wieder aufgetaut nach der eisigen Kutschfahrt. Sie versuchte zu verstehen, was er meinte. »Also Geld?«

»Ein Vergleich, mein Herz. Man nennt es einen Vergleich.« Adi pustete in seine Tasse.

Claire schwieg. »Können wir das denn?«

»Realistisch betrachtet: nein«, sagte Adi, nachdem er einen Schluck getrunken hatte.

»Und nun?« Wie konnte er nur so ruhig bleiben? Das ganze Projekt drohte zu scheitern!

»Wir müssen es eben fantastisch betrachten, nicht realistisch.« Adi warf noch einen Kandiszucker in seinen Tee. Claire entdeckte einen Fussel auf seinem Hemdsärmel und zupfte ihn ab, Adi zog den Arm zurück. »Lass das doch jetzt.«

»Fantastisch?«, kam Claire schnell auf seine vorangegangenen Worte zurück und schämte sich, dass selbst in solch einem brenzligen Moment ihr Ordnungssinn mit ihr durchging.

»Im Sinne von: mit viel Fantasie, wenn du verstehst«, sagte

Adi nachdrücklich und rührte den Zucker in das heiße Getränk.

Oje, das klang gar nicht gut. Claire sah die Rechnungsbücher vor sich, in denen jeder kleinste Posten der Turmentwicklung aufgelistet war. Eine Spalte für Ausgaben dieser Art war dort natürlich nicht vorgesehen. »Wir müssen also die Fantasie entwickeln, dass wir die Ausgaben für den Vergleich anderweitig wieder reinholen werden?«

»So ist es.« Adi nickte.

Gustave schob die Papiere weg, in die er vertieft gewesen war, und hob den Kopf. »Es ist unsere einzige Chance, sagen die Anwälte.« Er lehnte sich auf seinem Bürostuhl zurück und verzog das Gesicht wie unter Schmerzen. Sein Rücken schien wieder Probleme zu machen. Kein Wunder, sicher hatte er sich heute keinen Moment Ruhe gegönnt und die meiste Zeit gesessen. »Aber nun erzähl uns ein wenig von der Gesellschaft bei diesem Grafen. War das wenigstens ein erfreulicher Abend?«

Claire entschied, die Begegnung mit Charles Garnier nicht zu erwähnen. Es würde Vater nur traurig stimmen, der die Ablehnung seines alten Kollegen und Freundes nicht verstehen konnte. Stattdessen würde es ihn vielleicht aufmuntern, etwas von den neuen Möglichkeiten der Pressearbeit zu erfahren. »Ich habe einen amerikanischen Gentleman kennengelernt, der uns vielleicht helfen kann.«

Adis Kopf hob sich ruckartig, er musterte ihren Gesichtsausdruck. Schweigend. Genau wie Vater, der sie nur ebenso gespannt anschaute. »Ein Gentleman?«

Sie nickte. »Er ist Journalist, und er …«

»Ach herrje, ein Journalist.« Gustave winkte ab. »Hoffentlich nicht einer von denen, die unseren Turm bereits niederschreiben.«

»Nein, das tut er nicht, er ist uns sehr zugetan und möchte im Gegenteil …« Weiter kam sie nicht.

Denn Gustave gähnte und sagte: »Wenn ich ehrlich bin, kann ich jetzt nach diesem verrückten Tag keine langen Geschichten über einen der vielen in der Stadt herumstreunenden Amerikaner mehr ertragen.« Er stellte seine Teetasse zur Seite. »Ich gehe zu Bett. Gute Nacht.« Er verließ den Raum gebeugt und langsam und offensichtlich sehr, sehr müde.

»Gute Idee«, sagte Adi und stand ebenfalls auf. »Nicht böse sein, mein Liebling. Aber wir sollten Kraft sammeln, bevor es morgen in die Schlacht geht, nicht wahr?«

Damit verließ auch Adi den Salon. Ohne sie in den Arm genommen zu haben. Ohne einen Gutenachtkuss. Ohne ein liebes Wort. Ohne ein kurzes Gespräch. Ohne alles.

Claire setzte sich in den Ohrensessel am Kamin und schaute auf den letzten Rest ausglimmender Holzscheite.

Wo waren sie nur hin, die Leidenschaft und Freude, die den Beginn ihrer Ehe begleitet hatten? Seit sie vor knapp einem halben Jahr aus den Sommerferien in Vevey zurückgekehrt waren und gemeinsam am Turm arbeiteten, hatte sich Adi verändert. Oder es kam ihr jedenfalls so vor. Er erschien ihr zunehmend kurz angebunden, angespannt, irgendwie fern. Konnte es sein, dass dieser Turm in seinem Gigantismus, in seiner schwindelerregenden Vereinnahmung – dass dieses Bauvorhaben ihre Ehe ins Wanken brachte, jetzt schon, im zweiten Jahr, das sie gemeinsam verbrachten? Denn wo war er hin, ihr liebevoller und witziger Adi, der sie spontan zu einem Abendspaziergang einlud. Der ihr einen Veilchenstrauß mitbrachte, weil er zufällig am Stand einer Blumenfrau vorbeikam. Der mit ihr durch das Dunkel der Straßen tanzte, wenn sie von einer Theatervorstellung nach Hause flanierten.

Jetzt stand er einfach auf und verließ den Raum. Ohne wenigstens eine kleine Gefühlsregung, eine Geste, die verriet, dass er Interesse an der Familie hatte.

An ihr.

Claire sah das letzte Holzstück im Kamin zerfallen. Es wurde kühl im Raum, und sie merkte, dass sie nach diesem langen Bürotag und der Abendveranstaltung beim exzentrischen Grafen sehr müde war. Sie stand auf und sammelte die drei Teetassen ein, um sie in die Küche zu bringen. Sie sollte sich wirklich bemühen, trotz der Aufregung um den Turm ihre Ehe nicht aus den Augen zu verlieren. Und sie musste Adi dazu bewegen, sie beide nicht zu vernachlässigen. Ja, sie nickte sich selbst zu. Bei allem Stress, der noch auf sie zukommen würde, sollten sie morgen beim Prozess obsiegen, blieb doch das Wichtigste stets die Familie! Und die musste beschützt werden. Für sie, für Adi, für Robert. Auch für Gustave. Und für alle Geschwisterchen, die Robert noch bekommen sollte.

Sie nickte erneut. Ja, dieses Ziel würde sie verfolgen – und hatte damit nun gleich zwei sehr große Bauvorhaben.

Das des riesigen Stahlturms, des nationalen Monuments der Zukunft.

Und das einer glücklichen Familie.

Kapitel 10

Palais de Justice, Île de la Cité,
am nächsten Morgen

Als sie gegen kurz vor neun Uhr unter stahlblauem Winterhimmel vor dem ehrwürdigen Gerichtsgebäude eintrafen, hatte sich bereits eine Menschenmenge versammelt, die den verschneiten Vorplatz vollständig ausfüllte, sodass die Kutsche kaum durchkam. Zahlreiche Reporter, aber auch interessierte Pariser Bürgerinnen und Bürger drängten dem Eingang zu und verstopften die Zugangstreppe, an deren Ende Gerichtsdiener den Einlass zu regeln versuchten.

Schilder wurden in die Luft gereckt, auf denen stand: »Kein Turm!«, »Paris muss schön bleiben!«, »Monsieur Eiffel unerwünscht!«

Claire, Adi und Gustave bahnten sich von der Kutsche aus einen Weg durch die Massen. Zum Glück wurden sie nicht sofort erkannt, bis ein Reporter sie kurz vor der Tür anrief: »Monsieur Eiffel, wie glauben Sie, dass der Prozess ausgehen wird? Werden Sie den Turm bauen können?«

Die Menge begann zu wogen, Rufe wurden laut: »Da ist Monsieur Eiffel! Da!«

Claire zog ihre Hutkrempe tiefer in die Stirn, während sie ihren Weg schnell fortsetzten. Gustave antwortete nur knapp über die Schulter: »Das werden wir in wenigen Minuten wissen.« Damit verschwanden sie im Gebäude. Auch hier herrschte Gedränge, die Luft war abgestanden. Alle versuchten, in den Saal zu gelangen, in dem die Verhandlung stattfinden sollte.

Plötzlich spürte Claire eine Hand auf ihrem Arm und fuhr alarmiert herum: Gordon Bennett stand vor ihr, nach Eau de Cologne duftend und über das ganze Gesicht strahlend wie ein kleiner Junge bei einem Schulausflug.

»Bonjour, Madame Salles, wie fühlen Sie sich heute Morgen?«

Erlaubte er sich einen Scherz? Das war nicht gerade eine einfühlsame Frage. Er musste doch ahnen, wie sehr sie in Aufregung war.

»Soll das ein Zitat für Ihre Zeitung werden, Mister Bennett?«, erwiderte sie scharf.

Er lachte. »Nein, das war eine rein private Frage. Aber ich darf Ihnen mitteilen, dass morgen in der Tat die allererste Ausgabe von *The Paris Herald* erscheinen wird. Und deshalb haben Sie nun die Ehre, mir jetzt in diesem Moment die Titelzeile dafür zu liefern.« Er beugte sich zu ihr vor und hob die Hand als Ohr, als ob er lausche.

»Turmbau beginnt noch in diesem Monat«, sagte Claire fest. »Gut genug?«

»Nicht schlecht dafür, dass Sie keine Journalistin sind.« Er lächelte und flüsterte dann: »Ich drücke ganz fest die Daumen!«, bevor er zur Treppe gen Pressetribüne entschwand.

»Wer war denn das?« Adi zog sie weiter in den Gerichtssaal, wo sie in der ersten Reihe Platz nahmen.

»Das habe ich gestern Abend versucht, euch zu erzählen, aber ihr habt ja nicht zugehört. Das war der Amerikaner«, wisperte sie, als der Richter bereits mit dem Hämmerchen um Ruhe bat, während durch die Tür noch eine späte, aber zentrale Teilnehmerin des Prozesses schritt: die Comtesse de Poix.

Was hatte sie sich ausstaffiert! Die größte Tournüre, die ihre üppige Form zuließ, die feinsten Rüschen, ein Diamantencollier wie den Kronjuwelen entraubt. Claire verdrehte die Augen. Die Comtesse rauschte unter den Blicken aller auf ihren Platz neben ihren Anwälten und schaute so blasiert, als ob sie diese ganze Veranstaltung nichts anginge.

Claire ballte die Fäuste vor Wut, verbarg sie aber hinter ihrer Handtasche auf ihrem Schoß.

Es war doch wirklich nicht zu fassen, wie ignorant diese Aristokraten sein konnten. Es war dieser Comtesse offen sichtlich ganz egal, dass Frankreich die Möglichkeit hatte, den höchsten Turm der Welt zu bauen, der mit Sicherheit ein Besuchermagnet nicht nur für die Hauptstadt, sondern für das ganze Land sein und den Ruf Frankreichs als fortschrittliche, moderne Republik nähren konnte. Aber natürlich – die Republik war in den Augen dieser Leute sowieso ein unglücklicher Fehler.

Claire schloss die Augen zu einem kurzen Gebet, das ihr sofort Kraft gab. Als sie sie wieder öffnete, lächelte sie und hörte, beruhigter nun, zu, was die Anwälte vorzutragen hatten.

Eineinhalb Stunden später lagen sie sich weinend in den Armen – vor Freude weinend! Sogar Gustaves breite Schultern bebten, bemerkte Claire. Der Gerichtssaal tobte, alle schrien durcheinander. Von der Pressetribüne schallten Fragen zu ihnen herab, Menschen aus dem Publikum erhoben sich, um zu gratulieren.

Denn wie von den Anwälten bereits vermutet, hatten die

Comtesse und ihre Lakaien die Klage gegen einen Vergleich zurückgezogen.

Der Turmbau konnte starten!

Unter dem Jubel der Befürworter, aber auch begleitet von Buhrufen der Gegner, verließen sie wenig später das Gerichtsgebäude. Die Nachricht hatte sich auch hier draußen sofort verbreitet, alle waren in heller Aufregung. Schnell lotste Adi Claire und Gustave zur Kutsche und hieß Jacques anziehen. Er legte den Arm um Claire, als könne er sie so vor der Menschenmenge schützen.

Nur weg hier, schnell weg! Claire schwirrte der Kopf, sie konnte ihre Gedanken nicht ordnen. Ja, sie hatten gesiegt. Aber Zeit zum Ausruhen und Innehalten war nun keinesfalls. Jetzt musste alles ganz flott gehen, auch wenn die Vorarbeiten bereits geleistet waren. Aber die Verträge mit den Arbeitern mussten ausgestellt werden, die Bestellung der Materialien herausgeschickt und die Vorbereitung der Baustelle eingeleitet.

Eines war jedoch zuallererst zu erledigen, bevor sie an all die anderen Aufgaben auch nur dachten: »Jacques, fahren Sie uns ins Rathaus!«, rief sie, als sie endlich aus der Menge heraus waren und auf die Pont Notre-Dame einbogen.

Adi nahm seinen Arm von ihrer Schulter: »Nicht zuerst zum Mittagessen?« Claire wusste, dass er stets um 11.30 Uhr Hunger bekam.

»Nein, nein, direkt ins Rathaus«, sagte Gustave unruhig, »Claire hat das schon für uns arrangiert, nicht wahr?«

Claire nickte. Sie hatte kurz nach der Verhandlung noch im Gerichtssaal mit dem Sekretär des Präfekten von Paris und mit dem des Handelsministers sprechen können. In aller Eile hatten sie sich für zwölf Uhr im Rathaus verabredet. »Sie haben zugestimmt, dass wir den Vertrag sofort unterzeichnen, bevor noch etwas Unvorhergesehenes dazwischenkommt.«

Gustave nickte und zog nervös an seinen Fingerknochen, bis Claire seine Hände festhielt. Jacques versetzte die Pferde in Trab, und das Gefährt rollte schneller über den Quai des Célestins.

Claire schob Adi eine Pfefferminzpastille aus ihrer Handtasche zu. Die hatte sie stets dabei, denn sie halfen nach ihrer Erfahrung gegen fast alles: gegen Nervosität, gegen Kopfschmerzen, gegen aufkommenden Hunger. Sie nahm sich auch eine. Leider halfen sie nicht gegen Angst, diese Pastillen, stellte sie fest, als die Fragen in ihrem Kopf wieder überhandnahmen: Waren sie eigentlich verrückt? Sollten sie nicht lieber umkehren und den Vertrag nicht unterzeichnen? Noch wäre es möglich, das ganze Unternehmen abzublasen.

Sie schaute zu Vater hinüber, der mit Augen, die nach innen blickten, das vorbeiziehende Haussmann-Palais musterte. Adi auf der anderen Seite schien den Frachtkahn unter Segel auf der Seine und die Spaziergänger auf den Uferpromenaden zu beobachten.

Wenn sie Angst hatten, zeigten sie es jedenfalls nicht.

Und natürlich, es war richtig, sie mussten diesen Vertrag unterzeichnen, meldete sich die andere Stimme in ihrem Kopf, die Stimme der Vernunft – oder war das im Gegenteil die Stimme des Wahnsinns? Sie mussten ihn unterzeichnen, diesen offiziellen Vertrag mit der Stadt Paris, dass sie den Turm nun wirklich und wahrhaftig bauen würden.

Ihr Herz sprang. Nun wurde es ernst!

Was hatten die Anwälte im Vorfeld an diesem Vertrag

getüftelt. Achtzehn Paragrafen umfasste er. Das Schwierigste war der Finanzierungsplan gewesen: 1,5 Millionen Goldfranken stellte die Stadt Paris für den Bau des Turms zur Verfügung. Aber den Rest der Gesamtkosten von geplanten knapp sieben Millionen Goldfranken mussten sie, die Bauherren, selbst aufbringen. Zu diesem Zweck hatten sie eine Aktiengesellschaft gegründet, wofür Claire sich erstmals mit Grundkapital, Anlegeranteilen und Ausschüttungen hatte befassen müssen. Nun war es so geregelt, dass die Aktiengesellschaft ein Grundkapital von fünf Millionen Goldfranken haben sollte. Die Hälfte davon würde Gustave aus dem Privatvermögen der Familie stellen, die andere Hälfte war durch zwei Bankkredite gedeckt.

Claire wurde mulmig, wenn sie daran dachte, und sie versuchte sich abzulenken, indem sie noch eine weitere Pfefferminzpastille lutschte. Aber allzu schnell waren ihre Gedanken wieder bei dem verflixten Vertrag.

Die Anleger würden das Recht erhalten, den Turm kostenlos zu besuchen. Und um die vorgeschossenen Kosten aus dem Privatvermögen wieder einzuspielen, hatte Vater erwirkt, dass die Familie für zwanzig Jahre das Recht bekam, den Turm zu bewirtschaften und die Eintrittsgelder und die Konzessionen für die Restaurants einzunehmen. Nicht, dass sie jemals zuvor Restaurants verpachtet oder Eintrittsgelder erwirtschaftet hätten! Sie waren doch nun wirklich keine Gastronomen oder Veranstalter. Kühn war das alles, kühn! Aber sie würden Pächter finden und sich auch in diese Rolle einarbeiten. Claires Herz klopfte noch schneller. Es war eben nicht nur der Bau dieses Dreihundert-Meter-Riesen. Er wollte auch bespielt werden, wenn er erst einmal zum Leben erweckt worden war.

Die Gedanken an diese Summen, an die Zahlenspiele und den immensen Zeitraum, den der Turm sie nun gefangen nehmen würde, trieben Claires Puls in die Höhe. Sie durfte nicht weiter darüber sinnieren, vor allem, weil Vater diesen Vertrag in ein paar Minuten als Privatperson unterschreiben würde und nicht im Namen seiner Firma! Wenn es also schiefginge – wenn der Turm doch nicht fertiggestellt werden könnte –, wäre die Familie bis an Claires Lebensende verschuldet.

Schnell ergriff sie Adis Hand, der nervös an seiner Pastille lutschte. Sie drückte sie fest und spürte seine Erwiderung, während Jacques die Pferde unermüdlich vorantrieb, ihrem Ziel, dem Rathaus entgegen.

Ja, sie mussten sich ab sofort gut aneinander festhalten, sie und Adi. Denn das wohl größte Abenteuer ihres Lebens begann in wenigen Minuten. Gegen alle Widerstände.

Kapitel 11

Place de l'Hotel de Ville, Rathaus der Stadt Paris,
8. Januar 1887

Handelsminister Lockroy stand am Fenster und rauchte eine Zigarre. Sein stattlicher Körper zeichnete sich wie ein Schattenriss gegen das Licht von draußen ab, der Rauch zauberte Kringel und wogte dort, wo Zugluft durch die Ritzen drang. Der Pariser Stadtpräfekt Poubelle saß hinter seinem imposanten Schreibtisch und blätterte durch Unterlagen. Beide bemühten sich nicht, dem Besuch entgegenzugehen, als Gustave, Adi und Claire das Büro betraten. Erst als sie unmittelbar vor dem Schreibtisch standen, blickte Poubelle auf, und Lockroy drehte sich zu ihnen. Auf seinem Gesicht lag aber ein Lächeln, war der Minister doch von Anfang an ein Freund des Turms gewesen.

»Nun wird es also doch etwas, mein lieber Eiffel«, sagte er zu Gustave und schmunzelte. »Das haben wir beide doch tief in unseren Herzen gewusst, nicht wahr?« Er kam um den Tisch herum und klopfte Gustave auf den Rücken. »Ihre Ingenieure Nouguier und Koechlin hatten nun einmal den besten Vorschlag für diese Weltausstellung, fähige Männer haben Sie da in Ihrer Firma um sich versammelt. Und nun wird dieses Wolkenkuckucksheim tatsächlich realisiert.«

»Dank Ihrer allgegenwärtigen Fürsprache während dieser Planungs- und Wettbewerbsphase, Monsieur Lockroy.« Gustave lächelte den Minister an.

»Und dank Ihrer Hartnäckigkeit. Manch einer hätte ob dieser vielen Schwierigkeiten längst aufgegeben.« Lockroy drückte die Zigarre in einem Aschenbecher auf dem Schreibtisch aus. »Was haben sie uns auch für Fallstricke noch zwischen die Beine zu werfen versucht, nicht wahr?«

Gustave nickte. »Aber der Turm spricht am Ende einfach für sich. Dank meiner fähigen Mitarbeiter.« Er zog Adi neben sich, der ein wenig weiter hinten gestanden hatte. »Wie mein werter Schwiegersohn hier, aber vor allem, da haben Sie vollkommen recht, meine verlässliche Altherrenriege Koechlin, Nouguier, aber auch unser schöngeistiger Architekt Sauvestre haben da ganze Arbeit geleistet.«

»Das kann man wohl sagen«, nuschelte nun Poubelle in seine Papiere und schüttelte den Kopf. »Jetzt wird dieses Ding also tatsächlich mitten in das Herz der Stadt gestellt. Nun gut, wenn es denn sein soll. Es wird ja zum Glück in zwanzig Jahren wieder abgebaut, nicht wahr?« Er lachte.

Claire beobachtete Gustaves Gesichtsausdruck und sah, dass dieser am liebsten gerufen hätte: Niemals! Niemals wird der Turm demontiert. Auch wenn der Vertrag, den sie nun unterzeichnen würden, es so vorsah. Vater hatte versucht, diese Passage aus dem Werk zu streichen, doch die Stadt hatte sich unerbittlich gezeigt: Der Turm war einzig und allein die Attraktion der Weltausstellung 1889. Dazu war er gedacht, und nur diesen Zweck würde er erfüllen. Nach der Weltausstellung würde er notgedrungen zwanzig Jahre stehen bleiben, damit alle ihn besuchen konnten, die es wollten, und damit die Familie Eiffel die Gelegenheit hatte, durch die Konzessionen für die Restaurants und die Eintrittsgelder das Startkapital wieder hereinzuholen. Das würde bestimmt klappen, dachte Claire, denn wahrscheinlich wollte jeder diesen höchsten Turm der Welt einmal besteigen oder wenigstens mit den Fahrstühlen hinauffahren.

»Eine Sache ist vonseiten des Militärs noch an uns herangetragen worden«, sagte Lockroy plötzlich. Poubelle nickte langsam und schaute mit gerunzelter Stirn auf das Papier. »In letzter Minute. Wirklich unglücklich. Aber wir müssen es nun so an Sie weitergeben.«

Gustave, Adi und auch Claire erstarrten.

»Wir sind aber überzeugt, dass Sie mit Ihrer großen Erfahrung mit Flussbetten durch Ihren Brückenbau damit klarkommen werden«, fügte Poubelle eilig hinzu.

»Was ist es?« Gustave beugte sich vor, auch Adi trat einen Schritt auf den Schreibtisch zu.

Vonseiten des Militärs? Was konnte das nur sein?

»Das Champ de Mars als traditioneller Exerzierplatz muss weitestgehend für das Militär erhalten bleiben, so lautet die Forderung. Wir bitten Sie also, den Turm um einige Meter zu versetzen und deutlich näher an die Seine zu bauen. Schauen Sie hier.« Lockroy zog einen Plan zu sich heran, der auf dem Schreibtisch schon parat gelegen hatte. »Sehen Sie, die Pfeiler des Turms müssten bereits hier verankert werden.« Er zeigte mit dem Finger auf eine Stelle sehr nah am Fluss.

»Aber …«, setzte Adi an. »Wie stellen Sie sich das vor?«

Gustave legte ihm beschwichtigend eine Hand auf den Arm und ergriff selbst das Wort. »Unsere Pläne sind vorbereitet, und zwar in aller Perfektion, wie Sie sich vielleicht denken können«, führte er so ruhig es ihm möglich war aus, wie Claire bewundernd feststellte. »Wir haben im Sommer bereits

Bodenproben entnommen, exakte Messungen durchgeführt und alles für diese Bedingungen berechnet.«

»Dann nehmen Sie bitte neue Bodenproben näher am Fluss und berechnen Sie neu«, sagte Poubelle. »Sie werden verstehen, dass ich nicht in der Position bin, mich wegen eines Turms mit der Heeresführung unseres werten Vaterlandes anzulegen.«

»Ich auch nicht«, sagte Lockroy.

Alle schwiegen.

»Aber das können Sie doch nicht machen!«, platzte es nun doch aus Adi heraus. »Sie können uns doch nicht hier empfangen und uns diesen Vertrag vorlegen, wenn wir noch nicht einmal wissen, ob wir unter diesen Bedingungen …« Er blickte zu Gustave, der nun seinerseits zum Fenster ging, die Hände auf dem Rücken, und hinausschaute. Minutenlang. Claire und Adi regten sich nicht, genauso wenig wie Lockroy und Poubelle. Nur die Standuhr an der Nordseite des Raumes tickte gleichmäßig. Straßengeräusche, das Klappern der Hufe und das Rufen der Händler auf dem kleinen Wochenmarkt vor dem Rathaus drangen herauf.

Natürlich konnte Vater Bauwerke auf jedem Untergrund bauen, das wusste Claire. Er hatte Eisenbahnbrücken über Flüsse und durch Moorlandschaften konzipiert und Bahnhofsgebäude samt Schienennetzwerk in Sumpfgebiete gestellt. Er konnte das. Die Frage war nur, ob er in der kurzen Zeit bis zum anvisierten Baubeginn Ende des Monats die notwendigen Forschungsarbeiten an der neuen Baustelle durchführen *und* die neuen Pläne mit seiner Mannschaft erstellen konnte, damit der Bau rechtzeitig beginnen konnte. Damit der Bau nicht von vornherein in Verzug geriet, was eine pünktliche Fertigstellung zur Weltausstellung unmöglich machen würde.

Langsam drehte Gustave sich wieder zu der kleinen Gesellschaft um. »Wir machen das«, sagte er ruhig und schritt zum Schreibtisch zurück, verfolgt von aller Augen.

Lockroy lächelte. »Ich wusste, dass ich mich auf Sie verlassen kann. Wir brauchen diesen Turm. Er wird ein großer Erfolg für unsere Stadt und die Weltausstellung werden!«

Poubelle schob schnell den Stapel Papier, dessen Titelseite das Wappen der Stadt Paris und eine Bauskizze des Turms zierte, über den Schreibtisch und sein Tintenfass und den Federhalter daneben. »Wollen wir also, liebe Familie Eiffel?« Er blickte Gustave und auch Adi und Claire nacheinander eindringlich an. »Sie werden allerdings verstehen, es bleibt trotz dieser kleinen Planänderung dabei: Die Stadt kann lediglich die anderthalb Millionen Goldfranken zur Verfügung stellen, die wir verhandelt haben. Den Rest bringen Sie an den Tisch.«

Claires Herz klopfte. Den Rest. Das klang nach so wenig. Dabei war es der Hauptteil. Und durch diese Umplanung würden sich die Kosten mit Sicherheit noch erhöhen! Sie blickte zu ihrem Vater und sah, wie er zögerte. Aber dann nahm er den Federhalter und tauchte ihn in das Tintenfass. »Selbstverständlich«, sagte er nur und schaute schon, wo er unterschreiben sollte.

»Und der Zeitplan ist Ihnen auch klar? Er bleibt, wie er war.« Poubelle zog den Vertrag noch einmal ein wenig zu sich heran. »Am 6. Mai 1889, also in gut zwei Jahren, muss das Monument fertig dastehen, sodass die Gäste der Eröffnungsveranstaltung der Weltausstellung ihn besuchen können.«

»Natürlich«, sagte Gustave, und Claire wurde noch mulmiger. Sie bemerkte, wie Adi neben ihr nervös an seinen Fingergelenken zog, dass es knackte.

Poubelle lächelte und schob den Vertrag wieder näher zu Gustave. »Nun gut, mein lieber Eiffel. Dann wollen wir es tun.« Er zeigte auf eine Linie, auf der Gustave unterschreiben sollte.

Der Federhalter schwebte kurz über dem Papier, aber dann setzte Gustave kraftvoll und mit Schwung seine Unterschrift unter den Vertrag.

Poubelle und Lockroy folgten.

»Meinen Glückwunsch, Eiffel!«, sagte Lockroy. »Und meinen Respekt. Ich möchte jetzt die nächsten Monate nicht in Ihrer Haut stecken.«

Poubelle lachte. »Manch einer baut ein Familienquartier, ist damit bereits ein Jahrzehnt gut und gerne beschäftigt und erfährt Reibungen und Spannungen im Zuge dieser Anstrengung. Manch eine Ehe geht darüber auseinander. Ich wünsche deshalb nun viel Erfolg mit diesem winzigen Monument, das Sie als Familie stemmen wollen.« Sein Lächeln erstarb. »Wir wissen natürlich, dass Sie es schaffen können. Aber es wird eine knappe Angelegenheit werden, selbst wenn alles glattgeht. Und, mein lieber Eiffel, vergessen Sie nicht: Sie bauen diesen Turm zum Ansehen Frankreichs und unserer schönen Hauptstadt Paris. Blamieren Sie uns nicht!«

»Nichts liegt mir ferner.« Gustave warf einen letzten Blick auf das Vertragswerk und richtete sich auf. »Wir werden die Trikolore pünktlich auf der Spitze des Turms hissen. Und am 6. Mai 1889, wenn die Tore der Weltausstellung sich öffnen, können die Gäste die Aussicht genießen.«

»So soll es sein!« Lockroy klopfte ihm auf die Schulter.

»So soll es sein!«, sagte auch Gustave. »Und nun an die Arbeit. Wir haben keine Zeit zu verlieren!« Sie verabschiedeten sich von den beiden Männern und ließen sie in den Zigarrenrauchwolken des Büros zurück.

Vor der Tür im dunklen Flur des Rathauses umarmte Claire Gustave und dann Adi. »Es geht los!«, flüsterte sie.

»Es geht los.« Gustave nickte.

Kapitel 12

Eiffel'sches Büro, wenig später

»Aber nun müssen wir die Vertragsunterzeichnung doch erst mal feiern, trotz aller Eile, die angesichts der Umgestaltung der Pläne geboten ist«, sagte Claire, als sie im Büro ankamen. Sie sah den Widerspruch Gustaves und auch Adis in deren Augen, doch sie schüttelte energisch den Kopf. »Nein, ihr kommt zu meiner kleinen Feier, die heute Abend an unserem Kamin im Salon daheim stattfinden wird. Keine Widerrede! Es ist wichtig, Meilensteine zu erkennen und zu würdigen, meine werten, liebsten Herren! Um Punkt acht Uhr erwarte ich euch.« Sie wedelte mit der Hand. »Jetzt könnt ihr losarbeiten, aber seid rechtzeitig zu Hause!« Sie selbst würde frühestmöglich vorausfahren, um alles in Ruhe mit Nanette vorzubereiten, nahm sie sich vor, als sie schon die ersten Presseanfragen und Glückwünsche auf den Schreibtisch bekam, die nun am laufenden Band von Boten gebracht wurden.

Austern. Natürlich frische Austern, dachte sie noch kurz zwischendurch, als sie Anfrage um Anfrage beantwortete. Und Champagner. Aber auch ordentliche Häppchen auf englischem Pumpernickel, den Vater so mochte. Und sie würden unter sich bleiben heute Abend, auch wenn ganz Paris in Aufruhr schien. Sie würden alleine feiern. Nur Adi, Vater und sie.

Sie blieben sogar noch mehr unter sich, als Claire angenommen hatte. Denn am Abend, pünktlich um acht Uhr, nachdem sie mit Nanette alles schön zurechtgemacht und dekoriert hatte, erschien nur Adi im Salon. »Gustave ist noch zu beschäftigt mit den Ingenieuren«, sagte er. »Er lässt dich herzlich grüßen, aber er kommt wohl erst spät in der Nacht. Er sagt, wir beide sollen feiern.«

Erst war Claire etwas verstimmt, aber dann ging ihr auf, dass ein ruhiger Abend mit Adi alleine vor dem Kamin eigentlich genau das war, wonach sie sich gesehnt hatte. Wie lange hatten sie das nicht mehr gemacht? Wie lange hatten sie sich nicht mehr die Zeit genommen, ein paar Stunden nur zu zweit zu genießen? Immer waren Robert oder Gustave zugegen. Natürlich war es schön, dass die Familie so zusammenhielt und alle unter einem Dach wohnten. Aber manchmal hätte sie sich ein wenig mehr Zweisamkeit gewünscht, ein wenig mehr Privatsphäre nur für sie und ihren so hinreißenden Mann.

Sie fasste Adis Hand und zog ihn näher zum wärmenden Feuer. Ursprünglich hatte sie drei Sessel dort aufgebaut, nun nahm sie die Zierkissen von den Sesseln und breitete sie direkt vor dem Kamin auf dem Boden aus. »Voilà!« Sie deutete Adi, sich zu setzen. Nach kurzem Stirnrunzeln glätteten sich seine Gesichtszüge, und er tat wie ihm geheißen. Claire servierte ihm ein Glas Champagner und stellte die Kanapee-Platte mit den Austern und den Schnittchen auf den Boden, bevor auch sie sich mit ihrem Glas setzte. Die Wärme der Flammen, das leise Knacken des Holzes und das dunkle Raunen des Windes im Abzug verbreiteten eine beruhigende Stimmung. Claire sah, wie Adi lächelte.

Sie hob ihr Glas. »Auf den Turmbau!«, sagte sie.

»Auf den Turm!«, sagte Adi, und sie stießen an.

»Und auf uns!«, sagte Claire leise.

»Sind das Gänseleberpasteten-Häppchen?«, fragte Adi und betrachtete die Kanapees von allen Seiten, ohne auf Claires Bemerkung einzugehen.

Sicher war er wirklich hungrig nach dem langen Arbeitstag. »Aber natürlich, mein Liebster. Nanettes Spezialität. Die Pastete, die du am liebsten magst.«

Er biss hinein und kaute genüsslich. »Weißt du, was ich an dir so schätze, meine werte Ehefrau?«

»Jetzt sag nicht, dass ich all deine geheimen Wünsche kenne. Die kenne ich nämlich nicht.«

»Nicht? Ich war mir da ziemlich sicher.« Er grinste.

Sie gab ihm einen Klaps auf den Arm.

Er küsste sie sanft auf die Stirn. »Dass du so liebevoll bist. Und dass du den Überblick behältst.«

»Tue ich das?« Sie lächelte.

Er nickte. »Sowohl hier in unserer kleinen Familie als auch in der Firma.«

»Ich gebe mein Bestes.« Claire lachte. Doch ihr Lachen verstummte abrupt, und sie schaute wieder in die Flammen, diesmal nicht mit der gleichen Ruhe wie eben. Ja, sie behielt den Überblick. Bis jetzt. Aber wenn der Bau des Turms nun richtig losginge – würde ihr das dann auch noch gelingen?

»Du musst mir versprechen, dass wir uns nicht aus den Augen verlieren bei diesem Mammutprojekt, ja?«, fragte sie fast ein wenig ängstlich, denn plötzlich kam ihr die Angelegenheit wieder völlig verrückt vor.

Adi umarmte sie und hielt sie ganz fest. »Was redest du denn da? Wir verlieren uns doch nicht aus den Augen. Wir sehen uns doch jeden Tag.« Er stellte sein leeres Champagnerglas auf den kleinen Rauchtisch neben dem Sessel und nahm sich noch ein Kanapee.

»Du verstehst nicht, was ich meine: Wir als Ehepaar dürfen uns nicht aus den Augen verlieren«, sagte sie leise.

Er sah sie an, als ob sie unverständlich redete, und stopfte sich das Kanapee in den Mund. Unter Kauen sagte er: »Aus den Augen verlieren, so ein Unsinn. Weißt du denn noch nicht, dass wir zwei Hübschen gleich morgen einen gemeinsamen Abend vor uns haben, nur wir beide?«

Sie schaute ihn fragend an. Seit wann machte er Abendpläne, ohne sie mit ihr abzustimmen? Wie entzückend! Vielleicht ein Diner in einem feinen Restaurant? Wie lange hatten sie so etwas nicht mehr gemeinsam genossen!

»Gustave schickt uns in die Opéra Garnier. Dort ist Premiere der Neuinszenierung von *La Traviata*. Wir haben Logenplätze«, sagte Adi und griff schon nach dem nächsten Pastetenhäppchen.

O nein.

Claire mochte diese Oper nicht, das wusste Adi genau. Die Musik und das Spiel dort waren natürlich ganz wundervoll. Aber in die Opéra Garnier ging man eigentlich nicht für das Geschehen auf der Bühne. Vielmehr waren das Grand Foyer, das Treppenhaus und die Logen die Bühne. Es war ein reinster Boulevard der Eitelkeiten und des Klatsches.

»Was sollen wir denn da?«, versuchte sie das Ungemach abzuwehren. »Haben wir jetzt nicht gerade zu viel anderes …«

»Wir müssen uns zeigen. Wir müssen Stärke und Willen demonstrieren und für den Turm werben. Jetzt ganz besonders.«

»Aber dort sind besonders viele Gegner des Turms.«

»Eben deswegen. Die gilt es jetzt endgültig auf unsere Seite zu ziehen. Damit sie den Turm nicht noch verhindern mit ihren Protesten, die nicht verstummen wollen.« Adi lächelte. »Zieh dein schönstes Kleid an und setz dein hochnäsigstes Lächeln auf.«

Claire runzelte die Stirn. Ein Abend in der Opéra Garnier. Oder sollte sie besser sagen: Ein Abend in der Höhle der Raubtiere?

Kapitel 13

Opéra Garnier, am nächsten Abend

Schon in der Kutsche kniff ihr Kleid, und die Klammern der aufwendigen Steckfrisur pikten ihr in die Kopfhaut. Robert hatte sehr geweint beim Abschied. Er hatte wohl mit Bauchschmerzen zu kämpfen. Wie gern hätte Claire ihn in der Wohnung herumgetragen und sein Bäuchlein gestreichelt, bis er einschlief. Doch das machte nun Manon. In Situationen wie dieser fragte Claire sich, ob sie sich richtig entschieden hatte, als sie die Position der Privatsekretärin bei Gustave angenommen hatte.

Adi drückte ihre Hand, bevor Jacques die Kutschentür öffnete und ihnen heraushalf.

Die Auffahrt zur Oper war mit Fackeln erleuchtet. Zahlreiche Paare in feinsten Roben strebten dem Eingang zu. Man begrüßte sich lächelnd und verschwand im Grand Foyer.

Jedes Mal, wenn sie diese marmorne Halle betrat, erschlug sie Claire förmlich mit ihrer Opulenz. Dass Garnier sich auch unbedingt für Neobarock hatte entscheiden müssen, ein klein wenig schlichter wäre es wohl auch gegangen. Aber so quollen die Decke, Säulen und die Wände über vor vergoldetem Stuck. Jeder Winkel war ausgemalt mit Putten, Engeln, Wolken und Göttinnen aus der Antike. Der Marmorboden war stets glatt gewienert, sodass man aufpassen musste, nicht vor all den Besuchern auszurutschen und auf dem Allerwertesten zu landen. Claire hielt sich an Adis Arm fest und bewunderte ihren Mann, wie ruhig und ausgeglichen er wirkte, während er nach rechts und links grüßte und seinen Hut lüftete. »Wer sind die ganzen Menschen?«, zischte sie ihm mit einem Lächeln getarnt zu.

»Keine Ahnung«, erwiderte Adi ebenso leise und unauffällig. »Ich kenne sie nicht, aber sie scheinen genau zu wissen, wer wir sind. Vielleicht haben sie alle die Berichte in der Zeitung über unseren Sieg bei Gericht gesehen.«

Claire kam es so vor, als ob sich hinter ihnen ein Tuschelkorridor bildete und die Leute sich darüber austauschten, dass das »… diese Eiffels …« waren und dass »… der unmögliche Turm nun wirklich entstehen soll, stell dir vor«.

Sie hoffte, dass sie sich diese Dinge nur einbildete, aber als sie vom Foyer in das kathedralenartige Treppenhaus traten, wurde ihr die Tragweite ihres Auftritts hier heute Abend erst wirklich bewusst. Als sie nach oben blickte, über die breite Flaniertreppe, auf der sich bereits etliche Paare hinaufschoben, zu den balkonartigen Gängen mit den Laternen und Figuren rundherum, sah sie doch tatsächlich einige Leute auf sie herabstarren. Einige schüttelten gar missbilligend den Kopf und drehten sich demonstrativ weg.

»Uff«, sagte Adi leise, der es wohl auch bemerkt hatte, »das kann durchaus ein interessanter Abend werden.«

»Es war deine Idee, hierherzukommen.« Sie raffte ihr opulentes Kleid mit der freien Hand, um nicht auch noch vor aller Augen zu stolpern.

»Es war Gustaves Idee«, widersprach Adi. »Und ich finde, er hat recht. Wir müssen uns nicht verstecken.« Mit diesen Worten schien er ein wenig zu wachsen.

Claire hielt seinen Arm ganz fest, als sie nun die ersten

Stufen der endlosen Treppe bestiegen, verfolgt von gefühlt aller Augen im Saal. Man machte ihnen Platz, ließ sie passieren. Doch nur wenige Damen und Herren nickten ihnen zu. Die meisten trugen eine zugeknöpfte Miene zur Schau. Gerade auf der letzten Stufe trat ihnen Charles Garnier entgegen.

»Oh, welch eine Freude, die Eiffels!« Er rieb sich die Hände. »Wie schön, dass Sie sich heute diese wunderbare Premiere nicht entgehen lassen möchten. Hier in unserer schönen Oper.« Er strahlte wie sein vergoldeter Stuck. »Mein Freund Gustave konnte es wohl nicht einrichten?« Er schaute sich um, als ob Vater sich vielleicht hinter einer der Säulen versteckt haben könnte.

»Leider«, sagte Claire.

»Wie schade.« Garnier lächelte. »Aber meine Liebe, und auch der werte Herr Gemahl, ich wünsche wenigstens Ihnen ganz viel Vergnügen mit dieser besonderen Aufführung heute Abend.« Er stutzte. »Und wenn ich hinzufügen darf: Ich bin schon sehr gespannt auf Ihre bald folgende Aufführung.«

»Welche Aufführung meinen Sie?«, fragte Adi, und seine Stimme klang bereits etwas schneidend.

»Na, die Aufführung des Stückes: Wir bauen den höchsten Turm der Welt.« Er lachte laut über seinen Witz.

Einige Leute um ihn herum begannen zu schmunzeln, wie Claire feststellte. Sie schob Garnier ein Stück nach hinten, indem sie die letzte Stufe erklomm. Adi folgte, die Menge wich zurück. »Ganz ohne Theaterschminke und Schnörkel wird der Turm dort in wenigen Monaten stehen und eine Attraktion für unsere schöne Stadt sein«, sagte Claire mit fester, lauter Stimme, sodass es alle im Umkreis hören konnten. »Sehr gerne dürfen Sie, werter Monsieur Garnier, bei der Eröffnungsfeier unser Gast sein und aus gut dreihundert Metern Höhe auf Ihr Opernhaus hinabschauen.«

Sie merkte, wie Garniers Gesicht sich rötete vor Wut. »Herzlichen Dank, aber ich verzichte«, sagte er beherrscht und wandte sich zum Gehen. »Ach, eine schöne Sache konnte ich für Sie heute Abend noch arrangieren.« Er machte eine kleine Pause und begann listig zu lächeln. »Ihre Logennachbarn sind diesmal ganz besonders liebe Freunde von mir: die werten Schriftsteller Guy de Maupassant und Alexandre Dumas.«

»Der Autor der *Drei Musketiere* und von *Der Graf von Monte Christo*?« Adi sah ihn erstaunt an. »Mit Verlaub, ich dachte, er sei bereits verstorben.«

»Ist er auch, Monsieur.« Es fehlte nicht viel, und Garnier hätte die Augen verdreht ob so viel Unbeschlagenheit. »Ich spreche natürlich von Alexandre Dumas, dem Jüngeren. Seinem Sohn. Dem Autor von *Die Kameliendame*.«

»Oh, wie schön! Gerade jetzt bei *La Traviata*«, entfuhr es Claire, denn sie war trotz allen gesellschaftlichen Ungemachs schon gespannt auf die Umsetzung des Kameliendamen-Stoffes als Oper. Im Theater hatte sie das Stück selbstverständlich schon mehrmals gesehen, sogar mit der wundervollen Sarah Bernhardt in der Titelrolle. Ebenso hatten sie gerade erst vor Kurzem Maupassants Roman *Bel-Ami* gelesen. Wie aufregend, nun die Verfasser dieser beiden Stoffe kennenzulernen!

»Bitte schön, meine liebe Claire. Wie Sie sehen, besteht eben doch eine alte Verbundenheit zwischen mir und Ihrem Herrn Vater. Egal, wie viele Tonnen Stahl er auch zwischen uns zu stellen versucht.« Damit verbeugte Garnier sich, flanierte weiter zwischen den Operngästen und wurde sofort in das nächste Gespräch verwickelt. Adi drückte Claires Arm wieder fester an sich und bahnte ihnen einen Weg in Richtung erstem Rang.

Sie betraten die Loge, die ganz mit rotem Samt ausgekleidet war. Die Herren Dumas und Maupassant im feinsten Smoking waren mit ihren Begleiterinnen bereits anwesend und standen mit Champagnergläsern in der Hand neben ihren Sitzen. Alexandre Dumas und seine Frau schätzte Claire auf ungefähr Mitte sechzig, das Ehepaar Maupassant war deutlich jünger, vielleicht Ende dreißig. »Guten Abend, die Herrschaften«, begrüßte Dumas sie, sobald er sie entdeckte, und verbeugte sich andeutungsweise. »Welch Freude, dass wir heute gemeinsam dieses Schauspiel genießen dürfen.« Er hatte lustige Lachfalten um die Augen, stellte Claire fest, und sein umfangreicher Bauch bebte beim Sprechen. »Ich bin schon etwas aufregt, ob der Herr Regisseur meinen Stoff auch vorteilhaft inszeniert hat.« Er lächelte. »Wie schön, dass Verdi sich all die wunderbare Musik dafür ausgedacht hat.« Er stimmte zum Duett an: »*Alfredo! – Colpevole sono … so tutto, o cara …* So oft habe ich das jetzt schon gehört und auf den verschiedensten Opernbühnen gesehen. Aber auf diese neue Inszenierung hier in der altehrwürdigen Opéra bin ich trotzdem sehr gespannt.«

Maupassants Gesicht sah bei all diesen Ausführungen seines Freundes etwas gequält aus. Dumas bemerkte es. »Was ist, Guy? Bist du etwa nicht neugierig?«

Guy de Maupassant fasste sich auf den Bauch. »Schon wieder diese Bauchschmerzen.«

»Hast du etwas Schlechtes gegessen?« Dumas schaute besorgt und deutete auf den Sitz vor Maupassant. »Komm, nimm lieber Platz. Ich habe hier das Riechsalz meiner Frau, vielleicht hilft das.« Er reichte dem Freund das Fläschchen und drehte sich wieder zu den Eiffels. »Armer Mensch. Hat es immer mit dem Bauch. Irgendwas stimmt da nicht.« Er schüttelte den Kopf. »Es kann einem aber auch vieles auf den Magen schlagen dieser Tage. Die Welt wird immer verrückter.«

O nein, dachte Claire.

»Inwiefern?«, fragte Adi, und Claire ahnte schon, dass das keine gute Frage war. Und tatsächlich.

»Das will ich Ihnen sagen, mein lieber angeheirateter Herr Eiffel junior.« Dumas schaute auf einmal nicht mehr freundlich und gespannt, sondern eher angespannt, beinahe grimmig. Seine Stimme wurde lauter: »Es dreht sich alles immer schneller, ständig müssen wir uns mit neuen Techniken auseinandersetzen, fernmündlich Nachrichten übermitteln, gefährliche Fortbewegungsmittel wie diese Fahrräder benutzen, und wenn sie demnächst marktreif sind, vielleicht sogar Kutschen ohne Pferd. Ich frage mich: Wer will das? Wozu das Ganze? Sind wir nicht bisher ganz gut klargekommen?«

Adi unternahm einen Versuch des Widerspruchs. »Aber es ist doch wunderbar, dass wir uns so fortschrittlich …«

»Kommen Sie mir nicht mit Fortschritt!« Dumas' Stimme wurde jetzt richtig laut, sodass die Insassen der Nebenloge herüberschauten und sogar gegenüber auf den Rängen die Operngläser gezückt wurden, um das Geschehen zu verfolgen, wie Claire entsetzt bemerkte.

Dumas war nicht mehr zu bremsen: »Sie ahnen vielleicht, was dem Ganzen in meinen Augen nun die Krone aufsetzt?«, donnerte er.

Oje, dachte Claire. Und wirklich.

»Ihr verrückter Turm!« Dumas schrie es fast. »Ihr wahnsinniges

Ungetüm. Ich frage mich: Warum braucht die schöne Stadt Paris dieses Monster? Was haben wir davon?« Er redete sich sichtlich in Rage. »Außer dass dort möglicherweise die Blitze vermehrt einschlagen, das Ding umstürzt oder die Besucher unserer schönen Stadt entsetzt abreisen und zu Hause in Gelächter ausbrechen.« Er atmete schwer.

Adis Stimme klang ganz ruhig. »Das denken Sie über unseren Turm?«

Dumas nickte, und Maupassant erhob von seinem Sitz aus nun auch die Stimme, eine leise, klagende, die aber vehement verwendet wurde. »Und ich sage Ihnen: Wir werden uns das nicht gefallen lassen, dass Sie uns so ein hässliches Ding hier in die Stadt stellen. Ja, Sie haben die Genehmigung, Sie fangen bald an zu bauen. Aber das heißt noch lange nicht, dass Sie es fertigbauen werden, dieses Scheusal!« Maupassant fasste sich an den Kopf, als ob ihn zusätzlich zu den Bauchschmerzen nun auch noch Kopfweh plage. »Rechnen Sie mit unserem Protest. In Kürze. Wir Künstler dieser Stadt wenden uns entschieden gegen diese neumodische Narrheit!« Seine Frau streichelte ihm beruhigend über die Hand, während Dumas von ihm das Riechsalzfläschchen übernahm und selbst daran roch.

Claire zog Adi am Ärmel. Es hatte keinen Zweck. Sie würde jedenfalls nicht Platz nehmen in dieser Loge und zwei Stunden lang neben diesen Männern sitzen, die von ihrer Arbeit nichts, aber auch gar nichts hielten. »Komm, mein Lieber. Wir gehen.«

»Aber …« Adi wollte zu einer Gegenrede ansetzen, doch angesichts der vielen Gesichter aus den Nebenlogen, die ihnen nun bereits zugewandt waren – und da jetzt auch die Musiker im Orchestergraben anfingen, die Instrumente zu stimmen, und es gleich losgehen würde –, gab er nach. Er verbeugte sich leicht vor den Schriftstellern und ihren Frauen. »Dann noch einen guten Abend, die Herrschaften.«

Damit zog er Claire aus der Loge. Sobald die Tür hinter ihnen zufiel, blieben sie im leeren Gang zwischen den vergoldeten Säulen stehen und umarmten sich stumm, gerade als das Preludio aus dem Saal erklang.

Doch schnelle Schritte auf dem Marmorboden unterbrachen die tröstende Zweisamkeit just. Claire und Adi ließen sich los und schauten dem Mann entgegen, der in einem ungewöhnlichen Anzug, wie ihn französische Schneider nicht fabrizierten, auf sie zugeeilt kam.

»Bennett!«, entfuhr es Claire.

»Aber natürlich, werte Madame Salles.« Er verbeugte sich vor ihr und Adi. »Monsieur Salles, es ist mir eine Ehre.« Er gab Adi die Hand. »Ich kam in der Nachbarloge nicht umhin, dieses unschöne Gespräch mit anzuhören.« Er schüttelte den Kopf. »Engstirniges Künstlerpack. Gerade sie müssten doch der neuen Zeit ein wenig aufgeschlossener gegenüberstehen, sollte man meinen, nicht wahr?«

»Adi, das ist Mister Bennett, der amerikanische Journalist, von dem ich dir erzählt habe«, sagte Claire.

Adi nickte. »Im Gericht habe ich Sie auch schon einmal kurz gesehen, nicht wahr?«

»Ich bin eben immer da, wo etwas von Bedeutung geschieht. Das ist mein Beruf.« Bennett zwirbelte an seinem Bart und sah sehr unternehmungslustig aus. »Wenn es wirklich zu einem Künstlerprotest kommen sollte – und diese Leute haben nun einmal eine hohe Reichweite, wenn sie sich zu Wort melden –, dann verspreche ich Ihnen, dass Sie bei mir im *Herald* Ihre Sicht der Dinge groß und breit darstellen können.«

Adi nickte. »Herzlichen Dank, lieber Mister Bennett. Aber vielleicht war das auch nur so dahingesagt. Monsieur Dumas wirkte etwas aufgeregt, möglicherweise auch wegen der Premiere, gar nicht wegen uns und des Turms.«

Bennett sah nicht überzeugt aus. »Ich werde mein Ohr dort einmal ausfahren. Sobald ich etwas höre, lasse ich es Sie wissen, und Sie bekommen die Gelegenheit der publizistischen Gegenrede.« Er lächelte. »Ich verstehe, dass solche Attacken Sie persönlich sehr mitnehmen. Aber aus journalistischer Sicht sind das natürlich sehr interessante Entwicklungen. Es lohnt sich doch immer, in die Oper zu gehen.«

»Werden wir Sie denn bei der Grundsteinlegung des Turms sehen?«, fragte Adi, der offenbar sofort verstanden hatte, wie wertvoll Bennett für sie sein konnte.

»Wenn Sie mich so freundlich persönlich einladen – natürlich sehr gerne.« Er lachte. »Aber offen gesagt: Ich wäre sowieso gekommen, auch ohne Einladung. Sie meinen doch nicht, dass ich und mein *Herald* uns dieses weltgeschichtliche Ereignis entgehen lassen.«

Weltgeschichtlich? Claire fragte sich, ob er nun nicht ein klein wenig übertrieb. Aber besser, er war Feuer und Flamme, als dass niemand berichten würde.

»Sehr schön, mein lieber Bennett«, führte Adi weiter das Wort. »Dann sehen wir uns also in knapp drei Wochen auf dem Champ de Mars. Den genauen Termin lassen wir Ihnen so zeitig wie möglich zukommen.«

»Mit Vergnügen«, sagte Bennett und machte Anstalten, wieder in seine Loge zurückzukehren. »Und nun entschuldigen

Sie mich bitte. Ich muss doch verfolgen, wie Alfredo und Violetta um ihre Liebe kämpfen.«

»Selbstverständlich.« Adi verbeugte sich leicht, Bennett tat es ihm gleich. Und dann sahen Adi und Claire zu, wie der Amerikaner in seinem eigenartigen Anzug hinter seiner Logentür verschwand.

»Wie gut, dass du ihn kennengelernt hast. Er wird uns sehr helfen.« Adi wirkte nun wieder hoffnungsvoll. Seine Stimme klang fast fröhlich.

Claire nickte. »Wie gut, dass Paris nicht nur aus dem alten Paris besteht. Wir werden uns unseren Turm nicht kleinreden lassen.«

»Allerdings. Komm.« Adi nahm ihre Hand, und sie stiegen im mächtigen Foyer die geschwungene Treppe hinab. Durch das Spalier der brennenden Fackeln verließen sie die Opéra, während die Putten und griechischen Göttinnen ihnen steinern hinterherblickten.

Kapitel 14

Champ de Mars, 28. Januar 1887

Der Himmel über der Stadt zeigte sich blitzblau. Der sonst im Herbst und Winter meist matschige Boden des großen Exerzierfeldes an der Seine war steinhart gefroren. Eiseskälte zog Claire von unten ins Kleid und ließ sie trotz zweier langer Unterhosen zittern. Ausgerechnet jetzt musste der Winter mit aller Macht einziehen und die Stadt in eine Eislandschaft verwandeln. Claire stand an einem behelfsmäßig aufgebauten Tisch, eine Liste der geladenen Gäste vor sich. Sie sah, dass bisher noch nicht mal die Hälfte der angekündigten Besucher eingetroffen war, obwohl die Grundsteinlegung mit dem ersten Spatenstich in wenigen Minuten beginnen sollte. Vielleicht auch eine Folge des Wetters …

Immerhin schien dieser schneidende Wind auch die Kritiker des Turms fernzuhalten. Bisher hatte sie jedenfalls noch keine Protestierer gesehen, und die Kette der für den Bau engagierten und nun angereisten italienischen Arbeiter, die sich aufgestellt hatten, um dem Ereignis beizuwohnen, war die einzige Menschenansammlung an diesem Morgen.

Die Italiener bildeten die Hauptgruppe der Männer, die den Turm montieren würden. Von den Franzosen war herzlich wenig Interesse gekommen. Niemand wollte bei Wind und Wetter in schwindelerregender Höhe arbeiten, noch nicht mal für den sehr guten Lohn, den die Firma Eiffel zahlte. Die Arbeiterunterkünfte neben der Baustelle waren in den letzten

Wochen zusammengezimmert und mit Bolleröfen ausgestattet worden. Da sie hier immerhin gut zwei Jahre beschäftigt wären, hatten die meisten Arbeiter ihre Familien aus Italien mitgebracht. Sogar an ein kleines Schul- und Kindergartengebäude war gedacht worden, das zentral zwischen den Hütten stand. Ein italienischer Lehrer würde den Kindern Unterricht geben, während die Frauen den Haushalt führten und ihre Männer bekochten und versorgten. Für später, wenn die erste Plattform fertiggestellt wäre, war sogar eine Kantine in luftiger Höhe geplant, in der die Arbeiter ein gratis Mittagessen von der Firma bekämen. Der Zeitverlust beim Hinunter- und wieder Hinaufklettern in der kurzen Mittagspause wäre sonst zu groß und würde den reibungslosen Bauablauf gefährden.

Claire hauchte auf ihre Fingerspitzen, um sie zu wärmen, und blätterte durch ihre Liste, nur um festzustellen, dass von der Presse noch kaum jemand gekommen war. Noch nicht einmal Gordon Bennett war bisher aufgetaucht. Sie zog ihre Fellmütze tiefer ins Gesicht und beobachtete, wie Vater und Adi mit dem italienischen Vorarbeiter Giovanni Montatore auf die großen Baupläne schauten, die auf einem Klapptisch ausgebreitet waren. Steine beschwerten die Ecken, damit das Papier nicht davongeweht wurde. Kleine Atemwölkchen stiegen auf, wenn die Männer sprachen. Giovanni und seine Familie waren bereits öfter in Frankreich im Einsatz gewesen, sodass er und seine Frau Francesca ein wenig Französisch sprachen. Davon hatte sich Claire in den letzten Tagen selbst überzeugen können, als sie an der Begehung der fertigen Arbeiterquartiere teilgenommen und dabei Francesca kennengelernt hatte.

Sie war eine patente Frau Anfang dreißig, die die drei Kinder der Familie mit Liebe und ein wenig Strenge gut im Griff hatte. Francesca würde auch beim Schulunterricht assistieren, da sie durch das Wanderleben der Familie ein wenig Erfahrung im Unterrichten besaß. Sie war mit Giovanni als erste Familie hier eingezogen und half nun den nach und nach eintreffenden Familien beim Ankommen und Einrichten. Als Claire zum Arbeiterquartier hinüberschaute, sah sie Francesca dick eingemummelt in eine Decke zwischen den Häusern herumhuschen und andere Frauen herumführen. Claire nahm sich vor, nachher, wenn der Spatenstich vollzogen war, einmal zu Francesca hinüberzugehen und zu fragen, ob alles zu ihrer Zufriedenheit war oder ob sie irgendetwas vergessen oder nicht bedacht hatten. Schließlich war die Planung eines Arbeiterquartiers, das so lange stehen würde, auch eine neue Erfahrung für die Firma Eiffel.

Claire wandte ihre Gedanken und ihren Blick wieder den Männern zu, die sich immer noch über die Pläne beugten und diskutierten. Mal zeigten sie auf dem Papier dahin, mal dorthin. Schließlich lösten sie sich von dem Planungstisch und schritten gemeinsam das Feld ab. Es war für Claire kaum vorstellbar, dass hier aus dieser tristen Brache zwischen der Seine im Nordwesten, den stattlichen Stadtpalais an der École militaire, die sie südöstlich flankierte, und den hastig errichteten Arbeiterkaten nahe der südwestlich liegenden Fabrikgelände jemals ein repräsentativer stolzer Ort werden sollte – die Heimat ihres Turms.

Mit einem Spaten suchten die Männer nun nach einem geeigneten Fleckchen für den symbolischen ersten Spatenstich an einem der geplanten vier Grundsockel, aber die gefrorene

Erde war kaum aufzubrechen. Claire wippte auf und ab, um wenigstens etwas warm zu werden, und war froh, als sie endlich Gordon Bennett mitsamt einem Fotografen über das leere Feld heraneilen sah. Beinahe hätte sie Bennett nicht erkannt, so dick hatte er sich angezogen: ein langer Mantel fast bis auf den Boden, dazu eine Nerzmütze, die einem russischen Zaren alle Ehre gemacht hätte. Der Fotograf an seiner Seite hatte zu tun, sein dreibeiniges Kamerastativ zu schleppen.

»Mister Bennett, welche Freude!«, sagte Claire und meinte es ehrlich. Mit seiner Ankunft und der des Fotografen konnten sie nun wenigstens gewiss sein, dass es Fotografien des Ereignisses geben würde. Sie registrierte, dass Adi und Gustave Mister Bennett ebenfalls entdeckt hatten und ihn zu sich winkten. »Gehen Sie nur gleich weiter zum Spatenstich dort hinten bei meinem Vater«, sagte sie ermutigend, bevor Mister Bennett noch anfangen konnte, über das Wetter zu plauschen oder über die Bedeutung des heutigen Ereignisses, was er ja so gerne tat.

Aber offensichtlich war Bennett zu kalt für Konversation, sodass er seinen Fotografen sogleich weiter zum Ort des Geschehens scheuchte. Nur ein zähneklapperndes »Frieren Sie hier bloß nicht fest, das wäre schade«, brachte er noch hervor, bevor er schon über das Feld eilte, nun seinerseits das Stativ schleppend, wohl damit die Arme des Fotografen sich erholen und er mit ruhiger Hand den Auslöser bedienen konnte, wenn es gleich darauf ankäme.

Immer noch waren keine weiteren Gäste in Sicht. Bennetts Fotograf baute seinen Apparat auf und verschwand unter dem schwarzen Tuch, während Bennett selbst zwischen ihm und der kleinen Festgesellschaft hin- und hereilte. Er schien trotz der Witterung wie immer bester Dinge. Dieser exklusive Zugang zur Familie verschaffte ihm wohl tatsächlich Genugtuung. Claire fragte sich, warum seine Kollegen von *Le Figaro* und *Le Temps* bislang nicht aufgetaucht waren. Vielleicht sollte man noch ein paar Minuten warten?

»Just wonderful«, rief Bennett, als er mit dem Fotografen die beste Position gefunden hatte und zu Claires Empfangstisch zurückgeeilt kam, vielleicht auch um sich durch das schnelle Gehen warm zu halten. »Mein Fotograf wird definitiv das beste Foto haben, das steht fest. Selbst wenn die Pfeifen vom *Figaro* oder *Le Temps* noch angeschnarcht kommen.« Er lachte, dann wurde er förmlicher und zückte doch tatsächlich Block und Stift. »Mademoiselle Eiffel, was fühlen Sie in diesem einzigartigen Moment?«

Nun war sie also wieder Mademoiselle Eiffel, nicht Madame Salles wie in Adis Gegenwart in der Oper – interessant, dachte Claire. Aber sie zwang sich, seine Frage zu beantworten und nicht über die Gründe seiner Namenswahl nachzudenken. Was fühlte sie in diesem Moment? »Nur die Kälte«, hätte sie fast geantwortet, aber sie bemühte sich, ernsthaft zu bleiben, und suchte nach Worten, die in der Zeitung für immer Bestand haben konnten. »Ich bin sehr ehrfürchtig und gerührt, wenn ich daran denke, wie viele Schwierigkeiten wir bereits überwunden haben und dass nun der Moment gekommen ist, in dem dieser Meilenstein der Ingenieurskunst errichtet werden kann.«

Bennett grinste. »Sie werden mir erlauben, dieses Ungetüm von Satz in meinem Text später ein wenig hübscher zu gestalten, nicht wahr? Der Inhalt bleibt aber der gleiche, versprochen.«

Claire lächelte. »Ich vertraue Ihnen, Mister Bennett. Können wir denn sonst noch etwas tun, um Ihnen bei der Berichterstattung zu helfen?«

»In der Tat, zwei Dinge.« Er zog seine Nerzmütze tiefer, als eine starke Böe sie ihm beinahe vom Kopf riss. »Zum Ersten würde mich der Bauplan sehr interessieren, samt Zeitplan der einzelnen Bauabschnitte. Ich möchte so eine Art Zeitstrom in meine Berichterstattung einbringen, so etwas wie ein Herunterzählen der Tage bis zur geplanten Fertigstellung. Vielleicht führen wir das sogar jeden Tag groß auf Seite eins als neue Rubrik ein, verstehen Sie?«

Claire nickte. Das wäre allerdings großartig, solch einen prominenten Auftritt für ihren Turm zu haben. Jeden Tag. In einer internationalen Zeitung! »Das ist sicher kein Problem, ich werde Ihnen die Pläne besorgen.« Sie notierte es sich in ihrem kleinen Buch, das sie immer mit sich führte. »Und das Zweite?«

»Das Zweite: Ich möchte Sie, liebe Mademoiselle Eiffel, gerne einmal in meine Redaktion entführen und Ihnen unsere modernen Produktionsräume zeigen. Selbstverständlich würden wir über Ihren Besuch auch ein Foto und einen kleinen Artikel bringen, in dem Sie noch einmal für den Turm werben können.«

»Und was versprechen Sie sich davon, Mister Bennett?«

»Ich verspreche mir davon Aufmerksamkeit für unsere neue Zeitung und die Redaktion. Und, wenn ich ehrlich bin, eine noch engere Bindung der Familie Eiffel an uns.« Er zwinkerte. »Zumal ich Sie im Anschluss, liebe Madame Salles, sehr gerne zum Lunch einladen würde. Als Geste des Dankes für den exklusiven Zugang.«

Der Redaktionsbesuch war das eine, die Essenseinladung etwas ganz anderes, auch wenn er sie offensichtlich vorsichtshalber wieder Madame Salles genannt hatte! Sie kritzelte in ihr Notizbuch, um Bennetts Blick nicht begegnen zu müssen und dort eventuell mehr als geschäftliches Interesse zu finden. Umständlich verstaute sie ihr Büchlein in einer Manteltasche. Wie sollte sie dieses Ansinnen Bennetts nur Adi und Vater beibringen? »Ich danke Ihnen, Mister Bennett, für diese Vorschläge. Ich werde sie heute Abend mit meinem Mann bereden und lasse Ihnen morgen eine schriftliche Antwort zukommen.«

»Tun Sie das, meine Liebe. Und nun entschuldigen Sie mich bitte. Die Grundsteinlegung scheint jeden Moment bevorzustehen. Ich möchte kein Wort verpassen, schon gar nicht den Spatenstich.« Er eilte zu seinem Fotografen und zu Vater, Adi und Giovanni, die sich mit einem Vertreter der Stadt aufstellten, um den Spaten in die Erde zu stoßen.

Claire blieb an ihrem Tischchen in einiger Entfernung stehen, konnte aber nicht verhindern, dass ihr eine Träne der Erleichterung und des Stolzes die Wange hinunterfloss, als sie sah, wie alle sich die Hände gaben und in die Kamera lachten.

Es war geschafft! Der Turmbau hatte offiziell begonnen!

Sie faltete kurz die Hände unter ihrem Mantel und betete, dass der Bau nun ohne große Schwierigkeiten planmäßig ablaufen möge. Und dass er pünktlich zur Eröffnung der Weltausstellung fertiggestellt sein würde. Zu dieser Weltausstellung, auf der sich die innovativsten und verrücktesten Ideen, Maschinen und Menschen, die die Welt zurzeit zu bieten hatte, hier auf dem Champ de Mars tummeln würden.

Der Turm in all seiner Modernität wäre das zentrale

Prunkstück der Weltausstellung und das Tor, durch das alle Besucher von nah und fern schreiten mussten. Allein, dass er dann auch tatsächlich stehen und all die schillernden Gäste empfangen würde – so recht daran glauben konnte Claire noch nicht, wenn sie diese karge, gefrorene Brache vor sich betrachtete.

Sie erinnerte sich, dass sie noch einen Abstecher ins Arbeiterquartier unternehmen wollte, packte ihre Liste ein, auf der fast nichts stand, da außer Bennett kaum jemand gekommen war, und verließ ihren Empfangsposten, während Adi und Vater mit Bennett im Gespräch waren; vermutlich gaben sie ihm ein Interview für die morgige Ausgabe.

Kapitel 15

Arbeiterquartier an der Turmbaustelle, wenig später

Sie traf Francesca vor ihrer Kate an. Die zweckmäßigen Holzhütten waren schnell errichtet gewesen und boten den Arbeitern und ihren Familien so etwas wie ein eigenes Heim für die Zeit der Bauarbeiten. Immerhin besaßen sie ein richtiges Fundament und waren sehr gut gedämmt. Außerdem hatte jede Familie diesen schönen Bollerofen zur Verfügung, der im Zweifel sogar wärmer war als ein offener Kamin, wie Claire aus dem Ferienhaus in Vevey wusste. So manchen Wintertag hatten sie dort in der wohligen Wärme des Ofens verbracht, Kakao getrunken und Brettspiele gespielt, nachdem sie nach dem Langlauf oder vom Schlittschuhfahren auf dem zugefrorenen See von draußen hereingekommen waren.

Bei ihrer ersten Begegnung vor ein paar Tagen hatte Francesca ihr eröffnet, dass dies die komfortabelsten Hütten waren, die sie je auf einer Großbaustelle vorgefunden hatten. Und sie waren schon viel herumgekommen, denn ihr Mann Giovanni war sehr fleißig und wollte so viel Geld wie möglich verdienen. Bis es genug wäre, um sich in Italien an der Küste von Genua, in seiner Heimat, ein Haus zu kaufen, vom Gemüse im eigenen Garten zu leben und die Kinder auf eine gute Schule zu schicken.

Francesca trug ihren Kleinsten auf dem Arm. Armando war gerade ein Jahr geworden, wie Claire wusste. Sie ging auf Francesca zu, die sie noch nicht hatte herankommen sehen, weil sie mit einer Hand Feuerholz sortierte, während sie mit der anderen Armando stützte, der auf ihrer Hüfte saß und an einem Stück Brot knabberte.

»Francesca, wie geht es euch inzwischen?« Claire war wirklich interessiert, wie die Familie sich eingelebt hatte.

»Guten Tag, Claire, wie lieb, dass du uns einmal besuchen kommst«, erwiderte die Italienerin und lächelte über das breite Gesicht, von dem unter der Wollmütze nur die herzlichen braunen Augen zu sehen waren und knapp über dem Schal die Nase. Sie duzten sich, denn Claire und sie hatten bei ihrer ersten Begegnung festgestellt, dass sie beinahe gleich alt waren und dass Francesca ein wenig Französisch sprach. Claire ihrerseits musste bei Italienisch leider passen. Insgeheim nahm sie sich vor, endlich einmal etwas von dieser schönen Sprache zu lernen. Vorerst mussten sie aber auf Francescas Sprachkenntnisse vertrauen.

»Ich wollte doch mal schauen, wie ihr angekommen seid und ob alles zu eurer Zufriedenheit funktioniert«, sagte Claire und kitzelte Armando an der Wange, woraufhin er fröhlich lächelte.

Francesca hievte den jungen Mann auf die andere Hüfte, um besser mit Claire reden zu können. Und wohl auch, weil er langsam schwer wurde. Claire kannte das nur zu gut von Robert, wenn sie ihn eine Weile trug.

»Alles ist ganz wunderbar«, sagte Francesca. »Wir haben es warm, obwohl ihr hier diese unmöglichen Temperaturen habt! Und diesen eisigen Wind! Bei uns am Golf von Genua weht immer ein mildes Lüftchen von der Bucht heran, selbst im tiefsten Winter. Die Kälte hier haben wir ein wenig unterschätzt, Giovanni und ich.«

»Paris im Winter ist wirklich kein Vergnügen, da gebe ich dir recht«, erwiderte Claire.

»Aber es hilft nichts. Wir müssen endlich anfangen mit dem Turmbau, nicht wahr? Wir wollen schließlich pünktlich fertig werden.« Francesca setzte Armando auf der Holzbank an der Hüttenwand ab und streckte sich.

Wie großartig das war, dass sie und Giovanni sowie auch der Rest der italienischen Arbeiter sich bereits jetzt so sehr mit dem Bau identifizierten. Sie bekamen gutes Geld, das ja, sonst hätten sie die weite Reise aus der Heimat zu der Baustelle wohl nicht auf sich genommen. Aber sie schienen auch ein wenig stolz darauf zu sein, bei diesem besonderen Projekt dabei zu sein.

»Hat der erste Spatenstich gut geklappt?«, fragte Francesca und deutete auf das leere Feld, wo ganz hinten noch Gustave, Adi, Bennett und auch Giovanni zu sehen waren.

Claire nickte. »Ich denke schon, auch wenn leider sehr wenig Presse da war.«

»Ach, sie werden schon kommen, wenn der Turm größer wird.« Francesca machte sich wieder ans Holzstapeln. »Weil du fragtest, ob alles in Ordnung ist. Eine Sache ist uns noch aufgefallen … und ich habe auch schon von den anderen Frauen gehört, dass es sie beunruhigt. Es ist eine etwas, nun ja, delikate Angelegenheit.« Sie hörte auf mit Stapeln und blickte Claire ernst an.

»Was ist es denn?« Claire schaute durch die offene Tür in die Hütte. Eigentlich sah es dort drinnen ganz gemütlich aus, fand sie: Zwei Doppelbetten standen nebeneinander, darauf türmten sich dicke Daunendecken und zusätzliche Wolldecken. In einem schliefen Francesca und Giovanni und in dem anderen die drei Kinder. Der Ofen an der Rückwand verströmte seine Wärme bis hier hinaus vor die Tür. Auf seinem Kochfeld stand ein gusseiserner Topf, aus dem es dampfte und nach Suppengrün duftete. Eine Kerze in einer großen Glasschale auf dem kleinen Tisch mit den vier Stühlen verbreitete heimeliges Licht.

Francesca räusperte sich ein wenig nervös. Und schwieg. Dann fasste sie sich offenbar ein Herz. »Es hat mit den Gemeinschaftstoiletten zu tun. Wäre es vielleicht möglich, dass man dort noch ein weiteres Häuschen errichtet? Sodass wir eines nur für uns Frauen und Kinder und eines für die Männer hätten?« Sie schaute Claire nicht an, sondern nahm zwei Scheite Holz vom Stapel, wohl um sie gleich drinnen für den Ofen zu verwenden.

Claire war einen Moment sprachlos. Aber dann sah sie sofort ein, dass Francesca und die anderen Frauen völlig recht hatten! Warum war sie darauf nicht selbst gekommen? Sie würde das in die Wege leiten, keine Frage. Das würde noch einmal eine kleinere Investition bedeuten, aber die Zufriedenheit der Frauen und der Familien hier war sehr wichtig. »Vielen Dank, Francesca, dass du das so offen und ehrlich ansprichst«, sagte sie, um der anderen Frau die Scham zu nehmen. »Du hast natürlich vollkommen recht. Ich kümmere mich sofort darum.«

Francesca nickte. »Danke für dein Verständnis.« Sie lachte, und zupackend wie sie war, ging sie gleich zum nächsten Tagesordnungspunkt über. »Möchtest du noch auf eine Schale Suppe bleiben? Die Kinder und ich essen gleich.« Und ohne Warnung schrie sie an Claire vorbei, die zusammenzuckte: »Lorenzo, Vincenzo, *andiamo*, kommt! *Mangare!*«

Claire bedankte sich für die Einladung. Aber sie musste endlich ins Büro und sich an den Briefstapel auf ihrem Schreibtisch machen, den sie heute sehr früh am Morgen schon mit Sorge hatte wachsen sehen. Sie verabschiedete sich von Francesca und den Kindern, die nun angerannt kamen, rot im Gesicht, erhitzt und aufgedreht plappernd vom Spiel mit den vielen Kameraden.

Natürlich würde sie sich schnellstens um Francescas Anliegen kümmern. Wie gut, dass sie so eine patente Frau als Ansprechpartnerin hatte, die keine Angst vor Autoritäten hatte und sich auch nicht scheute, unangenehme Themen anzusprechen. Das war Claire deutlich lieber, als wenn Mitarbeiter ihre Sorgen in sich hineinfraßen und sie dann urplötzlich zum Ausbruch kamen. Mit Francesca würde es die nächsten Monate eine gute, produktive Zusammenarbeit geben, da war sie sich sicher.

Sie lenkte ihre Schritte zu den Männern, die nun ihre Besprechung beendeten, und war froh, als sie sah, dass Jacques mit der Kutsche sich näherte, um sie ins Büro zu fahren.

Kapitel 16

Champ de Mars, Ende Januar 1887

Endlich begannen die Bauarbeiten! Die polare Eiseskälte hatte sich zum Glück verzogen und einer wärmeren Luftschicht aus Westen Platz gemacht. Schnell waren Schienenstränge über das Gelände hinweg verlegt, die es ermöglichten, Loren an die Baulöcher der vier Sockel heranzufahren. Auf ihnen wurden Erde und Geröll abtransportiert, welche die Arbeiter nun täglich im Akkord aushoben. Die Loren brachten den Aushub zu Frachtkähnen auf der Seine, die enorm viel Material auf einmal fortschaffen konnten. Claire konnte sich die ungeheuren Dimensionen gar nicht vorstellen: Einunddreißigtausend Kubikmeter Erde sollten weichen, um die Fundamente bauen zu können.

Danach würde es allerdings nicht einfacher werden, im Gegenteil, alle blickten mit Sorge auf das Einbringen der Betonfundamente für die Pfeiler, besonders für die beiden nahe am Fluss. Denn zunächst mussten jeweils fünf Meter unterhalb der Wasserlinie Druckluftkammern angelegt werden, in die dann ein Senkkasten aus Blech hinabgelassen werden konnte. In diesem Hohlraum konnten die Arbeiter ans Werk gehen und die Betonfundamente anlegen. Bei den flussseitigen Nord- und Westpfeilern sollten die Fundamentsockel fünf Meter länger werden als unter den landseitigen Pfeilern: nämlich fünfzehn Meter lang, sechs Meter breit und zwei Meter hoch. Dieses Druckluftkammer-Verfahren kostete sie sehr viel Zeit und Geld. Und Nerven, dachte Claire mit einem Seufzen. Aber – Vater wusste es aus Erfahrung beim Brückenbau – es war eine verlässliche und sichere Methode, um eine Konstruktion, selbst eine so hohe wie den Turm, auf praktisch jeden Untergrund setzen zu können.

Für Claire klang das trotzdem alles sehr abenteuerlich. Aber sie vertraute auf die Ingenieurskünste der Kollegen im Büro. Sie hatte auch andere Dinge zu tun, als sich mit den baulichen Details zu beschäftigen. Und nur zum Schauen und Staunen war es auf der Baustelle dieser Tage sowieso zu matschig und zu kalt für ihren Geschmack. Wobei das Wetter viele neugierige Pariser allerdings keineswegs davon abhielt, zum Champ de Mars zu kommen, den Fortgang des Baus zu beobachten und Informationen zum Stand der Dinge einzufordern.

Damit die Arbeiter nicht ständig angesprochen und von ihren Aufgaben abgelenkt wurden, hatte Claire bald vorgeschlagen, ein, zwei Jungingenieure der Firma abzustellen, die vor Ort mit den Schaulustigen sprachen und Fragen beantworteten. Gustave hatte das sofort als geschickte Kommunikationsstrategie erkannt und nahm sich, wenn er auf der Baustelle zugange war, sogar höchstpersönlich ein paar Minuten Zeit für diese Aufgabe. »Das sind alles unsere zukünftigen Kunden«, sagte er. »Sie sollen doch später auf unserem Turm essen gehen und die Aussicht genießen, nicht wahr?«

Für ihn schien der Turm schon real zu sein, dachte Claire bewundernd. Und sie wollte so gerne auch daran glauben, dass er pünktlich stehen würde. Natürlich hatten sie nun alle rechtlichen Fragen geklärt, und der Bau war gestartet. Aber sie konnte nicht anders, als an die Drohungen der Künstler in der Oper zu denken. War es möglich, dass sie weiterhin versuchen würden, den Bau zu stoppen oder zumindest zu stören?

Es war ihnen zuzutrauen, so erbost wie sie gewesen waren. Es war ihnen leider zuzutrauen!

Teil 2

Aus der Zeitung *Le Temps*, 14. Februar 1887:

»Wir Schriftsteller, Maler, Bildhauer, Architekten, leidenschaftliche Liebhaber der Schönheit von Paris, soweit sie bis heute unbeschädigt ist, protestieren mit all unserer Kraft, all unserem Abscheu im Namen des missachteten französischen Geschmacks sowie im Namen der bedrohten französischen Kunst und Geschichte gegen die Errichtung, zudem mitten im Herzen der Hauptstadt, des unnützen und monströsen Eiffelturms, den der gewitzte Volksmund, oft mit feinem Empfinden und Sinn für Gerechtigkeit begabt, bereits mit dem Namen ›Turm von Babel‹ getauft hat. [...]

Wird die Stadt Paris sich nun für lange Zeit mit den verschrobenen, geschäftsorientierten Halluzinationen eines Konstrukteurs von Maschinen verbinden, um sich unwiderruflich der Hässlichkeit auszuliefern und ihre Ehre zu verlieren? [...]

Es genügt übrigens, sich Rechenschaft darüber abzulegen, was zu tun wir im Begriff sind, wenn wir uns einen Augenblick diesen Turm vorstellen, der, geradezu schwindelerregend hässlich, Paris beherrschen wird wie ein schwarzer, gigantischer Fabrikschornstein und der allein durch seine barbarische Masse Notre-Dame [...], den Louvre, den Invalidendom, den Triumphbogen, kurz: alle unsere gedemütigten Denkmale, alle unsere abgewerteten Bauwerke zerstören wird, die in diesem betäubenden Wahnbild verschwinden werden. Und während zwanzig Jahren werden wir den widerlichen Schatten der widerlichen Säule aus zusammengeschraubtem Blech sich ausbreiten sehen wie einen Tintenklecks über der ganzen Stadt, die noch von dem Genie so vieler Jahrhunderte in Ehrfurcht erzittert.«

Kapitel 17

Paris, Eiffel'sches Büro, 14. Februar 1887

Gustaves Stimme entgleiste: »Sie geben tatsächlich keine Ruhe, diese Künstler, allen voran dieser unsägliche Alexandre Dumas, der Jüngere, und dieser Guy de Maupassant! Auch mein alter Weggefährte Garnier hat sich diesem schäbigen Protest nun ganz offiziell angeschlossen.« Er pochte mit dem Finger auf die Unterschrift des ehemaligen Freundes. »Ist denn das zu glauben?« Scin Gesicht färbte sich rot vor Wut, als er die Zeitung zuklappte und auf den Bürotisch mitten auf die vielen Planskizzen des Turms warf wie einen stinkenden Fisch.

Claire nahm die Zeitung auf und las das Manifest, das immerhin siebenundvierzig bekannte Schriftsteller, Intellektuelle, bildende Künstler, Theaterleute und Musiker unterschrieben hatten. Schon bei den ersten Abschnitten musste sie schlucken und überflog den Rest nur noch grob, um die Schmerzen in Grenzen zu halten. Dann rollte sie die Zeitung zusammen und klemmte sie sich unter den Arm. »Ich fahre zu Bennett in die Redaktion!«

Gustave blickte auf, seine sorgenvolle Miene entspannte sich ein wenig. »Ja, mein Kind. Natürlich! Das ist eine gute Idee.« Er nickte. »Du weißt, was wir erwidern wollen?« Er sah wohl ihren gekränkten Ausdruck. »Aber natürlich«, sagte er schnell. »Du machst das schon.«

»Soll ich mitkommen?«, fragte Adi, der das Gespräch von seinem Zeichentisch aus verfolgt hatte.

»Nein, lass nur. Mit Bennett komme ich alleine klar. Er hat ausdrücklich versprochen, uns zu helfen.«

»Das hat er.« Adi nickte, musterte Claire allerdings, wie ihr schien, nachdenklich. »Ich komme aber gerne mit.«

»Nein, ich brauche dich hier«, sagte Gustave bestimmt. »Wir müssen mit den Plänen vorankommen.«

Adi nickte, aber er ließ Claire nicht aus den Augen und bot ihr mit seinem Blick weiterhin an, sie zu begleiten.

Doch sie schüttelte den Kopf. »Nein, bleib nur hier. Ich werde das regeln.«

»In Ordnung.« Adi vertiefte sich wieder in seinen Skizzenplan. Auch Gustave ging sogleich zur Arbeit über und schien den Künstlerprotest schon ad acta gelegt zu haben. »Schreibt etwas Gesalzenes, das sie sich merken und das sie zum Schweigen bringt! Diese Wortakrobaten haben es nicht anders verdient, als dass sie als ewig Gestrige dargestellt werden.«

»Keine Sorge. Ich gebe mir die größte Mühe!« Claire ließ nach einer Kutsche rufen und raffte ihren Umhang.

Als sie am nagelneuen Hauptquartier der Zeitung an der Avenue l'Opéra Nummer 49 ankam, war sie sehr erstaunt: Mister Bennett hatte seine Dependance wirklich äußerst repräsentativ gestalten lassen. Das Erdgeschoss war voll verglast, das Schaufenster mit einem hübschen Schriftzug »The Paris Herald« versehen. Man betrat einen Empfangsbereich und eine Bibliothek mit Clubsesseln, in denen einige amerikanische Herren und Damen, wie sie hörte und an der Reisemode erkannte, saßen und Zeitung lasen oder Kaffee tranken.

Als Claire sich bei der Empfangsdame anmeldete, wurde sie sofort in den ersten Stock geleitet, wo der große

Redaktionsraum lag, das Herz der Zeitungsproduktion. Dort herrschte reges Treiben. Die Reporter und Editoren saßen an ihren Tischen, kritzelten in Blöcke und Notizhefte oder tippten auf ihren Schreibmaschinen. Das Klacken der Tasten erfüllte die Luft. Es war beinahe so, als ob man die Buchstaben und Gedanken durch den Raum fliegen sehen könnte.

Gordon Bennett, in einem eleganten Dreiteiler, mit frisch frisierter Tolle und perfekt gezwirbeltem Bart, eilte ihr schon entgegen. »Meine liebe Mademoiselle Eiffel, wie schön, dass Sie es einrichten konnten, mich einmal in meinen heiligen Hallen zu besuchen.«

»In der Tat haben Sie es sich sehr schön gemacht, Mister Bennett. Mein Kompliment.« Sie ließ noch einmal anerkennend den Blick schweifen.

»Nicht wahr?« Er lächelte stolz. »Die Idee ist, dass die amerikanischen Gäste unsere Adresse nicht verfehlen können, wenn sie drüben im Café de la Paix oder im Café de Paris sitzen. Sie können hier unten im Empfangsbereich Telegramme aufgeben und empfangen. Und wenn sie möchten, können sie sich registrieren lassen und erscheinen dann am nächsten Tag mit Namen, Beruf, Grund des Aufenthalts und Hotel in der Zeitung. Ist das nicht charmant?« Er deutete auf ihren Umhang: »Darf ich?«

Sie nickte und gestattete ihm, ihn ihr abzunehmen. »Charmant und sehr geschäftsfördernd für Sie, wie ich annehme. Kompliment zu diesem Einfall.«

Er hängte den Mantel auf einen Garderobenständer, der mitten im Redaktionsraum stand wie in einem Lokal.

»Ich bin halt nicht auf den Kopf gefallen. Meistens.« Er grinste. »Aber nun, liebe Mademoiselle Eiffel, zum Anlass

Ihres Besuches.« Er schnalzte unzufrieden. »Wie können es diese vermeintlichen Schöngeister nur wagen, eine solche, entschuldigen Sie den Ausdruck, hirnverbrannte Protestnote aufzusetzen!« Er schüttelte den Kopf. »Was steht da nicht alles drinnen, nicht wahr? Der Turm würde Paris wie ein riesiger und schwarzer Fabrikschornstein überragen, und mit seiner barbarischen Masse richte er Notre-Dame, den Louvre, den Invalidendom und den Arc de Triomphe zugrunde? Es ist doch wohl die Höhe!« Er lachte. »Also, so hoch wie Ihr Turm natürlich nicht.«

»Mister Bennett, wie Sie sich denken können, ist mir nicht nach Scherzen zumute. Steht Ihr Angebot noch, uns zu helfen und eine Gegenrede zu veröffentlichen?« Sie umklammerte den Griff ihrer Tasche, in der sie die Notizen für den Text verstaut hatte.

»Gewiss. Allerdings ist es nach wie vor an eine winzige Bedingung geknüpft.« Er drehte sich um und signalisierte ihr, ihm durch den Redaktionsraum zu folgen. Die Reporter schauten kaum auf, als sie die Tische passierten.

»Die da wäre?«

»Dass Sie nicht nur Ihr Versprechen wahr machen, mich hier in der Redaktion zu besuchen, sondern auch den zweiten Teil meines Vorschlages berücksichtigen und mich nachher zum Lunch begleiten.«

Claire schwieg. Sie brauchten diesen Text. Und sie brauchten ihn sofort, also spätestens morgen in der Ausgabe, wenn nicht schon in der Abendausgabe in wenigen Stunden. Sie brauchten ihn, bevor sich noch mehr Leute der Meinung der Künstler anschließen konnten. »Wenn kein Weg drumherum führt, dann natürlich«, sagte sie langsam.

»Kein Weg drumherum? Sie tun ja gerade so, als ob es ein Graus sei, mit mir zu speisen.« Er spielte den Entsetzten, während er eine Glastür am Ende des Großraumbüros öffnete.

»Nun, ich weiß ja noch nicht, wie es ist, mit Ihnen zu speisen«, erwiderte Claire spitz, während sie einen Blick in den Raum warf, der wohl aufgrund des massiven Schreibtisches, des Chesterfieldsessels und diverser Urkunden an der Wand Bennetts Chefbüro sein musste.

Er lachte. »Erzählen Sie es mir hinterher.« Er deutete auf einen Stuhl vor seinem Schreibtisch. »Bitte nehmen Sie Platz.«

Schon spannte er einen frischen Bogen in die Remington-Maschine vor sich ein. »Dann wollen wir mal«, sagte er und schaute sie lächelnd an. »Legen Sie los!«

Sie nickte, zufrieden, dass er den Text höchstselbst mit ihr verfassen wollte. »Das Ganze soll ein offener Brief im Namen meines Vaters sein. Und er beginnt wie folgt.« Sie entfaltete den Zettel mit ihren Notizen, die es nun galt auszuformulieren.

Bennett hatte die Finger auf der Tastatur im Anschlag und zwinkerte ihr zu. »Kann losgehen!«

Sie überlegte kurz, dann diktierte sie flüssig. Bennett tippte und nickte, besonders, als sie auf die Ästhetik des Turms zu sprechen kam: *»Ich denke, dass mein Turm ein schöner Turm sein wird. Denken die Leute, dass uns, weil wir Ingenieure sind, die Schönheit unserer Bauten nicht interessiert, dass wir zwar solide und dauerhaft bauen, uns aber nicht um Eleganz scheren? Gehorchen die wahren Gesetze der Statik nicht immer auch den geheimen Gesetzen der Harmonie?«* Sie wartete kurz, als Bennett die Hand hob, um zu signalisieren, dass sie zu schnell sprach. Als er aufhörte zu tippen und sie auffordernd ansah, diktierte sie weiter: *»Ich* *behaupte nun, dass der Turm durch die Krümmung der Pfeiler, so wie von mir berechnet, schön aussieht, weil sie die Kühnheit meines Entwurfs sichtbar macht.«*

»Sehr gut«, unterbrach Bennett, während er tippte wie ein Irrwisch, um mit ihrem Tempo mitzuhalten.

Claire räusperte sich und fuhr fort: *»In der Protestnote heißt es, mein Turm werde mit seiner barbarischen Masse all unsere Denkmäler erdrücken.«* Sie schüttelte den Kopf und merkte, wie sie sich schon wieder zu ärgern begann. *»Das ist zum Lachen! Wenn man Notre-Dame bewundern will, geht man einfach zum Vorplatz der Kathedrale. Wie könnte ein Neugieriger, der auf dem Vorplatz von Notre-Dame steht, sich von dem Turm auf dem Champ de Mars gestört fühlen, wo er ihn doch gar nicht sieht?«*

Sie musste kurz durchatmen, bevor sie weitersprechen konnte, aber Bennett ermunterte sie und tippte wie der Wind, und bald waren sie fertig.

»Sehr gut gemacht«, sagte er und zog das Papier aus seiner Maschine, um es draußen vor seiner Tür einem wartenden Schriftsetzer in die Hand zu drücken, der sofort damit verschwand. »Und nun zu Ihrem Versprechen«, sagte Bennett, als er zurück war und sich ihr wieder gegenübergesetzt hatte.

»Der Lunch?« Sie packte ihre Notizzettel zurück in ihre Handtasche und merkte, wie sehr ihr der kommende Programmpunkt missfiel.

Aber versprochen war nun mal versprochen.

»Der Lunch«, sagte Bennett fest, aber er zwinkerte dabei.

Kapitel 18

Frachtkahn auf der Seine, eine Stunde später

»Das ist doch wirklich ein origineller Ort, um unseren Lunch zu genießen, was?« Bennett biss in sein Sandwich, aus dem Gurken- und Tomatenscheiben schauten. »Etwas unkonventionell, ein wenig eng und rußig, aber ich hoffe, es ist Ihnen trotz allen fehlenden Sitzkomforts genehm.«

Claire lächelte und biss ihrerseits in ihr Sandwich. Der Schemel, den der Kapitän ihr schnell aus der Luke des Unterdecks hervorgezaubert hatte, war in der Tat nicht der bequemste. Aber insgesamt empfand sie dieses Umfeld als sehr viel angenehmer, als wenn sie ganz offiziell in eines der feinen Lokale am Boulevard Saint-Germain eingekehrt wären, wo das Geläster garantiert groß gewesen wäre. So saßen sie etwas hart, aber immerhin warm an Bord dieses sehr modernen, weil teilweise dampfbetriebenen Kohlefrachtkahns, der die wertvolle Heizware über die Ader der Stadt zu ihren jeweiligen Bestimmungsorten brachte.

»Diese Schiffsreportage wollte ich schon lange machen«, sagte Bennett. »Natürlich, weil wir über diese neue Kombination des Segelns mit der Technik der Dampfschifffahrt berichten wollen – schauen Sie nur diesen eigenartigen Schornstein mitten auf dem Boot an. Er wirkt immer noch seltsam, finden Sie nicht?«

Claire nickte. Der Anblick der dicken Rauchwolke, die ihm entströmte, in Kombination mit dem Segel, das weiterhin gesetzt wurde, war wirklich gewöhnungsbedürftig. Aber es fuhr, dieses Schiff. Und es transportierte die Ware deutlich schneller, als wenn man auf den Wind warten oder wie auf engeren Flüssen gar noch treideln hätte müssen. Also war diese neue Technik doch sinnvoll und berechtigt. Und irgendwie fand Claire es ziemlich beeindruckend, nun mit Sicherheit eine der ersten Frauen an Bord so eines Arbeitsgefährts zu sein.

»Wenn ich aber ganz ehrlich bin«, fügte Bennett hinzu, »wollte ich diesen Bericht hauptsächlich wegen der Aussicht auf die Stadt machen. Vom Wasser aus wirkt sie noch einmal viel zauberhafter, nicht wahr?« Er legte sein Sandwich weg und verließ kurz den Steuerraum des Kahns, wo der Kapitän weiterhin aufmerksam nach vorne blickte und das Steuerrad hielt, ohne sich um Claire auf ihrem Schemel hinter sich zu kümmern. Sie beobachtete, wie Bennett draußen an Deck mit seinem Fotografen redete, der das Stativ aufgebaut hatte und emsig Fotos schoss.

Claire schmunzelte. Dies war in der Tat ein etwas anderer Lunch, als sie erwartet hatte. Wie gut, dass Bennetts Sekretärin ihn vorhin im Büro eindringlich erinnert hatte, dass diese Kohledampferfahrt schon lange geplant und nicht mehr verschiebbar sei. So hatte sie also mitgemusst. Und sie war durchaus nicht böse darüber. Paris vom Wasser aus – das war wirklich etwas, was man nicht alle Tage erlebte.

Soeben passierten sie die Île de la Cité, und Notre-Dame tauchte auf. Majestätisch erhob sich die Kathedrale über ihren Köpfen und breitete ihren Schatten über das Schiff. Jedes Mal aufs Neue war dieses Gotteshaus beeindruckend – und auch ein wenig unheimlich, fand Claire. Was sich dort nicht schon alles abgespielt hatte: Verwüstet von den Revolutionären vor gut hundert Jahren, Anfang des Jahrhunderts dann Krönungsstätte von Napoleon I. – diese riesigen Fensterrosetten hatten schon so einiges gesehen. Aber sie schweifte ab und zwang ihre Gedanken zurück auf das Schiff, als Bennett in die enge Kajüte zurückkehrte.

»Käpt'n, alles klar an Bord, volle Kraft voraus!«, rief er dem alten Schiffer vorne am Steuerrad spaßhaft auf Englisch zu, der das aber wohl nicht verstand und einfach ignorierte.

Bennett setzte sich wieder und nahm sein Sandwich auf. »Und nun, meine liebe Mademoiselle Eiffel, erzählen Sie einmal: Wie fühlen Sie sich eigentlich in der ganzen Situation?«

»Das ist Ihre Lieblingsfrage, was? Und welche Situation meinen Sie überhaupt?« Claire legte den Rest ihres Sandwiches zur Seite und griff stattdessen nach dem Emaillebecher mit dampfendem Tee, den der Kapitän ihnen spendiert hatte. Wie einen Brustpanzer hielt sie den Becher vor ihren Körper.

»Die Situation, das größte Bauwerk der Welt zu bauen, natürlich«, entgegnete Bennett prompt.

»Ach, nun hören Sie doch einmal damit auf, immer auf unserem Turm herumzureiten«, wehrte sie ab.

»Entschuldigung, das ist nun einmal das Thema, das ich mit Ihnen verbinde und das – mit Verlaub – zumindest für meine Zeitung am interessantesten ist.« Er lächelte sie an und hielt den Blick ein wenig zu lange.

Schnell schaute sie weg und sagte: »Selbstverständlich.« Was dachte sie denn auch, was er anderes von ihr wissen wollte, schalt sie sich in Gedanken. Trotzdem mochte sie nicht auf ihre Gefühle eingehen, noch nicht mal auf die zum Turmbau. Schnell schwenkte sie auf ein anders Thema um und zeigte aus dem Fenster: »Wo wir von beeindruckenden Bauwerken sprechen: Notre-Dame. Was verbinden Sie damit?«

Er pustete in seinen Teepott, bevor er antwortete. »Ein alter, verwinkelter, gotisch daherkommender Kasten, wie wir ihn in Amerika nicht kennen.«

Claire lachte. »Wie prosaisch.«

Nachdem er einen Schluck aus seiner Tasse getrunken hatte, verzog er das Gesicht. »Was hat der Kapitän denn da reingemacht?«

»Einen guten Schuss Calvados«, antwortete Claire ungerührt. Das hatte sie überhaupt nicht gewundert, das kannte sie noch von ihrem Großvater aus Dijon, Gott hab ihn selig. »Aber Sie schweifen ab, Mister Bennett. Was verbinden Sie mit Notre-Dame?«

»Na gut, wenn Ihnen diese Antwort besser gefällt: Ich halte stets nach Esmeralda und dem Glöckner Ausschau, wenn ich dort bin.« Er grinste.

»Aber Sie haben sie noch nicht entdeckt?« Der Calvados in dem Tee war wirklich das Beste an dem Getränk, dachte sie. Er wärmte ganz wunderbar.

»Schwerlich. Wahrscheinlich weiß nur Victor Hugo, wo sie stecken«, gab Bennett zurück.

»Aber er wird es uns nicht mehr verraten können.« Claire erinnerte sich, wie voll die Straßen von Paris bei Hugos Staatsbegräbnis gewesen waren.

»Leider nein. Da sind wir wohl zwei Jahre zu spät dran, um ihn noch persönlich befragen zu können.«

Sie nickte und trank ihren Tee aus. Die Dampfmaschine im Inneren des Schiffes stampfte und dröhnte, es stank nach Kohle und Ruß. Aber, sie musste es gestehen, sie hatte sich in letzter Zeit selten so entspannt gefühlt wie bei diesem kleinen Schiffsausflug.

Bennett beugte sich zum Picknickkorb und griff hinein. »Wie gut, dass meine Sekretärin stets so umsichtig ist. Sie hat uns sogar eine kleine Nascherei eingepackt.« Mit diesen Worten förderte er eine Schachtel Madeleines zutage und bot Claire davon an. Der süße Teig vertrug sich wunderbar mit dem Tee, und der Blick auf die Häuser am linken Seineufer, die im kalten Wintersonnenlicht aussahen, als ob sie fröstelten, begeisterte sie noch mehr. Was war das nur für eine beeindruckende Stadt! Ja, sie war wunderschön! Ein wenig konnte Claire die Bedenken der Kritiker des Turms sogar nachvollziehen. Der Turm war nun einmal anders: Er war hoch. Er war modern. Er war aus Eisen. ABER. Es war Zeit für ihn! Es war doch Zeit! Er würde die Augen der Welt auf Paris und die Weltausstellung lenken. Er würde Frankreich als Stätte der Innovation und Moderne symbolisieren und das alte Vorurteil der Verstaubtheit und Gestrigkeit für immer abschütteln, das Leute wie Bennett offenbar hatten. Er würde Verspieltheit, Leichtigkeit und ein wenig Augenzwinkern in diese alte, ach so erhabene Welt bringen.

Warum konnten sie das nicht einsehen?

»Köstlich, diese französische Nascherei«, konstatierte Bennett, an einer Madeleine kauend. »Sind Sie denn auch eine große Bäckerin? Was wir in Amerika zustande bringen, ist stets viel zu süß, finden Sie nicht?«

»Ich kenne mich mit der amerikanischen Bäckerei nicht so sehr aus, muss ich gestehen, mein lieber Mister Bennett.« Sie spülte die letzten Madeleinekrümel mit einem Schluck Tee hinunter. »Und mit der französischen auch nicht – außer in der Tat mit Madeleines. Die backe ich zur Entspannung für mein Leben gerne. Und ich wage zu behaupten, meine sind besser als diese hier.«

Er schmunzelte. »Gut zu wissen. Käme ich denn vielleicht bei Gelegenheit einmal in den Genuss Eiffel'scher Backkunst?«

»Möglicherweise. Ich werde sehen, ob ich es einmal für Sie einrichten kann.«

»Ich fühle mich geehrt.« Er zwinkerte und zeigte aus dem Fenster. »Sehen Sie, schon nähern wir uns der heiligen Stätte.«

»Was für eine heilige Stätte? Notre-Dame liegt doch schon hinter uns.« Sie blickte zurück, konnte hinter den Häusern, Brücken und Bäumen Notre-Dame aber wirklich nicht mehr sehen.

»Die heilige Stätte, an der der Turm bald stehen wird.« Er zeigte auf das freie Feld des Champ de Mars, an dem der Dampfkahn langsam vorbeiglitt. Claire ließ den Blick über die Brache schweifen, auf der die Buden aufgebaut waren, in denen die Bauarbeiter sich aufwärmen konnten und einen Tee bekamen und wo die Architekten ihre Pläne ausbreiteten.

An der Stelle des Nordpfeilers war bereits ein großes Loch im Boden zu erkennen. Die schwierigen Arbeiten in den Senkkästen würden bald beginnen.

Sie lenkte den Blick von der Baustelle zur anderen Seite des Flusses. Der Trocaderopalast wölbte sich dem Wasser entgegen, und mit den Seitenflügeln umarmte er den Park. Ja, er sah so aus, als ob er ein würdiges Gegenüber gebrauchen könnte. Sie lächelte. Der Turm passte hier wirklich hervorragend hin. Er würde das Gelände der Weltausstellung würdig markieren. Niemand würde sich dieses Spektakel rund um den Turm entgehen lassen, und alle würden hinauf wollen.

Claire hob den Blick und versuchte abzuschätzen, wie hoch

dreihundert Meter wären. Unmöglich. Sie konnte es sich nicht vorstellen. Sehr hoch jedenfalls.

Bennett hatte ihre Kopfbewegung verfolgt und tat es ihr nach. »Sie sehen wohl schon die Trikolore dort oben wehen? Und die Stahlstreben in der Sonne glänzen?«

Schnell senkte sie den Blick wieder. »Noch nicht ganz. Aber ich versuche, mich an die Vorstellung zu gewöhnen.«

»Also, *ich* sehe es ganz klar vor mir.« Er nickte. »Das wird sehr imposant. Und sehr, sehr voll werden auf Ihrem neuen Wahrzeichen von Paris.«

»Sie meinen, es wird ein Wahrzeichen?«

»Nicht ein Wahrzeichen. *Das* Wahrzeichen der Stadt. Aber selbstverständlich! Alle Welt wird diesen Turm kennen und lieben.«

Claire stand auf, verließ die kleine Kajüte und kletterte an dem Kohlehaufen vorbei, der sich auf dem Vorderdeck aus dem Inneren des Kahns erhob. Am Bug des Schiffes blieb sie stehen und wischte sich verstohlen über die Augen. Er sollte ihre Tränen nicht sehen. Es waren Tränen der Rührung, Tränen der Vorfreude. Vielleicht auch Tränen der Anspannung.

Wie lieb von ihm, so überzeugt zu sein und sie so zu ermutigen. Wenn doch nur alle Leute so optimistisch wären wie dieser Amerikaner! Und nicht so miesepetrig und gestrig wie die Künstler der Stadt!

Trocadero und Champ de Mars verschwanden aus ihrem Blickfeld, als der Frachtkahn weiter den Fluss entlangglitt. Die Häuser am Ufer verschwammen vor Claires Augen, als sie stumm ihren Tränen freien Lauf ließ. Ihren Tränen, die einfach einmal heraus mussten, damit sich die Spannung löste und sie weitermachen konnte.

Wie gut, dass ihre Erwiderung auf den elenden Künstlerprotest schon in der Druckerei war. Ha! Sie sollten doch bitte schön nicht meinen, sie einschüchtern zu können! Der Turm würde dort stehen. Punkt. Und sie würden schon sehen, wer von den ehrenwerten Künstlern dann widerstand, ihn zu besteigen.

Sie hörte, wie Bennett von hinten an sie herantrat, und wischte sich die Tränen aus dem Gesicht, ehe sie sich zu ihm drehte. »Das war ein schöner Ausflug. Erstaunlicherweise bin ich noch nie auf der Seine gewesen. Ich habe das heute sehr genossen, herzlichen Dank!«

»Aber bitte sehr, liebe Mademoiselle Eiffel.« Er blickte ihr in die Augen, schon wieder zu lange, bis er sich schnell auf die Anlegestelle konzentrierte, die der Kapitän nun ansteuerte. »Und wenn Sie wieder einmal schnelle Hilfe in Sachen Pressearbeit benötigen, melden Sie sich sehr gerne umgehend.« Er nickte und zog seine Taschenuhr hervor. »Oh, es ist Zeit für meinen nächsten Termin. Werden Sie es von der Anlegestelle alleine nach Hause schaffen, wenn ich Ihnen eine Mietdroschke anhalte?«

Claire nickte. »Selbstverständlich.« Da fiel ihr etwas ein. »Ich habe ebenfalls einen Termin gleich im Anschluss.« Das hatte sie ganz vergessen! Sie war doch mit Adi bei diesem Kunsthändler am Montmartre verabredet. Sie wollten endlich einmal nach angemessener Wanddekoration für ihren Salon Ausschau halten. Auch wenn sie jetzt nicht viel Zeit für Gäste und Gesellschaften hatten – ab und an mussten sie trotzdem ausgewählten Besuch empfangen, um für den Turm zu werben und den Kontakt zur Gesellschaft nicht abreißen zu lassen. Die nackte Tapete – auch wenn es immerhin eine Seidentapete im chinesischen Stil war – wirkte stets etwas behelfsmäßig. Gustave hatte sich nie um solche Details gekümmert, ihm waren nur seine Baustellen wichtig. Also musste die nächste Generation das nun in Angriff nehmen.

Und das würden sie tun. Sie hatten einen, wie man hörte, sehr engagierten Kunsthändler empfohlen bekommen und vertrauten darauf, dort gut beraten zu werden. Schließlich konnte man bei solch einer Angelegenheit viel Geld in den Sand setzen.

Sie sah, wie Bennett seinen Zylinder richtete und in Gedanken wohl auch schon bei seinem nächsten Termin weilte. Vielleicht kannte er diesen Kunsthändler und konnte ihr mit einer Einschätzung helfen? »Mister Bennett, ist Ihnen ein junger Kunsthändler von der Galerie Goupil & Cie am Montmartre bekannt, ein gewisser Monsieur Theo van Gogh?«

Bennett runzelte die Stirn. »Der Name des jungen Mannes sagt mir nichts, aber die Galerie kenne ich. Es gab dort einmal eine Vernissage, die ich besuchte. Lauter alte Schinken und monströse Gemälde. Im Stil von William Turner: Kriegsschiffe, Klosteranlagen, Salongedöns, königliche Gesellschaften und so weiter. Scheußlich altmodisch.«

Claire wunderte sich. »Man sagte uns genau das Gegenteil. Wir würden überrascht sein über die modernen Stile, die dort vertreten werden.«

Bennett zuckte die Schultern. »Vielleicht ist dieser Mister van Gogh ein umtriebiger Kunsthändler, der noch ein oder zwei Asse aus dem Ärmel schüttelt. Oder aus dem Keller der Galerie. Er ist mir damals bei der Vernissage nicht persönlich begegnet. Seine Chefs jedenfalls haben Kugelbäuche und rauchen teure Zigarren, weil sie offensichtlich viele von ihren alten Schinken verkaufen.«

Der Frachtkahn hatte an der Anlegestelle festgemacht, rechts der Seine, wie Claire glücklich feststellte, denn von hier würde sie sehr schnell zur Galerie am Montmartre gelangen. Der Schiffsjunge vertäute alles ordnungsgemäß und schob die kleine Brücke auf den Steg, damit sie aussteigen konnten.

Mister Bennett ging voran und reichte Claire die Hand, damit sie nicht stürzte. Sie war froh, wieder festen Boden unter den Füßen zu spüren, auch wenn dieser Dampferausflug sehr erfrischend gewesen war. Ein wenig Ruß hatte sich in ihrem Kleid verfangen, sie klopfte vorsichtig daran herum und pustete ihn fort.

»Lassen Sie mich bitte wissen, wenn Sie dort in der Galerie interessantes Material entdecken sollten. Meine Familie in Amerika und ich, wir sind alle leidenschaftliche Kunstsammler und immer interessiert an frischen europäischen Einflüssen. Und als Journalist bin ich natürlich ebenfalls neugierig, falls es aus der Pariser Kunstszene etwas Neues zu berichten gibt.«

Claire wiegte den Kopf. »Wir wollen nur einmal schauen, mein Mann und ich.« Und einen Nachmittag und Abend gemeinsam verbringen! So wie damals, als wir noch nicht mit dem Turm verheiratet waren, setzte sie in Gedanken hinzu. Sie merkte, dass sie Mister Bennett kaum ordentlich »Auf Wiedersehen!« sagte, weil ihre Gedanken schon voller Vorfreude zu Adi gewandert waren. Er hatte hoch und heilig versprochen, sich in der Firma loszueisen und pünktlich um vier Uhr vor der Galerie am Boulevard Montmartre zu warten. Anschließend wollten sie in einer neu eröffneten Brasserie an den Champs-Élysées essen gehen.

Nur sie beide.

Wie schön diese Aussicht war! Endlich ein romantischer Abend zu zweit. Sie hoffte, dass sie es schaffen würden, einmal nicht über den Turm zu reden und wieder das frische Prickeln zwischen ihnen herzustellen, das sie so vermisste. Wie hatte sie dieses Gefühl genossen, am Anfang, als sie sich kennenlernten, damals beim Weihnachtsempfang der Ingenieursgesellschaft, zu dem Vater sie mitgeschleppt hatte. Es war ein gesetztes Essen gewesen, bei dem Spenden für ein Krankenhaus gesammelt wurden, und Claire hatte schon vor dem Abend gegraut: lauter alte Ingenieure samt ihren Gattinnen. Und sie mittendrin.

Umso überraschter war sie gewesen, als sie sich neben diesem sehr jungen, charmanten Ingenieur frisch von der École polytechnique wiederfand. Gleich als Erstes hatte er einen Scherz gemacht, dass er sich wohl auch noch einen umfangreicheren Bauch anessen müsse, das gehöre anscheinend zu den Grundvoraussetzungen für den Ingenieurberuf. Claire hatte geschmunzelt und sich im Laufe des Abends, bei dem sie sich durch eine Fischplatte, einen Gänsebraten und in Glühwein eingelegte Kirschen mit Vanillepudding schmausen durften, bestens amüsiert. Vater hatte gelegentlich von der anderen Seite besorgt, dann immer interessierter zu dem jungen Mann hinübergeschaut, der es offenbar vermochte, seine anspruchsvolle Tochter so gut zu unterhalten.

Beim anschließenden Tanz hatte natürlich Vater den ersten Walzer mit ihr getanzt, dann aber wohlwollend Platz gemacht, als der junge Mann seine Tochter aufgefordert hatte.

Von da an hatten sie den ganzen Abend miteinander getanzt, vor den Augen aller alten Ingenieure, was Gustave ein wenig in Sorge versetzt hatte, wie er lange Zeit später verriet. Aber zum Glück hatten sie das Verhalten des jungen Mannes nicht falsch gedeutet. Schon am nächsten Tag war in der Rue de Presbourg Post eingetroffen, in welcher der junge Ingenieur von der École polytechnique, Monsieur Adolphe Salles, um ein weiteres Treffen mit der reizenden Mademoiselle Claire Eiffel ersuchte. Wenig später hatte er ihr einen Antrag gemacht.

Wie viele Lokale und Brasserien sie seit der Verlobung besucht hatten, wusste Claire nicht. Aber sie erinnerte sich noch sehr gut, wie sie jeden dieser Abende genossen hatte. Wie sehr sie Adolphes aufmerksame, liebevolle Blicke geschätzt hatte, mit denen er ihr jeden Wunsch von den Augen abgelesen hatte. Wie sie jeden Blumenstrauß gehegt und gepflegt hatte, der in die Rue de Presbourg geliefert wurde. Wie sie die Spaziergänge und die Ausfahrten durch die Stadt geliebt hatte, bei denen er ihr stets eine kleine neue Welt erklärt oder gezeigt hatte; einmal waren sie gar in die für die Öffentlichkeit geschlossenen Gewächshäuser der Botanischen Sammlung gelangt, wo ein alter Schulkamerad von ihm arbeitete, und hatten echte Dattelpalmen, Bananenpflanzen und Ananaspalmen gesehen, dazu die älteste Kamelie der Stadt. Sie maß fast sechs Meter im Umfang und hatte Tausende Blüten gezeigt – eine sehr große Schwester ihrer eigenen kleinen Kamelie zu Hause.

Solch liebevolle Ideen waren ihm ständig eingefallen. Ach, wie sie diese Zeit vermisste. Jetzt gab es nur noch den Turm. Aber vielleicht war das heute eine Chance, das alte Glück wieder in ihre Ehe zu bringen.

Sie stieg in die Mietkutsche, die Bennett inzwischen für sie angehalten hatte, und rief dem Kutscher die Adresse der

Galerie zu. Schon beim Anfahren holte sie ihren Spiegel und ihren Puder aus der Handtasche hervor, um sich trotz des Ruckelns der Kutsche ein wenig hübsch zu machen für ihren Mann.

Kapitel 19

Boulevard Montmartre No. 19, wenig später

Meine Güte, sie vergaß doch immer wieder, wie schäbig diese Gegend war, dieses Montmartre, dachte Claire, während die Mietdroschke über die Sandpiste in das quirlige Viertel am Fuße des Weinbergs mit den Schrebergärten und den alten Mühlen rollte. Sie kam sehr selten hierher, eigentlich nur, wenn sie bei ihrer Näherin, Madame Dupin, eine neue Bestellung aufgab. Doch das hatte sie lange nicht mehr getan. Claire nahm sich vor, sich endlich einmal um eine für Büroangestellte angemessene Garderobe zu kümmern.

Sie wandte den Blick den Hügel hinauf, zur Baustelle dieser neuen blitzweißen Kirche Sacré-Cœur. Es ging nicht voran, wie sie aus der Zeitung wusste und nun auch mit eigenen Augen sah. Ein Stück der Außenmauer der Kathedrale konnte man hinter den Baugerüsten schon erkennen. Aber es würde noch dauern, bis dort Gottesdienste stattfinden konnten. Schon vor mehr als zehn Jahren waren die ersten Bauarbeiten gestartet – Claire konnte nur hoffen, dass ihr Turm schneller beendet würde. Und das würde er, redete sie sich in Gedanken schnell Mut zu und wandte den Blick von dem Rohbau auf der Bergspitze ab.

Hier unten in den Straßen herrschte ein großes Durcheinander. Hoffentlich kam Adi wirklich pünktlich und beschützte sie zwischen all diesen Menschen in Arbeitskitteln, die Mehlsäcke und Körbe schleppten, Kindern, Handkarren,

Pferdehaufen, Wäscheleinen, die über die Straße gespannt waren, und Maronenständen, aus denen es rauchte. In diesem Gewimmel konnte einem ja ganz schwindelig werden! Und dann diese Tanzlokale und Etablissements! Schnell schaute sie fort, als sie an einem der kaum verputzten Mietshäuser Reklame für eine ganz und gar verruchte Bar entdeckte, vor deren Tür schon um diese Uhrzeit eine junge Frau in einem nicht adäquaten Kleid herumlungerte und die vorbeieilenden Männer ansprach. Du meine Güte, vielleicht hätte sie sich doch nicht alleine hierherwagen sollen. So interessant konnten doch diese Galerie und die Ware dieses jungen Monsieur van Gogh wohl nicht sein.

Der Kutscher hielt vor der Nummer 19, einem unscheinbaren Haus, das wirkte, als würde der Putz jeden Moment abfallen, und die Regenrinne gleich mit, die aber zum Glück von ein paar Weinranken gehalten wurde. Er verlangte sein Geld. Claire gab ihm ein wenig mehr und bat ihn, noch stehen zu bleiben und sie in der Droschke warten zu lassen, bis ihr Mann kommen würde. Denn noch konnte sie Adi nirgends entdecken.

Doch es dauerte zum Glück nicht lange, bis Adis Kutsche um die Ecke bog und Adi heraussprang und ihr den Arm reichte, um ihr beim Aussteigen behilflich zu sein. Sogleich zog die Mietdroschke an und verschwand.

»Mein Liebling, wie schön und wie ungewöhnlich, dass wir mitten am Tag so einen aufregenden Ausflug zusammen unternehmen.« Er schaute sich um und flüsterte: »Oder besser: so einen verruchten.« Er schloss sie in den Arm und gab ihr einen Kuss. Auf offener Straße! »Hier darf man das!«, sagte er lachend.

Claire fand das auch. »Wir sollten viel öfter hierherkommen, meinst du nicht?« Sie zwinkerte ihm zu.

»Nun wollen wir doch mal diesen mysteriösen Monsieur van Gogh kennenlernen, der uns hierhergelockt hat«, sagte Adi. »Ist er ein Holländer, oder was ist das für ein Name?«

Claire zuckte die Schultern. »Wir werden es gleich hören.« Sie klopfte gegen die Haustür, denn eine Glocke war nicht zu sehen. »Gar kein Schild oder Ähnliches, das auf die Galerie hinweist.« Sie schaute sich um. »Eigenartig. Bist du dir sicher, dass die Adresse stimmt?«

»Aber ja«, sagte Adi gerade, als Tür geöffnet wurde und ein schmächtiger dunkelhaariger Mann ungefähr in ihrem Alter herausschaute.

»Ah, die Eheleute Salles. Wie wunderbar, dass Sie es einrichten konnten.« Er verbeugte sich andeutungsweise und machte Platz, sodass sie eintreten konnten. »Kommen Sie nur. Ich habe alles vorbereitet, oben im ersten Stock.«

An einem großen leeren Galerieraum vorbei folgten sie ihm eine schmale Treppe hinauf. Schon auf dem Gang im oberen Stockwerk lehnten Gemälde über Gemälde an den Wänden, sodass nur ein schmaler Pfad blieb, um hinter Theo van Gogh in einen lichtdurchfluteten Raum zu gelangen, der vielleicht einmal als Atelier gedient hatte und ein Oberlicht sowie eine große Fensterfront zum Gartenbereich hin besaß. Auch hier hingen die Bilder nicht ordentlich an der Wand. Diejenigen, die einen Rahmen besaßen, lehnten aneinander, und auf einem großen Tisch in der Mitte lagen zusammengerollte Leinwände parat.

»Seit wann sind Sie hier in der Galerie Goupil & Cie, Monsieur van Gogh?«, begann Adi das Gespräch, während der junge Kunsthändler die Leinwände aufrollte und die Ecken mit Briefbeschwerern befestigte, damit sie sie betrachten konnten.

»Bereits seit einigen Jahren. Mein Onkel ist Teilhaber, wissen Sie? Da liegt es natürlich in der Familie, dass ich mich ebenfalls mit der schönen Kunst beschäftige.«

»Eine kunstsinnige niederländische Familie also, aus der Sie stammen.« Adis Ton blieb höflich, obwohl ihm sein Blick, während er auf die ausgerollten Leinwände schaute, etwas entgleiste.

Auch Claire wunderte sich sehr über das, was sie dort sah.

»Ja, wir sind eine kunstsinnige Familie«, ließ Theo unbeirrt verlauten. Vielleicht hatte er ihre Gesichtsausdrücke auch nicht bemerkt, denn er breitete noch eine dieser … *gewagten* Leinwände auf dem Tisch aus. »Mein Bruder Vincent ist sogar Maler. Sehen Sie: Diese Gemälde hier stammen alle von ihm.« Er legte einen letzten Briefbeschwerer auf die Ecke einer Leinwand, auf der man in ein äußerst düsteres Zimmer einer Bauernkate schaute, in der Frauen und Männer um einen Tisch saßen und Kartoffeln aßen. »Das heißt *Die Kartoffelesser*«, sagte Theo dann auch bewegt. Claire sah, dass er beinahe Tränen der Rührung in den Augen hatte. »Vincent hat es erst kürzlich gemalt. Er ist fasziniert vom einfachen Leben der Bauern auf dem Land, wissen Sie. Er findet, dass diese Lebensrealität dringend Einzug in das Bewusstsein der Menschen in der Stadt und der, nun ja, betuchteren Gesellschaft finden sollte.« Er nickte eifrig und zeigte auf eine andere Leinwand, auf der in etwas freundlicheren Farben, aber mit deutlich sichtbaren Pinselstrichen und dicken Farbschichten ein ernster junger Mann mit rotblondem Bart und Hut zu sehen war, der sehr aufdringlich den Betrachter anschaute, fand Claire.

»Das ist mein Bruder. Ein Selbstbildnis. Er malt gerne Selbstbildnisse.«

Adi starrte das Bild an, als ob er sich nicht ganz sicher sei, ob er auf der Stelle gehen oder Theo noch eine Chance geben sollte. Er entschied sich offenbar für Letzteres. »Haben Sie noch etwas, äh, ein wenig Freundlicheres? Wissen Sie, wir suchen ein schönes Stück für unseren Salon. Es sollte etwas sein, was die Gäste, nun ja, anspricht und nicht, also, beunruhigt.«

Theo nickte langsam und rollte eine neue Leinwand auf. »Da habe ich hier das Richtige für Sie. Das hat Vincent gerade erst fertiggestellt, als er kürzlich bei mir zu Besuch war.« Sie sahen einen Hügel mit windschiefen Windmühlen im Hintergrund und Schrebergärten, in denen Menschen arbeiteten. »Das sind die *Gemüsegärten auf dem Montmartre*. Schön, nicht?« Theo lächelte stolz.

Claire seufzte. Ja, das war ganz nett. Aber sowohl diesen ein wenig schlampig ausgeführten, dickfarbigen Wischiwaschi-Stil als auch das Thema konnten sie sich doch nicht in ihren repräsentativen Salon hängen! Ein Bild, das Leute bei der Gartenarbeit zeigte! Wie dachte er sich das?

»Mein lieber Monsieur van Gogh, sosehr wir die Arbeiten und das ungewöhnliche Talent Ihres Bruders schätzen: Wir brauchen etwas, was ein wenig konventioneller ist und mehr in der Welt der Städter angesiedelt. Etwas, was vielleicht eine Gesellschaft zeigt oder ein schönes Gebäude. Also ein gemauertes«, fügte Adi schnell hinzu, bevor der Galerist vielleicht noch eine windige Bauernkate hervorzauberte.

Theo nickte langsam. Er wandte sich vom Tisch ab und

schritt zur Wand, um einige der Gemälde umzudrehen. Adis und Claires Miene hellten sich auf: na bitte! Dort sahen sie eine Stadtansicht von Notre-Dame und der Île de la Cité. Auf dem nächsten Gemälde speiste eine feine Gesellschaft an einer langen Tafel in einem hübschen Marmorpalais mit schweren Brokatvorhängen. Man konnte die fröhlichen Gespräche der Gäste förmlich hören. Das war es doch! Adi schien ähnlich zu empfinden, denn er fragte schon: »Von welchem Maler stammt das? Und wissen Sie, was genau es abbildet?«

Theo nickte müde, nannte den Namen des Künstlers und erzählte, dass es eine legendäre Hochzeitsgesellschaft darstellte. »Dieses Bild verkaufen wir sehr oft, es ist sehr beliebt«, sagte er mit schleppender Stimme.

»Genau dieses?« Adi, der sich vor das Bild gehockt hatte, schaute erstaunt auf.

»Dieses Motiv. Der Maler arbeitet für uns und reproduziert es für uns oder arbeitet auch nach Auftrag, wenn ein Kunde einen speziellen Wunsch hat.«

Adi sah Claire an, und sie wusste sofort, woran er dachte, und nickte.

»Fertigt er auch Porträts an?«, fragte Adi.

Theo nickte wieder müde. »Aber natürlich. Es ist ein junger, aufstrebender Künstler, ein Freund meines Bruders. Sie haben sich beim Studium kennengelernt.« Er nahm sich schon einen Block und einen Federhalter. »Was soll ich notieren? Möchten Sie ihm Modell sitzen? Sie und Ihre Frau? Oder noch weitere Familienmitglieder?«

Claire und Adi überlegten kurz. »Also, wenn wir das schon machen, dann sollten wir alle drauf sein: Gustave, du, ich und auch Robert, meinst du nicht auch?«, fragte Claire.

Adi stimmte ihr zu, und Theo notierte sich alles.

»Ich werde mich mit dem Maler in Verbindung setzen, und wir werden einen Termin arrangieren. Die Familie Salles/Eiffel wird in Öl verewigt. Wie schön.« Er bemühte sich sehr, die zwischenzeitlichen Dissonanzen ihres Gesprächs auszubügeln. Claire schielte noch einmal zu dem Tisch mit den Gemälden seines Bruders.

»Herzlichen Dank für diesen schönen Abschluss, und wir wünschen Ihnen und Ihrem Bruder alles Gute und viel Erfolg!«, sagte Adi und wandte sich zur Treppe, Claire an der Hand hinter sich herziehend.

»Auf Wiedersehen!«, rief sie über die Schulter zurück. »Alles Gute!«

»Ihnen auch mit Ihrem Turm!«, hörte sie noch Theos Gruß, als Adi schon die Tür zum Boulevard geöffnet hatte und sie auf die Straße zog.

»Puh! Du lieber Himmel!«, sagte Adi und lehnte sich an die Hauswand. »Solch eine Bauernmalerei!«

»Ach, komm, wir haben doch noch eine gute Sache dort angestoßen. Wir bekommen ein schönes Familienporträt.«

»Du hast recht. Wir bekommen unseren Hingucker für den Salon. Das wird fein, der Stil dieses Auftragsmalers hat mir sehr gut gefallen.«

Claire nickte. »Ich bin gespannt, wie er arbeitet, und freue mich auf den Termin mit ihm.«

Adi kramte den Zettel heraus, den Theo ihnen noch gegeben hatte. »Ein Graf scheint das zu sein. Oder es ist ein Künstlername.«

»Wie heißt er denn?«

»Henri de Toulouse-Lautrec.«

»Nie gehört. Aber es wird gut werden. Und nun lass uns essen gehen. Ich habe großen Appetit auf eine schöne Pâté und ein Glas Champagner.«

»Ach, das habe ich vorhin bei der Ankunft hier ganz vergessen, dir zu sagen, Liebes«, erwiderte Adi. »Das wird leider heute nichts, mein Schatz. Ich muss gleich zurück ins Büro. Wir haben ein großes Problem bei der Planung der Wasserleitungen für die erste Etage. Da muss ich den Kollegen zur Seite stehen, bis wir eine Lösung gefunden haben. Es drängt, weil unten in den Versorgungsschächten jetzt schon alles richtig angelegt werden muss.«

Claire sah ihn entsetzt an. »Aber du hast mir versprochen, dass wir heute romantisch zusammen essen gehen, nur wir zwei!«

»Es tut mir leid, mein Schatz, aber diese Sache ist leider dazwischengekommen. Du weißt doch, wie …«

»Ich weiß, wie … wie diese verdammte Baustelle uns herausfordert!«, sagte sie deutlich lauter als üblich.

»Aber Claire, du bist ja außer dir. Es ist doch nicht so schlimm, wenn wir unser Essen ein wenig verschieben.«

Sie sah ihn nur stumm an. Verschieben. Dieses Verschieben kannte sie schon, seit die Baustelle existierte. Es war schon vieles verschoben worden. Ohne dann jemals stattzufinden. Wie sehr hatte sie sich auf diesen Abend mit Adi gefreut! Es wäre so wichtig gewesen, einmal wieder in Ruhe zu reden, zu lachen, zu genießen.

Sie drehte sich abrupt von ihm fort und lief hinüber zu Jacques, der so tat, als ob er die Pferde füttere und nichts von dem Streit mitbekäme. Sie kletterte in die Kutsche und schmollte die ganze Fahrt über, bis sie Adi vor dem Büro absetzten und Jacques den Wagen nach Hause lenkte.

Ach, Maman, liebste Maman, dachte sie, als sie die Straßenzüge an sich vorbeigleiten sah, *wie soll das nur weitergehen? Was soll aus unserer Ehe werden? Wie hast du das nur ausgeglichen, damals mit Vater? Er war doch auch stets geschäftlich unterwegs. Ach, Maman, es ist so schwer!*

Kapitel 20

Paris, Frühjahr 1887

Der Ausflug zum Montmartre und auch Claires Kummer darüber, von Adi so versetzt worden zu sein, wurden in den kommenden Tagen vom Erscheinen ihrer Entgegnung auf den Künstlerprotest im *Herald* verdrängt. Der Text schlug hohe Wellen! Es gab keinen Pariser und keine Pariserin, die nicht diskutiert und eine Meinung zu der Angelegenheit gehabt hätten. Claire war es mit ihrer Gegenschrift gelungen, die Streitigkeit auf dem Papier zu belassen, bevor sie noch auf die Straßen getragen wurde. Proteste auf der Baustelle oder vor dem Firmensitz fanden nicht statt, Gott sei Dank! Die Künstler gaben allerdings weiterhin keine Ruhe, sondern machten auf ihren eigenen Veranstaltungen Stimmung gegen den Turm.

Claire schüttelte jedes Mal den Kopf, wenn sie daran dachte, selbst jetzt, als sie an ihrem Schreibtisch saß und eigentlich genug zu tun hatte mit der Beantwortung der Korrespondenzen, die zu dem Thema ununterbrochen im Büro eintrafen. Am meisten bewegte sie, dass Charles Garnier, Vaters alter Freund, in einem Interview mit *Le Figaro* nun plötzlich ein ganz neues Argument jenseits der Ästhetik gegen den Turm anführte: Er erfülle keinerlei Nutzen! Der Eiffelturm sei ein Ungetüm, das die Gegend auf das Schlimmste verschandele und dabei noch nicht einmal einen Zweck erfülle!

Gustave hatte sich fürchterlich über diese Aussage geärgert. »Was bildet der alte Garnier sich eigentlich ein? Der Turm ist ein Kunstwerk, und Kunstwerke müssen keinen Zweck erfüllen«, hatte er getobt. »Jaja, seine Oper! Die erfüllt natürlich einen Zweck. Aber sie ist nun mal auch ein Nutzgebäude und kein Kunstwerk!«

Aber ganz unrecht hatte Garnier nun einmal nicht, dachte Claire bei sich. Der Turm diente bisher tatsächlich einzig und allein der Besteigung und der Aussicht. Und er stünde zum Betrachten da – wie ein Kunstwerk. Natürlich war geplant, später, nach dem Ende der Weltausstellung, einen Theatersaal für gelegentliche Veranstaltungen auf der ersten Etage zu etablieren, und es würde von Anfang an mehrere Restaurants geben. Aber nach zwanzig Jahren würde er eben wieder abgerissen werden.

»Er ist ein Kunstwerk, das reicht!«, rief Gustave erbost. Dennoch registrierte Claire in der folgenden Zeit, dass ihr Vater begann, über zusätzliche Nutzungsmöglichkeiten nachzudenken. Und so ehrgeizig, wie er war, würde er sicher bald mit einer sinnvollen Idee kommen. So wie Claire das beurteilte, war die vermeintliche Nutzlosigkeit des Turms dem Gros der Pariser inzwischen aber ganz egal. Sie waren einfach gespannt darauf, in nie erreichte Höhen vorzustoßen und die Aussicht auf ihre Stadt zu genießen.

Inzwischen waren die vier Fundamente gesetzt und aufgemauert, massive Steinblöcke, in die die Stahlstreben eingesetzt und verankert wurden. Gustave und Adi waren täglich persönlich an der Baustelle, überwachten die Ausführungen und besprachen mit den Architekten der Teilabschnitte, was anstand, während die Kollegen um Maurice Koechlin im Planungsbüro fortwährend zeichneten und rechneten. Gut dreitausendsechshundert Einzelzeichnungen waren bereits entstanden.

Claire hatte im Büro mehr als genug mit der Koordination der Logistik zu tun, deren reibungsloser Ablauf äußerst wichtig war, da alles ineinandergriff. Die riesigen Stahlträger wurden genau wie sämtliche andere Teile für den Turm – insgesamt würden es am Ende einmal achtzehntausendundachtunddreißig sein, so der Plan – in der Werkstatt in Levallois-Perret geschweißt. Sie wurden per Eisenbahn und Lastschiff zur Baustelle transportiert und dort von der Seine aus mit einem Schienenfahrzeug auf das Gelände gezogen. Alle Teile waren durchnummeriert, sodass sie auf der Baustelle nur noch in der festgelegten Reihenfolge zusammengesetzt werden mussten wie bei einem Puzzle.

Die Transportarbeit direkt am Gerippe mit den Kränen und den Seilen war nicht nur sehr anstrengend, sondern vor allem gefährlich, denn die zum Teil tonnenschweren Stahlteile mussten millimetergenau eingepasst werden, durften nicht ins Schwingen geraten oder gar abstürzen. Auch durften bei der Verschraubung keine Arbeiterfinger in die Nietlöcher geraten. Zum Glück hatten die Arbeiter schnell ein ausgeklügeltes System an Seilzügen und Handgriffen entwickelt und damit erprobt, wie die Stahlstreben am schnellsten an ihren Bestimmungsort kamen. Dort wurden sie an ihrer festgelegten Position angesetzt, und spezielle Verschraubtrupps, bestehend aus jeweils vier bestens geschulten Männern, setzten im Akkord die glutheißen Nieten ein, während ein letzter Trupp bereits mit dem ersten Wetteranstrich begann, der den Turm in ein warmes Venezianisch-Rot kleidete und den Stahl vor Korrosion über viele Jahre schützen sollte.

Dieses System durfte nach Möglichkeit an keiner Stelle unterbrochen werden oder sich verlangsamen. Wenn doch mal ein Stahlteil nicht exakt auf einen Zehntelmillimeter genau vorgearbeitet war, ging es sofort zurück ins Werk und konnte nicht vor Ort angepasst werden.

Doch das passierte zum Glück selten, sodass Claire insgesamt mit den Fortschritten auf der Baustelle zufrieden war.

»Madame Salles!«, rief ein junger Bote plötzlich in ihre Gedanken hinein. »Eine telegrafische Nachricht für Sie, die soeben durchgegeben wurde. Bitte sehr!« Er reichte Claire eine Karte. Sie dankte ihm und las, sobald er das Büro verlassen hatte, was das Kabelfräulein notiert hatte: »Komme am Freitagabend 18.20 Uhr Gare de l'Est an. Freue mich auf Wochenende zu Hause! Valentine.«

Claire lächelte. Das war aber eine schöne Überraschung! Ihre Schwester war in ihrem vorletzten Schuljahr im Mädchenpensionat bereits so sehr ins Lernen eingespannt, dass die Familie sie seit Weihnachten und Silvester nicht mehr zu Gesicht bekommen hatte. Nun plagte Valentine offenbar Sehnsucht nach der Familie. Oder sie hatte einfach genug vom Pensionat und brauchte eine kleine Verschnaufpause.

Nun, sie würden sie sehr gerne verhätscheln über das Wochenende. Und es wäre auch eine wunderbare Gelegenheit, die Missstimmung zwischen ihnen endlich zu beseitigen. Sie waren doch Schwestern, sie mussten sich doch verstehen!

Und auch ihr selbst und Adi würde es guttun, mal ein Wochenende lang etwas anderes zu machen, als nur an den Turm zu denken und zu arbeiten! Hoffentlich könnte Adi sich auch loseisen!

Claire beendete die Korrespondenz, an der sie gerade

gearbeitet hatte, und schlüpfte in ihren Mantel, um rasch ein paar Bestellungen in der *Boulangerie* und der *Charcuterie* am Ende der Straße aufzugeben, damit sie es sich am Wochenende so richtig gut gehen lassen könnten. Vielleicht schaffte sie es auch noch, ein paar schnelle Madeleines zu backen, wenn Nanette sie in die Küche ließ. Sie wusste, dass Valentine sich darüber freuen würde.

Kapitel 21

Gare de l'Est, zwei Tage später

Schnellen Schrittes lief Claire auf den Eingang des Bahnhofsgebäudes mit seinem großen Halbrosettenfenster in der Fassadenfront zu. Valentines Zug sollte in wenigen Minuten einfahren. Wie schön, die kleine Schwester endlich mal wieder für ein paar Tage bei sich zu haben! Ihr Vater war zu Recht stolz darauf, dass er all seinen Kindern, nicht nur den Söhnen, eine gute Schulausbildung finanzieren konnte. Natürlich sah man sich dadurch nur selten, meist in den Ferien, da die exzellenten Schulen auf dem Land waren und einen Internatsaufenthalt nötig machten. Aber für die gute Bildung nahmen sie das in Kauf. Und nun würde auch Valentine im kommenden Jahr schon ihren Abschluss machen, ihre kleine Schwester! Claire erinnerte sich, wie angespannt sie selbst in dieser Zeit vor den Prüfungen gewesen war.

Valentine hatte ihr schon vor Längerem gestanden, wie sehr sie besonders der Mathematikunterricht sowie das unsägliche Latein quälten. Aber auch sie war fest entschlossen, die Schule mit guten Noten, auf die die Familie stolz sein konnte, abzuschließen.

Claire orientierte sich kurz, als sie die weite Empfangshalle mit ihrer gewölbten hohen Decke und den Rundbogenfenstern betrat, und strebte dann dem richtigen Bahnsteig entgegen, an dem bereits einige Leute warteten. Sie stellte sich in der Mitte der Plattform auf. Hier konnte Valentine sie sogleich sehen, wenn der Zug hielt. Der Geruch von Kaffee und gebrannten Mandeln, die der kleine Zeitungskiosk am Ende des Bahnsteigs anbot, stieg ihr in die Nase.

Was Valentine wohl hinterher mit ihrem Abschluss anfangen würde, überlegte Claire. Interesse an Vaters Firma hatte Valentine noch nie gezeigt. Und nach ihren Andeutungen über den Conte im Sommer befürchtete Claire inzwischen fast, dass sie das Gelernte ungenutzt lassen würde, um sofort eine Familie zu gründen.

Aber noch war es ja nicht so weit. Vielleicht würde Valentine einsehen, dass ein italienischer Graf, der neu in Paris war und über dessen Familie man so gut wie nichts wusste, möglicherweise doch nicht der passende Kandidat war.

Eine ebenfalls wartende Großfamilie baute sich mit einem Mal vor Claire auf und versperrte ihr die Sicht. Sie reckte sich auf die Zehenspitzen, um zu erspähen, ob vielleicht schon die Rauchwolke des Zuges zu erkennen war – und tatsächlich schnaufte dort die Bahn heran und kam bald darauf quietschend zum Halten.

Die ersten Waggontüren wurden krachend aufgestoßen. Begrüßungsrufe erschallten. Umarmungen und Küsse wurden verteilt. Es war eine wahre Freude, das Spektakel zu beobachten. Claire hatte beinahe Tränen in den Augen, als sie sah, wie lang getrennte Liebende sich gar nicht wieder loslassen wollten und Taschen, Koffer und Hutschachteln unbeachtet den Weg versperrten, bis sich einer der Gepäckträger daran machte, den Haufen zu beseitigen, und die Liebenden so zwang, ihm gen Ausgang zu folgen.

Claire schaute am Zug hinauf und hinunter. Wo war Valentine? Einige Türen wurden vom Schaffner schon wieder geschlossen, weil der Zug hier endete und über Nacht ins Depot gezogen werden würde. Wo war nur ihre Schwester?

Da endlich entdeckte sie Valentines auffälligen Blumenhut, der sich aus dem hintersten Waggon schob. Valentine und eine Kameradin von ihr, Geraldine Gateau, sprangen kichernd auf den Bahnsteig. Sie wirkten nicht wie zwei junge Damen, die demnächst ihren Abschluss machen und ins Leben starten wollten, sondern wie zwei Backfische, die nichts Gutes im Schilde führten.

»Bonjour, Schwesterherz«, rief Valentine auch gleich überdreht, sobald sie Claire erreicht hatten.

Geraldine knickste und kicherte in einem fort, sodass sie kaum ihr »Bonjour, Madame« herausbekam.

»Was habt ihr denn gegessen während der Fahrt? Lachbonbons?« Claire schüttelte missbilligend den Kopf. So benahm man sich doch wirklich nicht! Sie schaute sich um. Zum Glück war der Bahnsteig inzwischen leer, bis auf einen einsamen Kofferträger, der nichts mehr zu tun hatte und rauchte, und Jacques, der heraneilte, um Valentines Reisetasche an sich zu nehmen. »Sollen wir dich mitnehmen, Geraldine, und bei deinen Eltern absetzen?«, fragte Claire, weil offensichtlich niemand auf Geraldine wartete.

»Das wäre ganz reizend, Madame«, sagte Geraldine. »Meine Eltern sind dieses Wochenende bei Verwandten in Nizza. Ich werde bei meinen Großeltern übernachten.«

Natürlich kannte Claire die Adresse der Großeltern von Geraldine. Schließlich war ihr Großvater einmal Präfekt der Stadt gewesen.

Die feine Herkunft änderte aber nichts an der Tatsache, dass die jungen Damen sich unmöglich benahmen. »Reißt euch zusammen!«, zischte Claire, während sie den Bahnsteig entlangschritten und durch die Halle gen Ausgang strebten, wo Jacques an der Kutsche wartete.

Die beiden kicherten unbeeindruckt weiter vor sich hin, auch während der Fahrt. Eine ordentliche Konversation war nicht möglich. So ging es bis zum Palais von Geraldines Großeltern, wo die Freundin ausstieg und sich bis Sonntagabend verabschiedete, wenn die beiden Mädchen den Zug zurück zum Mädchenpensionat nehmen würden.

»Was ist nur in euch gefahren?«, fragte Claire, als sie um die Ecke gebogen waren und die letzten Straßenzüge nach Hause fuhren. Sie sah zu Valentine, die nun plötzlich nicht mehr lächelte, sondern im Gegenteil seltsam besorgt aussah.

Als sie keine Antwort bekam, zuckte Claire die Schultern und merkte, wie ein dumpfes Grollen in ihr immer größer wurde. Kaum war die Schwester da, ging sie ihr schon wieder auf die Nerven. Was war es nur mit ihr?

»Wir sind ein wenig aufgekratzt, weil wir wissen, dass unsere Schulzeit bald vorbei ist«, antwortete Valentine schließlich doch noch. »Und weil dann der Ernst des Lebens beginnt.« Sie schaute zur Seite auf das Trottoir, auf dem ein Straßenkehrer seine Arbeit tat und dabei ein paar Tauben aufscheuchte.

»Soso. Wie stellt ihr euch den denn vor, den Ernst des Lebens?«, fragte Claire und rollte innerlich mit den Augen. Als ob sie eine Vorstellung hätten, diese beiden Hühner.

Valentine schwieg einen Moment. Dann sagte sie sehr ernst: »Geraldine wird im Sommer heiraten.«

»Sie wird die Schule vorzeitig verlassen?« Claire schaute ihre Schwester erstaunt an. Bisher hatte sie noch nichts von einer Verlobung gehört. Das hätte man doch mitbekommen, hier in der Stadt, bei diesen Großeltern. Die hätten sich eine große Ankündigung doch nicht nehmen lassen. »Bist du dir sicher?«

Valentine nickte. »Leider«, sagte sie leise.

»Aber wen und warum?« Claire konnte es immer noch nicht fassen. Da erwarb Geraldine all das Wissen, genoss eine vorzügliche Schulbildung und hatte alle Möglichkeiten, die einer jungen Frau heutzutage offenstanden. Sie hätte Lehrerin, Krankenschwester oder Bürokraft werden können. Aber sie wollte lieber sofort heiraten, Kinder kriegen und einen Haushalt führen?

»Sie heiratet einen jungen Mann aus dem Ort des Internats. Er ist Großgrundbesitzer«, sagte Valentine langsam und blickte Claire mit traurigen Augen an.

»Also, du meinst, er ist Bauer?« Um Himmels willen! Es war doch nicht das, was Claire dachte?

Valentine nickte langsam. »Sie wird zu ihm aufs Land ziehen und dort den Hof leiten.« In ihre Augen waren tiefe Schatten getreten. Die ganze aufgedrehte Fröhlichkeit von vorhin war fort.

»So bald?«

»So bald.« Valentine schaute auf ihre Hände, die sie auf dem Schoß gefaltet hatte. »Es ist nötig.«

Claire legte den Arm um ihre Schwester. »Das tut mir leid für Geraldine.« Sie spürte, wie Valentine sich zitternd an sie schmiegte, und drückte sie ganz fest. »Bei dir wird es nicht so schnell gehen, versprichst du mir das?«

Valentine nickte. »Versprochen«, sagte sie und lehnte ihren Kopf an die Schulter der Schwester.

»Hat er denn noch einmal von sich hören lassen, dein werter Conte?«, fragte Claire.

Sofort hob Valentine den Kopf und wand sich aus der Umarmung. »Sprich nicht so abfällig über ihn, und mach dich nicht lustig über mich! Und ja, er hat sich gemeldet. Regelmäßig. Ich habe einen hübschen Stapel Briefe bekommen.« Sie schaute auf die bestickten Handschuhe und zog an ihren Spitzen, als ob sie sie richten müsste.

»Um Himmels willen, was soll die Äbtissin nur davon halten?« Diese auffällige Post. Das war doch nicht gut! Wie konnte der Conte so rücksichtslos sein.

»Ist es nicht egal, was sie denkt, solange ich glücklich bin?«, fragte Valentine leise, unterließ die Zupferei an den Handschuhen und blickte Claire direkt an.

Diese versuchte, in ihren Augen zu lesen. »Bist du das denn?«

Valentine lächelte. »Wenn ich seine geschwungene Schrift auf dem Briefpapier sehe, dann wirkt das wie Dampfkringel einer heißen Schokoladenmilch, die mich sanft wärmt und aufbaut. Du weißt doch, wie kalt und karg es manchmal in diesem Mädchenpensionat zugeht. Da sind seine Worte wie eine Hülle aus Kaschmir.«

Herrje. Das klang leider sehr verliebt. »Aber es sind nur Worte? Aufgetaucht ist er dort noch nicht, im Internat!«

Valentine war entrüstet. »Natürlich nicht. Wo denkst du hin? Aber«, sie machte eine lange Pause, vielleicht um Claire zu ärgern, »er ist in diesen Tagen auch hier in Paris. Er möchte mich gerne sehen.«

»Wo und wann? Habt ihr schon etwas vereinbart? Es ist doch klar, dass ich dann mitkomme und auf dich achtgebe«, sagte Claire sofort.

Valentine seufzte. »Natürlich ist das klar. Und nein, wir haben noch nichts vereinbart. Er wird sich schriftlich bei uns im Palais melden und einen Termin vorschlagen.«

Claire nickte erleichtert. Da wahrte er also doch einigermaßen die Form. Sie würde ihn sich bei diesem Treffen einmal richtig vorknöpfen, den jungen Mann, und ihm auf den Zahn fühlen. Er meinte es besser ernst mit ihrer kleinen Schwester. Oder er machte sich schnellstmöglich aus dem Staub! Die Familie Eiffel würde nicht so düpiert werden wie die arme Familie von Geraldine.

Jacques stoppte die Kutsche vor dem Haupteingang des Eiffel'schen Palais. Valentine schaute am Haus hoch und lächelte. Sie wirkte nun sehr ruhig. »Es ist so schön, wieder hier zu sein«, sagte sie, kletterte von der Kutsche und eilte schon voraus, um Vater zu suchen und Adi, Robert, Manon und Nanette zu begrüßen.

Kapitel 22

Jardin des Tuileries, am nächsten Nachmittag

Am Nachmittag des darauffolgenden Tages war es so weit. Valentine brauchte lange Zeit im Bad und vor dem Spiegel, bis es endlich losgehen konnte: zur Spazier-Verabredung mit dem Conte. Sie wollten sich im Park treffen, in den Tuilerien beim Brunnen. Auf der Wiese würden sie noch nicht sitzen können, obwohl es für Anfang März ein außergewöhnlich warmer und sonniger Tag war, fast ein kleiner Vorgeschmack auf den Frühling. Die ersten Krokusse und Schneeglöckchen hatte Claire in den vergangenen Tagen schon auf den Grünanlagen der Stadt gesichtet. Nun würden sich auch bald die Magnolien daranmachen, ihre Knospen zu öffnen. Eine kurze Pause auf einer Bank in der Sonne würden sie also einlegen können. Jacques verfrachtete die Damen in die Kutsche und fuhr sie direkt bis zum Brunnen im Park. Bei diesem Gewimmel von Menschen, Hüten und Sonnenschirmen war es schwer, den Conte zu finden. Aber Claire ahnte schon, dass sie das gar nicht mussten, sondern dass er sie finden würde.

Und so kam es auch. »Bella«, sagte er zu Valentine und deutete einen Handkuss an. Er sah toll aus in seinem leichten Leinenanzug – eine mutige Wahl, aber ein Italiener kam damit durch. Er lüftete seinen Strohhut und verbeugte sich vor Claire: »Madame! Es ist mir eine Freude.« Sein Lächeln war warm und offen. Seine dunklen, ausdrucksstarken Augen blickten unter kräftigen Augenbrauen hervor. Er trug keinen

Bart, was ihn jünger erscheinen ließ, als er war, und er schien bester Laune zu sein und sich wirklich auf diesen kleinen Ausflug zu freuen. Artig ging er zur Linken Claires, während Valentine zu ihrer Rechten ging. Claire blickte geradeaus, wenn sie spürte, wie der Conte und Valentine ab und zu um sie herum spähten und einander zulächelten.

»Conte Piccioni«, begann Claire ihr Verhör. Er sollte nur nicht denken, es würde ein leichtes Unterfangen werden, ihre Schwester zu erobern. Die Familie gehörte miterobert. »Wie ich höre, sind Sie nun oft in Paris anzutreffen?«

»Allerdings. Ich bin der neue Vertreter unseres Familienunternehmens hier in der Stadt.«

»Valentine berichtete mir, dass Ihre Familie in der Tuchbranche tätig ist.«

»Das ist richtig. Daheim in Italien fertigen wir die schönsten Stoffe und stoßen damit in den hiesigen Modehäusern und bei den Schneidern auf sehr viel Interesse.«

Claire nickte. Das klang nicht aufgesetzt oder vermessen. Italienische Stoffe waren sehr begehrt. Gut für die Familie, wenn sie sich auf solch ein solides Produkt stützen konnte. »Sie selbst haben auch eine Vorliebe für Mode, wie ich sehe, lieber Conte.« Sie schaute an ihm hoch und hinunter, bis ihr Blick an seinem bordeauxfarbenen Einstecktuch hängen blieb, das exakt zu seinem Binder passte.

Er lachte. »Selbstverständlich. Das ist uns Italienern nun mal eigen. Zumal ich an der Quelle sitze.«

Claire schaute kurz zu Valentine, die verliebt in die Augen des Conte versunken war, der den Blick nach seinen Worten sofort wieder auf sie richtete.

»Und ehe ich es vergesse«, fuhr der Conte fort, blieb stehen und zog etwas aus der Innentasche seiner Jacke. Es waren zwei Seidentücher mit wunderschönem Zackenmuster in verschiedenen Farbverläufen. »Ich habe den Damen Eiffel etwas mitgebracht.« Er händigte jeder von ihnen ein Tuch aus. Ehrfürchtig strich Valentine über ihres. Claire hingegen war sich noch nicht ganz sicher, wie sie mit dem Geschenk umgehen sollte. »Da danke ich herzlich«, sagte sie schließlich zögernd und legte das Tuch nicht gleich um, so wie Valentine, sondern ließ es in ihre Tasche gleiten. Um nicht das Gefühl aufkommen zu lassen, er habe sie damit schon ruhiggestellt und sie würde ihm ihre Schwester überlassen, setzte sie hinterher: »Haben Sie Geschwister, Conte Piccioni?«

»Aber natürlich. Ich habe drei Schwestern. Zwei leben in Italien. Nur unsere Älteste ist schon verheiratet, hat Kinder und wohnt ebenfalls in Frankreich. Auf dem Gut einer Großtante von uns. Ganz in der Nähe von Valentines …« Er unterbrach sich, als ob er sich verplappert hätte. Hatte er wohl auch, denn er wollte in Gegenwart von Claire bestimmt nicht verraten, dass er wusste, wo Valentines Schule zu finden war. Obwohl er sicher ahnte, dass sie darüber informiert war, dass er Valentine Briefe in die Schule schrieb.

Claire versuchte, die Situation zu entschärfen, indem sie nicht auf den Halbsatz einging, sondern auf eine leere Parkbank zeigte. »Hier können wir eine kleine Pause einlegen. Was haltet ihr davon?« Sie wartete keine Antwort ab, sondern lief schnellen Schrittes voraus auf die Bank zu, wohl wissend, dass die zwei Verliebten hinter ihr die Gelegenheit nutzen würden, sich ganz offen schmachtende Blicke zuzuwerfen.

»Ganz herzlichen Dank, liebe Madame Salles und natürlich liebe Valentine, dass wir diesen schönen Ausflug zusammen machen. Ich bin außer mir vor Freude«, sagte der Conte, als sie nebeneinander auf der Bank saßen, der Conte und Valentine außen, Claire als Anstandsdame in der Mitte. Wieder schaute er um Claire herum deutlich zu lange in Valentines Augen.

»Die Freude ist ganz unsererseits, lieber Conte«, sagte Claire. »Ich muss Ihnen allerdings sagen, dass ich mich ein wenig wundere.«

»Inwiefern?« Er wandte sich ihr ganz zu, ehrliches Erstaunen in den Augen.

»Ich wundere mich, dass Sie mit Ihren beinahe dreißig Lenzen noch …« Sie stockte. Nun kam ihr diese Frage doch zu kühn vor. So gut kannte sie ihn schließlich noch nicht.

Valentine schien auch ohne Vollendung des Satzes verstanden zu haben, was sie hatte fragen wollen. »Claire!«, rief sie erschrocken und zog sie am Ärmel. »Was soll das?«

Der Conte hingegen stellte sich ahnungslos. Oder er war zu wohlerzogen, um auf solch eine Frage direkt einzugehen. »Sehen Sie die Schwäne auf dem Teich dort drüben? Schwäne sind sehr treu, wissen Sie. Wenn sie sich einmal gefunden haben, bleiben sie ein Leben lang beisammen. Aber sie sind auch äußerst wählerisch. Bis sie sich zusammentun, dauert es sehr lange.«

»Schwäne sind in der Tat kluge Tiere.« Claire war ihm dankbar für diese Brücke. »Aber ist es nicht so, dass sie sich immer sehr ähnlich sind? Ein Schwan gleicht dem anderen? Es ist selten, dass Schwäne sich anderen Vögeln anschließen – Kormoranen, Reihern, Flamingos gar.«

Der Conte lachte. »Sie kommen auch selten in Gesellschaft von Flamingos, würde ich meinen.«

Valentine verfolgte das Gespräch mit entsetztem Gesicht,

während Claire sich ein Schmunzeln über den kleinen Scherz des Conte nicht verkneifen konnte. Dann fuhr sie fort: »In der Tat begeben sich Schwäne selten in andere Gesellschaft. Sie bleiben, wie Sie selbst feststellten, unter sich. Wieso sollte ein Schwan also Interesse an anderen Vögeln haben, die nicht seinesgleichen sind?«

Das Gesicht des Conte wurde ernst, als er merkte, dass Claire nicht lockerlassen würde. »Ich glaube, einige Schwäne sind der ewigen Schwanengesellschaft mit ihren immer gleichen Schwanenregeln und Schwanenthemen einfach müde.«

Claire schwieg und schaute ihn nachdenklich an. Valentine nutzte die Gesprächspause, um aus dieser peinlichen Diskussion zu entfliehen und so zu tun, als ob sie nicht mitbekommen hätte, worum es wirklich ging. »Seid ihr jetzt fertig damit, über die Parktiere zu reden? Ich habe Hunger.« Sie zog eine Schachtel mit Keksen aus ihrer Tasche und reichte sie herum. »Und nun seid nett und redet vom Wetter oder vom Schiffsverkehr auf der Seine. Das ist ja nicht auszuhalten mit euch trüben Tassen!«

Der Conte lachte erleichtert, und Claire stand auf, um ein paar Meter weiter zum Teich zu spazieren. Sollten die beiden sich ruhig ein wenig alleine unterhalten. Es klang alles nicht ganz unvernünftig, was der Conte da gesagt hatte. Vielleicht war er doch ein ganz netter Kerl, und ihre Unruhe und ihr Misstrauen waren völlig unberechtigt.

Allerdings, das mit den Briefen ins Internat musste aufhören. Und auf keinen Fall durfte er dort jemals auftauchen, auch wenn seine Verwandtschaft offenbar ganz in der Nähe wohnte. Auf keinen Fall! Valentine musste davor bewahrt werden, in den gleichen Ruf zu geraten wie Geraldine. Obwohl bei der

Freundin natürlich wirklich eine Katastrophe stattgefunden hatte. Claire nahm sich vor, noch einmal eindringlich mit Valentine zu sprechen, bevor diese morgen abreiste. Sie hoffte inständig, dass der Conte seine guten Manieren, die man ihm zu Hause unzweifelhaft hatte angedeihen lassen – dass er diese Manieren auch bei einer bürgerlichen Französin stets formvollendet präsentieren würde.

Nicht nur bei anderen Schwänen.

Kapitel 23

Champ de Mars, wenige Wochen später

Das Wochenende mit Valentine war noch in friedlicher Atmosphäre zu Ende gegangen, und Claire war zu ihrer Arbeit zurückgekehrt. Sie musste feststellen, dass diese einfach nicht weniger wurde. Je weiter die Bauarbeiten voranschritten, desto mehr Konzentration, Tempo und Geschick verlangten sie. Adi und Gustave waren beinahe gar nicht mehr zu Hause zu sehen. Abgesehen von der Nachtruhe verbrachten sie ihre gesamte Zeit zwischen Büro und der Baustelle, wo inzwischen im immer eingespielteren Akkord Stahlträger um Stahlträger für die vier Pfeiler zur ersten Plattform hin verbaut wurden.

An einem besonders schönen Spätfrühlingstag hatte Claire deshalb beschlossen, Adi an der Baustelle zu überraschen und ihn zu überreden, mit ihr und Robert etwas abseits seiner Wirkungsstätte auf dem Champ de Mars zu picknicken. Es musste doch möglich sein, den Ehemann und Vater auch einmal tagsüber zu Gesicht zu bekommen und ein wenig Zeit geruhsam und mit guten Gesprächen und Speisen als Familie zu verbringen. Stets kam er erst nach Hause, wenn Robert längst schlief und Claire erschöpft im Salon saß, nach einem langen Arbeitstag einen Tee trank oder ihre geliebte Kamelie beschnitt und goss.

Deshalb hatte Claire mit Nanettes Hilfe einen Essenskorb zusammengestellt, Robert in seinen Rollwagen gesetzt und zur Mittagszeit eine große Decke auf dem Feld ausgebreitet. Warum sollte man das herrliche Wetter nicht ausnutzen und die Mode des englischen Picknicks hier an den Turm verlegen?

Robert krabbelte fröhlich auf der Decke herum, während Claire die Köstlichkeiten auspackte: Hühnerschenkelchen hatte Nanette mit dieser zauberhaften Marinade aus Paprika und Rosmarin zubereitet, einen Salat mit Eiern und Radieschen gab es, erste Erdbeeren und zum anschließenden Kaffee selbst gebackene Pains au chocolat. Für Robert hatte sie an etwas Baguette zum Knabbern gedacht, und natürlich an seine geliebten Apfelschnitze, von denen er nie genug bekommen konnte.

»Schau, da kommt Papa!«, sagte sie zu Robert und deutete in Richtung der Baustelle, von der Adi auf sie zukam. Er lief so schnell, als ob er es kaum erwarten könnte, bei ihnen auf der Picknickdecke zu sitzen – und ebenso schnell zur Baustelle zurückzukehren, vermutlich.

Robert gluckste und krabbelte Adi entgegen. Der lachte und hob den Kleinen hoch und drehte sich mit ihm. »Mein Liebling, wie schön, dass wir heute mal gemeinsam zu Mittag essen. Was für tolle Überraschungen deine Mama doch manchmal parat hat, was? Ich war sehr erstaunt, als die Kollegen eben auf euch zeigten und mich fortschickten.«

»Nur manchmal habe ich gute Ideen?«, fragte Claire gespielt empört, war aber sehr erleichtert, dass er den kleinen Überfall so positiv aufnahm.

»Immer, wollte ich natürlich sagen. Immer.« Er küsste sie auf die Nasenspitze, als er sich nun setzte und Robert auf den Schoß nahm.

Claire füllte ihm einen Teller mit den Köstlichkeiten und

reichte Robert seine Äpfelchen. Vergnügt knabberte der Junge an ihnen herum, während Adi sein Essen herunterschlang, fast ohne zu kauen, den Blick kaum von der Baustelle abgewandt und in Gedanken wohl noch bei seinen Skizzen.

»Läuft es gut heute?«, fragte Claire, um ihn gedanklich von der Baustelle abzuholen und im Laufe der weiteren Konversation ein wenig zu entspannen und zu anderen Themen zu führen.

Er nickte. »Aber leider ist Giovanni krank geworden. Hat die Frühlingsgrippe oder eine Allergie oder so. Er fehlt. Wirklich.«

Giovanni war krank? Das war keine gute Nachricht. Sie nahm sich vor, sich bei Francesca zu erkundigen, ob sie irgendwie helfen konnte. Aber jetzt wollte sie dieses Picknick genießen und wechselte das Thema, indem sie berichtete, dass der Maler sich gemeldet habe, um einen Termin für das Modellsitzen auszumachen.

»Er bietet uns an, zu uns nach Hause zu kommen. So kann er uns in unserem Heim erleben, das ebenfalls auf der Leinwand erscheinen wird. Und wir haben keinen Weg zurückzulegen und kaum Zeitverlust.«

»Sehr umsichtig von ihm. Also machen wir das so. Hast du schon etwas mit ihm vereinbart?« Adi legte sich zurück auf die Decke und schaute in den Himmel.

»Aber natürlich. Er kommt nächste Woche an einem Abend vorbei.«

Adi nickte und lächelte, als Robert in seinen Arm krabbelte und sich an ihn kuschelte. »Ich weiß, wir bräuchten eigentlich mehr Zeit zusammen, du, ich und Robert«, sagte er auf einmal sehr ernst und streichelte Roberts Rücken, was dieser mit fröhlichem Gebrabbel quittierte. »Das ist mir bewusst – auch, dass du manchmal sehr unter der momentanen Situation leidest.«

Claire nickte langsam. Es tat gut, dass er es erkannte – und es auch noch von alleine ansprach.

»Ich kann dir nicht versprechen, dass es während dieses Turmbaus in absehbarer Zeit sehr viel besser werden wird. Aber ich werde mir Mühe geben. Und mich gerne ab und zu überraschen lassen mit solch schönen Einfällen wie diesem Picknick hier.« Adi setzte sich auf und nahm Robert wieder auf den Schoß. Der kreischte vor Freude, als Adi begann, Hoppe-hoppe-Reiter mit ihm zu spielen, und er mit einem Plumps auf der Decke landete.

Wie schön das war, dachte Claire, und wie wichtig, sich diese Zeit zu nehmen. Natürlich hatte sie ebenfalls den Schreibtisch voll, und Gustave hatte mit Sicherheit noch einige Memos und Notizen mehr auf den Haufen mit den zu bearbeitenden Dingen gelegt, während sie hier aßen und redeten. Aber diese Memos würden geduldig auf sie warten. Was jetzt zählte, war dieser Moment! Für sie, für Adi – für Robert!

»Nun muss ich aber wieder los«, sagte ihr Mann, nachdem sie auch die Pains au chocolat genossen hatten, und sprang abrupt auf. Alle Romantik und Gemütlichkeit schienen von einer Sekunde auf die andere vergessen. »Wir stecken dort gerade bei einem schwerwiegenden Problem fest.« Er schüttelte den Kopf, als er ihren fragenden Blick sah. »Nein, ich brauche dich damit jetzt nicht zu beunruhigen. Wir werden das lösen.« Sein Blick war auf sie gerichtet, aber sie sah, dass er in Gedanken schon wieder über den Plänen hockte und längst nicht mehr hier bei ihr und Robert weilte.

»Adieu!« Er schaffte es gerade noch, die Form zu wahren, dann lief er davon, nicht ganz so schnell, wie er auf die Picknickstelle zugekommen war, aber mit zunehmender Nähe zur Baustelle immer schneller.

Robert begann zu weinen und streckte Adi seine Arme hinterher. Der Anblick schnitt Claire ins Herz. Sie wiegte ihn beruhigend, und als das nicht half, bot sie ihm ein Stück Baguette an, auf dem er schließlich befriedet nagte.

Gerade einmal hatten die Montagearbeiten an Fahrt aufgenommen und liefen gut, da zogen schon neuer Druck und Missstimmung heran, registrierte Claire. Das versprach nichts Gutes für die kommenden Monate.

In Gedanken versunken, begann sie, die Sachen im Picknickkorb zu verstauen, und blickte erst auf, als sie merkte, dass Robert nicht mehr in der Nähe war. Er war in einer erstaunlichen Geschwindigkeit losgekrabbelt, seinem Vater hinterher. Claire sprang auf, so schnell es ihr Kleid zuließ, und rannte hinter ihm her.

»So eilig, Mademoiselle Eiffel?«, hörte sie eine vertraute Stimme. »Ist das Ihr Baby, das dort einen Geschwindigkeitsrekord aufstellt?«

Sie ignorierte ihn und rannte erst mal zu Robert, um ihn aufzuheben und zurück zur Decke zu tragen. Er war nicht begeistert und äußerte dies mit wütendem Gebrüll.

»In der Tat, Mister Bennett. Dieses friedliche Kind ist meins.« Sie suchte ein letztes Apfelstück hervor und gab es Robert, der nach der Anstrengung des Krabbelns und Brüllens innehielt und das Obst annahm, während er von Claires Arm aus Mister Bennett beäugte. »Was machen Sie denn schon wieder hier?«, entfuhr es ihr etwas unwirsch.

»Wir machen eine Dokumentationsserie zu Ihrem Turm. Mein bester Fotograf lichtet die Baustelle jede Woche ab. So haben wir am Ende der Bauzeit eine perfekte Übersicht über die Baufortschritte.« Er nickte begeistert. »Vielleicht gestalten wir eine ganze Ausgabe nur mit diesen Fotos. Das wäre doch mal etwas Originelles, nicht?«

Claire nickte und setzte den nun zufriedenen Robert auf die Decke zurück, um die Überreste ihres Picknicks einzusammeln und sich anschließend so schnell wie möglich mit Robert aus dem Staub zu machen.

Aber Bennett war noch nicht fertig. »Meine liebe Madame Salles, haben Sie sich denn schon mit der Gästeliste beschäftigt?«

»Welcher Gästeliste?«

»Na, die der Aussteller, die sich bereits zur Weltausstellung angemeldet haben.«

»Kann man die denn einsehen?«

»*Man* vielleicht nicht. Aber *ich* kann.« Er grinste. »Ich darf Ihnen mal ein paar Namen nennen, die Sie und wohl auch Ihren Herrn Vater sehr interessieren werden.«

Sie schloss den Picknickkorb und schob Robert auf das Gras, um die Decke auszuschütteln und zusammenzurollen. »So?«

»Edison. Thomas Edison. Er kommt, um seinen neuen Audio-Aufnahmeapparat vorzustellen.«

»Hat er nicht bereits genug erfunden?«, entfuhr es Claire.

Bennett lachte. »Meine Liebe, wie kann denn die Glühbirne genug sein für so einen geistigen Großmeister? Nein, mit seinem neuen Phonographen, wie er ihn nennt, kann er angeblich Töne auffangen und später originalgetreu wieder abspielen. Verrückt, was?«

»Allerdings.« Wie sollte das denn möglich sein, jetzt etwas sagen und es morgen noch einmal anhören?

»Wie der Zufall so spielt, habe ich Mister Edison zu Hause in Amerika bereits des Öfteren getroffen. Nicht nur als Reporter, sondern auch privat. Er ist mit meinem alten Herrn befreundet.«

»Und?« Claire wollte wirklich los. Robert sah müde aus, und außerdem so, als ob er bald ein großes Geschäft erledigen würde. Und sie musste zurück ins Büro.

»Richten Sie Ihrem Herrn Vater doch gerne meine besten Grüße aus. Sollte er jetzt im Vorfeld der Weltausstellung Interesse an einer Briefkorrespondenz mit Mister Edison haben, so kann ich ihm gerne den Kontakt vermitteln. Ich kann mir vorstellen, dass diese Ingenieure ziemlich viel zu besprechen hätten.«

Was für eine großartige Idee! Natürlich. Das würde Vater sehr freuen, sich mit diesem großen amerikanischen Kopf austauschen zu können. Und vielleicht ergab sich eine Zusammenarbeit in irgendeiner Form. Zumindest aber würde Vater ihn auf die Baustelle einladen wollen, wenn der Bau etwas fortgeschrittener wäre. Da war sie sich sicher. »Ich danke Ihnen, Mister Bennett, für dieses Angebot. Ich werde es meinem Vater übermitteln.« Sie fischte noch Roberts verloren gegangene Rassel vom Boden und verstaute sie bei den Kindersachen im Wagen.

»Tun Sie das. Es sind übrigens noch weitere spannende Gäste aus Amerika zu erwarten.«

Robert begann wieder zu weinen, als er nun seine Apfelspalte vertilgt hatte. Sie setzte ihn in den Bollerwagen und packte den Picknickkorb und die Decke dazu. »Können Sie mir das eventuell ein anderes Mal berichten, Mister Bennett? Mein kleiner Mann hier muss dringend nach Hause.«

»Natürlich, verstehe ich«, sagte er, lief aber neben ihr und dem Wagen her. »Ich habe die Freude, diese besonderen Gäste nächste Woche hier in Paris zu treffen. Sie werden eine Pressekonferenz geben, bei der sie bereits jetzt für ihre Weltausstellungsattraktion werben. Denn zu diesem Festakt der Stadt rund ein Jahr vor der Eröffnung, wo alle sich vorstellen, können sie leider nicht kommen, weil sie auf Tournee …«

»Mister Bennett, haben Sie Kinder?«, unterbrach sie seinen Redefluss, auch wenn es unhöflich und die Frage sehr privat war. Aber sah er denn nicht, dass sie gerade andere Dringlichkeiten hatte als eine Pressekonferenz mit irgendwelchen internationalen Gästen?

Bennett schwieg lange – erstaunlich lange für ihn. Aber dann antwortete er nicht auf ihre Frage, sondern setzte wieder bei seiner ursprünglichen Rede an: »Möchten Sie mich zu diesem Termin begleiten?«

Claire seufzte und war froh, als sie sah, dass Robert beim Ruckeln des Wagens langsam die Augen zufielen. »Mister Bennett, ich bin keine Journalistin, und ich habe genug eigene Arbeit, die im Büro auf mich …«

»Sie sollen doch auf dem Termin nicht arbeiten, sondern ihn genießen.« Er war wieder ganz der Alte. »Es wird ein Schautermin sein, bei dem der berühmte Buffalo Bill und die beste Kunstschützin der Welt, Annie Oakley, eine kleine Kostprobe ihres Könnens vorführen werden. Auf der Weltausstellung werden sie dann mit ihrer ganzen Mannschaft inklusive echtem Sioux-Stamm auftreten.«

»Buffalo Bill wird kommen? Und eine Scharfschützin?« Der berühmte Mann aus dem Wilden Westen war ihr ein Begriff; auch wenn sie seine Schau noch nicht selbst gesehen hatte, hatten doch die Zeitungen ausführlich darüber berichtet. Und von männlichen Schützen hatte sie natürlich gehört. Aber eine Frau? »Sind Sie sich sicher, dass Sie sich nicht irren und Annie ein männlicher Name ist?«

»Mademoiselle Eiffel«, er schaute sie mit gespieltem Entsetzen an, »meinen Sie, zu so einem langweiligen Termin würde ich Sie einladen?« Er sprach gleich weiter, als sie den Kopf schüttelte. »Sehen Sie. Also, kommen Sie mit? Möglicherweise könnte man ja später, wenn etwas mehr vom Turm steht, auch eine kleine Vorführung der beiden auf der zweiten Plattform oder Ähnliches arrangieren, wenn Sie sich dann schon einmal kennen.«

»Mister Bennett, wie schön, dass Sie immer so träumerisch amerikanisch sind. Anything goes, was?«

»Aber sicher. Alles geht – anything goes – when Annie gets her gun!«

»Jetzt strapazieren Sie meine Englischkenntnisse. Aber Sie haben mich überzeugt. Ich komme mit, um mir diese legendäre Schützin anzuschauen.«

Bennett tippte sich an den Zylinder und drehte unvermittelt ab, als sie den Standort seines Fotografen passierten, der unter dem schwarzen Tuch in gebückter Haltung die Turmbaustelle festhielt.

Eine Frau als Kunstschützin? Das gab es doch nur in Amerika. Und Buffalo Bill. Was war das denn nun wieder für eine exotische Chose, in die Bennett sie da hineinbrachte. Sie musste schmunzeln. Und als sie sah, dass Robert immer noch friedlich schlief, schob sie den Wagen die ganze Strecke bis in die Rue de Presbourg, um Robert an Manon zu übergeben.

Sie genoss die Bewegung und das schöne Frühlingswetter, bevor sie später wieder ins Büro fahren müsste.

Kapitel 24

Arbeiterquartier an der Turmbaustelle,
am nächsten Morgen

Gleich früh machte sie sich auf zu Francesca. Schon einige Meter vom Quartier entfernt sah sie die Italienerin auf der Straße, wo sie ihr mit einem Einkaufskorb entgegenkam. Das Gesicht zeigte eine strenge Falte auf der Stirn. Sie schien tief in Gedanken versunken zu sein und sah Claire nicht gleich. Erst als diese sie anrief, schreckte sie zusammen: »Ach, du bist es, Claire Eiffel!«

Ihre Miene entspannte sich, sogar ein Lächeln erhellte ihre Gesichtszüge. »Ich bin auf dem Weg zum Markt und rechne im Kopf durch, was wir brauchen.« Sie deutete in Richtung des Marktgeschehens. »Kommst du mit? Ich muss mich ein wenig beeilen, damit ich noch frisches Gemüse bekomme. Immer nur Kohl und Kartoffeln …« Sie seufzte. »Ich hatte gehofft, etwas Abwechslung und Farbe in unseren Suppentopf bringen zu können. Gerade jetzt, wo Giovanni …« Sie stockte.

»Ich habe gehört, dass Giovanni krank ist«, sagte Claire. »Deshalb bin ich hier – um zu fragen, ob ich irgendwas tun kann.« Sie lief neben Francesca her, die ihre Schritte nicht etwa verlangsamte, sondern eiligst dem Markt entgegenstrebte, dessen erste Stände in Sicht kamen.

»Ach, das ist reizend. Aber ihn hat schlicht und ergreifend eine dicke Erkältung erwischt. Kein Wunder bei dem ständigen Wind auf der Baustelle. Auf diesem freien Feld zieht es wie Hechtsuppe.«

»Braucht er eine besondere Medizin, die ich vielleicht besorgen könnte?« Claire registrierte, wie die Stände, die sie passierten, trotz der frühen Stunde schon beinahe leer waren. Die meisten Händler räumten ihre Kisten zusammen und stapelten sie, damit sie bald abgeholt werden konnten. Aber Francesca schien ein besonderes Ziel zu haben, jedenfalls steuerte sie quer über den Platz auf einen Stand am anderen Ende zu.

»Er braucht Ruhe, ein warmes Bett, Tee und Wadenwickel. Das haben wir alles zur Verfügung, vielen Dank.« Irgendwie klang das aber noch nicht zufrieden, fand Claire und wartete, was da noch käme. Und richtig.

»Wenn die Arbeiter allerdings ein wenig länger Pause machen dürften, sodass sie sich etwas nachhaltiger aufwärmen könnten, bevor es wieder auf die Baustelle geht, das würde bestimmt vielen Männern helfen, gesund zu bleiben.« Francesca nickte zur Unterstützung ihrer Überlegungen, die sie vielleicht mit Giovanni zusammen entwickelt hatte, die aber vielleicht auch einfach ihrer Intuition als Ehefrau entsprangen. »Und wenn die Männer gesund bleiben, dann geht der Bau schneller voran, nicht wahr?« Offenbar wollte sie versuchen, Claire die Idee schmackhaft zu machen.

Diese schwieg zunächst, weil sie nachdenken musste. Die 199 fest angestellten und gut fünfzig freien Arbeiter waren vertragsgemäß derzeit die üblichen zwölf Stunden pro Tag auf der Baustelle beschäftigt. Im Winter, wenn es Dunkelheit und Kälte unmöglich machten weiterzuarbeiten, waren es neun Stunden. Sie bekamen eine Mittagspause von einer Stunde, in der sie ihre Arbeitshöhe verlassen, auf festem Boden essen und ihre Familie sehen konnten. Später, wenn die erste Plattform fertig wäre, würde dort oben eine Suppenküche eingerichtet werden. Des Weiteren war am Vormittag und am Nachmittag jeweils eine kleine Pause à fünfzehn Minuten vorgesehen, bei der die Arbeiter in ihrer Arbeitshöhe verweilen würden, da der Ab- und der Aufstieg zu lange dauerten. Längere Pausen bedeuteten weniger Arbeitszeit und damit natürlich weniger geschaffte Montageleistung am Tag.

War das so? Oder hatte Francesca recht, und am Ende wären die längeren Pausen hilfreicher als das vermeintlich schnelle Tempo, das aber immer das Risiko für Unfälle und Krankheiten steigerte?

Sie musste darüber nachdenken und es mit Gustave besprechen. Vorerst sagte sie deshalb: »Das scheint ein richtiger Ansatz zu sein, Francesca. Ich kann dir jetzt nichts versprechen, aber ich trage es in der Firma vor.«

Francesca nickte zufrieden und legte einen Zwiebelzopf vom Gemüsestand in ihren Korb, dazu ein paar Paprika, einen Bund Karotten und Zucchini. Die Bäuerin hinter dem Stand nannte den Preis, Francesca handelte sie noch um ein paar Centimes herunter und ging zielgerichtet weiter zu einem Stand mit Kräutern, wo sie Kamille und Kampfer erwarb. Dann war sie offenbar fertig und wandte sich zum Gehen.

Claire hingegen war an einem Bonbonstand stehen geblieben und kaufte eine kleine Tüte mit Kamellen, die sie Francesca gab.

»Danke schön, da werden die Kinder sich freuen. Es kommt nicht oft vor, dass sie Süßes bekommen.«

Die Frauen schlenderten Seite an Seite zurück zur Baustelle. »Funktioniert denn alles so weit mit der Schule?«, fragte

Claire. Immerhin musste der Lehrer sich auf eine Altersspanne der Kinder von sechs bis zwölf einstellen.

»Sie kommen immer fröhlich aus der Schule zurück«, sagte Francesca. »Der Raum ist gut geheizt, es gibt ein warmes Mittagessen, und dieser Lehrer ist sehr spontan, wie es scheint. Manchmal macht er Exkursionen mit den Kindern, und sie schauen sich etwas in der Stadt an. Sie wissen schon mehr über die Geschichte von Paris als ich.« Sie lachte. »Und übers Rechnen und Schreiben wohl auch.«

»Francesca, stell dich nicht unter den Scheffel«, sagte Claire und sah am Ende der Gasse des Arbeiterquartiers schon wieder die Sandhaufen, Steinberge und Stahlträgerlager der Baustelle auftauchen.

»Mache ich nicht.« Francesca lächelte. »Aber ich werde doch stolz auf meine Kinder sein dürfen. Ich finde es toll, dass sie hier die Möglichkeit haben, etwas zu lernen. Zu Hause in Italien wären sie spätestens mit zehn Jahren alle auf dem Feld und wüssten mit Sicherheit nichts über Architektur oder Stadtplanung.«

»Und das, obwohl die alten Römer doch die besten Bauherren waren.«

»Die alten Römer sind lange tot.« Francesca lächelte verschmitzt. »Und ganz ehrlich: Damals hätte ich auch nicht gerne gelebt. Dann hätte ich doch diesen verrückten Bau des höchsten Turms der Welt nicht miterlebt. Wäre das nicht traurig?«

Claire hakte sie unter. »Allerdings. Und du hättest nicht sagen können, dass dein Mann diesen Turm eigenhändig mit aufgebaut hat.«

»Apropos.« Francesca beschleunigte ihre Schritte. »Ich muss

schnell wieder zu ihm. Ich will ihm Wadenwickel machen und einen Kräutertee zubereiten.«

Claire blieb stehen, weil hier die Straße abzweigte, auf der sie Jacques samt Kutsche hatte warten lassen. »Es war gut, mit dir zu sprechen, Francesca! Gute Genesung an deinen Mann und bis bald!«

»Bis bald, Claire, und herzlichen Dank, dass du so offen bist für Anregungen.«

Claire nickte, winkte noch einmal und stieg zu Jacques in die Kutsche. Wie hellsichtig Francesca war, wie mutig und klar. Sie ging direkt in ihre Konflikte und steuerte die Geschicke der Familie weitestgehend alleine. Nicht nur, wenn Giovanni krank war und im Bett liegen musste. Diese italienischen Frauen waren schon sehr tüchtig, dachte sie. Aber dann ging ihr auf: Alle Frauen waren so tüchtig, nicht nur die italienischen. Was wäre eine Familie, auch eine französische, schließlich ohne *la mamma*?

Kapitel 25

Paris, Rue de Presbourg, eine Woche später

»Er wird gleich hier sein.« Claire stand vor dem Spiegel und kämmte sich die Haare, während Manon und Robert auf dem Boden mit Bauklötzen spielten. Sie drehte sich zu Manon. »Sehe ich gut aus?«

»Aber natürlich, meine Claire. Du siehst immer gut aus. Sei nicht so aufgeregt wegen dieser Malsitzung. Das wird ein wunderbares Familienporträt werden. Da bin ich mir sicher.« Sie lächelte und gab Robert den großen roten Holzstein zurück, der vom Teppich gerutscht war.

»Hoffentlich ist es wirklich der richtige Maler, den wir uns da ausgesucht haben. Immerhin waren seine Gemälde, die Monsieur van Gogh uns präsentierte, ziemlich konventionell und ordentlich, nicht so naturalistisch und wild wie die von van Goghs Bruder.« Sie schüttelte den Kopf, wenn sie an diese düsteren Bilder dachte. »Bin sehr gespannt, wie Monsieur de Toulouse-Lautrec an die Sache herangehen wird.«

»Fertig?« Adi steckte seinen Kopf durch die Tür. Er hatte seinen feinen Anzug angezogen, war ordentlich rasiert und sogar beim Friseur gewesen. »Gustave wartet bereits im Salon. Kommt ihr? Der Maler muss jeden Moment hier sein.«

Claire legte die Bürste weg und puderte sich ein letztes Mal das Gesicht ab. Dann hob sie Robert hoch, der ein grünes Bauklötzchen in der Hand behielt, aber bereitwillig auf ihren Arm kam. Sie hatten ihm den kleinen Matrosenanzug angezogen, den sie neulich beim Kaufhaus Printemps erworben hatte. Süß sah er aus, ihr kleiner Fratz. Sie gab ihm einen Kuss auf die Wange, er quietschte vor Freude und hielt sich mit seinen Ärmchen ganz fest an ihr.

»Ich bin stets im Nebenzimmer, Claire. Wenn etwas mit Robert ist, rufst du einfach, einverstanden?« Manon stand vom Spielteppich auf und richtete ihr Kleid. »Es ist eine so schöne Idee, solch ein Familienporträt anfertigen zu lassen. Es wird die Zeiten überdauern.«

Claire lachte. »So weit denken wir aber nicht, Manon. Wir wollen einfach nur etwas Hübsches für den Salon.«

Manon schob sie aus der Tür. »Nun geht schon, und genießt diesen Abend. Robert hat heute Mittag vorgeschlafen und vor einer halben Stunde ausgiebig gegessen. Er wird sicher gut mitmachen.«

Claire umarmte Manon und ging hinunter in den Salon, wo die Männer bereits warteten. Der Kamin brannte, und sie hatten alle verfügbaren Gaslampen aus dem Haus zusammengetragen, um den Raum möglichst hell zu erleuchten.

»Hoffentlich dauert das nicht ewig«, murrte Gustave. »Ich hab noch Arbeit zu erledigen.«

Adi schaute auf die Taschenuhr. »Pünktlich wie die Maurer ist der junge Mann allerdings nicht.«

Claire lachte. »Er ist ja auch kein Maurer, sondern Maler. Vielleicht ist er gerade erst aufgestanden, weil er die letzte Nacht durchgemalt hat.«

»Oder durchgefeiert in den Nachtlokalen am Montmartre«, meinte Adi.

»Oder so. Jedenfalls wird er sich diesen Auftrag hier bei uns nicht entgehen … Ah, es läutet. Nanette, machst du auf?«

Zwei Minuten später betrat ein junger Mann den Salon. So groß wie sein Hut war, so klein, ja kleinwüchsig war er selbst. Er hinkte ein wenig beim Gehen und verbeugte sich vor den Eiffels. »Liebe Familie Eiffel, ich bin Henri de Toulouse-Lautrec. Ich freue mich sehr, Sie verewigen zu dürfen.« Er lächelte und ließ den anderen konzentriert wirkenden Mann, der ihn begleitete und die Staffelei getragen hatte, alles aufbauen, bevor dieser wortlos an seinen Hut tippte und wieder verschwand. Irgendwie war er Claire bekannt vorgekommen. »Möchte Ihr Begleiter vielleicht eine kleine Stärkung für den Rückweg?«, fragte sie schnell, aber Toulouse-Lautrec schüttelte den Kopf. »Nein, nein. Er muss wieder los. Er hat eine Idee für ein neues Bild, er muss malen.«

»Ein Malerfreund also.« Claire stutzte. Dieses rotblonde Haar, dieser Bart! »War das der Bruder von Theo van Gogh?«

Toulouse-Lautrec nickte. »Das war Vincent. Wir helfen uns immer gegenseitig, wenn wir Auftragsarbeiten haben und Material transportieren müssen. Normalerweise malen wir natürlich zu Hause in unseren … äh … Ateliers.«

Stuben, meinte er wohl eher, fuhr es Claire durch den Kopf. Oder vielleicht, wenn Toulouse-Lautrec wirklich ein Graf war, hatte er altes Geld im Hintergrund und wirklich ein Atelier. Aber das war auch ganz egal, lenkte sie ihre Gedanken wieder in den Salon. Er war hier, er konnte hervorragend malen, er würde ein gutes Porträt anfertigen, da war sie sich sicher.

»Möchten Sie denn einen Drink mit uns nehmen, bevor wir anfangen? Einen Champagner vielleicht.«

»Nein, vielen Dank. Ich möchte am liebsten gleich loslegen. Wenn Sie mir aber einen Pastis organisieren könnten, an dem ich ein wenig nippen kann, während ich skizziere, das wäre wunderbar.«

Diesen Wunsch erfüllte Claire ihm gern, und wenig später brachte Nanette den Pastis, während der Maler schon seinen übergroßen Zeichenblock auf die Staffelei gestellt hatte. »Nun wollen wir Sie alle mal ein wenig arrangieren«, sagte er. »Madame Salles, wenn Sie vielleicht mit Ihrem Kind zentral Platz nehmen auf dem Salonsessel? Die Herren könnten sich bitte stehend dahinter platzieren.« Er nickte, scheinbar zufrieden mit dem Ergebnis. Hinter seiner Staffelei begann er auch sofort, mit einem Kohlestift zu skizzieren. Blitzschnell fuhr sein Blick von seinen Objekten zurück auf das Papier, in Windeseile schabte und kritzelte der Kohlestift hin und her.

»Monsieur de Toulouse-Lautrec, wie lange sind Sie denn schon in Paris?«, begann Adi ein Gespräch, als das geschäftige Schweigen ein wenig unangenehm wurde.

»Ich kam vor fünf Jahren für mein Studium hierher. Seitdem ist es mir gut ergangen am Montmartre. Ich habe mir eine kleine Wohnung samt Atelier zugelegt und gedenke, langfristig zu bleiben.«

Aha, also tatsächlich ein Atelier.

»Man ist hier in sehr anregender Gesellschaft, wissen Sie. Am Montmartre tummeln sich die jungen Künstler, und es ist eine Freude, sich auszutauschen und zu unterstützen.«

»Und die Nachtlokale zu besuchen«, entfuhr es Claire.

Aber Henri lachte nur. »Da haben Sie recht, Madame. Wir besuchen sehr gern die Lokale. Dort gibt es viel zu erleben. Ich persönlich zeichne mit Vorliebe diese Welt der Nachtschwärmer. Ich habe bereits einige Aufträge dort erhalten, zum Beispiel für Plakatwerbungen, denn Lithografie interessiert mich besonders.« Er zeichnete schweigend weiter, bevor er fragte: »Möchten Sie Ihr Familienporträt denn ganz klassisch, oder dürfte es ein wenig ins Lithografische gehen, also etwas moderner und flächiger werden?«

Claire blickte sich zu Adi und Gustave um, die energisch mit den Köpfen schüttelten, was Lautrec nicht sah, weil er gerade ins Zeichnen vertieft war.

»Klassisch, bitte«, antwortete Claire.

»Wie schade«, erwiderte der Maler. »Ich hätte gedacht, Sie als Erbauer dieses modernen Turms wären nicht nur der technischen, sondern auch der künstlerischen Innovation gegenüber ein wenig aufgeschlossener.« Claire überlegte kurz, was sie darauf sagen konnte. Nein, sie wollte auf keinen Fall ein Familienporträt, das modern, vielleicht sogar ein wenig karikaturistisch daherkam. Sie wollten doch alle erkennbar sein und nicht abstrakt dargestellt werden. Auch Adi schien zu diesem Schluss gekommen zu sein: »Leider nein, Monsieur. In dieser Hinsicht sind wir tatsächlich konservativ.«

Toulouse-Lautrec zuckte mit den Schultern. »Wie Sie wünschen. Der Kunde ist König. Auch bei uns Künstlern.« Er grinste. »Meistens jedenfalls.«

Gustave schaute auf die Taschenuhr. »Sind wir denn bald fertig, Monsieur? Ich müsste noch einige Korrespondenzen erledigen.«

Der Maler schaute auf seine Skizze, dann nickte er. »Sie habe ich ausreichend festgehalten, Monsieur Eiffel. Sie können gehen. Die anderen bleiben bitte noch kurz in ihren Positionen.«

Gustave verabschiedete sich und verließ den Raum. Der

junge Teil der Familie tat, wie ihm geheißen. Selbst Robert saß zufrieden auf Claires Schoß und kaute auf seinem grünen Baustein herum. Claire spürte, wie Adi ihre Schulter streichelte. Wie schön das war, dass sie nun ein Familienporträt bekamen.

Es würde immer eine schöne Erinnerung sein.

An die Zeit, in der der Turm wuchs. Und sie als Familie hoffentlich auch. An ihre Herausforderungen. Aber vielleicht bald einmal ganz real. Mit einem Geschwisterchen für Robert? Sie hätte gewiss nichts dagegen. Sie drückte Adis Hand auf ihrer Schulter.

Kapitel 26

Paris, Rue de Presbourg, drei Wochen später

»Ein Brief von Mister Edison, Papa!« Claire wedelte mit dem Umschlag, den der Postbote soeben abgegeben hatte.

»Das ist aber eine Freude! So schnell. Ich hatte ihm doch erst im vergangenen Monat geschrieben.« Gustave nahm den Brief entgegen und setzte sich damit in den Ohrensessel im Salon, um ihn in Ruhe zu lesen. Claire beobachtete ihn dabei. Er wirkte aufmerksam und neugierig, wie ein Kind, das ein lang ersehntes Weihnachtsgeschenk auspackt.

Belustigt wandte sie sich wieder ihrer Kamelie zu – goss sie mit der kupfernen Kanne, zupfte einige braun gewordene Blätter ab und überlegte, ob sie den Standort vielleicht verändern sollte. Möglicherweise würde es der Pflanze guttun, im Patio zu stehen.

Schließlich ließ Gustave den Brief sinken. »Mister Edison kommt nach Paris. Spätestens zur Eröffnung der Weltausstellung. Bei dieser Gelegenheit möchte er uns besuchen und den Turm besichtigen.« Er lächelte.

Claire ging zu ihrem Vater und legte ihm die Hand auf die Schulter. »Dieser Austausch wird dir viel Freude bereiten, das sehe ich jetzt schon.«

Gustave nickte nur stumm, ein Zeichen der Rührung, wie Claire wusste. Aber plötzlich durchfuhr ihn ein Ruck. »Er wird mir viel Freude bereiten, und, meine liebe Tochter, das bringt mich zurück zu einer Idee, die ich bereits lange mit mir herumtrage: Unser Turm sollte ein Hort der Wissenschaft werden!«

Sie ließ seine Schulter los. »So?«

»Aber natürlich!« Gustave sprang aus dem Sessel, als wäre er plötzlich zwanzig Jahre jünger. Aufgeregt lief er im Raum auf und ab. »An Wetterexperimente hatte ich ja schon gleich am Anfang gedacht. Die werden dort oben mit Sicherheit sinnvoll sein. Auch Experimente zur Aerodynamik, zum Flugverhalten von bestimmten Stoffen und Dingen. Aber, denk nur, Kind: Wir können eventuell sogar Experimente zur Übertragung von Signalen durchführen! Dafür ist so ein hohes Bauwerk doch geradezu prädestiniert.«

»Signale akustischer Art?«, fragte Claire, konnte sich das aber nicht so richtig vorstellen. »So wie Mister Edison sie in seinem neuen Gerät bereits eingefangen hat?«

Gustave nickte eifrig. »Aber ja, akustisch, aber vielleicht sogar auch visueller Art! Las ich nicht neulich in der Zeitung, dass Mister Edison davon sprach, an einem Gerät zu arbeiten, das es einem Mann an der Südspitze Manhattans erlauben würde, einen anderen Mann zu hören und zugleich auch noch zu sehen, der am Central Park weilt?«

Claire verzog das Gesicht. Ein solches Ding schien ihr nun wirklich ganz und gar unmachbar. »Aber Vater, Mister Edison forscht daran in New York. Nicht hier auf seinem Besuch bei uns.«

»Wer weiß, wer weiß.« Gustave wirkte sehr aufgeregt. »Ich werde ihn jedenfalls dazu befragen. Vielleicht können wir hilfreich sein.« Seine Augen leuchteten wie bei einem jungen Mann, der sich aufmacht, die Welt zu erkunden. »Wir werden vielleicht neue Naturgesetze entdecken.«

»Vater, nun übertreibst …«

Gustave winkte beschwichtigend ab, bevor sie ausreden konnte. »Ja, schon gut. Aber eines ist schon mal gewiss: Dieser unsägliche Charles Garnier und seine Vasallen mit ihren Nörgeleien über die angebliche Nutzlosigkeit unseres Turms werden verstummen, wenn sie von Mister Edisons Besuch hören. Ha!« Er klatschte in die Hände vor Freude.

Claire beugte sich zu ihrer Kamelie und rückte den Topf etwas mehr ins Licht. Der Turm an sich war doch vielen Menschen schon zu verrückt. Wenn sie mit solchen forschen Ideen und Höhenflügen illustrer Wissenschaftler an die Öffentlichkeit träten, würden sie sicher vollends als größenwahnsinnig abgestempelt werden. Hoffentlich behielt Vater diese Gedanken vorerst für sich!

Sie ließ von der Kamelie ab, nahm die Jacke entgegen, die Nanette ihr pünktlich entgegenhielt, und dankte ihr. Zu Gustave gewandt sagte sie: »Ich muss jetzt los. Ich treffe mich mit Gordon Bennett, um zu dieser Pressekonferenz mit den amerikanischen Wildwest-Künstlern zu gehen.«

Gustave blickte ihr hinterher, auf einmal offenbar von seinem Höhenflug zurückgekehrt und mit den Gedanken vollkommen bei seiner Tochter und im Hier und Jetzt. »Mein Kind, bitte sei vorsichtig«, sagte er leise.

Claire lachte. »Aber Papa, diese Scharfschützin zielt doch nicht ins Publikum.«

»Ich meine: Pass auf dich auf. Und auf deine Ehe. Das meine ich.« Er faltete Edisons Brief sehr vorsichtig zusammen, während Claire erstaunt schwieg. An so etwas hatte sie noch gar nicht gedacht. Das war doch ganz und gar abwegig!

»Papa, du weißt, wie hilfreich Mister Bennett ist und wie

sehr er seinen Beruf lebt und liebt. Er hat keinerlei Interesse an mir, sondern er möchte nah dran sein an unserem Turm und an allem, was rund um die Weltausstellung geschieht, das ist alles.«

»Na hoffentlich«, sagte Vater und schob den gefalteten Briefbogen in den Umschlag zurück.

»Außerdem kann ich mit dieser amerikanischen Künstlertruppe vielleicht auch einen kleinen Werbeauftritt auf unserem Turm arrangieren, wenn die ersten Plattformen fertig sind«, wandte Claire ein.

Gustave schüttelte sofort den Kopf und sagte energisch: »Das ist viel zu gefährlich. Niemand betritt die Plattformen, bis der Turm ganz fertig dasteht, verstanden?«

»Mister Edison würdest du also auch nicht hinaufführen, falls er bald käme?«

Gustave zögerte. »Mister Edison wäre eine nachweislich vernunftbegabte Einzelperson; das wäre demnach vertretbar. Aber eine ganze verrückte Schautruppe kommt mir da nicht rauf. Wildwest-Schau. So ein Blödsinn!«

Claire schmunzelte. »Ich sehe es mir einmal an. Vielleicht hat es ja doch was. Ganz Amerika ist jedenfalls begeistert, England ebenfalls. Die Schauen sind immer ausverkauft.«

Gustave winkte ab und zog den Brief von Edison doch noch einmal aus dem Umschlag, um ihn erneut zu lesen, während Claire das Haus verließ.

Kapitel 27

Cirque d'Hiver, Rue Amelot, wenig später

Die Pressekonferenz fand im Winterzirkus statt. Das runde, gemauerte Gebäude an der Rue Amelot war Claire wohlbekannt. Bennett begrüßte sie vor dem Eingang, und sie suchten sich einen Platz an der Manege. Claire fühlte sich gleich wohl, denn sie mochte den Zirkus. Als Kind hatte Vater sie manchmal hierher ausgeführt. Er hatte sich über die Clowns ebenso köstlich amüsieren können wie sie und hatte nicht minder gestaunt über die Kunststücke der Akrobaten. Sie sollten bald einmal mit Robert in eine Zirkusvorstellung gehen, nahm sie sich vor, als auch schon ein Mann mit Cowboyhut, Lederhemd, Lederhose und in Chaps und Stiefeln in die Manege trat. Die Gespräche im Publikum zwischen den Reportern und Fotografen, die ihre Kamerastative aufgebaut hatten, verstummten.

»Bonjour, Mesdames et Messieurs«, sagte der Mann mit starkem amerikanischem Akzent und hob kurz seinen Hut. »Wie schön, dass Sie heute zu unserer kleinen Vorführung gekommen sind.« Er zündete sich eine Zigarette an, ein verwundertes Raunen ging durch die Reihen. »Wir wollen uns kurz vorstellen. Mein Name ist Colonel William Cody alias Buffalo Bill, ich bin der Chef der Truppe. Und mit mir werden zur Weltausstellung noch eine ganze Reihe anderer Leute aus der amerikanischen Prärie kommen.« Er rauchte genüsslich, wie es schien, und schaute den Rauchwölkchen hinterher, die Zigarette im Mund.

Mit einem Mal knallte ein Schuss durch die Manege, die Zuschauer schrien auf – und die Zigarette flog dem Colonel aus dem Mund, zerteilt in exakt zwei Teile! Claire war erschrocken von ihrem Sitz hochgesprungen, aber Bennett neben ihr lachte nur.

»Oh, Pardon«, sagte Buffalo Bill und grinste. »Wie unhöflich von mir, mich zuerst vorzustellen, und nicht den Star unserer Show.« Er machte eine große Geste, und eine Frau, ebenfalls in einem Wildwest-Kostüm, galoppierte auf einem Mustang in die Manege. »Miss Annie Oakley!«

Sie drehte eine große Runde, der Sand stob unter den Hufen ihres Pferdes. Direkt neben Bill hielt sie schließlich an.

Sie war ungefähr in ihrem Alter, stellte Claire fest, als Annie den Hals ihres Pferdes tätschelte, das vor Anstrengung schnaubte. Sie wirkte sehr zart und trug eine viktorianisch anmutende Rüschenbluse zu einem geschlitzten Lederrock, der ihr das Aufspringen auf das Pferd ermöglichte, dazu abgewetzte Cowboystiefel mit aufwendiger Prägung. Annies Blick wanderte über die Tribüne und die Reporter; als sie Claire erblickte, lächelte sie. Vielleicht, weil sie sich freute, wenigstens eine Frau unter den Zuschauern zu entdecken.

»Liebe Annie, du kannst doch nicht einfach aus der Kulisse auf mich schießen!«, rief Bill. »Komm, zeig den Leuten noch mal hier in der Manege, was du draufhast.«

Gesagt, getan: Annie galoppierte ans andere Ende der Manege, und Buffalo Bill holte einen Stapel Spielkarten aus seinem Hut. Annie zog ihren Revolver aus dem Holster am Kostüm und legte ihn auf Bill an, der die Spielkarten in schneller Folge einzeln in die Luft warf. Die Schüsse knallten nur so durch die Luft, Claire zuckte zusammen – und jede einzelne

Spielkarte fiel mit einem Loch genau in der Mitte auf den Manegensand. Buffalo Bill sammelte sie auf und kam damit zur Pressetribüne. »Sie sehen, meine Herrschaften, unsere Annie kann zielen wie niemand sonst.«

Großes Gemurmel setzte unter den Presseleuten ein. Die Fotografen kamen unter ihren schwarzen Tüchern hervor, um sich ebenfalls die durchlöcherten Spielkarten anzuschauen. Auch Claire und Bennett drängten nach vorne und überzeugten sich selbst: Tatsächlich, in jeder einzelnen Karte prangte ein Loch. Genau in der Mitte.

Unglaublich. Wie machte diese Frau das nur?

Als Nächstes nahm Buffalo Bill einen Spiegel auf, der an der Bande gelehnt hatte, bat Annie, vom Pferd zu steigen, und gab ihr den Spiegel.

»Annie wird nur im Spiegel verfolgen, was ich mache, und rückwärts über die Schulter mit dem Revolver auf ihre Ziele anlegen. Wollen mal sehen, ob sie auch dann trifft.«

»Unmöglich!«, rief Bennett.

»Schscht«, machte Claire und hieb ihm den Ellenbogen in die Seite. Das wollte sie doch jetzt genau sehen, ob das klappte.

Buffalo Bill entfernte sich von Annie und nahm eine Münze aus der Tasche. Eine winzige Münze! Claire hielt die Luft an. Das konnte doch nicht klappen!

Annie stand mit dem Rücken zu ihm und verfolgte das Geschehen tatsächlich nur im Spiegel. Nun legte sie den Revolver über ihre Schulter hinweg auf Bill an.

»One, two, three!«, rief er und warf die Münze senkrecht in die Luft. Der Schuss knallte, die Münze wurde getroffen und flog zur Seite. Buffalo Bill hob sie auf und trug sie zur Pressetribüne, auf der inzwischen niemand mehr ruhig auf einem

Sitz saß, sondern alle durcheinander und ohne Block und Stift parat zu haben an der Bande lehnten. Die Kameras der Fotografen standen verwaist herum.

»Zeigen Sie die Münze! Wie sieht sie aus?«, riefen die Reporter und beugten sich über die Bande. Claire drängelte sich ebenfalls näher heran, um etwas zu sehen.

Buffalo Bill öffnete seine Hand, in der er die Münze verborgen hatte – sie hatte ein Loch in der Mitte!

»Wahnsinn! Toll! Fantastisch!«, schrien alle durcheinander. Buffalo Bill hatte Mühe, wieder Ruhe herzustellen, während Annie Oakley auf ihr Pferd stieg und herübertrabte.

»Miss Oakley, wie lernt man, so zu schießen?«, rief der erste Reporter.

Sie schob ihren Cowboyhut in den Nacken und antwortete mit einem Schulterzucken. »Indem man früh, schon als Achtjährige, in den Wald geht, um für die hungernde Familie Kaninchen zu jagen.«

Kurz herrschte verblüfftes und irritiertes Schweigen. Amerika war also doch sehr fern. Dann fing sich ausgerechnet Bennett als Erster: »Wann dürfen wir denn Ihre ganze Show hier in Paris erleben, und wo?«

Buffalo Bill antwortete: »Wir gastieren während der gesamten Weltausstellung auf einem Gelände, das uns die Stadt noch zuweisen wird. Wir bringen ein originales Sioux-Lager und unsere gesamte Schautruppe mit. Und ich darf Ihnen versprechen, dass wir noch einige Knaller mehr im Gepäck haben.« Er lachte über seinen eigenen Wortwitz. »Wenn Sie nun keine weiteren Fragen haben, besteht die Möglichkeit, dass Ihre Fotografen unsere Annie und mich ablichten, wenn Sie mögen.«

»Unbedingt«, riefen alle, und Buffalo Bill und Miss Oakley posierten mit dem Pferd, bis jeder Fotograf sein Bild hatte.

Als sich die Tribüne langsam leerte, ging Bennett nach vorne, Claire mit sich ziehend. In breitem Amerikanisch sprach er die beiden an: »Meine lieben Landsleute, ich freue mich so, dass ihr hier seid und diesen Parisern einmal zeigt, was eine gute Show ist.« Er stellte sich vor und berichtete von seiner europäischen Ausgabe des *Herald*. Dann zog er Claire nach vorne: »Und dies ist die Frau, die den großen Turm baut, der das Weltausstellungsgelände zieren wird. Das ist Mademoiselle Eiffel.«

Über Annies Gesicht flog ein Lächeln, sie gab ihr die Hand. »Wie großartig, ich bewundere Ihre Arbeit!«

»Das kann ich nur zurückgeben«, erwiderte Claire und verspürte eine unerwartete Verbundenheit mit dieser Frau aus der amerikanischen Wildnis, die offenbar keine leichte Kindheit gehabt hatte und nun mit einer Schautruppe um die Welt zog. Was für Lebenswege es doch gab!

»Ich möchte Sie gerne jetzt schon einladen auf unseren Turm, Miss Oakley. Melden Sie sich doch bitte, sollten Sie Interesse haben, jederzeit bei mir.« Sie reichte Annie ihre Visitenkarte.

»Ganz herzlichen Dank. Darauf werde ich bestimmt zurückkommen.« Sie lachte und schob die Karte in ihr Dekolleté. »Und? Wie ist es? Wollen Sie auch mal schießen?«

Claire schaute verdutzt, als ihr Gegenüber einen Colt aus dem Holster zog und ihn ihr anbot. Ein Blick zu Bennett.

Er lächelte und nickte bestärkend. »Wann, wenn nicht jetzt?«

Um Himmels willen. Sie und schießen? Zögerlich streckte

sie die Hand aus, und Annie legte ihr den aufwendig geschnitzten Griff aus Elfenbein hinein.

»Jetzt gut umfassen. Und wir gehen mal ein Stück von den beiden Herren weg, damit wir ihnen nicht versehentlich die Füße durchlöchern, nicht?«

»Ich bitte darum«, rief Bennett lachend.

Annie baute einen Strohballen auf und legte ihren Hut darauf. Dann kam sie zu Claire zurück, stellte sich nah hinter sie, nahm ihren Arm und hob ihn auf Schulterhöhe. »Schön steif machen. Und zielen. Ein bisschen höher, als Sie denken, es sei richtig. Wenn Sie abdrücken, erschrecken Sie nicht. Es gibt einen Rückstoß.«

Claires Herz klopfte. Sie zögerte.

»Einfach den Zeigefinger zurückziehen. Es geht ganz leicht«, sagte Annie, die noch immer hinter ihr stand. »Da vorne ist niemand außer mein Hut. Sie können niemanden verletzen.«

In Ordnung. Also los. Claire zog am Abzug. Wumms! Der Schuss knallte los, der Rückschlag gegen ihren Arm war heftiger, als sie erwartet hatte. Und die Kugel? Sie hatte den Hut zumindest gestreift, denn er war vom Heuballen geflogen.

»Bravo!«, rief Annie und nahm ihr den Colt wieder ab. »Vielleicht kann ich Sie hier in Paris als meine Show-Assistentin einstellen!«

Claire lachte. »Nein, vielen Dank! Ich baue lieber den größten Turm der Welt, als dass ich noch mal schieße.«

Annie und Bill stimmten in das Gelächter ein.

»Aber es war sehr gut, wie Sie das gemacht haben«, sagte Bennett bewundernd. Er verabschiedete sich von den beiden, und auch Claire sagte Adieu. Sie wusste schon jetzt, dass sie Adi und Gustave mit zu dieser Vorstellung nehmen würde.

Robert war vielleicht noch ein wenig zu klein, um das zu verstehen, und würde sich bei den Schüssen erschrecken.

Draußen vor dem Cirque d'Hiver sagte Bennett: »Und? Hatte ich Ihnen zu viel versprochen?«

Sie schüttelte den Kopf. »Das war ganz wunderbar, vielen Dank!«

»Gerne.« Er wurde ernst. »Ach, und ich wollte Ihnen noch Ihre Frage von neulich beantworten.«

Sie schaute ihn gespannt an. Welche meinte er denn?

»Ich habe zwei Kinder, einen Jungen und ein Mädchen. Sie sind schon größer, beinahe mit der Schule fertig. Sie leben bei ihrer Mutter, meiner Ex-Frau.«

»In New York?«

Er nickte, und seine Augen wurden feucht. Schnell drehte er sich weg, als er eine Kutsche heranwinkte, und rief: »Ich muss in die Redaktion. Den Text über Annie und Bill schreiben. Wir wollen das schließlich morgen im Blatt haben!«

»Natürlich«, sagte sie und sah ihm nach, wie er die Straße hinunter verschwand, die Hände tief in den Taschen seiner Jacke versenkt und gebeugt wie ein alter Mann.

Nachdenklich hielt Claire eine Mietdroschke an und ließ sich nach Hause fahren. Mister Bennett schien sehr unter der Trennung von seiner Familie zu leiden. Etwas, das er mit seinem geschäftlichen Gehabe und seiner vermeintlich stets so guten Laune offenbar zu überspielen versuchte. Armer Mister Bennett!

Um nicht in Trübsal zu verfallen, ließ sie ihre Gedanken zurück zu Annie und Bill und ihrer einzigartigen Vorstellung schweifen. Nun konnte sie sich schon ein wenig besser vorstellen, wie diese Weltausstellung werden würde:

wie international, wie inspirierend, wie aufregend, wie abwechslungsreich! Nicht nur die technischen Neuerungen wie Edisons Audio-Apparat oder gar diese selbstfahrende Kutsche ohne Pferd, die aus Deutschland von zwei Herren namens Daimler und Maybach angemeldet war, würden höchst interessant werden, sondern auch die Länderpräsentationen der verschiedenen Kontinente, von Arabien bis Java, oder eben die Wildwest-Schau.

Sie hoffte sehr, dass ihr Turm da als Attraktion mithalten und ebenfalls viele Besucher begeistern konnte.

Wenn er denn überhaupt jemals besucht werden *konnte*! Denn nun, da die Arbeiten an den Pfeilern stetig fortschritten und bald schon die erste Etage würde gesetzt werden können, stellte sich die Frage nach den Fahrstühlen immer dringender.

Wie sollte man die Leute da nur hochbekommen? Bis zur ersten Etage war die Frage schon entschieden. Im West- und im Ostpfeiler würde die französische Firma Roux, Combaluzier & Lepape jeweils einen Fahrstuhl einbauen. Die enorme Breite der Pfeiler und ihre mäßige Schwingung erleichterten dieses Unterfangen. Aber von der ersten bis zur zweiten Etage hatten sie noch keine Firma gefunden, die sich in der Lage sah, diese Aufgabe zu übernehmen. Denn hier waren die Pfeiler deutlich schmaler und steiler. Ab der zweiten Etage bis ganz nach oben konnte dann ein senkrechter Aufzug eingebaut werden, was kein Problem sein dürfte.

Aber die verflixte Verbindung von der ersten zur zweiten Etage! Etliche französische Firmen hatten den Auftrag geprüft und zurückgewiesen. Erst heute Morgen war wieder eine Absage eingetroffen – ihre allerletzte Hoffnung unter den französischen Firmen war damit dahin. Claire hatte es Gustave und den anderen leitenden Ingenieuren noch gar nicht mitgeteilt, weil Vater sich so sehr über die Post von Thomas Edison gefreut hatte. Aber morgen in der Wochensitzung mussten die Fahrstühle das bestimmende Thema sein, das war klar.

Sie brauchten dringend eine Lösung. Wo gab es nur einen Hersteller, der sich einer solchen Herausforderung gewachsen sah?

Kapitel 28

Paris, Büro der Firma Eiffel, am nächsten Morgen

Wie jeden Mittwoch versammelte sich die Führungsmannschaft gleich um acht Uhr um den großen Besprechungstisch in Gustaves Büro: Adi, Sauvestre, Koechlin und Nouguier saßen schon da, als Claire den Raum betrat. Sie würde wie immer Protokoll führen und nahm neben Gustave am Kopfende des Tisches Platz.

»Meine Herren«, eröffnete Gustave die Sitzung. »Wie Claire mir vorhin mitteilte, ist nun auch unsere letzte Hoffnung in Sachen Fahrstuhl von der ersten zur zweiten Etage dahin. Keine der französischen Firmen kann so etwas konstruieren.«

»Nein!«, riefen Koechlin und Nouguier gleichzeitig. Auch die anderen schauten enttäuscht auf die Tischplatte.

»Das bedeutet, dass wir nun ein kleines Wunder brauchen, denn noch mehr Firmen, die sich mit Fahrstuhlbau beschäftigen und unseren Anforderungen gewachsen sind, gibt es in Frankreich nicht, richtig?« Gustave schaute in die Runde, aber niemand hob die Hand, um einen neuen Namen zu präsentieren.

»Was genau ist denn das Problem mit unseren Anforderungen? Warum kann oder will diese Fahrstühle niemand bauen?«, fragte Claire, die dem Thema endlich einmal auf den Grund gehen wollte. »Und bitte einfach erklärt, ich bin kein Ingenieur.«

»Das Problem sind die Enge und die geschwungene Schräge

in diesen Pfeilerabschnitten«, antwortete Koechlin, nachdenklich seinen Bart zwirbelnd. »Es wird schwierig bis unmöglich, dort ein Schienensystem zu verlegen. Und die Kabine wäre auch zu winzig, um die Masse an Menschen, die wir zur Weltausstellung erwarten, dort hochzubefördern.«

»Wir brauchen eine ganz neue Methode, die vor allem auch ein zuverlässiges Bremssystem beinhaltet«, fügte Gustave hinzu. »Ein ganz neues Patent, wie es scheint. Denn bisher ist ein solcher Fahrstuhl noch nirgends auf dem Markt.«

Alle schwiegen, bis Claire sagte: »Wenn in Frankreich so ein Fahrstuhl nicht zu bekommen ist, müssen wir uns eben weltweit umsehen.«

Gustave sprang auf und schüttelte energisch den Kopf. »Wir brauchen französische Wertarbeit!«

»Unser Vertrag mit der Stadt besagt, wir dürfen nur Firmen und Materialien aus Frankreich beim Bau einsetzen«, bestärkte ihn Adi.

Claire verdrehte die Augen. »Müssen wir dann jetzt etwa korrekterweise alle italienischen Arbeiter entlassen? Das wäre in der Tat der Ruin der Baustelle.« Mit ihrem Blick folgte sie Gustave, der nachdenklich durch das Büro tigerte, die Hände auf dem Rücken.

»Nein, für die Monteure gibt es glücklicherweise die französische Dachfirma«, sagte Nouguier. »Daher ist es uns erlaubt.«

»Dann muss es für die Fahrstühle eben eine Ausnahme geben!«, brach es aus Claire heraus. »Wir müssen mit fähigen Spezialisten arbeiten, egal, wo sie herkommen. Soll denn der Turm nicht nutzbar werden, nur weil die französischen Fahrstühle fehlen?«

Koechlin, Nouguier und Sauvestre nickten, bis Gustave

schließlich stehen blieb und sagte: »Du hast recht. Wir müssen es wenigstens versuchen. Jetzt noch auf eine rein französische Lösung zu hoffen ist wahrscheinlich vertane Liebesmüh.«

Adi verzog das Gesicht. »Euren Eifer in allen Ehren. Aber es ist nicht gesagt, dass wir im Ausland jemanden finden, der das kann und sich auf solch ein exponiertes Unterfangen einlassen möchte.«

Claire kam eine Idee: »Wie wäre es denn, wenn du in dieser Angelegenheit einmal an Mister Edison schreibst, Vater? Er kennt doch bestimmt alles, was Rang und Namen hat, zumindest auf dem amerikanischen Technikmarkt.«

Gustave klatschte in die Hände. »Aber ja! Das ist eine hervorragende Idee. Das mache ich sofort.«

»Natürlich, das könnte uns weiterhelfen«, sagte Sauvestre und lächelte Claire dankbar an. »Dieser Edison kennt sicherlich Tüftler, die im Verborgenen an Lösungen für unsere neue Zeit arbeiten.«

»So machen wir es!«, sagte auch Adi, wie es schien nun doch erleichtert.

Claire nickte. »Und ich trage den Brief nachher persönlich zur Post.«

»Nein, nein, postalisch dauert das doch viel zu lange: Wir telegrafieren das lieber!«, rief Gustave und baute sich schon neben ihr auf, damit sie sein Diktat entgegennehmen konnte.

»In Ordnung.« Claire zückte ihren Stift und einen Block. »Wie lautet der Text?«

Schon am nächsten Tag erhielten sie Antwort von Mister Edison. Sie war sehr kurz und lautete: O.T.I.S. Dazu die Adresse der Firma im Staat New York.

»Otis – natürlich!«, rief Koechlin, als Claire ihm und den anderen im Büro die Antwort von Mister Edison mitteilte.

Gustave stutzte. »War das nicht dieser verrückte Erfinder, der sich in den 1850er-Jahren auf seine Fahrstuhlgondel gestellt und das Halteseil hat kappen lassen, um die Zuverlässigkeit seines Bremssystems zu demonstrieren?«

Nouguier nickte. »Darüber habe ich damals in der Zeitung gelesen.«

»Ob aber dieses Bremssystem heutzutage und für unseren Turm taugt?«, fragte Adi. »Immerhin ist das dreißig Jahre her. Vielleicht ist der alte Mister Otis längst im Ruhestand.«

»Dann wird er aber an seine Kinder übergeben haben, sonst hätte Mister Edison die Firma doch jetzt nicht empfohlen«, meinte Gustave.

»Das stimmt. Na kommt, lasst uns die Anfrage formulieren und nach Amerika schicken!«, sagte Sauvestre. »Ich muss wieder an den Zeichentisch. Der Innenausbau für die Restaurants und die Bar in der ersten Etage muss dringend vorbereitet werden.«

Claire, Adi und Gustave setzten sich zusammen. Es dauerte nicht lange, die Anfrage an Otis zu formulieren. Dann hieß es abwarten und bangen. Denn wie es schien, war die Firma Otis ihre letzte Rettung.

Kapitel 29

Rue de Presbourg, am nächsten Morgen

Als Claire zum Frühstück erschien, lag etwas neben ihrem Teller auf der weißen Tischdecke: ein Brief. Adi und Gustave waren schon ins Büro aufgebrochen. Manon und Robert spielten bereits oben, sodass sie ganz alleine an der langen, weiß eingedeckten Tafel saß, ihre Gedanken nur begleitet vom Ticken der Standuhr. Der Brief war von Valentine, das erkannte sie sofort an der geschwungenen, ausufernden Schrift.

Claire goss sich einen Kaffee ein und etwas Milch dazu, bevor sie den Brief mit dem von Nanette schon aufmerksam dazugelegten Brieföffner aufschlitzte. Sie nahm einen Schluck von dem heißen Getränk, genoss die Kombination von kräftigem Kaffeegeschmack und weicher Milch und begann zu lesen:

»Meine liebe Claire, nun sind schon wieder einige Wochen ins Land gegangen, seit ich bei Euch in Paris war. Der Alltag hier in der Schule mit all den Prüfungsvorbereitungen ist sehr fordernd und lässt mir wenig Zeit zum Nachdenken, geschweige denn Briefe schreiben. Aber nun, liebe Schwester, ist etwas geschehen, was ich Dir sofort mitteilen muss.«

Oje, hoffentlich war es nichts Schlimmes! Claire las schnell weiter:

»Du erinnerst Dich sicher an unseren Nachmittag im Park mit Camille. Nach meiner Rückkehr ins Internat hatte ich zwei Wochen lang nichts mehr von ihm gehört. Kein Brief, keine mündliche Nachricht von Bekannten übermittelt – nichts. Ich war schon sehr besorgt, dass er sich klamm und heimlich aus meinem Leben stehlen wollte. Schließlich ist es doch wirklich eine fremde Welt, in der er zu Hause ist. Dies ist mir an unserem gemeinsamen Nachmittag noch einmal deutlich vor Augen geführt worden, auch dank Deiner Nachfragen und Anmerkungen.«

Na immerhin. Das hatte sie also verstanden, dachte Claire und nahm schnell einen weiteren Schluck ihres Kaffees.

»Aber nun – stell Dir vor! Gestern Nachmittag, es war Sonnabend, also der Tag in der Woche, der bei uns am ruhigsten ist und an dem wir keinerlei Aufgaben haben, gestern Nachmittag genau um halb vier Uhr fährt hier eine Kutsche vor. Wir laufen alle zu den Fenstern, denn die Mädchen, die das Wochenende zu Hause verbringen, wurden längst abgeholt. Wer kommt da zu so ungewöhnlicher Stunde zu Besuch?«

O nein! Um Himmels willen! Claire klappte den Brief kurz zu. Sie wollte es gar nicht wissen! Nein – sie klappte den Briefbogen wieder auf –, sie musste es wissen! Womöglich brauchte Valentine sofort ihre Hilfe, und sie musste sie holen?

»Die Wagentür wird vom Kutscher geöffnet, und es steigt aus: Camille. Er sieht wie immer sehr elegant aus in seinem feinsten italienischen Tuch und schaut die Fassade herauf zu den Fenstern, weil er wohl ahnt, dass ich dort stehe und seine Ankunft verfolge. Ich weiß nicht, ob er meinen Schatten hinter dem Fenster erkennt, aber er scheint kurz zu lächeln, bevor er zum Hauptportal schreitet, wo ihn schon die Äbtissin begrüßt und hineinbittet. Ich renne schnell ins Bad, um mich frisch zu machen und die Haare zu ordnen. Meine

Schuluniform kann ich leider nicht so schnell gegen ein schönes Kleid tauschen. Da höre ich es auch schon an der Tür klopfen und meinen Namen rufen. Man führt mich ins Zimmer der Äbtissin.«

Himmel, hilf! Hatte er es also doch getan, dachte Claire und ließ den Brief auf ihren Schoß sinken. Er hatte diese Grenze überschritten und mit seinem Besuch die Angelegenheit offiziell gemacht. Wie rücksichtslos von ihm! Valentine gegenüber. Aber auch der ganzen Familie Eiffel. Nun mussten sie sich öffentlich dazu verhalten. Es würde Getuschel geben. Es würde Spekulationen geben. Es würde in jedem Fall nicht einfach werden, den Kontakt zu erklären. Und natürlich wurde nun erwartet, dass er zu einem Ergebnis führte. Claire trank ihren Kaffee aus, der kalt geworden war, und biss erst mal in eines der Croissants, die Nanette gebacken hatte, damit das Fett und der Zucker ihre Nerven beruhigen mögen.

»Er wartete dort im Zimmer der Äbtissin, die hinter ihrem Schreibtisch thronte und nicht sehr freundlich schaute, als ich eintrat. Sie bot mir keinen Stuhl an, ebenso wenig wie ihm zuvor offenbar. Stattdessen sagte sie steif, dass der Conte mich zu sprechen wünsche, dass ich aber sicherlich verstehen würde, dass sie uns nicht alleine lassen könne, sondern dass er in ihrer Anwesenheit sagen solle, was er zu sagen habe. Sie fügte hinzu, dass sie Besuch, der nicht zur Familie gehöre, nicht gerne sehe, zumal sich in diesem Fall auch noch ein Vertreter des anderen Geschlechts hierherbemüht habe. Dann erinnerte sie mich an die Hausordnung, nach der wir Mädchen uns an diesen freien Sonnabenden mit Handarbeit oder Spaziergängen durch den Park beschäftigen sollten und jede Aufregung zum Zwecke der Regeneration und der Erholung von der anstrengenden Unterrichtswoche zu vermeiden sei. Die Abschlussprüfungen stünden schließlich vor der Tür, wir sollten uns glücklich schätzen, sie durchlaufen zu dürfen, und uns voll und ganz darauf konzentrieren, anstatt uns von der Welt ablenken zu lassen.«

Wie recht die gute Äbtissin hatte, dachte Claire und seufzte.

»Camille stand während dieser Gardinenpredigt da wie eine Eins und lächelte mich die ganze Zeit an. Ich hoffte, er würde nun einen wirklich guten Grund für sein Erscheinen hervorbringen. Und in der Tat, er brachte den besten vor, den ich mir vorstellen konnte. Allerdings wird er der Äbtissin ganz und gar nicht gefallen haben. Er sagte nämlich: ›Weil ich Sehnsucht nach deinem Lächeln, deiner Stimme und deinem Wesen hatte.‹ Er zwinkerte mir zu, und ich lief rot an, wie ich an der plötzlichen Hitze in meinem Gesicht merkte. Die Äbtissin wurde sehr ärgerlich. Sie sprang auf und schlug mit der flachen Hand auf die Tischplatte. ›Das ist doch wohl die Höhe!‹, rief sie und verlangte von ihm, den wahren Grund seines Kommens zu nennen. Auf der Stelle. Damit er sich nur nicht einbilde, sie lasse solch eine Frechheit durchgehen!«

Claire krampfte sich das Herz zusammen. Wie konnte dieser Conte so dreist sein und Valentine derart bloßstellen? Er schien es nicht zu merken, genauso wenig wie Valentine. Aber Claire wusste genau, wie es der Äbtissin in dieser Situation ergangen sein musste. Und sie hoffte sehr für Valentine und den Conte, dass er noch die Kurve gekriegt hatte. Fast traute sie sich nicht, weiterzulesen, und stopfte sich vor Aufregung den Rest des Croissants in den Mund. Um Himmels willen! War der Conte etwa betrunken gewesen bei diesem Auftritt? Wie konnte ein junger Mann aus gutem Hause solch eine Szene liefern? Warum nur blieb Valentine offenbar so ruhig, selbst im Nachhinein, als sie den Brief an die Schwester verfasste? Ja, sie klang geradezu erheitert!

Claire konzentrierte sich wieder auf die geschwungene Schrift auf dem Blatt.

»Der Conte wandte sich nun ganz der Äbtissin zu und erklärte, sich leicht verbeugend: Die von ihm zuvor verwendeten Zeilen stammten selbstverständlich nicht von ihm, sondern aus einem Theaterstück, das als Gastspiel am kommenden Wochenende im hiesigen Stadttheater zur Aufführung kommen werde. Er, der Conte, sei hierher in die Klosterschule gekommen, um das gesamte Kollegium und alle Schülerinnen sehr herzlich zu einer Sonderaufführung einzuladen, die zu Ehren der ehrwürdigen Fürstin Piccolini, seiner Großtante mütterlicherseits, gegeben werde. Eben jene Großtante habe seit jeher eine große Freude an dieser Institution des Mädchenlyzeums hier im Ort ihrer Kindheit. Sie wolle deshalb allen ein Vergnügen bereiten und sei selbstverständlich persönlich anwesend, wenn am kommenden Sonnabend das Ensemble eine Extravorstellung gäbe.«

Claire musste husten, weil sie sich an den Croissantkrümeln verschluckt hatte. Aber sie musste auch ein wenig lächeln. Der Conte hatte Witz.

»Die Äbtissin setzte sich wieder und atmete tief durch. Dann bedankte sie sich herzlich für die Einladung und sagte zu. Auch weil sie offenbar sofort parat hatte, dass Camilles Großtante die Klosterschule erst kürzlich mit einer üppigen Zuwendung bedacht hatte. Aber sie konnte sich die Frage nicht verkneifen, warum der Conte bei seiner Einladung ausgerechnet mich dabeihaben wollte.«

Das fragte sich Claire inzwischen allerdings auch, wie er das begründen wollte.

»Er hatte sich offenbar gemerkt, dass ich zur Schulsprecherin gewählt worden bin. Jedenfalls sagte er, dass die Großtante wisse, wer die Schulsprecherin sei, und ihm den Namen genannt habe. Sei ich etwa nicht die richtige Schülerin? Die Äbtissin nickte und lächelte erleichtert. Ich solle gleich einen Aushang für das Schwarze Brett anfertigen, auf dem ich den Ausflug ins Theater ankündige, sagte sie und schickte mich hinaus. Ich verließ den Raum, nicht ohne Camille noch ein Lächeln zuzuschicken, bevor die Tür sich hinter mir schloss.

Ist er nicht charmant?«

Uff. Claire warf den Brief auf den Tisch. Warum musste er solche Spielchen treiben? Gut, dass die Äbtissin die kleine Provokation so gutwillig verziehen hatte. Und natürlich würde diese Theateraufführung tatsächlich stattfinden, so viel Ehrlichkeit traute sie Camille nun wieder zu. Aber musste das sein? Musste er den guten Ruf von Valentine so mutwillig und spielerisch in Gefahr bringen? Für ihn stand nicht viel auf dem Spiel, das war klar. Aber für Valentine und die ganze Familie Eiffel?

Nein, es blieb dabei! Auch wenn dies nur ein Ulk gewesen war, der gut ausging. Man tat so etwas nicht. Man spielte nicht mit dem Herzen eines jungen Mädchens und dem Ruf einer ganzen Familie.

Wütend stand Claire auf und verstaute den Brief in ihrer Rocktasche. Dieser Conte, den sie doch bei ihrem kleinen Spaziergang fast ein wenig begonnen hatte zu mögen, wurde ihr nach dieser Aktion schon wieder unsympathisch. Er war zu leichtsinnig, zu sprunghaft. Sie musste wohl wirklich versuchen, Valentine von ihm fernzuhalten.

Wie konnte das nur gelingen? Vielleicht sollte sie einmal mit Adi darüber reden. Womöglich hatte er eine Idee, wie sie den gefährlichen Grafen aus Valentines Leben entfernen konnten, ohne dass es der Schwester allzu wehtat.

Kapitel 30

»Ich mache Schluss für heute«, sagte Adi, als er wenige Tage später am Ende eines langen Tages an Claires Schreibtisch trat, wo sie noch immer über die Korrespondenzen gebeugt saß. »Bist du auch fertig?«

Sie schaute auf zwei noch ungeöffnete dicke Briefe, die nach viel Arbeit aussahen, und beschloss, dass sie bis morgen Zeit hätten. Die Aussicht auf einen Spaziergang durch das abendliche Paris zurück zur Rue de Presbourg gemeinsam mit Adi war zu verlockend. Sie taten das manchmal, um nach dem ewigen Sitzen am Schreibtisch noch ein wenig Bewegung zu bekommen. Heute herrschten wunderbar milde Temperaturen, da bot es sich an, zu laufen und Jacques auf Gustave warten zu lassen, der noch immer an seinem Schreibtisch arbeitete.

»Ich komme mit«, sagte sie also und schaltete die kleine Tischlampe aus, die ihr dank Mister Edisons Glühbirne stets gutes Licht zum Lesen und Schreiben schenkte. Sie nahm ihren Mantel und lächelte Adi zu. Gemeinsam verließen sie das Gebäude. Die warme Luft empfing sie freundlich und ließ sie durchatmen. Wenn eben noch das Wort »Turm« ständig durch Claires Kopf gekreist war, wich es nun langsam anderen Gedanken, während sie die Abendstimmung des Viertels in sich aufnahm: Die Kellner des Restaurants nebenan deckten die Tische ein, aus der Küche zog bereits der Duft von gebratenem Fisch, Butter und guter Brühe. Im Kiosk an der Ecke wurden die letzten Zigaretten und die Abendausgaben der Zeitungen verkauft. Der Kurzwarenladen dahinter hatte die grünen Fensterläden und die Tür bereits geschlossen, hier würden erst morgen früh wieder Kunden bedient werden. Der Besitzer des Blumenladens kehrte sein Trottoir, auf dem noch einige verstreute Stängel und Blüten lagen.

»Ich mache mir Sorgen um Valentine«, sagte Claire schließlich, denn der Brief der Schwester ging ihr nicht aus dem Kopf. Bisher hatte sich jedoch keine Gelegenheit zu einem Gespräch ergeben.

»So?«, antwortete Adi und hob eine liegen gebliebene Gladiole auf, deren rote Blüte noch sehr frisch wirkte. »Ich dachte, sie stellt sich sehr gut an, dort im Internat. Sie scheint fleißig zu sein. Jedenfalls machte es mir so den Eindruck, als sie uns kürzlich besucht hat.« Er gab die Gladiole an Claire weiter, eher beiläufig als mit großer Geste.

Sie lächelte trotzdem und roch daran. »Fleißig ist sie wohl. Aber mir macht etwas anderes Sorgen.«

»Der Graf?«, fragte Adi wohl mehr pflichtschuldig, wie sein Gesichtsausdruck ihr verriet, als dass er sich in Claires Sorgen hineinversetzen konnte.

»Der Conte.« Sie nickte. »Er ist im Internat aufgetaucht. Es kam nicht zum Skandal, zum Glück. Aber ich kann nicht anders, als zu befürchten, dass er keine lauteren Absichten mit Valentine hat.«

»Wie meinst du das?« Adi wirkte erstaunt.

»Er ist charmant und elegant. Aber wenn er es wirklich ernst meinen würde, würde er sich dann nicht mehr zurücknehmen?

Ihren Schulabschluss abwarten und erst später auf Vater zugehen, um sein Interesse zu bekunden?«

Adi lief schweigend neben Claire her bis zur nächsten Ecke an dem größeren Boulevard, wo sie kurz stehen bleiben mussten, um einige Kutschen passieren zu lassen. »Das kann ich nicht beurteilen. Ich kann nur von mir ausgehen: Ich hätte immer auf dich gewartet, wenn du noch zur Schule gegangen wärst.« Er versuchte, ihr einen Kuss zu geben.

Sie schob ihn weg. »Bleib doch bitte einmal bei der Sache. Was meinst du denn, was ich jetzt tun sollte?«

»Meine ganz ehrliche Meinung?«, fragte er.

Sie nickte.

»Misch dich nicht in Dinge, an denen du eh nichts ändern kannst! Valentine ist weit weg. Und du kannst von hier aus ohnehin nichts beeinflussen.«

Claire blieb stehen. Das war nicht die Antwort, die sie hatte hören wollen. »Wie kannst du nur so herzlos sein! Ich soll meine kleine Schwester ihrem Schicksal überlassen?«

Adi lief einfach weiter. »Was heißt denn Schicksal? Sie macht im kommenden Jahr einen erstklassigen Abschluss auf einer sehr guten Schule. Und sie hat einen adligen Verehrer. Ich habe schon von schlimmeren Schicksalen gehört.«

Ich auch, dachte Claire, der Geraldines Fall wieder in den Sinn kam. Nein, so weit durfte sie nicht denken! Und so weit würde es mit Valentine selbstverständlich auch nicht kommen. Vielleicht hatte Adi recht, und es drohte gar keine Gefahr. Sie sah nur Gespenster. Sie machte sich ganz unnötig Sorgen. Valentine würde einen hervorragenden Schulabschluss machen. Und dann würde man weitersehen. Ob mit Conte oder ohne … Aber was, wenn sie doch nicht so vernünftig war, wie

Claire dachte, sondern sich vom Conte zu ungehörigen Ausflügen drängen ließ? »Aber was, wenn sie doch nicht so vernünftig …«, begann sie.

Doch Adi unterbrach sie sofort: »Schluss jetzt! Ich will nichts mehr davon hören. Du machst wieder mal aus einer Mücke einen Elefanten. Wir haben an dieser Stelle kein Problem.«

Stelle? Er nannte ihre Schwester eine Stelle? »Aber …«

»Nein! Gib bitte Ruhe! Ich möchte das nicht mehr hören. Wir haben weit gewichtigere Angelegenheiten zu regeln und im Griff zu behalten als die romantischen Gefühle deiner kleinen Schwester.«

Claire sah ihn sprachlos an. So war er noch nie aus sich herausgegangen. So hatte er noch nie mit ihr gesprochen. Sie merkte, wie ihre Augen sich mit Tränen füllten, und blickte schnell von Adi weg zur anderen Seite.

So weit hatte der Turm ihn also nun getrieben! Dass er barsch mit seiner Frau sprach. Sie erwiderte nichts, spürte aber, wie sich in ihr Groll aufbaute. Auf ihn, auf den Turm, auf die ganze Welt! In was hatten sie sich da nur hineinbegeben?

Schweigend liefen sie nebeneinanderher durch die Straßen bis nach Hause. Der Zauber des romantischen abendlichen Stadtspaziergangs war längst verpufft.

Kapitel 31

Paris, vier Wochen später

Endlich kam eine Nachricht von der Firma Otis. Mister Otis höchstpersönlich antwortete sehr nett und verbindlich. Ja, man arbeite in der Tat an einem besonderen Bremssystem. Und man wolle gerne nach Paris reisen, Entwürfe mitbringen und die Baupläne des Turms einsehen. Man würde sich über eine Zusammenarbeit freuen, der Ausgang allerdings sei offen, denn ob man die Herausforderungen stemmen könne, bleibe abzuwarten.

»Na immerhin. Es ist eine Chance«, sagte Claire, als sie den Brief sinken ließ, nachdem sie ihn im Büro bei der Mittwochssitzung vorgelesen hatte.

»Wann kommen sie denn?«, fragte Adi, und Claire schaute wieder auf die Zeilen. »So schnell wie möglich, steht hier.«

»Hoffentlich bringen sie Referenzen mit.« Gustave wiegte den Kopf, die Skepsis war ihm anzusehen. »Otis. Was ist denn das überhaupt für ein Name?«

»Ein eigenwilliger Familienname. Sie sind ein Familienunternehmen. So wie wir«, sagte Claire hoffnungsvoll.

»So wie wir. Mal sehen, ob das passt«, murmelte Gustave.

»Darauf, ob es uns persönlich passen wird, kommt es nicht an. Es kommt nur darauf an, dass sie ein System haben, das uns sichere Fahrstühle ermöglicht.« Claire klappte die Briefmappe zu, wie um einen Schlusspunkt unter diese müßige Spekulation zu setzen.

»Da hast du auch wieder recht.« Gustave nickte und verließ den Raum, die Hände auf dem Rücken und offenbar tief in Gedanken versunken. Die anderen Männer folgten ihm.

Weitere drei Wochen später war es so weit: Die Familie Otis hatte es über den Ozean geschafft und kündigte ihren Besuch an. Firmenchef Charles Otis, der mit seinem Bruder Norton die Firma von Fahrstuhlpionier und Vater Elisha übernommen hatte, ließ es sich nicht nehmen, diesen ungewöhnlichen Auftrag in der schönen Stadt Paris selbst zu betreuen. Mitgebracht hatte er seine Frau, die sich im teuren Hotel Esplanade sofort wohlfühlte, wie man hörte – und seine Tochter Elisabeth, die bereits in die Firmengeschäfte eingeführt wurde. Denn die Otis' waren, wie es schien, eine moderne Familie, in der die Tochter durchaus auch die Chefin in spe sein konnte.

Elisabeth Otis war ungefähr in Claires Alter, schätzte sie, als sie die neuen Geschäftspartner gleich am Abend zu einem Essen in ihrem Salon empfingen. Sie war groß und schlank und trug ihre Haare in einer kecken Aufsteckfrisur, die Claire hier in Paris noch nie gesehen hatte. Gekleidet war sie in der neuesten New Yorker Mode: einem sehr komfortablen und beinahe sportlich-schlichten weiß-blauen Leinenkleid, das ein wenig an ein Tennisoutfit oder eine Segelmontur erinnerte.

Claire nahm sich vor, auch endlich amerikanische Kleidung zu bestellen, anstatt bei Madame Dupin aus den immer gleichen Schnittmustern und Stoffen zu wählen. Warum hatte sie das eigentlich damals bei der Einweihung der Freiheitsstatue nicht geschafft, wie sie es sich auf dem Ozeandampfer noch vorgenommen hatte? Wie ärgerlich. Das wäre so eine gute Gelegenheit gewesen.

Miss Otis pflegte natürlich großartige Umgangsformen und hatte das beste Mädcheninternat der Ostküste besucht. Dort hatte sie offenbar auch fantastischen Französischunterricht erhalten, denn sie parlierte und scherzte unbeschwert und nur mit einem leichten Akzent mit Nanette, als diese die Aperitifs servierte.

Claire registrierte mit Befremden, wie Adi in Elisabeths Gesellschaft innerhalb weniger Minuten auftaute und sich entspannte. Etwas, das er in den letzten Monaten sehr selten getan hatte. Beim Aperitif sah sie doch tatsächlich, wie ihr Mann ausgelassen lachte und Anekdoten aus seinen Studienjahren erzählte. Gelegentlich legte Miss Otis gar ihre Hand auf seinen Arm, als sie sich köstlich amüsierten, während Claire mit Gustave bei Mister und Misses Otis stand und Konversation über die Schiffspassage und das Wetter hielt. Bis Mister Otis unvermittelt das Gespräch auf die Fahrstühle lenkte. Amerikaner hatten schließlich keine Zeit zu verlieren, und Business war Business, nicht wahr? Da konnte doch nicht ein ganzer Abend mit Kennenlernen und Small Talk vertan werden.

»Wie Sie wissen, mein lieber Monsieur Eiffel, haben wir bei Otis das zuverlässigste und sicherste Bremssystem für Fahrstühle entwickelt. Also, mein alter Herr hat das getan, Gott hab ihn selig.«

»Gewiss, Mister Otis, die Geschichte des mutigen Fahrstuhltests Ihres Vaters ist uns bekannt.«

»Das war durchaus nicht mutig. Er wusste doch, dass die Bremse hält.«

Sie lachten, und Misses Otis fügte hinzu: »Ja, die Männer in unserer Familie neigen zu exzentrischen Maßnahmen. Manchmal auch die Frauen.« Sie schaute zu ihrer Tochter Elisabeth hinüber. »Sie ist ein solcher Wildfang! Aber das Gute ist, wir können uns ziemlich sicher sein, dass sie bei diesem Temperament und dieser Willensstärke die Firma später einmal entschlossen führen wird. Deshalb müssen wir sie natürlich jetzt schon heranführen und sie mitarbeiten lassen.« Sie nippte an ihrem Champagner. »Oh, das ist aber ein feines Tröpfchen. Wissen Sie, wir besitzen auch ein bescheidenes Weingut in der Champagne. Leider verbringen wir dort viel zu wenig Zeit. Aber glücklicherweise schicken uns unsere Winzer jedes Jahr erlesene Flaschen hinüber nach New York, sodass wir nicht darben müssen.«

»Maryann, das gehört doch jetzt wirklich nicht hierher«, ermahnte Mister Otis seine Frau und kam zurück auf die Fahrstühle, während sie nun an der langen Tafel Platz nahmen und Nanette als Vorspeise ihre Gänseleberpastete servierte. »Wir von Otis bauen Fahrstühle in aller Welt, auf allen Kontinenten. Selbstverständlich werden wir uns auch um Ihr Problem kümmern können. Wenn ich es richtig verstanden habe, benötigen Sie unsere Hilfe für die schwierigen Auffahrten von der ersten in die zweite Etage?«

»Das ist richtig«, sagte Gustave.

Charles nickte, während er sich etwas Gänseleberpastete auf sein Baguette schmierte und gedankenverloren hineinbiss. »Wir haben uns im Vorfeld natürlich bereits mit Ihrem Turm beschäftigt. Ich denke, wir werden eine Lösung dafür finden.«

»Wie lautet Ihr Plan?« Gustave sah ihn interessiert an.

Da mischte sich mit einem Mal Elisabeth von der anderen Seite des Tisches ein. »Wir werden zwei versetzt übereinandergestapelte Kabinen und eine mit Wasser betriebene Hydraulik einsetzen. Und natürlich unser bewährtes Bremssystem.« Sie bedankte sich bei Nanette, als diese ihren Vorspeisenteller abräumte. »Aber natürlich müssen wir erst einmal vor Ort alles genau prüfen.«

»Unsere Elisabeth ist eine eifrige Studentin. Sie ist die erste Frau, die, sicherlich auch dank der Bekanntheit unseres Namens in unserer Heimat, zum Studium des Maschinenbaus an der Universität von Princeton zugelassen wurde«, warf Charles stolz ein. »Natürlich kann sie sich diese besondere Herausforderung hier an Ihrem Turm nicht entgehen lassen.«

Gustave nickte, und Claire sah, wie Adi bewundernd zu Elisabeth schaute. Es gab ihr einen Stich. So hatte er sie, Claire, lange nicht mehr angeschaut!

»Liebe Madame Salles«, wandte sich nun Misses Otis an Claire, »welches Kaufhaus können Sie mir denn in der Stadt empfehlen?«

»Die Grands Magasins du Printemps selbstverständlich«, schaltete sich Gustave sofort ein, bevor Claire antworten konnte. »Denn mit diesem wunderbaren Tempel des Luxus sind wir soeben in Gespräche über hochwertige Souvenirs zu unserem Turm eingetreten.«

»In der Tat? Souvenirs?« Charles wirkte beeindruckt. »Ein lukratives Geschäft, wenn es funktioniert. Wie haben Sie es denn geplant?«

»Es werden einige Tausend Miniaturtürme aus den Zuschnittresten des Originalmaterials vom Turm angefertigt.« Gustave zeigte mit den Händen an, wie groß sie ungefähr werden sollten. »Von Eierbecher-Größe über Champagnerkelch-Größe bis zu hüfthohen Skulpturen für die Terrasse oder den Patio.«

»Wie hübsch!«, rief Maryann. »So eine möchte ich dann auch bekommen.«

»Es werden limitierte Auflagen sein.« Gustave lächelte. »Begrenztes Angebot treibt bekanntlich die Preise. Und wir bekommen fünfundzwanzig Prozent des Erlöses von jedem Stück.«

Charles nickte. »Ich sehe, wir sind auf einer Wellenlänge, mein lieber Monsieur Eiffel.« Er begutachtete den Heilbutt, den Nanette gerade servierte. »Wir werden sehr gut zusammenarbeiten.«

»Das hoffe ich auch«, sagte Gustave und prostete dem Gast zu.

Claire aß stumm ihren Fisch und beobachtete, wie Adi gegenüber mit seiner Sitznachbarin Elisabeth unbeschwert redete und scherzte.

Das konnte ja heiter werden. Plötzlich sehnte sie sich nach dem Ende dieses Abends, wenn sie allein in ihrem Ankleidezimmer in das Nachtgewand schlüpfen, sich die Haare kämmen und zur Ruhe legen würde. Sie schaute auf die Standuhr und hoffte, dass diese Amerikaner endlich einmal ein Ende finden und sich in ihr Hotel aufmachen würden. Schlimm genug, dass man sich nun also ganz offensichtlich öfter begegnen musste. Sie äugte einmal mehr zu Adi hinüber, der den Kopf zurücklegte und über einen Scherz lachte, den Elisabeth gemacht hatte.

Ihm schien das keine Sorge zu bereiten.

Im Gegenteil.

Claire merkte, wie Ärger in ihr aufstieg. Dieses amerikanische Frauenzimmer sollte hier einzig und allein für die Fahrstühle sorgen. Und sie sollte die Finger von ihrem Mann lassen! Sie fixierte die andere mit ihrem Blick, die weiterhin mit Adi plauschte. Merkte sie nicht, wie unangemessen sie sich benahm? Vielleicht sah man das in Amerika ein wenig anders. Aber hier war Paris. Hier galten europäische Regeln.

Und eine davon lautete ohne Zweifel: Du sollst deinem Geschäftspartner keine schönen Augen machen! Schon gar nicht, wenn seine Frau anwesend ist.

Wie war sie nur auf die Idee gekommen, eine solch leichtfertige Tischordnung zu erstellen. Prompt ärgerte sie sich über sich selbst. Nachdem das Dessert, natürlich Vaters liebstes, von Nanette selbst gemachtes *glace* mit Früchten, gegessen und der Kaffee getrunken war, erhob sie sich abrupt und entschuldigte sich, dass sie Migräne habe und zu Bett müsse. Von oben hörte sie die Gesellschaft nur noch wenige Minuten sprechen, bis die Otis' endlich aufbrachen.

Als Adi ins Schlafzimmer kam, stellte sie sich schlafend. Sie hörte ihn leise summen, als er sich auszog und im angrenzenden Bad die Zähne putzte.

Er summte sonst nie.

Wie sie dieses neue Summen hasste. Es bedeutete nichts Gutes. Und sie würde dafür sorgen, dass es wieder aufhörte!

Kapitel 32

Schon am nächsten Tag fand die erste Baustellenbesichtigung mit der Familie Otis statt, noch bevor man sich im Büro zusammensetzte, um Pläne zu wälzen und Konstruktionen zu prüfen.

Claire hatte darauf bestanden, zum Champ de Mars mitzufahren. Sie musste doch alles notieren, was beschlossen wurde, argumentierte sie. Aber in Wahrheit wollte sie schlicht und ergreifend Adi nicht aus den Augen lassen, wenn er in Begleitung der leidigen Miss O. seiner Arbeit nachginge.

Ein guter Plan, wie sich herausstellte. Denn diese amerikanische Elisabeth war wirklich unsäglich! Sie erschien auf der Baustelle im feinsten Kaschmirmantel, erklomm dann aber behände und gar nicht *ladylike* sogar die schwebenden Holzarbeitsbühnen der Monteure, nicht ohne diese zuvor mit einem derben Scherz von ihrem Erstaunen und vielleicht auch Widerstand abgebracht zu haben. Als Claire sich an ihren Vater und Mister Otis wandte, ob sie diese gefährlichen Aktionen nicht lieber unterbinden wollten, erhielt sie von Mister Otis nur die lachend hervorgebrachte Antwort, seine Elisabeth sei in der Turnauswahl ihrer Mädchenschule gewesen und habe nationale Wettbewerbe auf dem Schwebebalken gewonnen.

So hatte Elisabeth Otis innerhalb weniger Minuten die gesamte Arbeiterschaft auf ihrer Seite und verbreitete auch unter dem Planungskomitee samt Adi und sogar Gustave gute Stimmung. Plötzlich waren alle hoch motiviert, eine Lösung für das Fahrstuhlproblem zu entwickeln; niemand bezweifelte mehr die Machbarkeit. Keine Frage: Elisabeth Otis tat der Unternehmung gut, sehr gut sogar.

Noch dazu kannte sie sich in den technischen Details grundlegend aus und steuerte bei der Diskussion über das mögliche Bremssystem wertvolle Hinweise bei. Oh, wie Claire diese clevere Miss O. verabscheute! Besonders, als sie sah, wie Adi ihr aufmerksam zuhörte – und ihr hinterherblickte, wenn sie wieder einmal einen Kletterausflug zu den Arbeitern unternahm, um sich vorzustellen.

Grr. Diese Frau war wirklich eine Plage. Jetzt schon! Wie sollte das erst werden, wenn die Firma Otis sich in ihrem Hotel nicht nur häuslich, sondern auch mit einem Büro eingerichtet hatte und bis zum Abschluss des Turmbaus ständig zugegen wäre?

Am Abend im Salon, nachdem sie noch lange mit den Otis' zusammengesessen hatten und erste Pläne skizziert worden waren, fand Claire es an der Zeit, Adi auf ihre Sorgen hinzuweisen. Vielleicht fiel ihm gar nicht auf, wie er Elisabeth Otis ansah. Wie er ihr lauschte, wie er lächelte, sobald sie den Raum betrat? Vielleicht war es ihm nicht bewusst, und er wäre erschreckt, wenn er das hörte? Vielleicht.

»Adi, wie fandest du den ersten Arbeitstag mit der Familie Otis denn?«, fragte sie erst mal sehr neutral, um ihm die Gelegenheit zu geben, seinen Kopf noch aus der Schlinge zu ziehen, indem er vielleicht äußerte, dass Elisabeth Otis' Verhalten auf der Baustelle mit all der Kletterei und dem Small Talk etwas unangebracht gewesen sei.

Aber weit gefehlt: »Das ist eine sehr angenehme, fähige

Familie – alle Generationen, wie es den Anschein hat. Mit ihnen werden wir eine exzellente Lösung für unser Fahrstuhlproblem finden«, sagte Adi. »Bist du nicht auch froh, dass wir sie gefunden haben?« Er lächelte und wirkte im Vergleich zu den vergangenen Wochen gelöst.

Nein, das bin ich nicht!, hätte Claire am liebsten gerufen. Ich hätte lieber keine Fahrstühle als welche von dieser Familie! »Das glaube ich auch, dass wir unsere Fahrstühle bekommen werden. Aber Adi, ich glaube, wir bekommen im Tausch dafür ein ganz anderes Problem.«

Er blickte erstaunt von seiner Patience auf, die er sich gerade auf dem Spieltisch gelegt hatte. »Welches denn?«

»Bitte setz dich hier zu mir, und lass es uns in Ruhe besprechen«, sagte sie und kam sich sehr erwachsen und beherrscht vor, obwohl ihr das Herz bis zum Hals schlug. Sie beobachtete, wie er stirnrunzelnd die Spielkarten liegen ließ und sich neben sie auf die Chaiselongue setzte.

»Mir ist aufgefallen, dass die junge Elisabeth Otis sehr hervorsticht«, begann Claire vorsichtig.

Adi lächelte. »Du meinst, wie sie auf der Baustelle zu den Arbeitern geklettert ist. War das nicht mutig und sehr verbindend?«

Nein, war es nicht! Es war Effekthascherei, mehr nicht! Sah er das denn nicht? »Siehst du, und genau das macht mir Sorgen!«

»Was? Dass sie sich gleich richtig einbringt und zum Gelingen des Unterfangens beiträgt?«

»Nein! Zum Donnerwetter! Dass sie sich so in den Mittelpunkt drängt und euch alle verblendet! Dich eingeschlossen!«, entfuhr es Claire.

Adi schaute sie erstaunt an. »Verblendet? Wie meinst du das denn? Sie ist eine junge Ingenieurin mit ihrem ersten Auftrag und wird doch wohl eifrig sein dürfen.«

»Eifrig kann sie meinetwegen sein, aber nur in Bezug auf den Bau. Aber sie soll, verdammt noch mal, nicht eifrig sein dabei, meinem Mann zu imponieren und ihm schöne Augen zu machen!«

Adi lachte verächtlich. »Das ist wohl nicht dein Ernst! Elisabeth Otis macht doch mir keine schönen Augen. Sie ist eine ehrgeizige junge Frau auf ihrer ersten Baustelle. Mehr nicht!« Er stand auf und ging ein paar Schritte bis zum Kamin.

»Und was war das gestern Abend? Wie sie dir die Hand auf den Arm gelegt hat?«

»Sie hat ein wenig lebhaft erzählt. So sind die Amerikaner nun einmal!« Er wurde immer unwirscher. »Und wo wir gerade bei Amerikanern sind! Was ist denn mit deinem Amerikaner?«

»Mein Amerikaner? Wer soll denn das sein?« Dass er jetzt mit Bennett kam, war wirklich ungerecht.

»Dein netter Reporter, der ständig um dich herum ist und dich zu eigenartigen Veranstaltungen entführt wie zu diesen Cowboys! Was soll ich als Ehemann denn davon halten?«

»Aber das ist doch alles rein beruflicher Natur und dient unserem Turm!« Claire sprang auf.

»Die Zusammenarbeit mit Miss Otis dient auch unserem Turm!«, gab er prompt zurück. »Und ich würde es begrüßen, wenn du mich einfach meine Arbeit machen lässt, ohne dich einzumischen. Genauso wenig mische ich mich in deine Arbeit ein – in die Öffentlichkeitsarbeit mit deinem Mister Bennett!«

»Er ist nicht *mein* Mister Bennett! Wie ungerecht du sein

kannst! Wie gemein. Ohne Mister Bennett hätten wir all die positive Berichterstattung nicht bekommen, die die öffentliche Meinung zum Turm so verbessert hat.«

»Und ohne die Familie Otis werden die Besucher des Turms leider nie oben ankommen!« Er fuhr sich über das Gesicht. »Ach, lassen wir das. Ich bin müde und gehe zu Bett, gute Nacht!«

Damit verschwand er und ließ Claire allein mitten im Salon stehen, die barschen Worte umschwebten sie noch. Mit drei Schritten war sie am Spieltisch und wischte die Karten herunter, dass sie nur so flogen.

Kapitel 33

Rue de Presbourg, Kinderzimmer,
am nächsten Morgen

»Manon«, sagte sie nach dem Frühstück, als sie nach oben kam, um sich von Robert zu verabschieden und noch kurz mit ihm zu spielen, bevor sie ins Büro musste. »Hättest du wohl eben ein Ohr für mich?«

»Aber natürlich, immer, meine Claire«, sagte Manon und legte die kleine Hose, die sie gerade in Roberts Schrank hatte verstauen wollen, beiseite. Sie setzte sich zu Claire und Robert auf den Teppich, wo sie schon die Holztiere aus der Kiste nahmen und Robert sehr geschäftig begann, Gatter um Gatter aufzubauen.

»Es ist eine etwas schwierige Angelegenheit«, sagte Claire und wand sich. Vielleicht hätte sie einfach schweigen sollen. Es war doch nun wirklich nichts passiert. Bisher. Adi war unaufmerksam und manchmal unwirsch, ja. Das lag an der Überarbeitung, an dem angespannten Zustand, in dem sie sich permanent befanden. Aber dann kam ihr wieder dieses verdammte Summen in Erinnerung. Sie hörte es genau, dieses zufriedene, glückliche Summen! »Manon, du warst doch sehr lange verheiratet, nicht wahr? Dreißig Jahre?«

»Zweiunddreißig, um genau zu sein.« Manon lächelte glücklich und schob Robert die Holzgiraffe zu, die er sofort in das Gehege zu den Löwen stellte. »Zweiunddreißig gute Jahre waren uns vergönnt. Und dafür bin ich sehr dankbar.«

»Zweiunddreißig also.« Claire nickte, während Robert die Giraffe über den Gehegezaun nach dem hölzernen Futtertrog angeln ließ. »Gab es in diesen Jahren einmal einen Moment, wo du gezweifelt hast, ob ihr es schaffen werdet?«

Manon sah sie besorgt an. Dann sagte sie: »Ja, den gab es.« Sie schob den Futtertrog näher an den Giraffenhals. Robert quittierte es mit einem unzufriedenen Schnauben und schob den Trog wieder weg.

»Und was hast du da gemacht?« Claire holte den Wassertrog aus der Spielkiste und stellte ihn Robert hin, damit er ihn im Spiel platzieren konnte.

Manon lächelte. »Es ist schon eine Weile her, weißt du.«

»Versuch dich bitte zu erinnern. Was hast du da gemacht, um die Situation zu retten?« Claire beobachtete, wie Robert nun doch entschied, die Giraffe in ein eigenes Gehege zu stellen, weg von den Löwen und mit eigenem Futtertrog.

Manon überlegte kurz. Dann sagte sie: »Um ehrlich zu sein, ich habe mich an die alten Griechen, an ihre Mythen und Sagen erinnert und mich verhalten wie Circe.«

»Natürlich kenne ich diese Geschichte.« Claire zog ein Zebra aus der Spielkiste und stellte es zur Giraffe in das neue Gehege. Robert nickte, offenbar zufrieden mit dieser Kombination. »Aber bitte sei mal konkret. Was hast du gemacht?«

Manon lächelte. »Ich habe auf die Waffen einer Frau gesetzt.«

Claire schwieg einen Moment. »Und hat es geklappt?«

Manon nickte. »Es hat geklappt.« Sie schmunzelte. »Weißt du, manchmal muss man die Männer einfach daran erinnern, wie viel Glück sie mit einem haben.«

Claire lachte. »Das klingt sehr selbstbewusst.« Sie sah, wie

Robert nun auch noch einen Vogel Strauß aus der Spielkiste zutage förderte und ihn in ein weiteres Gehege stellte.

»Das klingt nicht nur selbstbewusst, das ist es auch. So ist es richtig. Denn schließlich haben wir doch alle aus Liebe geheiratet. Und wie schon in der Bibel steht: Die Liebe vergeht nicht, sie hört niemals auf.«

»Danke für deine Offenheit. Und deine Weisheit.« Claire beugte sich zu Manon hinüber und umarmte sie fest. Sofort kam Robert angekrabbelt und kuschelte sich dazwischen.

Manon lachte. »Weisheit, nun, nenn es lieber Lebenserfahrung. Und bitte schön, meine Claire.« Manon stand auf und nahm die Hose wieder zur Hand. Langsam und nachdenklich, wie es schien, faltete sie sie ordentlich, bevor sie sie in den Schrank legte.

In Gedanken versunken verließ Claire das Kinderzimmer, nachdem sie Robert geküsst und er sich fröhlich glucksend wieder auf seine Holztiere konzentriert hatte.

Nun kam es darauf an, wann und wie sie Manons Ratschlag beherzigen konnte. Denn dass sie etwas unternehmen musste, war ihr klar.

Kapitel 34

Paris, Sommer 1887

Gustave bekam von diesen Sorgen wohl nicht viel mit, denn er war dieser Tage hocherfreut, dass das Interesse am Turm und das Wohlwollen ihm gegenüber in der Stadt und im ganzen Land deutlich zunahmen. Mit der Größe des Turms, bei dem nun schon beinahe die erste Etage fertig montiert war und dessen Umfänge und Ausmaße langsam vorstellbar wurden, wuchs scheinbar auch Gustaves Ansehen. Sie merkten es an den Anfragen für Pressetermine, aber auch an der gehäuften Zahl der Einladungen zu Abendgesellschaften oder Vorträgen an renommierten Institutionen; sogar die École polytechnique hatte angefragt, was ihn diebisch freute, hatten sie ihn doch damals als Student nicht aufnehmen wollen.

Ein Grund für dieses Interesse war sicherlich auch Gustaves neuerlicher Fokus auf den wissenschaftlichen Nutzen, den der Turm einst als Experimentierstätte haben sollte. Um diesem später sichtbar Ausdruck zu verleihen, hatte Vater eines Tages einen ganz neuen Gedanken geäußert: »Wir werden die größten Wissenschaftler aller Zeiten am Turm verewigen! In einem Fries lassen wir alle Namen in goldenen Lettern ein: von Ampère bis Seguin! Ich werde gleich Sauvestre damit beauftragen, eine elegante Form dafür zu finden. Das wird dem Turm noch mehr Bedeutung verleihen!«

Gustave war vollkommen in seinem Element und genoss

diese neuerliche Anerkennung. Endlich schienen sich seine Mühen und sein Mut auszuzahlen.

Allerdings waren längst nicht alle plötzlich begeistert vom Turm: Künstler wie Alexandre Dumas und Guy de Maupassant wetterten weiter gegen das Bauwerk. Und ließen es sich nicht nehmen, das bei jeder Gelegenheit öffentlich kundzutun.

Als die Familie dieser Tage eines Samstags beim Frühstück saß und Gustave die Zeitung las, rief er auf einmal: »Potzblitz! Nun hört euch das einmal an. Dieser Guy de Maupassant ist doch wirklich unverbesserlich!«

»Was hat er denn nun wieder geäußert?«, fragte Claire und wischte Robert den Milchbart ab, den der Morgenkakao in sein Gesicht gezeichnet hatte.

Gustave schüttelte den Kopf. »Er hat angekündigt, verreisen zu wollen, weit weg nach Italien und Tunesien. Jeder beliebige Ort in Frankreich sei ihm zu nah am Turm. Er will nun fort, hört euch das an: *… weil der Eiffelturm mir schließlich auf die Nerven geht – bis zur Unerträglichkeit. Nicht nur sieht man ihn überall, man trifft auf ihn auch überall, gestaltet in allen bekannten Materialien, ausgestellt in allen Schaufenstern, ein unausweichlicher und quälender Albtraum.«*

Gustave ließ die Zeitung sinken. »Ist denn das die Möglichkeit?«

Claire zuckte die Schultern. »Es ist natürlich schade, dass er so empfindet.«

Adi meinte: »Aber wie schön, dass er nun verreist und uns hier in Ruhe lässt.« Er legte sein Messer auf den Teller und stand auf. »Ich muss los, ins Büro.«

»Auch heute? Ich dachte, wir könnten mal wieder einen

Familienspaziergang durch den Park machen«, sagte Claire enttäuscht.

Und Robert nickte mit vollem Mund dazu.

»Tut mir leid, ich bin schon mittendrin in der Planung der Strecke oberhalb der zweiten Etage. Ich muss das fertigbekommen, sonst stocken die Bauarbeiten bald, weil die Arbeiter in Levallois-Perret die Teile nicht rechtzeitig vorbereiten können.« Er stand auf und verließ das Esszimmer, nachdem er Küsse an Robert und Claire verteilt hatte.

Sie blickte ihm hinterher und wusste ja, dass schwierige Berechnungen anstanden, denn dort oben hatte man verstärkt mit den Schwingungen durch den Wind zu tun. Die Turmspitze würde bei starken Böen bis zu sieben Zentimeter hin und her schwanken. Außerdem sorgten die Sonneneinstrahlung und die Kälte dafür, dass der Turm jedes Jahr im Winter um bis zu achtzehn Zentimeter schrumpfte und im Sommer wieder wuchs, weil das Metall sich ausdehnte. All diese Besonderheiten musste Adi in seinen Konstruktionsplänen beachten und mitberechnen. Jeder Niet musste diese Schwankungen aushalten.

Natürlich hatte auch Claire viel zu tun, um die Dinge im Büro unter Kontrolle zu behalten. Sie erledigte Korrespondenz, protokollierte wichtige Gespräche und antwortete auf Anfragen – meist mit Absagen, denn Gustave konnte unmöglich an all diesen Veranstaltungen und Konferenzen und Abendessen teilnehmen, die an ihn herangetragen wurden.

Doch eines Morgens zog sie einen besonderen Brief aus dem Posthaufen: Er stammte von Ferdinand de Lesseps, den sie zuletzt in New York bei der Einweihung der Freiheitsstatue gesehen hatten und der weiterhin mit dem Bau des

Panamakanals beschäftigt war. Es lief nicht gut, dort unten in Panama, wie Claire aus der Zeitung wusste. Das Gelbfieber wütete weiterhin unter den Arbeitern und richtete großes Unglück an. Außerdem hatten neueste Vermessungen die Befürchtung bestätigt, die de Lesseps längst gehabt hatte: Das Gelände stellte sich als deutlich abschüssiger heraus, als bei den ersten Planungen angenommen.

Diesen Brief öffnete sie nicht selbst, sondern reichte ihn direkt an Gustave weiter, der nur nickte, als er ihn sah, und ihn in seiner Schreibtischschublade verschwinden ließ. Erst am Abend daheim im Ohrensessel am Kamin las er ihn.

Danach legte er die Fingerspitzen aufeinander und schaute sehr lange nachdenklich ins Feuer.

»Was wollte Ferdinand?«, fragte Claire schließlich und brachte Vater einen Cognac mit, als sie sich zu ihm ans Feuer gesellte. Adi war noch im Büro und rechnete ohne Unterlass.

Gustave schwieg weiter, dann sagte er mehr zu den Flammen als zu ihr: »Er braucht meine Hilfe. Er braucht Schleusen. Dieses unwegsame Gelände dort im Sumpf hat sich als ungeeignet für seine durchgängige Kanalkonstruktion erwiesen.«

»Aber Vater, wir können doch jetzt nicht noch Schleusen in Mittelamerika bauen!« Claire sah, wie die Flammen einen Buchenast umtanzten und er an beiden Enden anfing zu rauchen.

»Wenn wir Ferdinand keine Schleusen bauen, dann droht das Projekt zu scheitern. Eine Schmach für Frankreich wäre das!«, antwortete er prompt.

Die Rinde des Buchenastes knackte. »Das klingt nach einem sehr gefährlichen Unterfangen!«, wandte sie ein. Er konnte sich doch jetzt nicht in solch ein ganz und gar unübersichtliches

Abenteuer begeben, wo sie hier den höchsten Turm der Welt zu bauen hatten! Freundschaft hin, Freundschaft her!

Gustave schwieg lange. Der Kamin verströmte seine gleichmäßige Wärme und sein flackerndes Licht.

»Bitte, Vater, denk noch einmal darüber nach. Er ist dein Freund, ja. Aber stürzt du dich da nicht sehenden Auges ins Verderben, wenn du dich dort jetzt beteiligst?« Sie beobachtete, wie der Buchenast vom Holzstapel rollte und in einer Ecke des Kamins aufglomm.

Gustave schwieg weiter und schwenkte seinen Cognac, ohne zu antworten.

»Du hast doch hier mit dem Turm genug im Auge zu behalten. Auch wenn die erste Etage nun fast erreicht ist: Es ist noch eine lange Wegstrecke zu gehen.« Sie sah ihn bang an. Diesen entschlossenen Ausdruck in seinem Gesicht kannte sie nur zu gut. »Adi, Koechlin, Nouguier, Sauvestre und die anderen Mitarbeiter brauchen dich«, fuhr sie schnell fort. »Die Arbeiter hier vor Ort und in den Werkstätten auch. Es ist wichtig, dass du präsent bist und das ganze Unternehmen vorantreibst.«

»Dafür bist du doch da, meine Claire.« Er lächelte sie an. »Du und Adi, ihr könntet mich sehr gut vertreten.« Er nickte, wie um sich selbst zu überzeugen. »Und du weißt, wir stecken bis über beide Ohren in Schulden wegen dieses Turms.« Er stellte den nun leeren Cognacschwenker resolut ab. Ein Zeichen, dass er seine Überlegungen beendet hatte. »Vielleicht ist es sinnvoll, jetzt mit einem anderen lukrativen Geschäft ein wenig gegenzusteuern.«

Doch Claire gab noch nicht auf. »Du kannst doch noch gar nicht einschätzen, ob das überhaupt lukrativ sein wird. So wie es jetzt aussieht, ist das eine Angelegenheit, die de Lesseps über den Kopf gewachsen ist und sich nicht reparieren lässt«, sagte sie, während sie aufstand, um die Cognacflasche zu holen und ihm ein weiteres Glas einzugießen.

Aber er winkte ab. »Mit unseren Schleusen vielleicht schon. Es wäre für Frankreich ein großes Leid, wenn solch ein Prestigeobjekt danebenginge und wir es am Ende vielleicht an die Amerikaner abtreten müssten.«

Sie stellte die Cognacflasche zurück auf den Barwagen und setzte sich zu Gustave auf die Sessellehne. »Vater, nun denk doch einmal nicht an die Ehre Frankreichs, sondern sei realistisch und behalte das Wohl der Firma und der Familie im Blick«, sagte sie sehr leise und sah ihm eindringlich in die Augen.

»Claire, jetzt ist es aber genug!« Er sprang auf und entfernte sich ein Stück von ihr und dem Sessel. »Ich denke natürlich immer an die Familie und an die Firma. Und dieser Auftrag aus Panama passt sehr gut zu unseren Vorhaben.« Er nahm den Feuerhaken und schob den weggerollten Buchenast wieder auf den Haufen. »Und haben wir nicht als gute Franzosen beinahe die Pflicht, die peinliche Schmach eines möglichen Scheiterns dort in Mittelamerika zu verhindern?« Er nickte sich selbst zu, mittlerweile sehr energisch. »Ja, ich habe entschieden: Wir machen das!« Er hängte den Feuerhaken zurück an seinen Platz.

Claire schüttelte fassungslos den Kopf. Wie wichtig ihm die Anerkennung als guter Franzose doch war.

Ohne ein weiteres Wort zog sie sich zurück. Es hatte jetzt keinen Zweck, zu widersprechen. Es war die falsche Entscheidung, ganz klar. Die ganz falsche! Aber er würde jetzt und heute nicht auf sie hören.

Sie musste mit Adi reden. Vielleicht konnte er Vater in den nächsten Tagen zur Vernunft bringen, bevor dieser sich ins Unheil stürzte.

Und möglicherweise die Firma und die Familie mit.

Kapitel 35

Auch Adi vermochte es nicht, Gustave umzustimmen. Und so wurde schließlich zu Claires Entsetzen tatsächlich ein Teil der Zeichner des Turms abgeordnet, um Schleusen für den Panamakanal zu entwerfen! Claire war wütend darüber und beschuldigte Adi, sich als Juniorchef nicht durchgesetzt zu haben, obwohl er doch für das Wohl der Firma und der Familie genauso zuständig sei wie Gustave.

Adi hingegen schien den Auftrag mit den Schleusen durchaus attraktiv zu finden. Seine Neugier und die Leidenschaft für innovative Entwicklungen schienen dabei größer als die Vernunft. Außerdem war er weiterhin sehr beschäftigt mit der Planung der Fahrstühle und der Zusammenarbeit mit der Familie Otis. Speziell mit der Juniorchefin. Oh, wie Claire das immer noch ärgerte! Aber sie konnte nichts dagegen unternehmen, denn die Fahrstühle mussten schließlich her.

Als es eines Morgens beim Frühstück wieder einmal zwischen ihnen gekracht hatte, beschloss Claire, nicht ins Büro zu gehen, sondern schnappte sich Robert und setzte ihn in seinen Wagen, um eine große – eine sehr große – Runde durch die Straßen der Stadt zu drehen und sich abzureagieren. Alleinige Spaziergänge schickten sich für eine Dame leider nicht, aber mit dem Kinderwagen war es erlaubt. Und Robert saß stets stolz und glücklich wie ein kleiner Kapitän in seinem Wagen, offenbar froh, mit seiner Mama unterwegs sein zu dürfen. Mindestens ebenso froh war Claire über das schnelle Gehen. Es machte ihren Kopf frei, und es brachte sie ein klein wenig außer Atem, vermittelte ihr das Gefühl, flotter als ihre Probleme zu sein und ihnen davonlaufen zu können. Obwohl das natürlich Unsinn war. Denn selbstverständlich kehrte sie stets wieder zurück in die Rue de Presbourg. Zu Adi, zur Familie. Zum leidigen Turm!

Wie ging ihr dieser Turm inzwischen an die Nerven! Sie träumte des Nachts von Eisenteilen, von Stahlträgern, von glühenden Nieten und von Skizzen. Haufen von Skizzenpapieren. Und Briefen. Die Korrespondenz mit aller Welt überstieg inzwischen ihre Kapazität bei Weitem. Der Tag hätte doppelt so viele Stunden haben müssen, dachte sie. Oder sie brauchte doppelt so viele Hände und Köpfe …

Das geschäftige Treiben auf der Avenue de l'Opéra mit den vielen Kutschen, Passanten und Geschäften vermittelte ihr das Gefühl anonymer Ruhe. Aber natürlich konnte sie es nicht wagen, sich ohne männliche Begleitung in eines der Cafés zu setzen, obwohl sie es zu gerne getan hätte. Was musste das für ein Gefühl der Freiheit sein, wenn man in den Tag schlenderte, hier und dort Platz nahm, einen Kaffee trank, mittags vielleicht eine leichte Quiche aß und Zeitung las, mit dem Kellner plauderte und dann weiterflanierte. Aber natürlich – sie war ja kein Flaneur, kein Bohemien, kein Gentleman auf Reisen. Sie war eine Frau. So einfach war das. Selbstverständlich war es anmaßend, sich das überhaupt vorzustellen, diese Freiheit. Aber irgendwie hoffte sie doch für die zukünftigen Frauengenerationen, dass es schicklich werden würde und dass auch sie Flaneure sein durften, wenn es ihnen beliebte.

Sie musste aufpassen, dass sie nicht noch wütender wurde.

Sie schweifte ja auch ab. Sehr weit sogar. Ihre eigentlichen Probleme waren doch Adis vermeintliche Abwege und die Entscheidung ihres Vaters. Der verdammte Panamakanal! Gustave wollte so bald wie möglich mit einem Stab an Mitarbeitern nach Mittelamerika aufbrechen, um das Projekt vor Ort in Augenschein zu nehmen. Er wäre dann mindestens zwei Monate weg. Zwei Monate! In dieser Zeit musste sie alles, was im Büro anfiel, alleine entscheiden. Und Adi musste alles entscheiden, was sich auf der Turmbaustelle ergab. Noch mehr Belastung für sie beide. Noch mehr!

Sie schloss die Augen und lief so einige Schritte, damit die Tränen nicht anfingen zu rollen.

»Was machen Sie denn für Experimente, Mademoiselle Eiffel?«, hörte sie plötzlich Bennetts Stimme neben sich. Musste er denn auch immer und überall herumlungern? »Müssen Sie denn immer und überall herumlungern?«, platzte sie dann auch heraus.

Bennett lachte. »Ich lungere nicht, ich bin natürlich auf dem Weg zu einem Termin. Und Sie? Üben Sie Traumtanzen mitten auf dem Boulevard? Es fehlte nicht viel, und eine Droschke hätte Sie und Ihr Kind überfahren.«

»Sie übertreiben, Mister Bennett. Und es geht Sie durchaus nichts an, was ich hier treibe.« Sie schob den Wagen energisch weiter.

Er blieb an ihrer Seite. »Sie sind ja ganz in Rage. Nun kommen Sie, wir setzen uns erst mal in das Café dort drüben, so viel Zeit kann ich entbehren, und Sie erzählen mir, was los ist.«

Und da es sie nun wirklich dringend nach einem Kaffee verlangte und der kleine Robert sicherlich etwas Wasser und eine Brioche vertragen konnte, stimmte sie zu.

Als sie Bennett eine halbe Stunde später alles vom Kanalprojekt berichtet hatte – nicht ohne ihm das Versprechen abzunehmen, diese Neuigkeiten vorerst nicht im *Herald* herauszuposaunen –, schaute er sie nachdenklich an. »Ich bin bei dieser Sache ganz auf Ihrer Seite. Ich hoffe sehr für Sie, dass das gut ausgeht. Was man aus Panama hört, klingt nicht verheißungsvoll.«

Robert knabberte fröhlich an seiner Brioche und schaute von seiner Mutter zu Bennett und wieder zurück. Dann warf er sein Glas Wasser um, sodass sie aufsprangen und der Kellner zu Hilfe eilte, um den Tisch trocken zu wischen. »Das macht doch nichts, wenn Ihr kleiner Sohn so lebendig ist, Monsieur«, sagte er zu Bennett. »So sind sie nun mal in diesem Alter, nicht wahr?«

»Das ist nicht meiner«, sagte Bennett, worauf der Kellner ihn mitleidig anschaute und Bennetts Augen, so kam es Claire jedenfalls vor, leicht feucht wurden.

Sie setzten sich wieder und schwiegen, bis Claire wagte zu fragen: »Was ist mit Ihren Kindern? Sie sagten, sie seien schon groß. Wie oft sehen Sie sie?«

Bennett rührte in seinem Kaffee, obwohl die Tasse beinahe leer war. Er schien Zeit zu brauchen, um zu überlegen, wie er darauf antworten sollte. Dann entschied er sich offenbar für Direktheit. »Viel zu selten. Meine Ex-Gattin verhindert das. Sie ist eine sehr schöne Frau, wissen Sie. Sie erinnern mich ein wenig an sie, muss ich sagen, wobei Ihre Schönheit noch natürlicher und ausgeprägter ist.«

Claire schaute schnell von ihm weg über den Boulevard, wo das geschäftige Treiben weiterging wie jeden Tag und sich nicht um unangemessene Vergleiche scherte. Sie beschloss, wieder auf das Ausgangsthema zurückzukommen, um erst gar keine Peinlichkeit aufkommen zu lassen. »Mister Bennett, aber wenn Ihre Kinder schon groß sind, können sie das dann nicht selbst bestimmen, ob sie Sie sehen?«

Er schwieg lange, dann sagte er sehr leise: »Sie möchten auch keinen Kontakt mit mir haben.«

»Oh.« Das war natürlich etwas anderes. Der arme Bennett! Sie konnte sehen, wie sehr er sie vermisste. »Wollen Sie vielleicht erzählen, was vorgefallen ist?«

Bennett sah sie an, als ob sie die Erste wäre, die ihn jemals danach fragte, und als ob er selbst erst mal darüber nachdenken müsste, warum es so gekommen war. Dann sagte er: »Um es kurz zu machen: Ich war nie da. Ich habe gearbeitet wie ein Wahnsinniger, um meinem alten Herrn zu beweisen, dass nicht nur er Segeljachten und Ferienhäuser und Juwelen kaufen konnte. Und darüber habe ich meine Familie vergessen.« Er lehnte sich auf seinem Stuhl zurück und schaute in die Vergangenheit. »Man sollte sich nicht an der älteren Generation abarbeiten. Man sollte sich auf seine eigene Familie konzentrieren.« Abrupt stand er auf und verschwand ins Café. Vielleicht, um den Waschraum aufzusuchen. Vielleicht, damit sie nicht sah, wie traurig er war.

Claire trank ihre Tasse Kaffee aus und beobachtete Robert, wie er seine Briochekrümel im Kinderwagen verteilte. Er brauchte ein Geschwisterchen, dachte sie. Und sie brauchte ihren Ehemann! Sie stand auf, verließ den Tisch und das Café, um auf dem schnellsten Wege nach Hause zu eilen, Robert vor sich herschiebend.

Sie musste mit Adi reden. Nicht über Panama. Nicht über den Turm.

Sondern über sie beide und darüber, wie es weitergehen sollte. Nicht gleich heute, aber sehr bald.

Denn dies konnte nicht der richtige Weg sein. Bennetts Geschichte war ihr eine Warnung. Ihre und Adis Zukunft musste anders aussehen!

Kapitel 36

Gustaves Abreise nach Panama stand unmittelbar bevor. Er wollte sich vor Ort selbst ein Bild von der Lage machen, erste Pläne entwerfen und die leitenden Ingenieure bei Ferdinand de Lesseps persönlich einführen. Von Claires Bedenken wollte er weiterhin nichts wissen; sein Einspringen beim Kanalprojekt betrachtete er nach wie vor als Rettung der Ehre der französischen Nation. Claire machte sich Sorgen, dass das Klima in Panama, die Luftfeuchtigkeit und Wärme, aber auch die hygienischen Umstände ihm zu schaffen machen würden. Aber Gustave war nicht zu beirren.

Und so verließ er mit zwei Ingenieuren der Firma Paris in Richtung Calais. Von dort wollten sie nach Southampton und dann über den Atlantik. Er sähe die Bauarbeiten am Turm in gutem Gange, sagte er zum Abschied, und reise mit ruhigem Gewissen, da er alles in besten Händen wisse: bei Adi, bei Claire und bei den Otis'.

Es war ungewohnt, Gustave nicht um sich zu haben. Seit ihrer Kindheit, seit Mutters Tod, waren sie stets Seite an Seite gegangen, hatten immer zusammengewohnt, außer in der Zeit, als Claire im Internat weilte. Dass sie immer noch gemeinsam wohnten, jetzt, da Claire verheiratet war, hatte sie nie groß hinterfragt. Auch Adi hatte sich nie dazu geäußert, denn es war schlicht und ergreifend so gewesen, keine Diskussion.

Konnte es vielleicht sein, dass Adi diese Situation belastete? Fühlte er sich durch die permanente Anwesenheit des Schwiegervaters, noch dazu eines solchen Patriarchen, eingeschüchtert, bedrängt? Vielleicht sollte sie einmal mit ihm darüber reden.

Andererseits hatte Mutter sie damals am Totenbett gebeten, immer auf Vater aufzupassen und an seiner Seite zu bleiben. Dieses stille Versprechen würde sie jetzt nicht brechen. Auch nicht in einer solchen Ehekrise. Nein, das würde sie nicht tun!

Aber sie würde die Zeit, in der Gustave nun fort war, nutzen, um ihre Ehe in Schwung zu bringen!

Das nahm sie sich fest vor.

Und so hatte sie sich – auch in Erinnerung an das Gespräch mit Manon – eines Abends mit dem nach Orangenblüten duftenden Hautbalsam eingerieben und ihr locker fallendes Chiffonkleid gewählt. Ihr Haar hatte sie aus dem strengen Dutt entlassen, denn sie wusste, Adi mochte es am liebsten offen. Mit Nanettes Hilfe hatte sie den Kamin eingeheizt und einen schönen Chablis ausgewählt. Sie ahnte, dass ihre Wangen von der Wärme der Flammen schon leicht gerötet waren – und von der Aufregung über den möglichen Verlauf des Abends.

Schon hörte sie die Tür gehen, hörte, wie Nanette Adi den Mantel abnahm und einen schönen Abend wünschte, kurz darauf trat ihr Mann in den Salon. Er sah sehr geschafft aus, und sie war sich nicht sicher, ob er überhaupt bemerkte, dass sie anders gekleidet und frisiert war als sonst. Sie nahm eines der Weingläser, die sie vorbereitet hatte, und reichte es ihm: »Wie schön, dass du da bist, mein Schatz, ich …«

Sofort unterbrach er sie und schüttelte den Kopf: »Claire,

bitte, nicht heute Abend. Du weißt nicht, was das für ein Tag war.«

Das fing ja gar nicht gut an. »Es sind ständig solche Tage, Adi. Ständig.« Sie zwang sich, nicht gleich laut zu werden, und stellte die Weingläser zurück auf den Barwagen.

Er schüttelte den Kopf. »Nein, nein, du verstehst das nicht. Es gibt Unmut in der Arbeiterschaft.«

»Unmut?« Claire sah ihn erstaunt an. »Was meinst du damit? Inwiefern denn?«

»Sie sagen, je höher der Turm wird, desto gefährlicher wird die Arbeit.«

»Und was leiten sie daraus ab?«

»Ich vermute, sie werden bald mehr Lohn verlangen.«

Erstaunt sah sie ihn an und schwieg vorerst. Dann fielen ihr Francesca und Giovanni ein. »Auch die Italiener? Haben auch sie sich so geäußert?«

Adi schüttelte den Kopf. »Nein, die Italiener scheinen weiterhin zufrieden zu sein mit der Arbeit, mit dem Lohn, mit der Unterbringung. Es sind die Franzosen, die mosern.«

Claire seufzte. Was sollten sie nur tun, falls die Lage eskalierte? Gustave war auf dem Dampfer nach Mittelamerika. Er wäre erst in mehreren Monaten zurück.

Sie blickte in den Kamin, wo die Holzscheite brannten und für wohlige Wärme sorgten. Es hätte ein so romantischer Abend werden sollen, und nun steckten sie schon wieder in Turmproblemen fest. Claire stiegen Tränen in die Augen.

Auf einmal spürte sie, wie Adi von hinten an sie herantrat und sie umarmte. Er lehnte seinen Kopf an ihren und flüsterte: »Ich habe gesehen, was du extra für mich angezogen hast und wie lieb du diesen Abend vorbereitet hast. Ich danke dir sehr.« Er küsste ihr Haar und drehte sie zu sich um. »Lass uns nicht in Sorgen versinken. Wir wissen ja noch gar nicht, wie sich die Lage auf der Baustelle entwickeln wird. Und wir können die Entscheidungen anderer Leute nicht voraussehen. Lass uns diesen Moment genießen. Er gehört nur uns, jetzt, da Gustave einmal in der Ferne weilt.« Er streifte sanft den Träger ihres Kleides herunter und küsste ihre Schulter.

»Weißt du, wie ich das vermisse in letzter Zeit?«, flüsterte sie. »Wie ich es vermisse, mit dir Zeit zu verbringen, zu reden, zu lachen. Zu lieben.«

Er schob sie ein Stück von sich und schaute ihr in die Augen. »Ich auch, Claire. Ich doch auch.«

In diesem Moment läutete es an der Haustür, und schon betrat Nanette den Raum, leicht beunruhigt, wie es schien. »Entschuldigen Sie bitte vielmals. Aber draußen steht der Maler. Der mit dem Familienporträt.« Sie sprach sehr schnell und sah ein wenig erschrocken aus. »Mir scheint, er ist betrunken.« Sie räusperte sich. »Und das Bild, das er mitgebracht hat, wird Ihnen wohl auch nicht gefallen, fürchte ich.« Sie kicherte nervös.

Adi und Claire sahen sich an. »Schicken Sie ihn in den Salon«, sagte Adi seufzend, und Claire richtete den Träger ihres Kleides.

Nein, es gefiel ihnen in der Tat nicht! Weder das Bild noch der Maler in diesem Zustand. Er war in den Raum getorkelt, hatte eine auf einen Holzrahmen gezogene Leinwand abgestellt und gegen den Ohrensessel gelehnt.

Sie zeigte, nun ja, Claire fiel es schwer, es zu verstehen. Aber sie zeigte sehr großflächig angelegte Gestalten in knalligen Primärfarben, Rot, Gelb, Blau, Grün, und starken schwarzen Konturen, die wohl sie, also die Familie Eiffel, darstellen sollten. Denn der Maler hatte im Stile einer Plakatwerbung mit geschwungener Schrift den Namen »Eiffel« oben drübergesetzt. Im Hintergrund waren ihre schönen Brokatvorhänge angedeutet, die allerdings verweht, ja zerfetzt aussahen.

Gustave war viel zu groß dargestellt, Robert krabbelte am unteren Bildrand fort, und sie und Adi grinsten mit großen Gebissen. Nein, das war ganz und gar nicht so, wie sie sich ihr Familienporträt vorgestellt hatte.

»Meine liebe Familie Eiffel. Hier stehe ich, ich konnte nicht anders.« Toulouse-Lautrec zeigte fahrig auf das Bild. »Sie wissen nicht, wie schrecklich es ist, sich als Künstler ständig verbiegen zu müssen. Ständig muss ich malen, worauf ich keine Lust habe, verstehen Sie?« Er musste hicksen. »Entschuldigen Sie bitte. Auf Sie hatte ich Lust, wirklich. Aber es kam anders, als ich geplant hatte. Ich bin nun mal in meiner Lithografie-Phase. Ich sehe und denke in Plakaten, wenn Sie verstehen, was ich meine. Ich sehe Sie, Madame Salles, aber ich würde Sie nicht so malen, wie ich Sie sehe. Sondern so!« Er zeigte auf das Bild. »So!« Er grinste begeistert. »So haben Sie eine große Portion Verve und Elan, meine Liebe!«

Adi trat einen Schritt vor. »Wie viel Verve und Elan meine Frau hat, geht Sie ja nun gar nichts an!«, sagte er bedrohlich. Zumindest ein bisschen bedrohlich klang es. Claire musste sich ob der Situation das Lachen verkneifen. Da kam dieser kleine Künstler mit der riesigen Leinwand, diesmal ohne seinen Freund van Gogh und offenbar nach einer bereits fortgeschrittenen Zechtour. Hatte er das Bild vielleicht durch die Lokale mitgeschleppt und an den Tresen gelehnt, während er sich Mut antrank, um es bei ihnen vorbeizubringen?

Sie musste sich wegdrehen, um nicht laut loszulachen, und organisierte ein Glas Wasser aus der Karaffe auf dem Tisch. »Trinken Sie das erst mal, Monsieur, und nehmen Sie Platz.«

»Danke schön.« Der Maler fiel in den zweiten Ohrensessel neben sein Bild. »Prost!« Er erhob sein Wasserglas in Richtung Gemälde. »Also, diese Herrschaften sind mir sehr ans Herz gewachsen, solange sie in meinem Atelier entstanden, glauben Sie mir.«

»Sie werden Verständnis haben, dass wir das nicht bezahlen!«, sagte Adi energisch, der die Ästhetik, die in dem Werk steckte, offenbar noch nicht erkannt hatte.

»Natürlich habe ich dafür Verständnis.« Toulouse-Lautrec stand auf und trat an die Leinwand heran. »Aber sehen Sie hier.« Er winkte sie näher zu sich und dem Bild. »Hier!« Er kicherte. »Hier habe ich ihn versteckt.«

»Wen?«, fragte Adi, der genervt zum Barwagen gelaufen war, sich ein Glas Whiskey einschenkte und keine Anstalten machte, zum Künstler und seinem Bild zurückzukommen.

»Dann schauen Sie, Madame Salles. Hier ist er – der Eiffelturm! So soll er doch einmal aussehen, stimmt's? Ich habe mir extra Bauzeichnungen besorgt.«

Und tatsächlich entdeckte Claire, jetzt, da er es sagte, einen winzigen Turm im Hintergrund, nur ganz leicht schattiert, aber wundervoll getroffen!

Toulouse-Lautrec winkte ab. »Also, ich schenke es Ihnen. Vielleicht hängen Sie es sich später einmal auf und denken an mich, wenn ich fort bin.« Er stellte das Wasserglas ab und ging zur Tür, wo Nanette noch mit offenem Mund stand und alles verfolgt hatte.

»Wenn Sie fort sind? Wo wollen Sie denn hin?«, fragte Claire.

»Mein Freund Vincent und ein anderer Malerkollege gründen in der Provence ein Künstlerkollektiv. Vielleicht schließe ich mich ihnen an.« Er wiegte den Kopf. »Aber andererseits: Ich liebe die Stadt zu sehr. Ich bleibe wohl hier, am Montmartre.« Er nickte entschlossen: »Sollen die anderen aufs Land gehen und Blumen und Felder malen, ich bin ein Kind der Stadt.« Er richtete seinen Blick wieder auf Claire und Adi, als ob er sich erst erinnern müsste, wo er war. »Ach, richtig. Familie Eiffel.« Er wandte sich an Nanette. »Bringen Sie mich hinaus?«

Sie nickte und führte ihn weg.

»Adieu!«, rief er über die Schulter zurück. »Und alles Gute für Sie und Ihren kühnen Turm! Ganz im Ernst. Ich bin ein Anhänger!« Damit verschwand er in die Nacht.

Adi schüttelte den Kopf und leerte seinen Whiskey. »Ist denn das die Möglichkeit! Diese Künstler!«

Claire betrachtete wieder das Bild und konnte nun nicht mehr an sich halten. Sie prustete los. »Ich finde es ganz originell. Hast du gesehen, was für große Augen er dir gemalt hat?«

Adi trat näher heran. »In der Tat. Und du hast sehr große Ohren. Neben diesem Gebiss!« Er lachte.

»Und Vater sieht aus wie ein Bankdirektor mit diesem korrekten Anzug und der strengen Miene.«

»Ein Bankdirektor in einem grünen Anzug mit rotem Kragen allerdings.« Adi grinste.

»Gut, dass wenigsten Robert ganz hübsch geworden ist.

Vielleicht wird er es später als Erwachsener wirklich einmal aufhängen.«

»Wir wohl nicht?«

»Auf keinen Fall!«

Und sie lachten und lachten. So gut hatten sie sich lange nicht mehr amüsiert. Es tat wohl, endlich einmal wieder Bauchschmerzen vor Lachen zu haben – und nicht wegen irgendwelcher Sorgen. Aber Claire ahnte, dass es bald nicht mehr viel zu lachen geben würde. Sehr bald.

Kapitel 37

Schon am nächsten Morgen im Büro, nachdem sie ihren neuen Blumenstrauß aus Pompon-Dahlien, Astern und Lavendel arrangiert hatte, war sie sofort wieder im Ernst des Lebens gefangen. Denn sie fand eine Nachricht von Francesca vor: »Bitte komm. Müssen etwas besprechen. Francesca.«

Also machte Claire sich kurz vor Mittag, nachdem sie die dringendsten Briefe beantwortet und sich vergewissert hatte, dass die Lieferung der Stahlteile zur Baustelle weiterhin reibungslos funktionierte, auf den Weg ins Arbeiterquartier.

Als sie die Sandgasse zwischen den Hütten entlanglief, kam es ihr so vor, als ob ihr jeder Blick folgte. Kein Kopfnicken, kein »Guten Tag!« wurde ihr zuteil. Hinter sich meinte sie Getuschel zu hören. Italienisches Getuschel zumeist, sodass sie nicht verstand, ob es um sie ging.

An Francescas Heim angelangt, klopfte sie an die Tür. Seltsam. Die war bisher nie geschlossen gewesen, wenn Claire hier war. Nichts war zu hören, keine Kinder, keine Gespräche. Nur das Hämmern und Schleifen von der Baustelle, das Rattern der Transportloren auf den Schienen, die Rufe der Arbeiter untereinander und das Summen der Stadt im Hintergrund.

»Komm bitte herein«, sagte Francesca, nachdem sie die Tür geöffnet hatte, und machte den Weg frei. Drinnen war der Ofen angeheizt, auf dem Holztisch lagen Suppengrün und grüne Bohnen, die Francesca wohl fürs Mittagessen verarbeiten wollte. »Wie gut, dass du gleich auf meine Nachricht reagiert hast.« Sie schloss die Tür schnell hinter Claire und bat sie, den Umhang abzulegen und sich zu setzen. Mit einer Tasse Tee für Claire und einer für sich selbst setzte sie sich dazu und nahm ihr Küchenmesser wieder auf, um den Sellerie zu bearbeiten, der sofort seinen Geruch verströmte.

»Hast du noch ein Messer?«, fragte Claire. Wenn sie schon hier war, konnte sie sich auch nützlich machen, anstatt bei der Arbeit zuzuschauen.

Francesca nickte und holte eines aus der Tischschublade. »Die Kinder toben irgendwo draußen herum. So können wir in Ruhe reden.«

Claire nahm sich ein paar von den grünen Bohnen und schnitt die Enden ab. »Wie geht es Giovanni? Ist er wieder vollkommen gesund?«

»Aber natürlich. Schon lange. Es war wirklich nur eine Erkältung. Er ist längst wieder auf der Baustelle in vollem Einsatz.« Sie schob Claire eine Keramikschüssel zu, in die sie wohl die fertigen Bohnen schnippeln sollte.

»Wie läuft es?«, fragte Claire. »Uns erreichten Meldungen, dass sich Unmut breit macht?« Wenn Francesca sie schon herbat, ging es sicherlich um dieses Thema, nicht? Da konnte sie auch direkt fragen und musste nicht überrascht tun. Das würde ihr die kluge Italienerin sowieso nicht abnehmen.

Francesca nickte. »Es gärt.«

»Um was geht es genau? Was sind die Sorgen? Kannst du mir das auseinandersetzen?« Claire bearbeitete Bohne um Bohne, während Francesca sich an die Petersilie machte. »Die Kollegen sind müde nach den nunmehr fast achtzehn Monaten unermüdlicher Arbeit. Es schlaucht und ist sehr anstrengend, ständig in diesen Höhen zu arbeiten. Man muss konzentrierter sein, als wenn man am Erdboden oder an einem normalen Haus mit Gerüst arbeitet.«

»Ist es wirklich solch ein Unterschied?«, fragte Claire.

»Aber ja. Seit der ersten Etage gibt es keine Gerüste mehr. Du arbeitest auf dem soeben Montierten und kletterst dann weiter und weiter in die Höhe. Es erfordert viel Disziplin und Mut, das den ganzen Arbeitstag mit höchster Aufmerksamkeit durchzuhalten.« Francesca nahm sich Zwiebeln, und die Schärfe des Saftes trieb ihr schnell Tränen in die Augen.

»Immerhin haben wir die Pausen verlängert, so wie von dir vorgeschlagen«, sagte Claire und schnippelte die letzten Bohnen.

»Das kam auch sehr gut an bei den Arbeitern und hat die Sicherheit auf der Baustelle erhöht. Immerhin gab es bisher keinen schlimmen Unfall bis auf kleine Blutergüsse oder Quetschungen, wenn einer der schweren Stahlträger einmal zu schnell unterwegs war und die Finger nicht flott genug aus dem Weg.« Francesca lächelte unter Zwiebel-Tränen. »Aber nun, in dieser Höhe, beginnen die Männer sich Sorgen zu machen, dass mehr passieren könnte. Sie fürchten um ihr Leben.« Sie stand auf und versenkte ihre Hände in dem Wassertrog, der auf der Anrichte stand.

Claire schwieg vorerst und trank ihren Tee. Es war gut, dass Francesca so offen redete. Die Männer würden so etwas sicher nie an die Bauleiter herantragen, stolz wie sie waren.

»Es wird bald zu Arbeitsniederlegungen kommen, denke ich«, sagte Francesca. »Zumindest die französischen Kollegen wünschen sich zeitnah mehr Tribut für ihre Leistungen.«

Claire nickte langsam und ließ die Bohnenenden in

den Futtereimer rieseln, der für die Schafe bereitstand, die die Italiener am Rande des Arbeiterviertels auf der Wiese hielten. »Ich verstehe, was du sagst, Francesca. Aber ich bin mir nicht sicher, ob wir dem stattgeben können. Wir haben die Pausen verlängert, ja. Aber den Lohn zu erhöhen, jetzt mitten in der Bauphase, das halte ich für schwierig bei all den Schulden, die bereits auf dem Projekt lasten.« Francesca begann, alle Zutaten in einen großen Kessel zu schütten. »Denkt bitte darüber nach. Giovanni und ich können hier nicht mehr lange die Wogen glätten. Es ist nun einmal ein außergewöhnliches Projekt. Und das wollen diejenigen, die es hochziehen, auch registriert wissen.« Sie salzte und pfefferte die Zutaten in dem Topf und hielt schon nach dem gefüllten Wasserkrug Ausschau, mit dessen Inhalt sie das Gemüse gleich aufsetzen würde.

Claire stand auf und bedankte sich für den Tee. »Vor allem aber für deine Offenheit, Francesca«, sagte sie. »Ich werde sehen, was wir tun können.«

»Danke fürs Schnippeln und Zuhören«, sagte Francesca und winkte ihr aus der Hüttentür noch zu, als Claire durch die Sandgasse langsam das Arbeiterquartier verließ. Gut, dass Francesca sie nun so eindringlich auf das Problem aufmerksam gemacht hatte. So würde sie vielleicht noch rechtzeitig eine Lösung finden, bevor es zur Eskalation kam.

Kapitel 38

Zur Eskalation kam es allerdings zunächst an ganz anderer Stelle: Eines Abends stand Valentine vor der Tür! Unangekündigt. Mit ihrem Koffer in der Hand. Die Augen verweint.

Eine verstört aussehende Nanette führte sie in den Salon, wo Claire gerade mit der Pflege ihrer Kamelie beschäftigt war, die mehrere Blüten abgeworfen hatte. Sie stellte die Kupfergießkanne ab und eilte zu ihrer Schwester.

»Um Himmels willen, was ist geschehen, Valentine?« Claire nahm sie in den Arm und spürte, wie ihre Schwester sich sofort an sie schmiegte und weinte und weinte.

Claire wiegte sie hin und her und streichelte ihren Rücken, um sie zu beruhigen, aber es dauerte ein paar Minuten, bis sie aufhörte zu schluchzen. Dann führte Claire sie zu einem der Ohrensessel und ließ sie sich setzen. Sie nahm den Tee, den Nanette diskret auf den Tisch gestellt hatte, und reichte Valentine die dampfende Tasse. Dankbar nahm diese sie in beide Hände und pustete hinein, bevor sie gierig trank, als ob sie seit zwei Tagen nichts mehr zu sich genommen hätte. Vielleicht hatte sie das?

»Was ist los?« Claire hockte sich vor den Sessel auf den Teppich, sodass sie zu Valentine hochschauen musste. Sie sah Angst in deren Augen. Pure Angst. »Was hast du, mein Schatz?«

Wortlos reichte Valentine ihr einen Brief. Feinstes Büttenpapier und edle schwarze Tinte. Vom Conte.

»Lies!«, sagte Valentine nur und widmete sich wieder ihrem Tee.

Claire lehnte sich an den Ohrensessel und versuchte sich auf die Zeilen zu konzentrieren, die ihre kleine Schwester so sehr in Verzweiflung versetzt hatten: »Meine liebste Valentine, ich schreibe Dir aus Italien, vom Familiensitz, denn meine Eltern haben mich hierher zurückbeordert. Ich soll hier in der Zentrale unserer Firma arbeiten und die Geschäfte übernehmen. Mein Vater hatte einen Unfall und kann sich momentan nicht um die Leitung kümmern. Ich werde hier weilen, bis er wieder dazu in der Lage ist – vermutlich mehr als ein Jahr.« Claire schaute zu Valentine hinauf, die vor sich hinstarrte und weiter am Tee nippte.

»Es tut mir leid, meine liebe Valentine, dass wir auf diese Weise lange voneinander getrennt sein werden. Denn wie Du Dir denken kannst, werde ich kaum einen Abstecher nach Paris oder auf das Land zu meiner Großtante in der Nähe Deiner Schule machen können. Auch wird es mir nicht möglich sein, viel zu schreiben, da die Geschicke der Familie zu lenken sehr viel Kraft und Zeit erfordern wird.«

Claire ahnte bereits, was folgen würde. Und richtig: »Deshalb halte ich es für das Beste, wenn wir unseren Kontakt unterbrechen. Ich hoffe, Du verstehst das und wirst mir verzeihen. Ich handele hier zum Besten unserer beiden Familien, wenn ich an diesem Punkt, an dem eine Umkehr noch möglich ist, dieser Weggabelung folge.«

So ein Schuft!, dachte Claire. Wie konnte er einfach so kampflos aufgeben? Sicherlich hatten seine Eltern ihn dazu gedrängt. Sie hatte ja gewusst, dass er kein Rückgrat …

Ein verzweifeltes Schluchzen unterbrach ihren Gedankenflug, sie ließ den unsäglichen Brief fallen und umarmte ihre kleine Schwester. Auch wenn sie den Conte nicht sehr gemocht hatte, nun litt sie mit Valentine. Sie drückte sie fest an sich und hielt sie ganz fest. Niemand sollte ihrem Schwesterherz wehtun! Niemand!

Wie gut, dass sie sich gleich nach Hause aufgemacht hatte, um sich hier pflegen zu lassen. Sie würden sie selbstverständlich vorerst hierbehalten und aufpäppeln. Auch wenn das bedeutete, dass nun statt Gustave ein anderes Familienmitglied permanent im Haus weilte, das ihre gerade erst gewonnene eheliche Zweisamkeit beeinträchtigte. Aber Familie war nun einmal Familie!

Und für diesen Conte würde Claire sich eine saftige Erwiderung überlegen.

Kapitel 39

Am nächsten Tag im Büro war sie nicht wirklich bei der Sache. Sie schob die Briefe und Anfragen von einer Seite des Schreibtischs auf die andere, ohne sich entschließen zu können, sie zu öffnen. Denn ihre Gedanken waren weiterhin bei Valentine. Die kleine Schwester lag zu Hause in der Rue de Presbourg in ihrem alten Kinderzimmer im Bett, und Nanette war beauftragt, ihr jede Stunde einen neuen Tee oder eine Brühe zu bringen. So würde sie hoffentlich wieder zu Kräften …

»Miss Eiffel!«, hörte sie auf einmal Gordon Bennetts laute Stimme, und schon schob sich der Reporter durch die Tür und setzte sich ohne Umschweife auf den Besucherstuhl ihr gegenüber. »Meine liebe Miss Eiffel, ich habe heute ein Angebot für Sie, das Sie schwerlich ausschlagen können!« Er grinste von einem Ohr zum anderen und nahm immerhin seinen Hut ab.

»Guten Tag, Mister Bennett. Wie schön, Sie zu sehen«, sagte sie und seufzte. Dieser Amerikaner kam ihr wirklich manchmal vor wie eine dieser Springauf-Figuren, die an einer Sprungfeder aus der Kiste wippten, wenn man den Deckel öffnete. Zum Glück hatten sich die Kollegen gerade zur Besprechung in Gustaves Büro zurückgezogen, das sie alle in seiner Abwesenheit gerne nutzten. So konnte niemand ihr Gespräch verfolgen.

»Ich sage nur ein Wort: Ballonfahren!« Bennett nickte

aufgeregt, wurde aber am Weitersprechen gehindert, weil ein Bote eintrat, im Arm einen großen länglichen Karton. »Madame Salles?« Er wartete keine Antwort ab, denn sie kannten sich bereits. Es war der Bote von den Grands Magasins du Printemps, der öfters Bestellungen im Büro vorbeibrachte. Diesmal hatte er aber offensichtlich etwas ganz Besonderes. Sowohl Claire als auch Bennett musterten das längliche Paket, das sehr schwer zu sein schien. »Ich bringe Ihnen das erste Souvenirmodell des Eiffelturms in der Sonderedition für den Außenbereich.« Er nickte eifrig und stellte das Paket ab. »Ich habe es bereits sehen dürfen, als ich es für Sie verpackte. Lassen Sie mich bekunden: Es ist sehr gelungen.«

»Herzlichen Dank! Wie aufregend!« Claire stand auf und ging eilig zu dem Paket. Es reichte ihr bis zur Hüfte.

»Soll ich es gleich für Sie auspacken?«, fragte der Bote.

»Nein, vielen Dank, das mache ich selber«, gab sie zurück.

Er tippte sich an seine Pagenmütze und verließ das Büro.

Bennett nahm sich sogleich den Brieföffner und begann, das Paket aufzuschlitzen. »Das will ich aber auch sehen.« Er riss die Pappe weg, und zum Vorschein kam: ein fertiger Eiffelturm. Hüfthoch, aber aus dem gleichen Eisen, mit dem gleichen venezianisch-roten Anstrich und Tausenden winzigen Streben und Bögen. Und fertig, komplett fertig montiert! Keine in die Luft ragenden Streben!

Oh, er sah so hübsch aus! Claire konnte sich gar nicht sattsehen. Er wirkte so harmonisch, so ästhetisch vollkommen. Vielleicht bauten sie ja doch ein wahres Kunstwerk, dachte sie auf einmal.

Auch Bennett umkreiste das Modell mehrmals anerkennend. »Ich muss sagen, das hat wirklich Charme.« Er berührte das

Eisen vorsichtig. »Kann ich das in meiner Zeitung verlosen? Es würde sicherlich viel Aufmerksamkeit erzeugen.«

Claire lachte. »Das glaube ich. Aber warten wir ab bis zum offiziellen Verkaufsstart dieser Souvenirs. Vielleicht können wir dann gemeinsam mit Printemps eines der kleineren bei Ihnen zeigen und verlosen.«

»Sie haben wirklich ein Händchen fürs Geschäft«, bekundete Bennett anerkennend und zog seine Taschenuhr hervor. »Aber weswegen ich eigentlich gekommen bin«, sagte er schnell, »ich möchte Sie einladen, mich auf eine Ballonfahrt zu begleiten.« Er umkreiste noch einmal das Modell. »Vielleicht fliegen wir auch um Ihren Turm.« Er stupste ihr mit dem Ellenbogen scherzhaft in die Seite. »In jedem Fall ist es eine einmalige Gelegenheit, die sich für eine Reportage bietet! Ich bin in Amerika bereits einmal mitgefahren. Und ich verrate nicht zu viel, wenn ich sage: Es ist mit nichts vergleichbar, dieses Gefühl, zu schweben und die Welt unter sich zu sehen. Es ist fast besser als …«

»Mister Bennett! Ich muss doch sehr bitten!« Claire beugte sich vor, um die winzigen Restauranttische in der ersten Etage zu betrachten, die man tatsächlich eingebaut hatte.

»Entschuldigung!« Er beugte sich auf der anderen Seite ebenfalls hinunter, sodass sie sein Gesicht durch die Restaurantfenster sehen konnte.

Fliegen? Sie? »Aber ich bin nicht sehr magenfest, wenn Sie verstehen, was ich meine. Auf dem Jahrmarkt im Karussell wurde mir als Kind immer schlecht.« Auch in der zweiten Etage entdeckte sie winzige Tische in dem Restaurantbereich. Und auf der Freifläche dieser Plattform erkannte sie den Pavillon, den sie für Sondernutzungszwecke geplant hatten.

»Ballons drehen sich doch nicht, sie gleiten. Sehr gleichmäßig und ruhig. Sie spüren dort oben noch nicht mal einen starken Luftzug, denn Sie fahren mit dem Wind«, sagte Bennett und richtete sich wieder auf.

Auch Claire riss sich vom Modell los und stellte sich für einen Moment solch einen Gondelkorb und einen Ballon vor. Das war natürlich eine ganz unglaubliche Vorstellung: fliegen und die Welt von oben sehen. Bei den Flugvorführungen der Gebrüder Montgolfier war sie als Kind zugegen gewesen. Und nun sollte sie es diesen mutigen Männern gleichtun?

Bennett lugte nun in die dritte Etage des Turms. Dort, wo Gustave etwas ganz Besonderes plante. »Meine liebe Madame Eiffel, wir werden natürlich beim Einstieg und auch, wenn der Ballon am Turm vorbeischwebt, Fotografien für die Zeitung anfertigen. Es wäre also durchaus auch im Sinne Ihrer Unternehmung. Es unterstreicht den Mut und die Tatkraft Ihrer Familie.«

»Was ist, wenn wir abstürzen?«, entfuhr es ihr, und sie blickte an dem Turm hinunter und stellte sich das Größenverhältnis eines winzigen Ballons mit Gondel dazu vor.

Er lachte. »Mit diesem Satz sind Sie also schon dabei!«

»Das habe ich nicht gesagt, ich fragte nur, wie sicher die Sache ist.« Sie berührte den Fahnenmast an der Spitze, wo die Trikolore einst wehen würde.

»Sehen Sie: Der Ballon steigt auf, ist dort oben völlig allein. Und die Landung wird erst eingeleitet, wenn wir über einem Feld außerhalb der Stadt sind, wo keine Gefahr für Leib und Leben eines Menschen oder eines Tieres besteht.«

»Und das kann man so genau steuern?« Claire trennte sich

von dem Modell und kehrte zurück hinter ihren Schreibtisch. Sie musste schließlich endlich einmal ins Arbeiten kommen.

Bennett nahm ebenfalls wieder Platz. »Ich habe mich eingehend mit dem Ballonfahren beschäftigt. Gut möglich, dass ich selbst einmal einen Führerschein mache. Ich kann mir auch vorstellen, dass eine Ballonwettfahrt sehr amüsant wäre.«

Er hatte wohl heute alle Zeit der Welt mitgebracht, was? Machte sich seine Zeitung denn von alleine? »Sie schweifen ab, Mister Bennett. Kann man den Ballon steuern?«

»Nein, Verehrteste, das kann man nicht. Man kann nur durch Abwerfen von Gewicht die Höhe verändern. Alles andere macht der Wind, das himmlische Kind.« Er grinste.

»Geben Sie mir ein wenig Bedenkzeit, Mister Bennett.«

»Geben Sie sich einen Ruck, Mademoiselle Eiffel. Die Gelegenheit kommt nicht so schnell wieder. Und die wundervollen Eindrücke kann Ihnen hinterher niemand mehr nehmen. Ich jedenfalls stelle es mir sehr schön vor, mit Ihnen über Paris zu schweben. Ich könnte mir sogar vorstellen, noch viel weiter mit Ihnen davonzuschweben. Weit, weit weg von all …«

»Mister Bennett!«, rief sie ihn zur Räson.

Sofort nahm er Haltung an, der träumerische Ausdruck in seinen Augen verschwand, und er blickte noch einmal auf seine Taschenuhr. »Natürlich, natürlich! Entschuldigung.« Er stand auf. »Teilen Sie mir Ihre Entscheidung zu dem kleinen Ausflug über Paris bitte mit. Sie können sich Zeit lassen, die Fahrt wird langfristig geplant.« Er setzte seinen Hut wieder auf. »Ich habe nun einen dringenden Termin. Dieser Kriminalfall mit dieser Kurtisane in dem Etablissement an der Pigalle … ach, entschuldigen Sie bitte, das ist natürlich nichts für eine Dame. Ich wette, Sie haben das in den Zeitungen gar nicht verfolgt.« Er musterte noch einmal das Turmmodell. »Wirklich ein Hingucker. Ich denke, ich werde mir auch so eines kaufen, für meinen Patio.« Damit grüßte er und verschwand.

Was war er doch für ein Springinsfeld, dieser Bennett. Sie schüttelte den Kopf und lächelte. Sie beschloss, seine kleine Bemerkung zum Fortschweben mit ihr einfach zu vergessen. Er trug nun einmal das Herz auf der Zunge, und im Übrigen waren Amerikaner ja bekanntlich sowieso Meister im Small Talk, da musste man nicht jedes Wort auf die Goldwaage legen. Und hatte er sie nicht herrlich abgelenkt von ihren trüben Gedanken über Valentine?

Er und auch das schöne Modell vom Turm hatten das geschafft. Sie musterte es noch einmal von oben bis unten.

Aber es half nichts, sie musste sich an die Arbeit machen, die sich bereits auf dem Schreibtisch stapelte. Und Gedanken um Valentine würde sie sich erst wieder erlauben, wenn sie heute Abend nach Hause ginge.

Sie nahm den ersten Brief und schlitzte ihn auf.

Kapitel 40

Valentine lag immer noch im Bett, als Claire am Abend von der Arbeit heimkam. Sie hatte ihr Zimmer den ganzen Tag nicht verlassen. Die Vorhänge waren halb zugezogen, das Dämmerlicht und die verbrauchte Luft kaum auszuhalten, fand Claire und riss entschlossen das Fenster auf. Valentine regte sich nicht, dort unter ihrem Federdeck. Kein Gruß, kein Wort, keine Reaktion. Nicht einmal die frische Luft, die nun in den Raum strömte, schien ihre Lebensgeister zu wecken.

Claire setzte sich auf die Bettkante und nahm ihre Hand. »Mein Schwesterherz, es wird Zeit, dass du aufstehst. Dein Kreislauf wird es dir danken, auch deine Muskeln. Du musst wieder in Schwung kommen.«

Valentine hielt die Augen weiterhin geschlossen und schüttelte den Kopf. »Hier ist es am besten. Ich will hierbleiben, bis der Schmerz vergeht.«

»Er wird eher vergehen, wenn du etwas unternimmst und dich ein wenig ablenkst. Du liest ja nicht mal ein Buch. Du kannst doch nicht den ganzen Tag über … also, über deine Situation nachdenken!« Sie schlug die Bettdecke zurück, nur um Valentine darunter vollkommen bekleidet vorzufinden, immer noch im Reisekostüm von gestern.

»Jetzt ist aber Schluss!« Claire zog an ihrem Arm, woraufhin sich die Schwester hochhieven ließ wie eine Marionette, aber sofort wieder umsank, als Claire losließ. Sie ergriff den Arm der Schwester erneut, legte ihn sich um die Schulter und zog Valentine in die Sitzposition. »Komm, stell dich nicht so an. Jetzt geht es auf die Füße und dann ins Badezimmer, du musst dich einmal frisch machen, junge Dame.«

Valentine ließ sich ins Bad schleppen, wo Claire Unterstützung von Manon bekam, die mit anpackte und Valentine auskleidete, damit sie sie mit einem Waschlappen wenigstens notdürftig reinigen konnten. Valentine ließ die Prozedur ohne ein Wort über sich ergehen; an ihrem Gesicht konnte man nicht ablesen, was sie dachte.

Claire holte frische Kleider aus ihrem Schrank und zog Valentine gemeinsam mit Manon wieder an. Dann schleppten sie sie zum Sessel in der Zimmerecke und setzten sie ab.

»So, und jetzt isst du was. Nanette bringt dir einen Tee und ein Omelett. Das wird dir guttun!«

Prompt erschien Nanette mit dem Essen, das Claire bestellt hatte, bevor sie in Valentines Zimmer gekommen war. Die Schwester musste schließlich zu Kräften kommen.

Sie zog sich einen Schemel heran und setzte sich ganz dicht neben Valentines Sessel. »Iss!«, sagte sie und hoffte, dass der Duft von Fett, Speck und Zwiebeln Valentine das Wasser im Mund zusammenlaufen lassen würde.

Tatsächlich nahm Valentine die Gabel und begann zu essen. Zaghaft erst, ein Bissen nach dem anderen. Aber sie aß das Ei und trank den Tee, und mit der Zeit wurde ihr Blick wieder klarer, und sie schien gedanklich im Hier und Jetzt, in diesem Raum bei ihrer Schwester, anzukommen.

Claire hatte Tränen in den Augen, als sie das sah. Ihre kleine Schwester erwachte wieder zum Leben! Sogar die Blässe wich ihr aus dem Gesicht, auch wenn sie noch kein Lächeln zustande brachte. Sie würde kämpfen, sie würde sich zurück ins Leben kämpfen. Sie war eben eine Eiffel!

»Möchtest du denn mitkommen zu diesem Festakt?«, fragte Claire sie ein paar Tage später und hoffte, dass Valentine bejahen würde. Es würde sie mal aus der familiären Bärenhöhle herausbringen und unter andere Menschen führen.

Aber Valentine schüttelte den Kopf. »Nein, danke, Schwesterherz. Dort sind mir zu viele Leute und zu viel Aufregung. Ich merke, wie ich immer noch dabei bin, meine Kräfte wiederzuerlangen. Das geht langsam, sehr langsam.«

Claire streichelte ihr über die Wange. »Ich kann es verstehen. Ich selbst habe auch keine besondere Lust. Aber unsere Teilnahme ist natürlich essentiell. Der Turm wird schließlich die Attraktion auf der Weltausstellung sein. Da sollten wir bei dem großen Ankündigungs-Festakt fast genau ein Jahr davor auch dabei sein.«

Valentine nickte und lächelte müde. »Hoffentlich wird es nicht so steif und hölzern, wie von der Stadtverwaltung zu erwarten.«

»Ich glaube, sie haben als Ehrengast den guten Jules Verne eingeladen. Wenn sie sich bei der Organisation des Abends an seiner Fantasie orientiert haben, dann kann es so schlimm nicht werden«, meinte Claire.

Valentine lachte. »Aber ein Kostümball ist es nicht? Du gehst nicht als Unterwasserboot oder Heißluftballon?«

Claire stupste sie in die Seite. »Nein. Aber ich wette, einige junge Leute werden es sich nicht nehmen lassen, als elektrisches Licht oder Fahrrad zu kommen.«

Valentine ging lächelnd zum Bücherregal hinüber und zog

ein Buch heraus. »Ich für meinen Teil werde es mir bei dieser Gelegenheit, wenn ihr schon mal weg seid, hier im Salon so richtig gemütlich machen.«

Claire schaute auf den Buchtitel, den sie gewählt hatte, und lachte. »*In 80 Tagen um die Welt*? Hast du das nicht schon tausendmal gelesen?«

»Das kann man gar nicht oft genug lesen!« Valentine nahm sich eine Wolldecke und legte sich auf die Chaiselongue. »Ich bin mit Phileas Fogg und Passepartout auf der Reise.« Sie schlug das Buch auf und fügte noch schnell hinzu: »Ach, könntest du Nanette noch bitten, mir einen Tee aufzubrühen? Und ein paar Madeleines wären nicht schlecht. Du hast doch gerade welche gebacken, nicht wahr?«

Claire war froh, die kleine Schwester wieder so zugewandt zu erleben. Da konnte sie beruhigt mit Adi aufbrechen.

Als sie sich verabschiedete, nickte Valentine von der Chaiselongue aus, aber ihr Blick war schon fest auf die erste Seite des Romans geheftet.

Kapitel 41

Galerie des Machines, Champ de Mars,
am selben Abend

Die Maschinenhalle erinnerte Claire an ein Bahnhofsgebäude. Mit dem riesigen Glasdach, den Metallstreben und zahllosen Pfeilern wirkte sie außerdem wie ein riesiges Gewächshaus. Natürlich hatte Claire beobachtet, wie die Halle in den letzten Monaten ein paar Hundert Meter von der Eiffelturm-Baustelle aus dem Boden wuchs. In ihr würden später all die technischen Errungenschaften präsentiert werden, die die Weltausstellung zu bieten hatte. Hier konnten Erfinder einen Standplatz buchen und sich auf der Messe präsentieren.

Aber heute Abend fand in diesem gigantischen leeren Raum die erste Pressekonferenz statt, die auf die Großveranstaltung hinweisen sollte. Und obwohl die Halle soeben erst fertig geworden war, es erheblich zog, nach Farbe roch und der blanke Betonboden so gar nicht feierlich wirkte, war *tout Paris* gekommen. Zumindest *tout Paris*, das sich mit der Weltausstellung identifizierte. Das andere *tout Paris* war zu Hause geblieben, aber nicht eben still und heimlich, nein, es hatte seine Verweigerung in den Zeitungen zuvor groß verkündet, so wie Alexandre Dumas, der Jüngere, und sein Kollege Maupassant. Offensichtlich hatte sie ein wahrer Technikekel befallen. »Wir brauchen keinen Fortschritts-Hokuspokus«, hatte *Le Figaro* Alexandre Dumas zitiert. Und Guy de Maupassant hatte aus der Ferne – momentan weilte er in Tunesien – gar gefordert: »Schafft die Maschinen ab, sonst werden wir alle irgendwann niedergewalzt.«

Claire und Adi war so viel Zukunftspessimismus inzwischen egal. Sie freuten sich auf die Weltausstellung und hatten vor, den heutigen Abend zu genießen. Gleich bei der Ankunft amüsierten sie sich über eine junge Dame, die als elektrisches Licht verkleidet war, ein beliebtes Kostüm, das ihnen in den letzten Jahren schon auf so manchem Ball über den Weg gelaufen war: Das lange dunkle Samtkleid war mit goldenen Borten durchzogen, in der Hand hielt die Dame eine Glühbirne.

»Thomas Edison hätte das gewiss gefreut«, sagte Adi grinsend, der immerhin seinen feinsten Anzug trug. »Zu schade, dass er heute Abend nicht anwesend ist.«

Claire lachte. »Er kommt ja noch früh genug, zur Eröffnung.«

Ein junger Mann, der zur Kellnermannschaft gehörte, hielt ihnen ein Tablett mit Champagnergläsern hin, und sie griffen gerne zu. »Zum Wohl, meine liebe Gattin, auf einen interessanten Abend!«, sagte Adi und fügte hinzu: »Ach, du meine Güte! Charles Garnier ist auch hier.« Und da kam der alte Architekt auch schon auf sie zu.

»Das liebe Ehepaar Salles!«, rief Garnier. »Das muss doch ein Festtag für Sie sein heute. Alles dreht sich um die Weltausstellung und damit auch um Ihren Turm! Was er sich aber auch in den Vordergrund drängen wird auf dieser Ausstellung!«

»Das wird sich nicht vermeiden lassen, so groß wie er ist«, sagte Claire, um ihn zu ärgern. »Aber ich wundere mich, dass Sie heute Abend anwesend sind, Monsieur Garnier. Ist Ihnen das hier nicht suspekt, so viel Fortschritt?«

Zumindest äußerlich ließ sich Garnier nicht anmerken, dass ihre Bemerkungen ihn kränkten. »Ich bin ein neugieriger Mensch, wie wohl die meisten«, antwortete Garnier. »Und ich interessiere mich für die Wissenschaft und für sinnvolle Erfindungen. Beides Dinge, die ich nicht mit Ihrem Turm verbinde.«

»Das sollten Sie aber!«, erwiderte Adi. »Zufällig stehen wir in engem Kontakt zu Thomas Edison. Und der wissenschaftliche Nutzen unseres Turms wird bald evident werden, so viel kann ich schon einmal verraten.«

Garnier zog die Augenbrauen hoch. »Gustave ist ja leider nicht da, um mir das näher zu erläutern. Wie man hört, hat er sich schon in das nächste Abenteuer gestürzt. Hoffentlich haben Sie ihm gute Malaria- und Geldfieber-Medikamente mitgegeben nach Panama.«

In diesem Moment ging ein Raunen durch die Menge, denn der Ehrengast erschien: Jules Verne schritt mit seiner Ehefrau durch den Eingang in die Halle und grüßte huldvoll zu allen Seiten wie ein König.

Mit seinen sechzig Jahren trug er einen gemütlichen Kugelbauch unter dem Smoking, seine Frau hatte sich ein opulentes Gewand schneidern lassen. Vorn am Podium angekommen, wurden sie herzlich vom Stadtpräfekten Poubelle begrüßt und sofort zu einer Runde durch die Halle eingeladen.

»Monsieur Verne, Madame Verne«, sagte Poubelle sogleich, als er Claire und Adi erblickte. »Darf ich Ihnen Familie Eiffel vorstellen?« Er fasste Claire am Arm und schob sie dem gewichtigen Schriftsteller entgegen.

Der lächelte und ließ einen kräftigen Bass hören: »Potzblitz! Sie sind diese gescheiten Leute, die sich an solch ein

Meisterwerk wagen? Ich bewundere Sie!« Das klang ehrlich, seine Frau nickte bekräftigend und fügte hinzu: »Wenn es nicht zu unverschämt ist, würden wir sehr gerne um einen Platz bei der Eröffnung bitten. Wir sind doch so gespannt, wie die Aussicht von dort oben ist.«

Nun war es ihr Mann, der zu ihren Worten nickte. »Vom größten Gebäude der Welt hinunterschauen, das möchte ich mir auf keinen Fall entgehen lassen!«

»Wir danken Ihnen sehr für Ihre freundlichen Worte«, sagte Adi. Und Claire ergänzte: »Selbstverständlich werden wir Ihnen eine Einladung zur Eröffnung zukommen lassen.«

»Dann lernen wir doch bestimmt auch Ihren Herrn Vater kennen, nicht wahr, der im Dienste unserer schönen Republik nun gerade in Panama weilt, wie ich gelesen habe?« Verne wartete keine Antwort ab, sondern sagte gleich: »Ich freue mich sehr, Ihre Bekanntschaft gemacht zu haben.«

»Und hier haben wir Charles Garnier«, sagte Poubelle, den Dichter weiterziehend. »Sie kennen sein Opernhaus ja nur zu gut.«

»Selbstverständlich war ich dort oft und lauschte der hervorragenden Musik mit meiner Gattin. Nur zu schade, dass Sie sich niemals eines meiner Stücke für eine Inszenierung vornehmen, Sie und ihre werten Opernregisseure. Sehr schade!«

»Also, das ist so, dass …«, hörten sie Garnier mit schwacher Stimme kontern, während sie schon die Gelegenheit nutzten, sich davonzumachen und weiter durch die Halle zu flanieren.

»Wie nett Monsieur Verne doch ist!«, sagte Claire leise zu Adi. »Und weißt du was, jetzt, heute Abend hier in diesem Ambiente und der leeren Halle, wird mir dieses Großereignis der Weltausstellung auch erst richtig bewusst: Wir bekommen die modernsten Entwicklungen der ganzen Welt zu sehen!«

Adi lachte. »Ach Schatz, manchmal bist du wirklich putzig.« Er deutete auf einen jungen Mann, der zwei große Speichenräder an seinem Anzug befestigt hatte und mit einer kleinen Hupe auf sich aufmerksam machte. »Ein Fahrrad. Ich bin gespannt, ob wir noch einem Telefonapparat begegnen.«

Claire lauschte der Hupe nach, die der junge Mann betätigte, um sich schneller durch die Menge schieben zu können. »Sollte heute nicht auch dieses schwäbische Erfinderduo hier auftreten, diese Messieurs Daimler und Maybach? Sie wollen bei der Weltausstellung doch diese pferdelose Kutsche vorstellen, habe ich in der Einladung gelesen.«

»Wie soll das gehen?« Adi schüttelte den Kopf. »Und vor allem: Wer braucht das? Wenn man schneller fahren will, muss man eben mehr Pferde vorspannen.«

Claire zuckte mit den Schultern und trank ihren Champagner aus. »Ich weiß nur, dass ich jetzt etwas zu essen gebrauchen könnte. Wollen wir zum Büfett?«

»Wenn es denn sein muss.« Adi zog eine Grimasse. »Diese Happen im Stehen, das ist wirklich eine neue Mode, an die ich mich erst gewöhnen muss.«

»Ich finde es sehr praktisch. Außerdem: Wie wollte man denn hier in dem zugigen Saal ein warmes Mahl servieren? Für Tausende Gäste – und noch dazu ohne Küche.«

»Du hast recht. Es ist nur vernünftig. Mal sehen, was sie alles Feines auftischen.«

Sie wechselten in ein durch weiße Leinentücher nur notdürftig abgegrenztes Areal der riesigen Halle, wo sich das bestimmt dreißig Meter lange Büfett mit seinen üppig beladenen Schalen und Platten und den dazwischen aufgestellten Orangenbäumchen an der nackten Backsteinwand der Halle entlangzog.

Gerade waren sie dabei, ihre Wahl zu treffen, als sie angesprochen wurden: »Familie Eiffel, guten Abend!«, sagte Theo van Gogh, der neben ihnen aufgetaucht war, bereits einen Teller in der Hand haltend, auf dem sich die Häppchen nur so stapelten. Sein Blick wanderte immer wieder von ihren Gesichtern zu dem Teller, es schien ihm bereits das Wasser im Mund zusammenzulaufen. »Ich möchte mich noch einmal in aller Form entschuldigen für die Entgleisung unseres jungen Malerfreundes Toulouse-Lautrec. Meistens malt er wirklich, wie ihm aufgetragen. Aber ab und zu kann er sich einfach nicht dazu bringen.«

Claire musste lachen. »Ach, wissen Sie: Nun haben wir zwar kein Bild für unseren Salon. Aber dafür haben wir seine nette Bekanntschaft gemacht.«

»Wie gut, dass Sie so gefasst sind.« Van Gogh atmete sichtlich auf. Und schielte wieder auf seinen Teller. Claire meinte fast, seinen Magen knurren zu hören. »Wissen Sie, mein Bruder und ein Freund von ihm sind nun in die Provence gegangen, um dort das besondere Licht und die Natur zu malen«, fuhr er trotz allem tapfer fort. »Wenn er wieder hier ist, kann ich Ihnen gern die entstandenen Werke präsentieren. Vielleicht ist da etwas für Sie dabei.«

Oh, bitte nicht!, dachte Claire. »Ich danke Ihnen sehr, Monsieur, das ist sehr freundlich. Gedenken Ihr Bruder und seine Freunde denn auch auf der Weltausstellung im Salon des Beaux Arts auszustellen?«, fragte sie und beglückwünschte sich im Stillen für dieses geschickte Ablenkungsmanöver. »Dort sind doch alle zeitgenössischen Maler vertreten, wenn ich das richtig verstanden habe. Ich freue mich schon sehr darauf, mir das anzuschauen.«

Theo verschluckte sich an dem Kanapee, das er sich während ihrer Rede schnell in den Mund geschoben hatte, und musste husten, bevor er antworten konnte: »Sie sind mir vielleicht lustig! Vincent, Toulouse-Lautrec und auch ihr Kollege Gauguin, ein wirklich talentierter Künstler, der viel in der Südsee unterwegs war und ganz innovative Motive von dort mitgebracht hat …« Er unterbrach sich, wahrscheinlich, weil er sich daran erinnerte, dass die Eiffels in der Malerei auch nicht für innovative Motive zu haben waren. »Jedenfalls sind mein Bruder und seine Freunde leider nicht angenommen worden für die Beaux Arts.«

»Wie bedauerlich«, sagte Claire.

Theo zuckte mit den Schultern und biss in ein mit Sardellenpaste gefülltes Ei, dessen Anblick Claire nun ebenfalls das Wasser im Mund zusammenlaufen ließ.

»Malen ist genauso hart wie Eisentürme bauen, nehme ich an.«

Er lachte. »Kunst ist nun einmal größtenteils dem Zeitgeschmack unterworfen, so gut sie handwerklich auch sein mag.« Damit nickte er ihnen zu und entschuldigte sich, um seine reiche Beute in einer stillen Ecke zu vertilgen.

Claire nahm einen Teller und belud ihn nun ihrerseits mit Köstlichkeiten. Kunst ist dem Zeitgeschmack unterworfen, hatte van Gogh gesagt. Allerdings! Und sie waren mit ihrem Turm wohl einfach zu früh dran. Würden spätere Generationen ihn auf Anhieb lieben? Wenn er dann überhaupt noch stand und nicht nach zwanzig Jahren abgerissen wurde, so wie im Vertrag vorgesehen.

»Was sind das alles nur für eigenartige Dinge hier auf dem Büfett«, vernahm sie plötzlich eine bekannte weibliche Stimme mit leichtem amerikanischem Akzent. »Können Sie mir da weiterhelfen, Madame Salles?«, wandte sich Miss Otis direkt an Claire, in der sich alles sträubte, sobald sie das aufdringliche Parfum der jungen Dame wahrnahm und sah, dass ihr Kleid eine viel zu grelle Farbe hatte. Sie sah auch beinahe aus wie ein elektrisches Licht, zum Donnerwetter!

»Probieren Sie die Trüffelpastete, meine Liebe«, flötete sie dennoch und häufte der jungen Dame die streng riechende Pâté auf den Teller, dazu ein großes Stück vom rotschmierigen Vieux-Boulogne. Viel Freude, dachte sie und lächelte die Amerikanerin an.

»Vielen Dank, Sie ahnen, was ich liebe: kräftige Speisen und kräftige Allianzen.« Sogleich verzehrte Miss Otis mit offensichtlichem Genuss ein Stück von dem Stinkekäse, dessen Geruch von Buttersäure und Fußschweiß wirklich unerträglich war. Schon beim Zuschauen wurde Claire übel. »Wissen Sie, bei uns in Amerika gibt es vieles, ja fast alles. Aber eines gibt es nicht: Das sind die besonders gereiften, ausgefeilten und interessanten Sorten.«

Meinte sie damit jetzt Käse? Oder etwas ganz anderes?, fragte sich Claire.

»Diese Sorten lohnt es sich hier in Europa zu entdecken.« Sie lächelte Claire an und richtete ihren Blick dann ganz langsam auf Adi. »Und dann, selbst wenn sie unter Aufsicht und besonderem Schutz stehen, lohnt es sich, diese hier loszueisen und nach Amerika zu importieren. Diese besonderen … Spezialitäten.«

Claire war sich immer noch nicht sicher, worüber sie sprach. War es möglich, dass sie …

»Monsieur Salles«, unterbrach Miss Otis sogleich wieder ihre Gedanken, »oder besser Adi, wir waren doch schon beim Du, nicht wahr? Hast du das deiner Frau gegenüber gar nicht erwähnt? So eng wie wir nun schon seit geraumer Zeit zusammenarbeiten.« Sie lächelte Adi von unten keck an, der offenbar trotz des Schimmelkäses nur ihr betörendes Parfum wahrnahm, so wie er schmachtete.

»Ich vergaß wohl, es zu erwähnen, Elisabeth«, sagte er, ohne den Blick von ihr abzuwenden.

Elisabeth, Elisabeth, Elisabeth, echote seine Stimme in Claires Kopf. Sie duzten sich, sie wirkten so vertraut! Warum zum Donnerwetter war sie die ganzen letzten Wochen im Büro geblieben und hatte Adi vertrauensvoll alleine zu den Otis' geschickt, um die Fahrstuhlangelegenheit zu regeln? Sie klärten diese Angelegenheit zu ihrer aller Zufriedenheit und zum Wohl des Turms, das schien gesichert. Aber sie sollten, verdammt noch mal, nichts anderes zusammen regeln!

»Da fällt mir ein, lieber Adi, dass wir heute bei der Besprechung nicht recht zu einem Beschluss gekommen sind.« Elisabeth entfernte sich mit ihrem Teller ein wenig in Richtung Hallenmitte. Adi folgte ihr wie aufgezogen. »Lass uns das doch kurz abschließen, damit wir morgen gleich weitermachen können mit dem nächsten Problem und es vorangeht, was meinst du?«, sagte Elisabeth.

Adi nickte eifrig und war schon in ein Gespräch verwickelt.

Claire spürte, wie ihr heiß und ein wenig schwummerig wurde. Sie musste sich setzen und wählte den erstbesten Sitzplatz auf einem der runden Fauteuils, die in der Halle verteilt standen. Ihr Atem ging schnell. Dieses dämliche Korsett schnürte ihr zusätzlich die Luft ab. Sie versuchte sich zu beruhigen. Aber die Kampfansage von Elisabeth Otis war ja wohl mehr als deutlich gewesen! Sie hatte es auf ihren Mann abgesehen! Auf ihren Adi! Oder hatte sie das ganz falsch verstanden?

Ein Mann ließ sich neben sie auf den Fauteuil plumpsen. Ziemlich nah. »Mademoiselle Eiffel, was machen Sie denn für ein Gesicht?«, sagte Bennett lachend und stieß sie mit dem Ellenbogen leicht an. »Lächeln Sie, um Himmels willen. Dies ist eine Pressekonferenz, hier lungern überall Fotografen herum. Soll man Sie etwa mit einer Miene wie sieben Tage Regenwetter in der Zeitung ablichten?«

Am liebsten hätte sie sich an Bennetts Hals gehängt und so richtig ausgeweint, aber das ging natürlich nicht. »Bringen Sie mich nach draußen!«, flüsterte sie stattdessen. »Schnell!«

Erschrocken nahm Bennett ihr den gefüllten Teller aus der Hand, half ihr hoch und zog sie durch eine kleine Eisentür neben dem Büfett auf die behelfsmäßig angelegte Terrasse, neben der sich noch ein Berg mit Bausand auftürmte. Zum Glück war niemand hier. Claire klammerte sich an Mister Bennetts Arm und atmete tief durch.

»Du meine Güte.« Er stützte ihr den Rücken. »Sie zittern ja am ganzen Leib. Schöpfen Sie erst mal Luft, und dann erklären Sie mir, was los ist.«

Aber bevor sie in der Lage war, wieder zu sprechen, betrat Stadtpräfekt Poubelle lachend und scherzend und immer noch in Begleitung des Ehrengastes Jules Verne die Terrasse; Vernes Frau schien sich drinnen weiter zu amüsieren. Schnell ließ Bennett Claires Rücken los, und sie zog ihren Arm zurück.

»Ach, meine liebe Frau Eiffel«, sagte Poubelle, der sie im dämmrigen Abendlicht verspätet erkannte, »wie ich sehe, geben Sie Mister Bennett gerade ein Interview. Mister Bennett ist aber auch immer im Dienst, was?«

Der Amerikaner lachte. »In der Tat, werter Herr Präfekt. Da fällt mir eine Frage ein, die mir schon seit geraumer Zeit auf dem Herzen brennt: Was tut die Stadt Paris eigentlich, um die Weltausstellung international zu bewerben?«

Poubelle nickte. »Gut, dass Sie das ansprechen und mir auf die Füße treten. Wir haben noch nicht begonnen, auf unser Ereignis hinzuweisen. Abgesehen davon ist es aber natürlich allgemein bekannt, dass man auf der Weltausstellung stets die neuesten Erfindungen und den aktuellsten technischen Stand der Menschheit präsentiert bekommt.«

»Vielleicht sollte ich einmal einen meiner Romane auf einer Weltausstellung spielen lassen. In Verbindung mit einer Reise durch die Zeit? Wie wäre das? Das stelle ich mir durchaus interessant vor«, sagte Jules Verne, und sein Gesicht verriet, dass er bereits nachdachte, wie die Geschichte beginnen könnte.

Bennett war sofort gedanklich dabei. »Sehr gerne könnten wir das als Fortsetzungsgeschichte in meiner Zeitung abdrucken, Monsieur. Es wäre mir ein Vergnügen und eine Ehre!«

Verne lachte. »Das ist reizend, Mister Bennett. Ich werde darüber nachdenken.«

Claire hatte sich nun einigermaßen wieder gesammelt und atmete tief durch. Sie zwang sich, die trüben Gedanken und Sorgen vorerst hinter sich zu lassen und die Gesellschaft des Schriftstellers zu nutzen. Denn ihr war seit dem kurzen Treffen vorhin etwas in den Sinn gekommen, was ihm vielleicht

Freude bereiten konnte. »Monsieur Verne, Sie wissen doch sicher, dass wir auf unserem Turm auch verschiedene Restaurants einrichten werden.«

»In der Tat, Madame. Ich las es in Bennetts Zeitung.« Er zwinkerte ebenjenem zu.

»Monsieur Verne, würden Sie uns das Vergnügen bereiten, uns zu erlauben, das Restaurant auf der zweiten Etage des Eiffelturms nach Ihnen zu benennen?«

Der alte Schriftsteller stutzte. »*Jules Verne* soll es heißen? Ein Restaurant?«

Claire nickte. »Das Restaurant auf dem Eiffelturm in schwindelerregender Höhe von 115,88 Metern. Könnte Ihnen das gefallen?«

Verne lachte. »Und wie! Natürlich bin ich einverstanden, was für ein schöner Einfall! Vielen Dank! Und selbstverständlich werde ich dort sehr gerne speisen kommen.«

Bennett klatschte in die Hände. »Und schon wieder habe ich eine Geschichte für mein Blatt! Es lohnt sich doch immer, sich aus dem Haus zu wagen und Gesellschaften zu besuchen.«

»Sehr schön, sehr schön!«, sagte Poubelle und schob Jules Verne vorwärts. »Ich bin noch nicht fertig mit meinem Rundgang mit Ihnen, mein lieber Freund. Kommen Sie!« Damit verschwanden die beiden Herren in die Halle und ließen Dunkelheit und Stille auf der Terrasse zurück.

Bennett trat nah an Claire heran und hob ihr Kinn hoch, um ihr in die Augen sehen zu können. »Ich entdecke aber keine tiefe und überbordende Freude über den Erfolg, den Sie soeben eingefahren haben: Ihr Restaurant darf *Jules Verne* heißen.«

Claire nickte langsam, aber es war ihr doch eigentlich ganz

egal, wie das dumme Restaurant heißen sollte. Adi hieß Adi für Elisabeth Otis. Elisabeth Otis war eine Giftschlange und hatte begonnen, ihren Adi einzuwickeln! Sie begann zu zittern. Bennett nahm sie in den Arm. Sie fühlte sich zu kraftlos, um sich zu entziehen, und ließ es geschehen. »Schsch, schsch, Claire, beruhigen Sie sich doch. Sie müssen immer wissen: Sie sind eine ganz wunderbare, mutige Frau, der die Welt zu Füßen liegt. Ich würde alles für Sie tun, wenn ich dürfte.«

»Ach, Mister Bennett …« Sie machte nun doch den Versuch, sich aus seinen Armen zu befreien, auch weil sie spürte, wie Tränen ihr in die Augen traten und es ihr peinlich war, dass er sie so sah. Aber er hielt sie an den Schultern fest und blickte ihr tief in die Augen: »Meine liebe Claire, wenn Sie es wünschen, entführe ich Sie jederzeit aus dieser Stadt und aus dieser Verantwortung und von diesem alten Kontinent und … und nehme Sie mit nach Amerika.«

Er musste doch wohl scherzen? Allerdings sah sein Gesichtsausdruck gar nicht danach aus. Im Gegenteil, er blickte sie sehr ernst an. »Mister Bennett, ich …«

»Nennen Sie mich Gordon. Nennen Sie mich doch bitte Gordon!« Seine Stimme bebte. »Wir könnten dort ein unbeschwertes Leben führen.«

»Mister Bennett …«, versuchte sie etwas lauter zu kontern.

Aber er war ganz versunken in seine Vorstellung. »Für Sie gebe ich sogar meinen *Paris Herald* auf, wenn es sein muss.« Er nickte nachdrücklich.

Was? War er bei Sinnen? »Gordon, so hören Sie doch auf mit diesen …«

»Wir könnten auf meine Segeljacht ziehen«, unterbrach er sie unbeirrt, »und durch die Karibik schippern, nur wir beide.

Nun ja, und der Skipper natürlich. Und der Butler. Ohne Skipper und Butler wäre es wohl …«

Sie wischte sich über die Augen und lächelte matt. »Gordon, das Schöne an Ihnen ist, dass Sie stets verstehen, mich aufzumuntern und zum Schmunzeln zu bringen.«

Er lächelte geschmeichelt und beugte sich vor, nahe an ihr Gesicht, gefährlich nah.

Schnell wich sie zurück und befreite sich endgültig aus seinem Griff. »Das ist das Gute – und dass Sie ein so großer Träumer sind.«

Er ließ die Arme hängen. »Und was ist dann das Schlechte?«

»Das Schlechte ist, dass die Welt nicht mit Ihnen träumt, sondern sich immer, immer weiterdreht.«

»Und Sie träumen wohl auch nicht mit mir, Claire?«, fragte er leise.

Sie entfernte sich langsam rückwärts über die Terrasse von ihm, ohne den Blickkontakt abreißen zu lassen. Doch ganz leicht schüttelte sie den Kopf, bevor sie durch die kleine Tür in die Halle verschwand.

Kapitel 42

Sie hatte sich am Abend des Empfangs schnell zurückgezogen, nachdem sie nach Hause zurückgekehrt waren. Bennetts Geständnis klang ihr noch nach. Und der Schock über Miss Otis' Worte saß allzu tief, als dass Claire sofort in der Lage gewesen wäre, Adi damit zu konfrontieren.

Aber jetzt, am nächsten Morgen nach dem Frühstück, als Manon und Robert sich auf den Weg gemacht hatten, um eine Besorgungstour durch die Stadt zu unternehmen, und auch Valentine sich erstmals hatte überreden lassen, aus dem Haus zu gehen und sich im Schönheitssalon verwöhnen und wiederherstellen zu lassen – erst da bot sich die Gelegenheit, über das Geschehene zu reden.

Jedenfalls war das Claires Plan, und sie klapperte beim Zusammenstellen des Geschirrs ausgiebig mit den Tassen und Tellern, damit Adi die Zeitung fortlegen würde, um ihr zuzuhören.

»Adi, es gibt etwas, was ich gerne mit dir besprechen möchte«, fing sie vorsichtig an.

Er legte tatsächlich *Le Figaro* beiseite, schaute kurz auf seine Taschenuhr und nickte dann. »Nur zu.«

Er schien sich keines Problems bewusst zu sein, oder zumindest schien er keine Ahnung zu haben, was sie so sehr bewegte.

Ihr schlug das Herz bis zum Hals, aber schließlich wagte sie es, das Gespräch zu beginnen. »Adi, ich möchte auf gestern Abend eingehen und auf …«

Plötzlich kam Nanette in den Salon gerannt, ohne anzuklopfen, ohne Pardon. Sie hatte hektische rote Flecken im Gesicht und wartete nicht ab, bis Claire geendet hatte. »Madame! Madame!«, rief sie, und ihre Stimme überschlug sich fast. »Es ist ein junger Herr gekommen!«

»Welcher junge Herr, Nanette? Ist er beruflichen Interesses oder privaten Interesses wegen hier?«

»Privat!«, rief Nanette. »Privat!«

Adi schüttelte den Kopf, so viel Unbeherrschtheit war für ihn schwer nachzuvollziehen, wusste Claire. Beruhigend fragte sie deshalb nach: »Wer ist es denn?«

»Conte Piccioni!« Nanette schnaufte und zitterte, nun durchzuckte auch Claire der Schreck. Und dann die Wut. Er wagte es, hier aufzutauchen? Er hatte die Nerven, hier zu erscheinen? Na, warte!, dachte sie und war schon fast auf dem Weg zur Tür, um ihm gleich einmal gehörig die Meinung zu sagen, als Adi sie am Ärmel festhielt und den Kopf schüttelte.

»Lass ihn kommen.« Er stellte sich mitten in den Raum und wirkte, als hätte er ein Schwert gezogen, wenn er denn eines besessen hätte.

Claire atmete tief durch und nickte Nanette zu, die daraufhin den Salon verließ, um den Conte hereinzubitten.

»Ich werde ihn in der Luft zerfetzen, diesen, diesen …«, zischte Claire leise.

»Beruhige dich«, flüsterte Adi. »Zum Glück ist Valentine im Schönheitssalon. Wie gut, dass du sie dazu überreden konntest. Stell dir nur vor, sie wäre jetzt hier! Sie würde doch glatt wieder zusammenbrech…« Er sprach nicht weiter, denn in diesem Moment betrat der junge Conte den Salon. Er hatte seinen Hut in den Händen wie ein Schuljunge und trat mit hängenden Schultern, den Kopf geneigt, an sie heran. Als er aufblickte, sah Claire Tränen in seinen Augen schimmern, sein Gesicht war verquollen und gerötet.

»Verehrte Madame Salles, Monsieur Salles, Sie können sich nicht vorstellen, wie ich mich in den letzten Tagen auf dem Familiensitz in Italien gefühlt habe! Unentwegt musste ich an Valentine denken. Nichts anderes kam mir in den Sinn als ihr Lächeln, ihr Charme, ihre Worte, ihr Witz, ihr …«

»Conte Piccioni, ich muss doch sehr bitten!«, herrschte Adi ihn an. »Das Lächeln meiner Schwägerin geht Sie gar nichts mehr an!«

Gut, dass Adi offenbar noch den Überblick hatte, weil Claire selbst nämlich gar nichts mehr begriff, sondern in Gedanken noch völlig verwirrt den Worten des Conte nachlauschte. Hatte sie das richtig verstanden? Er vermisste Valentine so sehr, dass er in Tränen aufgelöst nach Paris gereist war? Von Italien aus?

Der Conte ließ sich nicht beirren, sondern fuhr fort: »Meine Eltern hatten mich überredet, diesen Brief zu schreiben und mich von ihr loszusagen. Sie sind sehr traditionell eingestellt, wissen Sie? Aber mir ist nun völlig klar geworden, dass ich ohne Valentine nicht leben kann, nicht leben *will*!« Er weinte. Er weinte doch tatsächlich! Mitten im Salon. Vor ihnen.

Um Himmels willen! Um Himmels willen! Claire klammerte sich an Adis Arm. Das wurde doch jetzt nicht das, was sie dachte?

»Deshalb möchte ich hier und heute um Valentines Hand bitten!« Er sah Adi fest in die Augen. »Mir ist bewusst, dass ihr

Vater auf einem anderen Kontinent weilt. Deshalb bitte ich Sie beide in Vertretung – die Schwester meiner Angebeteten und ihren Gatten – um die Erlaubnis, Valentine einen Antrag machen zu dürfen und sie zu ehelichen!« Die Tränen sprangen ihm noch immer aus den Augen, gleichzeitig strahlte er über das ganze Gesicht. »Ja! Ja!« Er lachte. »Ich will sie heiraten!« Er wischte sich über die Augen und schaute sich um. »Wo ist sie? Ich will sie sehen!«

Adi löste sich aus Claires Umklammerung und trat einen Schritt auf den Conte zu, sodass er sehr, sehr dicht vor ihm stand. Da er ihn um gut einen Kopf überragte, wirkte das mit Sicherheit ein wenig bedrohlich auf den Conte. Dennoch blieb er stehen und schaute Adi direkt in die Augen, als dieser sprach: »Mein junger Conte aus Italien. Sie wollen sehr viel! Sie wollen und wollen und wollen. Haben Sie sich einmal gefragt, ob Valentine überhaupt noch will?«

»Wo ist sie? Ich will vor ihr auf den Boden fallen und sie bitten, mich zu nehmen! Wo ist sie?« Er machte Anstalten, zur Tür und die Treppe hinaufzulaufen, um sie zu suchen.

»Sie ist nicht im Haus!«, rief Adi und brachte ihn damit zum Stehen. »Sie ist nicht zu Hause.« Claire erwachte langsam aus ihrer Erstarrung und war erstmals in der Lage, etwas hervorzubringen. »Sie ist nicht zu Hause.« Sie trat einen Schritt auf den Conte zu. »Und das ist auch gut so. Denn mit Ihrem ungestümen Auftreten hier hätten sie sie vollends verwirrt. Es ist eine absolute Gemeinheit, was Sie hier veranstalten: Sie verstoßen sie per Post. Und dann wagen Sie sich in ihr Heim, in ihren Rückzugsort, um sie mit Ihren unausgegorenen Wünschen ins Verderben zu stürzen! Sie sind wirklich noch unanständiger, als ich angenommen hatte.«

»Aber – aber ich möchte sie doch heiraten!« Der junge Conte schaute sie völlig entgeistert an, als ob er nicht verstünde, was sie da gesagt hatte. »Geben Sie mir im Namen Ihres Vaters Ihr Einverständnis als Familie?«

Er ließ sich gar nicht beirren, wie es schien. Claire konnte ihn nicht lesen, nicht verstehen. Meinte er es wirklich ernst? Oder war dies nur eine kurzfristige Gefühlsreaktion, die in wenigen Wochen, vielleicht schon Tagen, Geschichte wäre?

»Conte, ich muss Sie bitten, unser Haus zu verlassen!«, sagte Adi da auch schon, bevor sie zu einem Schluss gekommen war. Natürlich. Es war das Beste, wenn er ginge und niemals wiederkäme. Er musste gehen. Er hatte Valentine schon genug verletzt. Wenn sie seinem Ersuchen stattgeben würden, dann würde er sie ins Verderben stürzen, gar kein Zweifel!

Der Conte blickte fragend von Adi zu ihr. Als sie langsam nickte, verbeugte er sich, zog sich zurück, setzte seinen Hut auf und verließ wortlos das Haus. Nanette schloss die Tür hinter ihm.

»Kein Wort zu Valentine, wenn sie kommt!«, sagte Adi und sah Nanette streng an, die nickte.

Kein Wort, dachte Claire und musste sich auf den Schreck erst mal in einen der Ohrensessel setzen.

Kein Wort zu Valentine.

War das richtig? Ojemine! War das richtig, es der Schwester nicht zu sagen und so über ihren Kopf hinweg ihre Zukunft festzulegen? Adi bejahte es prompt, als sie ihn fragte. Doch sie war sich nicht sicher.

Noch bevor Valentine aus dem Schönheitssalon zurückkehrte, zog sich Claire in ihre Räume zurück und bat, nicht mehr gestört zu werden. Sie musste nachdenken.

Nicht nur über Valentine und den Conte.

Sondern zuallererst über Adi, sich selbst – und die nach der offenen Kampfansage beim Weltausstellungsempfang zu erwartenden Angriffe der unsäglichen Miss O.

Oh, Maman, liebste Maman! Nun ist wirklich ein großes Tohuwabohu entstanden, und mein Kopf schwirrt. Wärst du nur hier und könntest mir helfen. Oh, Maman.

Teil 3

Aus der Zeitung *Le Temps*, 15. September 1888:

Streik an der Eiffelturm-Baustelle
Droht der Turm unvollendet zu bleiben?

Kurz nach Fertigstellung der zweiten Plattform ist es auf der Großbaustelle zu Differenzen gekommen. Die Arbeiter haben zu Protesten aufgerufen. Sie verlangen höheren Lohn und weitere Sicherheitsmaßnahmen.

Die Montage der Stahlträger in den schwindelnden Höhen, die nun folgen, sei deutlich gefährlicher und erfordere weit mehr Konzentration und Fähigkeiten als die Arbeiten an den unteren Verstrebungen des Turms.

Außerdem sei man dem Wetter noch erbarmungsloser und unmittelbarer ausgesetzt, besonders, da der Herbst und der Winter nun kurz bevorstünden.

Sollte die Firma Eiffel nicht unverzüglich in Verhandlungen eintreten und die Löhne deutlich erhöhen, die Arbeitskleidung verbessern sowie eine Sondergefahrenzulage zahlen, dann werde man die Arbeit langfristig niederlegen, so ein Arbeitersprecher.

Von der Firma Eiffel kam bisher noch keine Stellungnahme. Wie gestern bekannt wurde, kehrt Firmeneigner Gustave Eiffel erst dieser Tage aus Mittelamerika zurück, wo er in den vergangenen Monaten mit dem Architekten Ferdinand de Lesseps an einer Neukonzeption des Panamakanals gearbeitet hat.

Kapitel 43

Büro der Firma Eiffel, 17. September 1888

»Sie streiken!« Adis Gesicht war rot angelaufen, als er in Gustaves Büro platzte. »Sie haben wirklich die Arbeit niedergelegt.«

»Alle?«, fragte Gustave erstaunlich ruhig. Er war gestern aus Calais eingetroffen und saß nun erstmals wieder in seinem Chefsessel im Büro, noch ein wenig erschöpft von der langen Reise. Claire hatte ihm gerade die wichtigste Post gebracht und informierte ihn nun über die Geschehnisse während seiner Abwesenheit. Seine Berichte über die Erlebnisse in Panama fielen denkbar knapp aus. In seinen Augen aber hatte Claire große Besorgnis gelesen. Da schien ihn dieser Streik nun gar nicht so sehr zu beunruhigen wie das, was er vielleicht dort an Verheerungen und Problemen gesehen hatte.

Adi schüttelte den Kopf. »Nur die Franzosen.«

»Die Italiener nicht?« Claire sah ihn gespannt an. »Niemand von ihnen?«

»Nein. Soweit es keine gemischten Mannschaften sind und der Ablauf gewährleistet werden kann, sind die Italiener weiter am Montieren«, sagte Adi.

Der gute Giovanni. Und die gute Francesca!, dachte Claire. Auf sie war doch Verlass.

Gustave schwieg. Dann fragte er: »Wie begründen die Franzosen den plötzlichen Ausstand?« Er runzelte die Stirn. »Ich meine, bisher war doch alles in Ordnung, so war zumindest mein letzter Stand vor der Abreise.«

Adi wiegte den Kopf. »Nun, sie begründen den Streik damit, dass wir demnächst die Zweihundert-Meter-Höhenmarke überschreiten.«

»Sie wollen eine Höhenzulage?« Gustave schnaubte. »Aber das ist doch lächerlich. Wir haben die besten Standards. Und ob man nun aus vierzig Metern abstürzt oder aus zweihundert, das Ergebnis ist doch dasselbe.«

»Vater!« Claire ging um den Schreibtisch herum und legte ihm die Hand auf die Schulter. »Werde bitte nicht zynisch. Du hast natürlich recht, und das wissen die Arbeiter sicher auch. Aber sie wollen eine Anerkennung für ihre gefährliche und besondere Arbeit.«

»Du verstehst sie also.« Adi schüttelte den Kopf.

Claire überlegte. »In gewisser Weise verstehe ich sie. Natürlich. Es ist beängstigend, dort oben zu arbeiten und unter sich nichts als zweihundert Meter Luft zu wissen – und Stahlträger, auf die man aufschlagen würde, sollte man fallen.«

»Ein guter Monteur arbeitet in jeder Höhe immer gleich«, grummelte Gustave.

Claire seufzte. »Da hast du wahrscheinlich recht. Aber ich denke, es wäre klug, wenn wir den Arbeitern ein wenig entgegenkämen. Immerhin sind sie inzwischen alle emotional verbunden mit dem Turm, denn wer kann schon sagen, er arbeite am höchsten Arbeitsplatz der Welt.«

»Pah!«, machte Gustave. »Offenbar ist die Verbundenheit aber nicht allzu groß, wenn sie uns nun kurz vor der Spitze in den Rücken fallen.«

Adi war gedanklich bei den Arbeitsverträgen. »Die Konditionen waren doch von vornherein klar. Und sie haben alle zugestimmt und unterschrieben.«

»Gefühlslagen ändern sich«, sagte Claire.

»Hier geht es aber nicht um Gefühle! Sondern darum, dass wir den Turm pünktlich und akkurat fertigkriegen!« Gustave haute mit der Faust auf den Tisch. »Und ich lasse mir nicht von diesen Monteuren auf der Nase herumtanzen.«

Claire schloss schnell die Tür, die seit Adis Eintreten offen gestanden hatte. »Bitte, Vater, beruhige dich und vertraue mir. Wir müssen in diesem Fall ein wenig Entgegenkommen zeigen. Und wenn wir das tun, dürfen wir die Nichtstreikenden natürlich nicht außen vor lassen.«

»Du willst allen mehr Geld zahlen?« Gustave sah sie an, als habe sie den Verstand verloren.

Claire wiegte den Kopf. »Ich denke, es wäre gerecht und richtig, nicht nur den Streikenden mehr zu zahlen, sondern allen eine einmalige Gratifikation zu versprechen, die bei Fertigstellung des Turms ausgezahlt wird.«

Adi und Gustave schauten sie erstaunt an. »Das ist eine ziemlich gute Idee«, sagte Adi. »Damit würden wir einen Anreiz schaffen, dass sie bis zum Schluss dabeibleiben.«

»Und das mit mehr Freude und Einsatz. Auch die Italiener«, sagte Claire, in Gedanken einmal mehr bei Francesca und Giovanni.

Alle schwiegen, bis Gustave sagte: »Und wer sich darauf nicht einlässt, der muss jetzt gehen.«

»Hätten wir denn für die, die gehen, so schnell Ersatz parat?«, fragte Adi, und Claire lief hinaus zu ihrem Schreibtisch und nahm eine Akte hervor, die sie in Gustaves Büro brachte. »Wir haben noch einige Namen von Arbeitern, die wir anfangs nicht mehr einstellen konnten. Die könnte man noch einmal kontaktieren. Sollen wir es so machen?«

Die Männer nickten.

»So machen wir es. Die Höhe der Gratifikation werde ich gleich mal errechnen, soweit sie uns möglich ist, ohne dass wir danach den Betrieb einstellen müssen«, sagte Adi seufzend und zog sich zurück.

Auch Claire wandte sich zum Gehen. »Ich mache mich schon einmal daran, ein entsprechendes Dokument aufzusetzen, wo wir die Summe dann nur noch eintragen müssen.«

»Mein tüchtiges Kind.« Gustave schien gerührt. »Wie gut ihr das löst. Was wäre ich nur ohne Adi und vor allem ohne dich?«

»Ein grummeliger alter Unternehmer?«, sagte sie lächelnd und ging zu ihm zurück, um ihm einen Kuss auf die Wange zu drücken.

Gustave lachte. »Streich das ›grummelig‹. Aber ein alter Unternehmer, da hast du nicht unrecht.« Er sank ein Stück in sich zusammen. Die große Besorgnis, die Claire schon vorher in seinen Augen gelesen hatte, kehrte zurück. »Wenn das alles vorbei ist, der Turm, Panama, fahren wir dann nach Vevey und ruhen uns aus?«, fragte er leise.

Claire drückte seinen Arm. »Aber natürlich machen wir das, Vater. Einen ganzen Sommer lang.«

Gustave nickte müde, stemmte sich hoch und verließ sein Büro, um mit den Ingenieuren und Architekten die nächsten Schritte für die Wegstrecke bis zur dritten Etage zu besprechen.

Nach Arbeitsschluss schlich Claire sich davon, ohne Adi und Gustave zu verraten, dass sie noch einen Abstecher ins Arbeiterquartier machte. Sie hüllte sich in einen Schal, damit sie nicht gleich von allen Bewohnern erkannt wurde und ungehindert zu Francesca durchkam, die sie sofort empfangen würde, da war sie sich sicher. Und so war es auch. Als sie ihr den Plan erläutert und dafür gedankt hatte, dass die Italiener nicht streikten, lachte Francesca.

»Danke nicht mir. Ich habe damit gar nichts zu tun.« Sie zwinkerte. »Und nun geh lieber. Die Gemüter unter einigen Kollegen sind noch recht erhitzt. Es wird gut sein, wenn ich sie schon einmal ein wenig abkühlen kann, indem ich eine kleine Andeutung mache, dass Signore Eiffel morgen etwas Positives verkünden wird.«

Claire nickte und zog sich den Schal wieder über die Haare. »Grazie, Francesca.« Damit schlich sie wieder aus der Hütte und verschwand schnell zwischen den angrenzenden Wohnhäusern.

Kapitel 44

Francesca sollte recht behalten. Nachdem Gustave gemeinsam mit Adi die neuen Bedingungen verkündet hatte, war Schluss mit dem Streik. Die Arbeiter kehrten zurück auf den Turm, und die Montage ging schnell voran. Nur einige wenige kündigten, aber es fanden sich sofort Männer, die sie ersetzten.

Der Berg der vorgefertigten Einzelteile in der Produktionshalle in Levallois-Perret schrumpfte zusehends, während der Turm von Tag zu Tag um mehrere Meter wuchs.

Es war eine Freude, das mit anzusehen – und ein Wunder, wie Claire immer noch fand, so vertraut sie mit dem Bauwerk in der Theorie auch war. Es blieb ein gigantisches Vorhaben, und sie staunte und freute sich täglich, den Fortschritt zu sehen und sich mehr und mehr vorstellen zu können, wie es wäre, dort zu speisen, zu flanieren und die Stadt Hunderte Meter unter sich ausgebreitet zu sehen.

In einer anderen Angelegenheit ging es leider nicht sehr gut voran: Der Auftritt des Conte und sein Heiratswunsch, den sie weiterhin vor Valentine geheim hielt, bereiteten ihr arge Gewissensbisse. Sollte sie Valentine nicht doch davon berichten und damit den Weg zu einer Verbindung der beiden frei machen? Oder sollte sie es weiter verschweigen und damit Valentine vermutlich den größeren Gefallen tun – allerdings zu dem Preis, dass sie ein Leben lang ein schwerwiegendes Geheimnis vor ihrer kleinen Schwester hüten musste? Was war der richtige Weg?

Auch Gustave hatten sie es noch nicht berichtet. Zum einen war Vater sehr beschäftigt: Tausende Anfragen und Einladungen stürzten auf ihn ein. Die Baustelle war nicht zu vernachlässigen, und aus Panama kamen Nachfragen von de Lesseps. Gustave wäre mit dem Heiratsantrag eines in Claires Augen nicht geeigneten Kandidaten für Valentine sicher überfordert. Zumal er den Conte ja noch gar nicht persönlich getroffen hatte. Sollte sie es Vater also überhaupt berichten – oder lieber nicht?

Vorerst hatten sie Valentine zurück ins Internat geschickt. Schließlich sollte sie ihren Abschluss machen, das war wichtig. Aber sie bestand darauf, nun jedes Wochenende nach Hause zu kommen und sich verwöhnen zu lassen. Durch Valentines ständige Anwesenheit wurden Claires Gewissensbisse nicht gerade weniger, im Gegenteil. Ihre Zweifel, ob sie der Schwester nicht doch vom Besuch und Wunsch des Conte erzählen sollte, nagten an ihr.

Zu allem Überfluss erwischte Robert eine Herbstgrippe, sodass er mit Fieber im Bett lag. Seit zwei Tagen saß sie an seiner Seite, schmierte seine Brust mit duftenden Tinkturen ein, damit er besser atmen könne, kochte Fencheltee und reichte Hustensaft. Und las Märchen vor. Jetzt, da er so krank war, wollte Robert nichts von Manon wissen, sondern verlangte nach seiner Mama.

Adi hingegen war täglich auf der Baustelle und im Büro. Oder bei Miss O. im Hotel, wo die Firma Otis nun in einem Besprechungszimmer ihr vorübergehendes Büro eingerichtet hatte. Bei Miss O. im Hotel! Wie Claire vor dieser Vorstellung graute. Sie glaubte zu wissen, dass die beiden sich tatsächlich im Besprechungszimmer unter Kollegen aufhielten. Dennoch blieb die Möglichkeit für eindeutige Blicke, kleine Wortspielereien und kurze Pausen auf dem Balkon bei einer Tasse Kaffee. Oh, wie sie diese Arbeitstage hasste, an denen Adi ankündigte, zu den Otis' ins Hotel zu gehen!

Was hatte Miss O. bei diesem Empfang geäußert? Man sollte die guten Dinge der Alten Welt in die Neue exportieren. Und selbstverständlich hatte sie nicht den Käse gemeint, das war Claire nun sonnenklar.

Über der Aufregung nach Vaters Abwesenheit, der Verwirrung wegen Bennetts Geständnis, Valentines Liebeskummer und dem Streik sowie der vielen Arbeit war Claire noch nicht dazu gekommen, von Adi eine klare Stellungnahme zu Miss O. zu verlangen.

Demnächst musste sie aber eine Gelegenheit finden, in Ruhe mit ihm darüber zu sprechen. Nur sie beide, ganz alleine. Aber zuerst musste Robert gesund werden, das war klar. Und so zwang sie sich, vorerst ganz in die Geschichte von *Le petit chaperon rouge* im dunklen Wald auf dem Weg zur Großmutter einzutauchen, die sie Robert gerade vorlas.

Kapitel 45

»Adi, wir müssen reden, nur wir beide«, sagte Claire schärfer als beabsichtigt. Robert war wieder genesen, und ihr und Adi stand ein weiterer anstrengender Tag im Büro beziehungsweise auf der Baustelle bevor. Doch sie konnte nicht länger schweigen.

Adi schaute sie erstaunt an. »Natürlich. Gibt es etwas Besonderes?« Er schien im Geiste nachzurechnen, ob er vielleicht einen Geburtstag oder ein Jubiläum vergessen habe. »Ich reserviere uns gerne einen Tisch in der Brasserie Lipp heute Abend. Wäre dir das angenehm?«

»Treffen wir da nicht unweigerlich auf Dumas und seine Künstlerfreunde?« Claire mochte das Lipp sehr gerne und schätzte sowohl das Essen als auch die Atmosphäre. Aber das taten die Künstler eben auch.

»Und wenn schon, wir nehmen einen Tisch am Rand. Dort ist es sowieso so laut, dass niemand unser Gespräch verfolgen kann.«

»Du hast recht.« Außerdem gab es dort die beste Bouillabaisse von ganz Paris. Nirgendwo sonst fühlte man sich durch eine Fischsuppe direkt an die Côte d'Azur versetzt, mitten in die Sommerfrische.

Abgesehen von dem geplanten Gespräch – allein diese Fischsuppe würde ihnen guttun.

Als sie dann am Abend das Lokal betraten, fühlte es sich

beinahe wie ein Rendezvous an. Fast war Claire ein wenig verlegen, so fern war ihr die Erinnerung an diese unbeschwerte, hoffnungsvolle Zweisamkeit, die sie einst genossen hatten. Damals hatte es keine vollen Terminkalender gegeben, keine Bauabnahmen, keine Pressetermine, keine Herbstgrippe. Damals waren sie einfach zwei junge, verliebte Menschen gewesen, die ein Restaurant im Herzen der Hauptstadt besuchten, sich amüsierten und miteinander träumten.

Claire hoffte so sehr, dass ihnen das heute Abend wieder gelingen konnte. Trotz der großen Frage, die in ihr brannte.

Sie setzten sich an den reservierten Tisch neben dem großen Wandspiegel, und Adi nahm ihre Hand und küsste sie. »Meine schöne Frau. Auf einen wunderbaren Abend!« Er nahm den Champagner vom Kellner entgegen und reichte Claire ein Glas weiter. Sie stießen an, und als auch die Fischsuppe bestellt war, meinte Claire, dass nun ein guter Zeitpunkt gekommen sei, um die heikle Angelegenheit anzusprechen. Adi erzählte gerade eine Anekdote aus seinem Herrenclub, bei der ein englischer Gentleman sich einen Fauxpas erlaubt hatte. Claire lachte pflichtschuldig, aber in Gedanken war sie schon dabei, ihre Frage zu formulieren. Als Adi schließlich schwieg, nutzte Claire die Gelegenheit: »Adi, mir macht eine Sache Sorgen, die Miss O. bei dem Empfang geäußert hat.«

»Beim Weltausstellungsempfang? Sag mal, wie fandest du denn eigentlich Monsieur Verne? Ich sah, dass du dich am Ende noch einmal kurz mit ihm unterhalten hast.«

»Du lenkst ab, Adi. Außerdem habe ich dir schon berichtet, dass es um den Namen des Restaurants in der zweiten Etage ging.«

»Jaja, aber sonst, wie kam er dir vor? Als Mensch? Das

kannst du mir doch jetzt erzählen, wo wir hier endlich einmal gemütlich zusammensitzen.«

»Als Mensch? Wie soll ich das beurteilen? Unsere Konversation beschränkte sich auf ein paar nette Sätze.«

»Manch ein Romanliebhaber würde sich ein Bein ausreißen, um nur einmal ein paar Sätze mit Monsieur Verne zu wechseln.«

Sie schaute ihn nur schweigend an. Tat er das mit Absicht? Versuchte er sie hier tatsächlich von ihrer Ursprungsfrage fortzubekommen? Warum?

»Adi, bitte antworte mir auf folgende Frage, ohne Ausflüchte: Was meinte Miss O. mit ihrer Äußerung, sie wolle gute Dinge nach Amerika mitnehmen?« Sie sah ihn eindringlich an.

Adi wich ihrem Blick aus, nippte an seinem Champagner. Und noch einmal. Und noch einmal.

»Was meinte Miss O. damit?«, bekräftigte Claire ihre Frage. Warum antwortete er denn nicht, um Himmels willen? Wenn es einfach zu beantworten wäre, hätte er es wohl schon getan.

»Warum nennst du sie eigentlich durchgängig Miss O.? Das klingt ein wenig feindlich, finde ich. Sie heißt Elisabeth, wie du weißt«, sagte er langsam.

»Was meinte *Elisabeth* also mit ihrer Äußerung?« Claire ließ nicht locker und merkte, wie ihr das Blut ins Gesicht schoss. Sie lief rot an, das wusste sie. Und ihr war auf einmal warm, entsetzlich warm. Sie musste ihr Jäckchen ausziehen und legte es auf die Rücklehne der Sitzbank. »War das nur leeres Geschwätz?«

Adi lehnte sich zurück und schwieg lange. Dann sagte er: »Ich wollte es dir eigentlich erst ganz am Ende unseres

Turmprojekts mitteilen. Wenn wir gefeiert hätten und du stolz und glücklich wärst.«

O nein! O nein! Oh, bitte, nein!

Er beugte sich vor. »Aber da du es offenbar gleich wissen willst: Die Firma Otis hat mir einen sehr guten Auftrag erteilt.«

Claires Herz hämmerte, das Blut peitschte durch ihre Adern, als sie zuhörte, wie ihre schlimmsten Befürchtungen wahr wurden.

»Sie bieten mir ein sensationelles Gehalt.«

»Wofür?«, brachte sie hervor.

»Ich soll als Berater in Belangen der Stahlverarbeitung für zwei ihrer Projekte tätig sein. Sofort im Anschluss, wenn der Turm und die Weltausstellung eröffnet sind, gleich wenige Tage später geht es los.«

Sie wagte es kaum zu fragen, aber sie musste es schließlich hören, nicht wahr? »Wo?«, flüsterte sie.

»In Philadelphia und in Washington«, sagte er fest und nickte. »Und, ehe du versuchst, es mir auszureden: Diese Projekte würden mich fachlich und finanziell auf ein ganz neues Niveau heben. Ich würde sehr wachsen an diesen Projekten.«

Er würde wachsen an diesen Projekten, soso. Aber er würde ihnen hier drüben im alten Paris *ent*wachsen. Sie atmete tief durch, bevor sie wagte zu fragen: »Denkst du ernsthaft darüber nach, dieses Angebot anzunehmen?« Sie konnte einfach nicht glauben, was sie da hörte.

Er wiegte den Kopf. »Sie ist sehr reizvoll, diese Herausforderung. Schließlich bin ich noch ganz am Anfang meiner beruflichen Laufbahn. Ich muss mich auch ein wenig von deinem Vater freistrampeln. Es ist wundervoll, was er mir gleich zugetraut hat und womit er mich betraut hat. Aber ich muss doch meine eigenen Schritte unternehmen und mir selbst einen Namen machen. Meinst du nicht?«

Nein, nein! Überhaupt nicht. Das musst du nicht!, wollte sie rufen, aber selbst in ihrer verzweifelten Lage war ihr klar, dass dies nicht hilfreich gewesen wäre. Freischwimmen wollte er sich, in Ordnung. Aber doch nicht im Swimmingpool dieser Miss O.!

»Die Fischsuppe, die Herrschaften.« Der Kellner stellte die dampfenden Suppenteller vor ihnen ab. Claire war der Appetit gründlich verdorben. Sie hörte die Gespräche, das Lachen der Gäste um sie herum, sah die Kellner flitzen und hörte die Köche klingeln. Merkte, wie Adi das Thema gewechselt hatte und wieder belanglose Dinge aus seinem Herrenclub erzählte. Dass seine gewichtige Überlegung mit der Arbeit in Amerika sie derart mitnehmen würde, dachte er vielleicht nicht einmal. Dass seine Frau etwas dagegen haben könnte, wenn er sich auf der anderen Seite des großen Teichs »freischwamm«. Und sie glaubte ihm, dass er Miss O.s mögliche weitere Absichten hinter diesen Angeboten nicht wahrgenommen hatte oder sie zumindest nicht wahrhaben wollte. Er wollte Karriere machen, und das nicht nur als Gustaves Schwiegersohn. Verständlich. Nur vergaß er darüber ganz offensichtlich seine Familie. Zuallererst seine Frau. Gustaves Tochter!

Ein schrecklicher Gedanke kam ihr in den Sinn und setzte sich dort fest: Bereute er etwa, sie geheiratet zu haben?

Unter diesem Gefühlssturm begann sie zu zittern. Adi verstand es falsch und reichte ihr ihre Jacke, die sie sich schnell um die Schultern legte, um ihn nicht auf den Gedanken zu bringen, sie zittere wegen etwas ganz anderem. Ihre Zunge war wie taub, sie vermochte keinen klaren Satz mehr herauszubringen. Diese Informationen musste sie erst einmal sacken lassen, bevor sie in der Lage wäre, sie richtig einzuordnen und darauf zu reagieren. Dass Adi so gar nicht zu merken schien, was für eine große Sache er da gerade für ihre kleine Familie verkündet hatte, wunderte sie. Er war doch sonst nicht so instinktlos. Oder bewertete sie selbst sein Vorhaben etwa über? Es wäre doch nur eine kurze räumliche Trennung auf ein paar Monate. So sah er das vielleicht.

Aber sie nicht! Sie nicht!

Sie lehnte sich an die Bank an und ließ sich auf dem Geräuschteppich des Restaurants davontragen, trank einen Schluck Chablis, aß pflichtschuldig das Dessert, eine perfekte Crème brûlée. Der Abend kam ihr nun vor wie ein Theaterstück, das um sie herum stattfand, und irgendwie war sie auf die Bühne geraten und hatte aber ihre Rolle vergessen.

Claire sehnte nur noch die Stunde herbei, zu der sie Jacques bestellt hatten, um sie abzuholen.

Kapitel 46

Es blieb ihr keine Zeit, sich vom Schock über Adis Neuigkeiten zu erholen. Denn am nächsten Morgen, einem Sonntag, als sie sich nach einer beinahe schlaflosen Nacht gerade erst aus dem Bett gehievt hatte, platzte Valentine in ihr Schlafzimmer.

»Valentine, was soll das? Ich muss mich doch erst einmal anziehen!« Claire war wirklich unwirsch. Es musste doch möglich sein, in diesem Haus einmal seine Ruhe …

Valentine baute sich direkt vor ihr auf, die Augen weit aufgerissen, Angst und Freude mischten sich in ihrem Blick. »Er ist da!«

»Wer?«

»Camille!« Sie war ganz bleich und atmete schwer. »Er ist in aller Frühe hier aufgetaucht und hat Einlass begehrt. Nanette hat versucht, ihn wegzuschicken, und ihn gebeten, später wiederzukommen, aber er drängte sich an ihr vorbei in die Halle und setzte sich auf den Stuhl an der Garderobe. Dort sitzt er nun!«

Du lieber Himmel! Manchmal kam auch alles zusammen, dachte Claire und bat Valentine, ihr das Korsett zuzuziehen, damit sie nicht auf Manon warten musste. »Aber du warst noch nicht unten?«

»Natürlich nicht! Nanette hat mich nur schnell informiert. Ich wollte dich fragen, was ich jetzt machen soll.«

Claire setzte sich auf ihr Bett. Dies war ein lebensentscheidender Moment, das war ihr klar. Riet sie Valentine, ihn wegschicken zu lassen? Oder riet sie ihr, hinunterzugehen und ihn anzuhören?

Sie sah in die vertrauensvollen Augen ihrer kleinen Schwester, die natürlich nicht ahnen konnte, dass Claire sie durch ihr Schweigen getäuscht hatte. Sollte sie wirklich darauf beharren, den Conte wieder wegschicken zu lassen? Würde sie damit ihre Schwester beschützen, die sie jetzt, in diesem Moment, so fiebernd und freudig anschaute? Oder würde sie zwei junge Menschen ins Unglück stürzen, nur weil sie meinte zu ahnen, wie ihre Liebesgeschichte enden würde?

»Ich will zu ihm!«, rief Valentine. »Ich muss ihn sehen! Ich vermisse ihn so. So sehr, Claire. Kommst du bitte mit mir, damit es keine unschickliche Situation wird? Bitte!« Sie sah sie flehentlich an.

Wo war nur Adi? Aber natürlich: Er war schon sehr früh aufgestanden, um ins Büro zu gehen, selbst am Sonntag! Vermutlich hatte er auch keine schlaflose Nacht gehabt, in der er über seine Amerika-Pläne gegrübelt hatte. Nein, er hatte geschlafen wie ein junger Grizzlybär und saß mit Sicherheit bereits quicklebendig mit einer Tasse Kaffee über den Skizzen der Wendeltreppe an der Spitze des Turms, die nach neuesten Überlegungen den Zugang zu möglichen Wetterstationen gewährleisten sollte.

In Ordnung. Es war so weit. Sie musste sich der Situation allein stellen, sie konnte die Schwester schwerlich hier einsperren und den Conte des Hauses verweisen. Er würde wiederkommen, abgesehen davon, dass Valentine sich nicht dauerhaft einsperren lassen würde. Sie musste also dem Schicksal seinen Lauf lassen.

Sie stand mit einem entschlossenen Nicken auf. »Gehen wir zu ihm.« Doch dann hielt sie Valentine an der Schulter fest und zog sie zu sich heran. »Du musst wissen, ich liebe dich sehr, kleine Schwester. Und ich wünsche dir das Allerbeste. Ich hoffe, du wirst die richtigen Entscheidungen für dein Leben treffen.«

»O Gott, o mein Gott!« Valentine sprang auf und nieder und hielt sich selbst den Mund zu, vermutlich, um nicht laut zu schreien vor Glück. »Meinst du denn, er wird … Meinst du, er wird mir tatsächlich … O Gott!« Sie lachte und weinte gleichzeitig, dabei stand sie ihm noch nicht einmal gegenüber! Ach herrje, das konnte ja etwas werden, dachte Claire und führte Valentine die Treppe hinunter.

Kapitel 47

Die Hochzeit wurde für den Spätherbst angesetzt, viel Zeit für die Planung blieb also nicht. Schnell war entschieden, dass die Feier auf dem Gut von Camilles Großtante in der Nähe von Bordeaux stattfinden würde. Dies war ein Kompromiss, denn nach Italien reisen und auf dem Stammsitz des Bräutigams feiern, das konnte Familie Eiffel in der letzten heißen Phase des Turmbaus nun wirklich nicht. Wie man hörte, hatte die Schwiegerfamilie sich mit der Zustimmung zur Hochzeit überhaupt sehr schwergetan, sich dem Willen des Sohnes letztendlich aber gebeugt aus Angst, er könne sonst im Unglück untergehen: Er durfte eine Französin heiraten, die nicht dem Adel entstammte. Und es durfte sogar eine der Töchter des Unternehmers Eiffel sein, dessen Bauprojekt sich natürlich bis zur Familie des Conte herumgesprochen hatte.

Gustave seinerseits war entzückt über die Wahl seiner Tochter. Er mochte Camille gleich vom ersten Vorsprechen des jungen Mannes und seinem formvollendeten Antrag an. Und ein Graf, noch dazu ein italienischer, war ihm sehr sympathisch. Zumal diese Liaison auch kulinarische Horizonterweiterungen versprach. Wobei in Gustaves Augen der französischen Küche natürlich nie und nimmer der erste Platz streitig gemacht werden konnte.

Claire wurde die ehrenvolle Aufgabe der Trauzeugin zuteil. Sie war eng in die Vorbereitungen der Hochzeit eingebunden, suchte mit Valentine den Tischschmuck aus und kümmerte sich um das Kleid: ein Traum in Weiß aus – natürlich – edelstem italienischem Tuch, das die Familie des Conte zur Verfügung stellte. Madame Dupin, Claires Näherin am Montmartre, sollte ein Kunstwerk zaubern, das einer echten Prinzessin alle Ehre gemacht hätte.

Und so fuhren Claire und die aufgeregt kichernde Valentine eines Tages nach Montmartre. Claire freute sich, die alte Madame Dupin wiederzusehen. Ihr eigenes Hochzeitskleid war ebenfalls von ihr geschneidert worden und wunderschön gewesen, wenn auch nicht aus bestem italienischem Stoff. Fast war Claire ein wenig neidisch, wenn sie daran dachte, dass ihr Kleid nicht ganz so prachtvoll gewesen war. Aber schließlich hatte sie ja auch keinen Grafen geheiratet, sondern einen normalsterblichen Ingenieur. Einen Ingenieur, der nach Amerika wollte … Schnell verbot sie sich in dieser arbeitsamen Phase, vor ihrer eigenen Angst um ihre Ehe einzuknicken. Sie musste schließlich die Hochzeit ihrer kleinen Schwester planen, das höchste Bauwerk der Welt zu Ende begleiten und nebenbei als Mutter und Tochter bei Verstand und Gesundheit bleiben, beschwor sie sich.

Jacques parkte die Kutsche zwischen all den Handkarren auf dem Boulevard de Montmartre. Frauen in langen Schürzen und mit Tüchern um die Haare schleppten Körbe mit Wäsche und Reisig, Kinder spielten mit Murmeln, Männer in Arbeitsanzügen eilten mit Werkzeugen dahin, Regentonnen tropften auf die staubigen Straßen.

Claire und Valentine bahnten sich einen Weg zu dem kleinen Geschäft der Madame. Auf einmal zog dicht vor ihnen einer der Männer seinen Hut und grüßte: »Madame Salles, wie schön! Wollten Sie etwa zu mir? Ich hab heute leider keine Zeit!« Theo van Gogh schaute gehetzt und kummervoll aus dunkel umränderten Augen.

»Nein, Monsieur, wir wollen nicht zu Ihnen. Wir bestellen ein Hochzeitskleid für meine kleine Schwester bei Madame Dupin.«

»Oh, Gratulation, junge Dame.« Er verbeugte sich vor Valentine und setzte seinen Hut wieder auf, um offensichtlich schnell weiterzukommen.

»Ich bin auf dem Sprung zum Bahnhof«, erklärte er fahrig. »Mein Bruder heiratet leider nicht, sondern ist in großer Not. Ich muss zu ihm in den Süden reisen, wo er mit seinem Kollegen dieses Künstlerkollektiv gegründet hatte. Nun hat er nach einem Streit …« Er brach ab.

Claire sah in seinen Augen Verstörung. Um Himmels willen. »Darf ich Sie auf einen Cognac hier drüben in dieser, nun ja …«, sie wollte nicht »Kaschemme« sagen, »… in dieser Destillerie einladen? Damit Sie wieder zu Kräften kommen. Sie sind sehr bleich.«

»Nein, danke, Madame. Ich muss zu meinem Zug. Mein Bruder ist im Hospital nach seinem, also, Unfall oder Vorfall oder … Herrgott, ich muss los.« Er merkte wohl, dass er zu schroff gesprochen hatte, und kehrte noch einmal zu den zwei Frauen zurück, um Claire ins Ohr zu flüstern: »Ich will der Braut nicht ihren Ausflug zur Näherin verderben, deshalb nur für Sie kurz die Erklärung meines ungehörigen Auftretens: Mein Bruder hat sich aus Verzweiflung ein Ohr abgeschnitten und befindet sich in der Nervenheilanstalt.«

Claire erschrak sehr, versuchte es jedoch vor Valentine, die neugierig herüberschaute, aber wohl darauf brannte, endlich zur Näherin hineinzugehen, sowie vor Theo zu verstecken. Du liebe Güte, das waren Probleme ganz anderer Art!

Sie drückte Monsieur van Gogh den Arm. »Eine gute Reise wünsche ich Ihnen. Und viel Stärke!«

Er hatte Tränen in den Augen, als er weitereilte, dem Bahnhof entgegen.

»Gehen wir nun endlich hinein?« Valentine zog schon an Claires Ärmel.

»Aber natürlich, mein Schatz«, sagte Claire und versuchte, die Gedanken an Theos Bruder abzuschütteln, auch wenn es schwerfiel. Nein, man musste bei Verstand bleiben, egal, wie sehr einen etwas zur Verzweiflung trieb: sei es ein Bild, ein Freund, ein Turm oder ein Ehemann mit ehrgeizigen Plänen. Sie musste sich zusammenreißen, klar denken und kluge Entscheidungen treffen. Das sprach sie sich immer wieder in Gedanken vor, während sie drinnen bei Madame Dupin auf einem Stuhl saß und mit ihr und Valentine Entwurfsskizzen für die prächtigsten Hochzeitskleider durchging, die man sich nur ausmalen konnte.

Kluge Entscheidungen treffen.

Und plötzlich wusste sie, was sie tun musste: Sie musste Miss O. aufsuchen und ihr verbieten, Adi nach Amerika einzuladen! Dann würde sich der Spuk von ganz allein auflösen, und Adi wäre wieder ihr alter Adi. Und bei ihr!

Jawohl: mit Miss O. reden. Das musste sie tun – und das würde sie tun.

Gleich heute Abend.

Sie nickte, als Valentine ihr freudestrahlend den Entwurf zeigte, der es werden sollte.

In Gedanken war sie schon im Hotel bei Miss O.

Kapitel 48

Hotel Esplanade, am Abend

Das altehrwürdige Hotel befand sich direkt am Ufer der Seine und war vor allem bei amerikanischen Gästen der Stadt sehr beliebt. Die mit Säulen und Putten aufwendig gestaltete Fassade erinnerte ein wenig an ein Theater oder an die Oper. Claire kannte es von einigen Diners, die Adis Herrenclub hier in den Konferenzsälen gelegentlich für gute Zwecke veranstaltete. Als sie das Gebäude durch die schicke Glasdrehtür betrat, die ein Portier in Uniform stilecht bewachte, war sie sehr aufgeregt. Wie würde Miss O. auf ihren Besuch wohl reagieren?

»Miss Otis erwartet Sie«, sagte der Rezeptionist, nachdem sie sich angemeldet hatte und anschließend in der Halle mit den dicken Chinateppichen, den schweren Vorhängen und den altehrwürdigen Sesselgruppen wartete. »Die Suite befindet sich im fünften Stock.«

Claire nahm die Treppen. Sie brauchte nicht zu klopfen, denn Miss O. stand bereits in der Tür am Ende des langen Ganges.

»Meine liebe Madame Salles, das ist aber freundlich, dass Sie mich auch einmal besuchen, nicht immer nur Ihr Mann«, begrüßte sie sie und lächelte scheinbar ganz arglos, dabei hätte Claire ihr schon für diesen Satz an die Gurgel springen können. Aber sie beherrschte sich und musterte die andere erst einmal von oben bis unten. Sie trug eines dieser ihr so eigenen

Kleider, bei denen man dachte, sie sei auf dem Sprung zu einer sportlichen Unternehmung. Das heutige elfenbeinfarbene und schwarze Ensemble erinnerte Claire allerdings an Schach. Sie nahm sich sehr zusammen, um höflich zu sagen: »Vielen Dank, dass Sie mich empfangen.«

»Treten Sie doch bitte ein! Sie kennen ja meine Eltern, sie sind gerade im Aufbruch begriffen.« Claire sah, wie Misses und Mister Otis an der Garderobe soeben von einem Bediensteten die Mäntel gereicht bekamen. »Liebe Madame Salles, welch ein Jammer!«, rief Misses Otis. »Wenn wir gewusst hätten, dass Sie uns heute besuchen kommen, dann hätten wir natürlich etwas vorbereitet und die Einladung in die Oper abgesagt. Aber so sind wir nun schon unterwegs.«

Und Mister Otis setzte hinzu: »Ich hoffe, es gibt keine Schwierigkeiten, wegen denen Ihr Herr Vater Sie geschickt hat. Hat er eine Botschaft für mich?«

Claire verneinte und war unschlüssig, wie sie ihren Besuch erklären sollte. Glücklicherweise war das Ehepaar Otis so in Eile und in Aufregung, die ehrenwerte Pariser Oper zu besuchen, dass sie es offensichtlich gar nicht wissen wollten. »Bitte fühlen Sie sich wohl bei uns. Elisabeth wird sich um Sie kümmern, nicht wahr, Schatz?« Misses Otis tätschelte Elisabeth die Wange, die daraufhin ihr Gesicht zurückzog: »Viel Freude euch heute Abend! Und nicht an den falschen Stellen klatschen, hört ihr?«

»Ach, du …« Misses Otis lachte. »Wir werden dir nachher berichten, wie es uns ergangen ist. Logenplätze! Wie aufregend.«

Mister Otis schob seine Frau aus der Tür. »Auf Wiedersehen, verehrte Madame Salles, bitte richten Sie sowohl Ihrem

Herrn Vater als auch Ihrem Mann meine herzlichsten Grüße aus. Wir sehen uns morgen auf der Baustelle.«

Damit verschwanden die beiden, und Elisabeth Otis schloss die Suitetür. »Für heute benötige ich Ihre Dienste nicht mehr, Monsieur, vielen Dank«, sagte sie zu dem Butler, der sich daraufhin ebenfalls diskret zurückzog.

Miss Otis deutete auf eine Sitzgruppe nahe der großen Fensterfront, vor der die Lichter der Stadt einen hellen Teppich bildeten. »Bitte nehmen Sie doch Platz.« Sie trat an den Barwagen. »Möchten Sie etwas trinken? Einen Champagner vielleicht?«

Mit Sicherheit nicht! »Ein Sodawasser, bitte!«, sagte Claire. Sie zwang sich, ruhig auf dem Sessel sitzen zu bleiben, bis auch die Gastgeberin sich mit einem Drink gesetzt hatte.

»Was verschafft mir die Ehre Ihres Besuches?«, fragte Miss O. »Zu so später Stunde.« Eine Antwort wartete sie nicht ab, sondern sagte förmlich: »Die Entwicklung der Fahrstühle macht gute Fortschritte, wie Sie sicher wissen. Wir werden wohl pünktlich mit einer guten, sicheren Lösung für die Strecke zwischen der ersten und der zweiten Etage abschließen können.«

»Das hoffen wir natürlich alle«, entgegnete Claire spitz. »Schließlich haben wir Sie deshalb engagiert.«

Miss O. legte den Kopf ein wenig schief und schaute sie direkt an. »Was wollen Sie, Madame Salles?«, fragte sie sehr ruhig.

Claire stellte ihr Glas auf dem Tischchen ab und setzte sich aufrecht auf die Sesselkante. »Mir gefällt es nicht, dass Sie über Ihr Engagement bei uns am Turm hinaus noch weitere Kooperationen anstreben.«

Elisabeth Otis rutschte in ihrem Sessel zurück und schaute

ganz so, als ob sie nicht verstünde. Deshalb wurde Claire direkt.

»Ich möchte, dass Sie das Angebot an meinen Mann, nach Amerika zu kommen, zurückziehen.«

Miss Otis lehnte sich an, verzog den Mund zu einem spöttischen Lächeln und überschlug die Beine unter ihrem langen Rock. »Sie sind hier, um mir zu sagen, dass Sie nicht wollen, dass Ihr Mann nach Amerika kommt und zu einem sehr guten Lohn lukrative Aufträge für uns bearbeitet?«

»Ja, das hatte ich gerade gesagt, nicht?« Claire versuchte, sich mit fester Stimme und noch aufrechterer Sitzhaltung Respekt zu verschaffen. Aber irgendwie schien das ihr Gegenüber nicht zu beeindrucken. Elisabeth Otis lachte nämlich.

»Meine liebe Madame Salles. So wie Sie stets das Beste für Ihren Turm suchen und deshalb uns für das Fahrstuhlproblem gerufen haben, suchen wir natürlich immer das Beste für unsere Firma. Und das ist für die zwei Projekte, die wir dort in Washington und Philadelphia anstreben, eindeutig Monsieur Salles mit seinem profunden Wissen in der Stahlverarbeitung.« Sie lächelte. »Zumal wir ihn hier als sehr zugängliche und zugewandte Person erleben, was uns sehr gefällt.«

Das war doch wohl die Höhe. Claire fehlten die Worte.

Dafür sprach Miss Otis weiter: »Wir werden also auf jeden Fall an unserem Angebot festhalten.«

»Aber das ist nicht, was ich …«

Miss Otis unterbrach sie und verzog den fein geschminkten Mund zu einem breiten Lächeln. »Wenn Ihnen das nicht passt, liebe Frau Salles, dann wenden Sie sich doch bitte nicht an mich. Sondern an Ihren Mann!« Sie trank in Ruhe ihren Drink aus. »Den Vertrag hat er im Übrigen bereits unterzeichnet.«

Was? Sie hatten schon alles besiegelt?

»Es steht der Unternehmung also nichts mehr im Wege«, verkündete Miss Otis weiter. »Sobald die Eröffnungsfeier für die Weltausstellung über die Bühne gegangen ist und er hier abkömmlich ist, werden wir nach Amerika übersetzen.« Sie stellte ihren Drink ab. »Ihr Mann und ich.«

Claire sprang auf. »Er wird nicht mit Ihnen gehen! Dafür werde ich sorgen!« Damit lief sie zur Tür.

Aus dem Augenwinkel sah sie, dass Elisabeth Otis sitzen blieb, scheinbar völlig ruhig. »Ich bin sehr gespannt«, sagte sie und lächelte Claire hinterher, als diese die Suite ohne Abschiedsgruß verließ.

Da Jacques mit der Kutsche noch nicht vor dem Hotel parat stand, lief Claire einfach los, durch die dunklen Straßen nach Hause. Schnellen Schrittes, schneller, immer schneller, bis sie gar rannte, so schnell es die gerafften Röcke zuließen. *Maman, liebste Mama, mein Leben ist ein Albtraum geworden! Wie kann ich ihm nur eine gute Wendung geben?*

Kapitel 49

Sie hatte keine Zeit, um ihre Wunden zu lecken oder sich die nächsten Schritte zu überlegen. Denn nach einem äußerst arbeitsreichen Vormittag und einem nur unzureichenden Mittagessen auf die Schnelle kam am nächsten Tag auch noch Stephen Sauvestre auf ihren Schreibtisch zugelaufen und schien sehr geschäftig. Ohne Umschweife sagte er: »Madame Salles, kommen Sie bitte mit mir zur Baustelle!«

Das war aber eine ungewöhnliche Anfrage, dachte Claire und vergaß sofort ihre Angespanntheit ein wenig. Denn dort am Turm waren ihre Dienste bisher eher selten verlangt worden.

Sauvestre nickte eifrig. »In der ersten Etage stehen nun wichtige Entscheidungen beim Innenausbau an, wissen Sie. Und ich möchte die Meinung einer Dame dazu einholen.«

Claire lachte. »Und da ich die einzige Dame weit und breit bin, wählen Sie mich?«

»Aber nein, Madame, wie Sie vielleicht bemerkt haben, bin ich von Anfang an ein Anhänger Ihrer schönen Blumenbouquets gewesen.« Zur Untermalung seiner Worte warf er einen anerkennenden Blick auf den üppigen Strauß mit bunten Gladiolen, der ihren Schreibtisch diese Woche zierte. »Diese Bouquets haben mir verraten, dass Sie ein Händchen für Dekoration haben. Und das könnten wir uns doch nun in unseren Restaurants in der ersten Etage zunutze machen.« Er zwinkerte ihr zu.

»Ach so?« Komplimente nahm sie natürlich gerne an. »Wann sollen wir los?« Sie war gespannt, was sich *auf* dem Turm tat. Schließlich hatte sie die Bauarbeiten bisher nur von unten betrachten können. Wenn sie Adi oder Gustave gegenüber den Wunsch, einmal hinauffahren zu wollen, geäußert hatte, wurde ihr immer nur beschieden, sie stünde dort den Arbeitern im Wege herum. Nun aber hatte sie eine offizielle Einladung auf den Turm und eine wichtige Aufgabe! Da konnten Adi und Vater nichts mehr dagegen haben.

Als sie an der Baustelle ankamen, herrschte am Boden der übliche Trubel der Anlieferung von Stahlstreben und der Abfertigung der Loren durch die Vorarbeiter. Auch wenn in einiger Entfernung, bei der *Galerie des Machines*, schon die gärtnerische Außengestaltung der Weltausstellungsanlage begann, wurde hier jeder Quadratmeter benötigt, um das Baumaterial zu stapeln.

Derzeit transportierte ein simpler Lastenaufzug das Material und die Arbeitskräfte nach oben an ihre Wirkungsstätte. Nicht viel mehr als ein Kasten an mehreren Drahtseilen war das, die oben über Winden gedreht wurden. Um später Hunderte, vielleicht sogar Tausende Besucher täglich auf den Turm zu befördern, würde hier aber sehr bald der Fahrstuhl der französischen Firma Roux, Combaluzier & Lepape eingebaut werden – während die Familie Otis immer noch an einer Lösung für die Strecke von der ersten bis zur zweiten Etage tüftelte.

Sie wollte gerade Sauvestre in den Lastenaufzug folgen, als sie Francesca nahe dem Ostpfeiler stehen sah. Sie entschuldigte sich bei Sauvestre und ging kurz zu ihr hinüber: »Buongiorno, Francesca. Was machst du denn hier?«

»Ich habe Giovanni sein Vesperbrot gebracht, das er vergessen hat. Er ist eben mit dem Lift nach oben.« Sie schaute ein wenig ängstlich zu dem Lastenaufzug, der sich nun wieder in die Höhe hob.

»Ich fahre gleich zum ersten Mal hoch, weil wir die Innenausstattung der Restaurants planen wollen«, sagte Claire und überlegte kurz. Eigentlich war es streng verboten, unnötig Gäste mit hochzunehmen. Gustave hatte das bisher nur in ganz wenigen Ausnahmen genehmigt, so zum Beispiel bei Vertretern der Presse, der Stadt und des Bauamts, die bei Laune gehalten werden wollten. Aber trotzdem, dachte sie auf einmal: Francesca hatte so viel für den Turm getan. Ohne sie wären sie wohl längst nicht so weit. »Möchtest du einmal mit nach oben kommen, um die Aussicht zu erleben? Wir bleiben auch nicht lange.«

Francesca wiegte den Kopf, gab sich dann aber einen Ruck. »In Ordnung. Die Kinder sind auf einer Exkursion und kommen erst sehr spät wieder. Warum also nicht?«

Gemeinsam gingen sie hinüber zu Sauvestre, der Francesca ebenfalls freundlich begrüßte. Sobald der Lastenaufzug wieder unten war, stiegen sie ein. Ein kurzes flaues Gefühl im Magen zeigte Claire an, dass dieser Kasten sich tatsächlich hob und in die erste Etage gezogen wurde. Die Arbeiter um sie herum scherzten und plauderten, als ob gar nichts passiere. Aber schließlich fuhren sie auch jeden Tag mit dem Aufzug. Francesca nahm Claires Hand und hielt sich daran fest, aber sie lächelte und freute sich offensichtlich über diesen überraschenden Ausflug.

Oben angekommen, traten sie auf blanke Bohlen, die über die Eisenkonstruktion gelegt worden waren, damit die

Arbeiter sich hier bewegen konnten. Die Pavillons für die drei Restaurants – ein französisches, ein flämisches, ein russisches – sowie für die angloamerikanische Bar standen schon da und wurden gerade verkleidet. Rund um die Plattform herum hatte man einen Schienenstrang verlegt, auf dem auch hier oben kleinere Loren fuhren und Material transportierten, damit alle Gewerke schnell und ohne viel Kraftaufwand an ihre Bauteile kamen. So herrschte ein Gewusel aus den verschiedensten Handwerkern. Dort hämmerte ein Schmied an einer eisernen Verzierung, ein Maler schwang den Pinsel an einem der Stahlträger. Etwas abseits stand ein Schreiner bereit und sägte an der ersten Türzarge. Sauvestre steuerte sofort auf ihn zu, während die beiden Frauen erst einmal einen Überblick gewinnen mussten.

Claire spürte den leichten Wind, aber kalt war es nicht. Es roch nach heißem Stahl, Farbe und Holz. Sie zog Francesca mit sich, und sie liefen die paar Schritte bis an den Rand der Plattform. Da das Geländer noch fehlte, blieben sie gut zwei Meter vor dem Abgrund stehen. Trotzdem wurde Claire leicht schwindelig, sie hatte das Gefühl, gleich hinunterzustürzen, und trat doch lieber noch einen Schritt zurück.

Aber der Ausblick! Der Ausblick!

»Mamma mia!«, sagte Francesca. Claire konnte nur nicken: Die ganze Stadt lag ihnen zu Füßen. Selbst hier aus der ersten Etage in knapp achtundfünfzig Metern Höhe konnten sie bis zum Horizont sehen, genießen, wie das Häusermeer sich unter ihnen ausbreitete und schließlich in den Wäldern und Feldern des Umlandes verschwand. Sie sahen beinahe unter sich die Seine, die sich durch die Stadt schlängelte, und auf der Insel die Kathedrale Notre-Dame. Drüben der Trocadero und weiter hinten auf dem Hügel die Baustelle von Sacré-Cœur. Die schöne Haussmann-Architektur mit ihren geraden Boulevards und Avenues kam von hier oben noch viel besser zur Geltung, während man sie unten, wenn man mittendrin wandelte, nur erahnen konnte. Jetzt lugte auch noch die Sonne hinter einer Wolke hervor und tauchte alles in einen goldenen Schein. Claire musste lächeln und hätte fast angefangen zu weinen vor Freude über so viel Schönheit.

Francesca schien es ähnlich zu gehen. Sie war ganz versunken in den Anblick und lächelte über das ganze Gesicht. »Weißt du was, ich setze mich hier einfach still an die Seite und genieße das Panorama, während du mit Herrn Sauvestre deine Dinge regelst. Hol mich nachher einfach wieder ab, wenn du hinunterfährst.« Damit setzte sie sich auch schon auf einen Holzplankenstapel, der vermutlich für den hinteren Teil der Plattform vorgesehen war.

Claire ging hinüber zu Sauvestre und dem Schreiner, die soeben mit ihrem Gespräch fertig wurden. Sauvestre blickte ihr schon entgegen und lud sie mit einer großen Geste ein, in das Innere des Pavillons voranzugehen. Auch hier wurde überall kräftig gewerkelt: Der Boden wurde mit Parkett ausgelegt, die Wände waren bereits aufgestellt und mit Gipskarton verkleidet, aber noch blank. Hier würde sie sich also nun einbringen können.

Schon breitete Sauvestre die Tapetenproben vor ihr aus. Wunderbare Stoffe und Motive waren darunter, alle sehr traditionell, was einen guten Kontrast zum modernen Stahlturm versprach. Das würde elegant und aufregend sein, wenn es fertig wäre, dachte Claire, als sie die Proben betastete und durchblätterte. Auch Sauvestre schaute immer wieder von den

Mustern zu den kahlen Wänden und schien schon einen Favoriten zu haben, aber er wartete ab.

»Dieses hier für den Restaurantsaal«, Claire zeigte auf ein bordeauxfarbenes Muster mit goldenen Lilien, »und dieses hier für den Vorflur«, sagte sie und deutete auf ein dunkelgrünes mit ebensolchen angedeuteten Blüten. »Ganz klassisch. Was meinen Sie, Monsieur Sauvestre?«

»Absolut Ihrer Meinung.« Er lächelte. »Wir sollten den Besuchern hier ein wenig gediegene Ruhe gönnen. Die Auffahrt oder der Aufstieg zusammen mit dem ersten Ausblick sind schon aufregend genug. Da braucht es nicht noch Avantgarde hier drin.«

Claire nickte und schaute sich in dem Raum um. Jetzt konnte sie sich vorstellen, wie die Besucher unter diesen Eisenstreben an etlichen Tischen speisen, reden und lachen würden. Aber noch ein wenig mehr Gemütlichkeit könnte man versuchen hineinzubringen, dachte sie.

»Vielleicht sollten wir über eine hüfthohe helle Holztäfelung nachdenken. Das strukturiert den Raum und schafft eine Ausflugslokal-Atmosphäre.«

Sauvestre ließ den Blick kreisen. Dann nickte er. »Ein guter Einfall. Und Vorhänge, was meinen Sie?«

Claire wiegte den Kopf. »Sie machen es gemütlicher, andererseits versperren sie die Sicht.«

»Aber geht man nicht zum Genießen des Panoramas sowieso nach draußen? Hier drinnen ist Zeit für eine Pause und das Essen. Ich denke, wir sollten Vorhänge dazunehmen, sonst erinnert es zu sehr an eine Bahnhofsgaststätte, wegen der Eisenträger. Und dann bleiben die Leute nicht lange sitzen und bestellen weniger.«

Claire lachte. »Vielleicht sollten Sie in Ihrem zweiten Leben Wirt werden!«

Sauvestre winkte ab. »Lieber nicht. Ich wäre mein bester Gast und würde nicht sehr wirtschaftlich arbeiten.« Er klappte die Musterproben zusammen und wandte sich zum Gehen. »Gut, dann will ich das mit der Täfelung gleich mal mit dem Schreiner besprechen.« Er schaute sich suchend nach dem Mann um. »Gehen Sie zu Francesca und warten dort auf mich? Ich nehme Sie beide dann sicher wieder mit nach unten.« Er zwinkerte. »Sonst kriege ich Ärger vom Chef.«

Claire bahnte sich ihren Weg wieder nach draußen und gesellte sich zu Francesca, die immer noch lächelnd in die Ferne schaute.

»Weißt du, wenn ich ganz fest daran glaube, dann denke ich, dass ich dort hinten schon die Berge und dahinter Italien sehen kann«, sagte diese, als sie bemerkte, dass Claire sich zu ihr setzte. »Ich kann es kaum erwarten, in unsere Heimat zurückzukehren.« Sie wandte ihren Blick Claire zu, und die konnte sehen, wie glücklich Francesca war, dass es bald so weit sein würde. »Mein Schwager hat geschrieben, dass er bereits ein geeignetes Haus für uns gefunden hat und sogar schon eine Anzahlung geleistet hat, damit wir es auch ja bekommen. Es liegt nicht weit vom Meer entfernt und hat eine Dachterrasse.« Sie lächelte. »Dort werde ich mich bestimmt immer ein wenig fühlen wie hier, wenn ich von dieser Plattform über das Häusermeer schaue.«

Claire drückte ihren Arm. Was für einen guten Plan die beiden hatten, Francesca und Giovanni. Sie musste an Adi und sich denken. Hatten sie auch einen Plan? Nun, Adi hatte einen. Aber nur für sich selbst, wie es schien. Sie merkte, wie ihr

Tränen in die Augen stiegen. Adi hatte diesen Plan ohne sie gemacht. Ohne sie. Dabei gehörten sie doch zusammen. Sie vernahm wieder Bennetts Worte in ihrem Hinterkopf, sein Angebot, sie aus all ihren Zwängen zu befreien. Nein, nein, sie wollte nicht befreit werden, sie wollte hierbleiben! Bei Adi, mit Robert, mit Gustave, sogar mit dem Turm. Sie liebte doch dieses Leben. Warum machte Adi es ihnen nur so schwer?

Schnell wischte sie sich über das Gesicht, damit Francesca nicht sah, dass sie weinte. Nein!, rief sie sich zur Ordnung. Nein! Sie würde nicht in Selbstmitleid versinken! Sie würde jetzt und hier den Anblick dieser wunderschönen Stadt genießen, über der nun langsam die Sonne herabsank. Das würde sie tun. Alles andere kam später.

Sie atmete bewusst ruhiger und verfolgte, wie der goldene Ball immer tiefer rutschte und die Häuserschattenrisse sich davorschoben. Schon bald spürte sie, wie sie sich entspannte, wie das Gedankenkarussell langsamer wurde und schließlich stoppte. Was war es friedlich hier oben! Und wie dieser Ausblick die Gefühle und Gedanken auf Wanderschaft schickte, weg von einem selbst, fort, fort und hin über das ganze Land! Was brauchte dieser Turm denn noch die Wissenschaft oder einen anderen offensichtlichen Nutzen? Er berührte auf besondere Weise die Seele und schaffte innige Freude. War das nicht genug?

Gemeinsam saßen die beiden Frauen Seite an Seite und beobachteten, wie die Stadt begann, sich ihr glitzerndes Abendkleid anzuziehen.

Kapitel 50

Adi war nicht im Büro, als sie mit Sauvestre wieder dort eintraf. Vielleicht war er bereits nach Hause gegangen, dachte Claire zunächst, aber dann hörte sie von Gustave, dass er im Hotel Esplanade war, um mit den Otis' zu speisen und einige wichtige Dinge zu besprechen, die es schnell zu entscheiden galt. Oh, Himmel! So spät am Abend? Als Claire fragte, warum Gustave nicht mitgegangen sei, bekam sie zur Antwort, was sie natürlich wusste: Adi sei der Fahrstuhlbeauftragte. Er kümmere sich um diese Belange, und dazu gehöre eben auch ein Nachtessen mit den Subunternehmern.

Sie versuchte, im Salon zu warten, bis er käme, um gleich mit ihm zu sprechen. Aber gegen elf Uhr fielen ihr die Augen zu. Als sie von ihrem eigenen Schnarchen aufwachte, stellte sie fest, dass es keinen Zweck hatte. Es würde sowieso kein vernünftiges Gespräch mehr zustande kommen, dachte sie und ging zu Bett, nicht ohne einen gehörigen Groll im Bauch zu spüren.

Am nächsten Morgen beim Frühstück trank Adi seinen Kaffee gar im Stehen und war zu sehr in Eile, als dass man in Ruhe hätte etwas besprechen können. Aber er bot eine längere gemeinsame Mittagspause an, sobald er seinen wichtigen Vormittagstermin beendet habe. Er habe wieder einmal Lust, Tennis zu spielen. Ob sie dabei wäre, ein paar Bälle im Bois de Boulogne zu schlagen? Er würde einen Platz reservieren.

Das kam ihr gerade recht! Bälle dreschen, das war jetzt genau das Richtige!

Pünktlich um eins stand sie parat, Schläger und Bälle in der Sporttasche. Sie sollte das Tennisspiel doch wieder regelmäßig ausüben, dachte sie. Vielleicht mit Valentine, wenn diese nach der Hochzeit mit dem Conte nach Paris ziehen sollte. Wobei – noch war nicht klar, ob der Conte wieder die französische Dependance der Tuchfirma leiten oder heimkehren und die Zentrale übernehmen sollte. Claires Herz schlug ganz klar für die erste Variante, weil sie dann Valentine in der Nähe wüsste. Aber selbstverständlich musste das junge Brautpaar selbst entscheiden, wie sein gemeinsamer Weg aussah. Das junge Paar gemeinsam, dachte sie bitter. Adi hatte alleine entschieden, hatte sie nicht einmal gefragt, was sie von dem amerikanischen Angebot hielt. Philadelphia. Du meine Güte, was wollte er bloß dort?

Nein, sie musste ihm die ganze Chose ausreden! Er musste zur Vernunft kommen und einsehen, dass seine Zukunft hier in Europa lag, bei seiner Familie. Es war natürlich gut, sich hohe Ziele zu setzen. Aber man musste schließlich auch berücksichtigen, wie diese Ziele … Ach, da kam Adi endlich!, bemerkte sie, als er mit abwesendem Blick den Parkweg entlangeilte.

»Was für eine gute Idee du doch hattest!«, sagte sie, um ihn erst mal ankommen zu lassen und ihn nicht gleich mit ihrem Anliegen zu attackieren. Wenn er sich richtig entspannte beim Spielen, dann würde er ihrer Argumentation vielleicht doch folgen.

»Nicht wahr? Ich vermisse es, mich zu bewegen. Immer nur das Büro und die Baustelle. Man wird etwas schlapp«, antwortete er ganz arglos. Offenbar wollte er sich hier wirklich nur erquicken und dachte gar nicht an eventuelle Diskussionen.

Nun, diesen Gefallen konnte sie ihm leider nicht tun.

»Geht es los?«, fragte sie und ordnete die Saiten ihres Schlägers. Wenn sie nur diesen langen Rock nicht tragen müsste, wäre sie deutlich beweglicher. Dann hätte er gar keine Chance mehr gegen sie. Es war doch wirklich so ungerecht, dass die Damen sich so einschränken mussten und die Herren … Ach, sie schweifte ab, schalt sie sich. Sie war doch nicht eine dieser Suffragetten, die sie im New Yorker Hafen erlebt hatte. Sie war eine normale Frau, die sich den Konventionen beugte. Wieso eigentlich? Fast gegen ihren Willen keimte neuer Ärger in ihr auf. Vielleicht sollte sie doch wirklich einmal zu solch einer Versammlung dieser Frauen gehen und …

Da flog schon der Aufschlag von Adi auf ihre Seite, sie hechtete nach dem Ball und erreichte ihn knapp. Holla, sie musste wohl erst mal wieder ins Spiel finden. Seit Vevey hatte sie nicht mehr trainiert. Aber schon nach wenigen Retouren merkte sie, wie sie Sicherheit gewann und sich sogar dabei unterhalten konnte.

»Adi, wir müssen noch einmal über Amerika reden«, sagte sie dann auch prompt und feuerte eine sehr gelungene Vorhand über das Netz, die Adi zwang hinterherzuspringen. Trotzdem verpasste er den Ball und musste einen neuen aus der Tasche holen.

»Was gibt es da zu besprechen?« Er pfefferte seinen Aufschlag noch zackiger als den ersten über das Netz. Aufschläge konnte er wirklich gut, das musste Claire ihm lassen.

»Ich sage es jetzt sehr direkt, Adi: Mir gefällt nicht, dass du weggehen möchtest.« Sie parierte den Aufschlag bravourös.

»Das habe ich schon an deiner Versteinerung in der Brasserie Lipp bemerkt, nachdem ich es dir erzählt hatte. Und an deiner Miene die letzten Tage.« Er lüpfte den Ball, sodass sie nach vorne rennen musste, um ihn zu bekommen.

»Und das berührt dich gar nicht, was deine Frau denkt?«

Er ließ ihren Retourball ins Aus gehen und kam zu ihr ans Netz. »Natürlich berührt mich das, mein Schatz. Aber ich finde es etwas überzogen, wenn ich ehrlich bin. Es ist eine so gute Chance und außerdem nur für eine gewisse Zeit, ein paar Monate. Es wird uns langfristig guttun.« Er versuchte, ihre Hand zu ergreifen, aber sie trat ein paar Schritte zurück und stellte sich an der Grundlinie auf.

»Siehst du, und der Meinung bin ich eben nicht! Und ich sag dir auch genau, warum.« Sie donnerte einen Aufschlag zu ihm hinüber in die äußerste Ecke des Spielfeldes. Mon dieu, dass er so gar nicht einsichtig war!

»Spiel doch mal ein bisschen ordentlicher, das ist partout nichts mehr für meinen Rücken, wenn ich mich hier dauernd bücken muss«, maulte er und hob den Ball auf, um ihn sofort wieder ins Spiel zu bringen.

Sie parierte und setzte ihre Ansprache dabei fort. »Erstens: Es gefällt mir nicht, wenn du nicht bei Robert und mir bist. Und zweitens: Es gefällt mir auch nicht, dass du das einfach so entschieden hast, ohne mit mir zu reden.«

Er zog sich zum Glück nicht auf die gesellschaftlichen Konventionen zurück von wegen, der Mann sei das Familienoberhaupt und habe die Entscheidungsgewalt. Aber er nutzte eine viel stärkere Waffe. »Entschuldige mal, jetzt klingst du ein bisschen wie meine Mutter, Gott hab sie selig. Ich werde doch meine eigenen Karriereschritte planen dürfen. Ich bin niemandem Rechenschaft schuldig, nicht Gustave und nicht …«

»Nun lass doch meinen Vater aus dem Spiel. Es geht hier um dich, mich und Robert.« Sie verpasste vor Ärger den Ball und sah ihn an sich vorbeisausen. Auf einmal war ihr aller Elan genommen, sie blieb mitten auf dem Platz stehen. »Merkst du nicht, dass ich Angst um unsere Familie habe?«, fragte sie mit hängenden Schultern, Schläger und Ball in den Händen.

Er sprang über das Netz und nahm sie in den Arm. »Aber mein Liebling, du brauchst doch keine Angst um uns zu haben. Ich bin ein paar Monate fort und bilde mich weiter. Wenn ich wiederkomme, kann ich ganz viele neue Aufgaben übernehmen und werde schnell erheblich mehr Geld verdienen und dir und Robert ein schöneres Leben ermöglichen können.« Er schaute ihr in die Augen und lächelte. »Ich möchte ein guter Familienvater sein. Ich tue es doch auch für euch.«

»Du bist also nicht davon abzubringen?«, fragte Claire, deren Kraft nur noch für ein Flüstern reichte.

»Nein, meine Claire. Mein Entschluss steht fest: Sobald die Bauarbeiten am Turm abgeschlossen sind und die feierliche Eröffnung der Weltausstellung mit unserem Turm als Hauptdarsteller über die Bühne gegangen ist, werde ich postwendend nach Amerika reisen, wo die neuen Aufträge schon auf mich warten.«

Sie lauschten den Schlägen der Kirchenglocken, die leise herüberklangen. »Oh, es ist schon zwei Uhr. Ich muss wieder ins Büro. Kopf hoch, Chérie, wir werden das meistern.

Wir haben doch schon so viel gemeinsam gemeistert, nicht?«
Damit drehte er sich um und verließ den Platz.

Claire setzte sich mit ihrem Tennisschläger auf die Bank am Spielfeldrand und weinte, während ein Schwarm Stare aufflatterte, als Adi mitten über die Wiese davoneilte.

Kapitel 51

Wie in einem Wachschlaf arbeitete sie in den nächsten Tagen weiter ihre Listen ab. Nur nicht an das denken, was Adi gesagt hatte! Was jetzt zählte, war, dass der Turm rechtzeitig fertig wurde.

Obwohl seine Fertigstellung bedeuten würde, dass Adi sie und Robert verließ. Es war zum Verzweifeln!

Mittlerweile wuchs der Turm oberhalb der zweiten Etage Meter um Meter, Tag für Tag. Der Ausbau der dortigen Pavillons konnte auch schon beginnen. Die Anzahl der täglich erreichten Höhenmeter steigerte sich, je schmaler der Turm nach oben hin wurde. Schon näherten die Monteure sich der dritten Etage.

Und in den Werkstätten von Levallois-Perret bereiteten die Stahlarbeiter bereits die Versatzstücke für den Ausbau der dritten Etage vor, die eine Besonderheit beherbergen würde: Gustave hatte sich dort eine kleine Privatwohnung gewünscht, in der er übernachten, arbeiten und Gäste empfangen konnte, mit allem, was dazugehörte, sogar einer kleinen Küche.

So verflogen die Tage und Wochen in Arbeitsamkeit und erzwungener Harmonie. Bis Claire eines Abends abrupt aus ihrem tranceähnlichen Zustand gerissen wurde. Sie war gerade erst nach Hause gekommen und kümmerte sich um ihre Kamelie, als Bennett in den Salon stürmte.

»Wie können Sie mir das antun, Madame Salles?«, begann er sofort. Er musste Nanette an der Haustür regelrecht überrannt haben, so schnell war er drinnen.

Interessant. Nun war sie also offenbar wieder ganz und gar Madame Salles. Kein Wort mehr von Claire. Oder dem Segelboot. Gut so, dachte sie. »Guten Tag, Mister Bennett«, sagte Claire und stellte die Kupfergießkanne weg. Aber was war denn in ihn gefahren?

»Dies ist kein guter Tag, so viel weiß ich schon! Tun Sie doch nicht so, als ob Sie den Grund meiner Aufregung nicht kennen würden.«

»Ich kenne ihn in der Tat nicht, Mister Bennett.« Sie trat an den Barwagen heran. »Möchten Sie einen Scotch? Sie wirken ganz verstört.«

»Ich *bin* auch verstört. Denn dass Sie mir so etwas antun, das hätte ich nun wirklich nicht erwartet! Mir! Nach allem, was zwischen uns war.«

Wie bitte? »Mister Bennett, bitte erinnern Sie sich: Es war nichts zwischen uns.«

Er schaute beleidigt, schwieg aber.

Sie nutzte die Gelegenheit, um das Gespräch wieder auf den Grund seines Kommens zu lenken. Es schien ein akuter zu sein, seiner Aufregung nach zu urteilen. Die Flasche Scotch zurückstellend, trat sie um den Barwagen herum auf ihn zu. »Mister Bennett, ich bin mir nicht im Klaren, was Sie mit Ihrem Auftritt hier bezwecken.« Sie verschränkte die Arme und wartete ab, ob er sich beruhigen würde.

Aber er geriet im Gegenteil noch mehr in Rage. »Ich gebe Ihnen seit Baubeginn die größtmögliche Plattform in meiner Zeitung. Beinahe jeden Tag bringen wir eine Geschichte über den Turm. Beinahe jeden Tag! Und nun verweigern Sie mir einen Auftritt auf Ihrer Plattform?«

»Wovon reden Sie?« Es war ihr ganz schleierhaft, was er meinte.

»Von der verdammten zweiten Plattform des Turms! Wie kommt es, dass *Le Figaro* dort in diesem Sondernutzungspavillon sein vermaledeites Büro aufmachen, täglich Souvenirzeitungen drucken und verkaufen und sich dumm und dämlich verdienen darf? Wie kommt das, bitte schön?«

O nein! Hatte Vater etwa tatsächlich so entschieden? Ohne Rücksprache mit ihr gehalten zu haben? Sie hatte natürlich im Vorfeld von solchen Überlegungen zu einer Eiffelturm-Zeitungsredaktion dort auf der zweiten Plattform gehört, war aber nicht an den konkreten Planungsarbeiten beteiligt. Über all die Aufregung mit Valentine, Adi und Amerika hatte sie vergessen, bei dem entsprechenden Planungskomitee nachzufragen. Und offiziell verkündet war die Nutzung beileibe nicht. Woher er das wohl schon hatte? Nun ja, in dieser Stadt blieb eben nichts lange verborgen. Schon gar nicht vor Reportern.

Sie versuchte, sich äußerlich nichts von ihrem Aufruhr anmerken zu lassen. »Mister Bennett, ich muss doch sehr bitten. Zügeln Sie Ihre Sprache!«

»Zur Hölle mit meiner Sprache! Ich frage Sie noch einmal: Wie kommt es, dass der bräsige, dem Turm gegenüber anfangs durchaus kritisch eingestellte, wenig moderne *Le Figaro* meine Plattform besetzt? Dort hätte der *Herald* hingehört!«

»Beruhigen Sie sich, bitte.« Mehr fiel ihr leider nicht dazu ein, denn er hatte ja so recht! Wie hatte das nur schiefgehen können? »Ich werde das mit meinem Vater erörtern und Ihnen dann eine Nachricht zukommen lassen. Vielleicht lässt sich da noch etwas ändern. Die Weltausstellung beginnt ja nicht gleich morgen.«

»Wenn Sie darauf anspielen, dass ich mehr Geld für die Konzession bieten soll, dann muss ich leider sagen: Ich passe! Ich bin ein junges Unternehmen, und die Summe, die ich Ihrem werten Herrn Vater genannt habe, ist alles, was ich erübrigen kann.«

Er wischte sich mit einem Taschentuch den Schweiß von der Stirn. Die ganze Sache schien ihn sehr mitzunehmen. »Aber vielleicht findet sich auch in seinem Unternehmerherz eine kleine weiche Stelle, die weiß, dass es manchmal nicht nur auf Zahlen ankommt.« Mit einem Blick auf den Barwagen atmete er tief durch. »Jetzt nehme ich doch einen Scotch. Für den Weg. Und lassen Sie mich eines ganz deutlich sagen: Ich bin sehr froh, dass Sie auf mein Entführungsangebot neulich nicht eingegangen sind.« Damit griff er das gefüllte Glas und verließ das Haus.

Claire nahm in dem Ohrensessel am Kamin Platz und schüttelte den Kopf. Mister Bennett war und blieb doch einfach unglaublich. Aber im Falle der Zeitungsredaktion in luftiger Höhe – da hatte er möglicherweise recht mit seinem Ärger. Sie sollte dringend einmal mit Vater reden wegen der Konzession. Wenn er das wirklich so entschieden hatte, dann hatte er mit Sicherheit gute Gründe dafür. Und es würde schwer werden, ihn umzustimmen.

Und so war es auch. Denn Gustave hatte sogar sehr gute Gründe. »*Le Figaro* bietet das Vierfache an Pacht. Und mit Verlaub, meine liebe Claire«, er zog nachdenklich an seinem

Bart, »*Le Figaro* ist eine ganz andere Hausnummer als der *Herald*. Er bringt uns viel mehr Renommee.«

Da hatte er selbstverständlich recht. Dennoch … das Herz sagte etwas anderes.

Als sie am Abend im Schlafzimmer versuchte, Adi auf ihre Seite zu bringen, wiegelte der sofort ab. »Ja, dieser Bennett hat uns manches Mal freundlich zur Seite gestanden. Aber er hatte schließlich auch selbst stets etwas davon, nämlich die Exklusivität des Zugangs zu uns und damit hohe Käuferzahlen. Er hat genug an uns verdient, glaub mir mal.«

»Du meinst also nicht, dass wir ihm diesen Platz schuldig sind?«

»Absolut nicht.« Er schaute sie ernst an. »Und ich wäre dir sehr verbunden, wenn das Thema Mister Bennett ab sofort nicht mehr in diesem Hause stattfinden würde. Und schon gar nicht in unserem Schlafgemach.«

Claires Augen wurden schmaler. Dies war doch wohl eine Steilvorlage. »Und ich wäre dir dankbar, wenn eine gewisse Miss O. nicht mehr erwähnt würde.«

»Aber ich muss doch weiterhin mit Elisabeth zusammenarbeiten.«

Elisabeth! Merkte er nicht, dass es wie ein Dolchstoß mitten in ihr Herz war, jedes Mal, wenn er diesen Namen aussprach?

»Aber nicht so begeistert, bitte schön.« Und vor allem musst du diese Zusammenarbeit nicht nach Ende der Turmbauarbeiten noch freiwillig verlängern, fügte sie in Gedanken hinzu. In Amerika! »Elisabeth, Elisabeth«, äffte sie ihn in schmachtendem Ton nach.

»Es ist … Ach, vergiss es … Gute Nacht!« Damit drehte er sich zur Wand.

»Ebenfalls!«, gab Claire zurück, in dem Bemühen, fest und entschlossen zu klingen. Aber innerlich bebte sie, und alles in ihr schrie: Bring ihn zur Vernunft, lieber Gott! Bitte bring ihn zur Vernunft! Lass meinen Mann nicht fortgehen – schon gar nicht mit dieser Elisabeth!

Kapitel 52

Claire hatte Mühe, sich aufzuraffen und eine freundliche Miene aufzusetzen, als es am darauffolgenden Wochenende in die Nähe von Bordeaux ging, um Valentines Hochzeit mit dem Conte zu feiern. Valentine war schon Tage vorher ein Nervenbündel gewesen, das jedes Mitglied des Hausstands beinahe in den Wahnsinn getrieben hatte.

Das Kleid hatten sie rechtzeitig von Madame Dupin abholen können – und es war wirklich ein Traum in Weiß geworden: Als Valentine es anzog, traten Claire Tränen der Rührung in die Augen. Die fein gearbeiteten Schöße fielen wie Volants über den voluminösen bodenlangen Rock mit der ausgeprägten Tournüre und erinnerten an das edle Federkleid eines Schwans. Schmucksteine verzierten den Halsausschnitt und die Ärmelsäume und glänzten bei jeder Bewegung. Das sehr schlicht gehaltene Oberteil aus feinster cremefarbener Seide ließ Valentine wie eine kostbare Porzellanfigur aussehen.

Der Coiffeur zauberte ihr dazu eine aufwendige Steckfrisur, in die ebenfalls zahlreiche Schmucksteine eingearbeitet waren, von denen einige mit Spangen den langen Schleier hielten. Ein Diadem aus Camilles Familienbesitz machte Valentine vollends zur Prinzessin. Als sie so angetan, stolz und kerzengerade die Treppe in die Halle herunterschritt, wo Claire, Adi und Gustave schon warteten, konnten zumindest Claire und Gustave sich nicht gegen feuchte Augen wehren. Sie sah so schön aus, ihre kleine Schwester, dachte Claire. Und sie würde heiraten! Wie hatte das nur so schnell geschehen können? Gerade war sie doch noch ein kichernder Backfisch gewesen.

»Mein Kind, du siehst zauberhaft aus.« Gustave fand als Erster zu Worten und drückte Valentine an sich, aber nur ganz vorsichtig, damit er ihre Pracht nicht aus Versehen zerstörte. »Wie schade, dass eure Mutter das nicht miterleben kann.«

»Hast du auch die Münze im Schuh?«, fragte Adi Valentine augenzwinkernd. »Nicht, dass ihr uns später permanent auf der Tasche liegt, nur weil ihr den alten Brauch missachtet habt.«

»Natürlich habe ich sie nicht vergessen, mein lieber Schwager«, gab Valentine zurück. Es schien, als ob sie nach der Aufregung der letzten Tage nun völlig in sich selbst ruhte. Sie wirkte auf einmal sehr selbstbewusst und beinahe erwachsen. Ganz so, als könne man sie heiraten lassen. »Gefalle ich dir auch, große Schwester?«, fragte sie und lächelte, weil sie die Antwort natürlich kannte.

»Du bist die schönste Braut, die ich je gesehen habe, ma chérie«, antwortete Claire und gab ihr einen Kuss auf die Wange. »Camille kann sich glücklich schätzen.«

Die Glocken läuteten bereits, als sie in dem Örtchen, in dem sich die Kirche befand, eintrafen. Jacques lenkte die Kutsche direkt vor das Eingangsportal, das mit Blumengirlanden geschmückt war. Die Festgemeinde hatte sich schon versammelt, Stimmengewirr und Lachen klangen zu ihnen heraus. Sie war offensichtlich sehr fröhlich, die neue italienische Verwandtschaft, dachte Claire und stellte sich vor, wie die eine Hälfte des Kirchenschiffs mit den schwatzenden und scherzenden

Angehörigen des Conte, die andere mit ihren etwas ruhigeren Verwandten gefüllt war – Onkel, Tanten, Cousinen und Cousins, aber natürlich auch all ihre Geschwister waren aus den Internaten angereist. Und Manon und Robert waren schon vorausgefahren und würden in der ersten Bankreihe warten. Es fühlte sich also fast ein wenig an wie zum sommerlichen Familienfest in Vevey, dachte Claire. Wie schön, endlich mal wieder alle zu sehen – und einen ganzen neuen Familienteil dazuzubekommen! Was für ein Abenteuer, in das Valentine sich da stürzte. Und sie alle gleich mit.

Gustave stieg als Erster aus der Kutsche und reichte Valentine den Arm.

»Dein Brautstrauß!«, rief Claire und überreichte ihr das Bouquet aus weißen Rosen und einer zentralen kräftig roten Kamelienblüte, die sie von ihrer Pflanze im Salon abgeschnitten hatte. Dann kletterte sie mit Adi aus der Kutsche und verabschiedete sich von Valentine, ihrer kleinen Schwester, die gleich von Vater in die Kirche geführt werden würde.

Und die die Kirche als Comtessa Piccioni verlassen würde.

So geschah es, und als die Rosenblätter ausgestreut waren und das Brautpaar unter dem Jubel der Gäste über sie schritt, rollten Claire Tränen der Freude über die Wangen. Ihre kleine Schwester war verheiratet! Und die beiden sahen so glücklich aus, so passend füreinander. Sie würden ein gutes Leben zusammen führen.

Das hatte sie allerdings auch nach ihrer Hochzeit mit Adi gedacht, erinnerte sie sich. Es war ein so wunderbarer Tag gewesen, sie wünschte, sie könnten ihn wiederholen.

Sie hatten in der kleinen Kapelle bei Vevey geheiratet.

Valentine und die anderen Geschwister hatten Blumen gestreut, als sie hinausgetreten waren, vor die wunderbare Bergkulisse mit dem See im Hintergrund. Adi hatte ganz fest ihre Hand gehalten. Als sie durch das Spalier der Familienmitglieder gingen, sahen sie in lauter strahlende Gesichter. Auch Adis Eltern waren noch dabei gewesen. Claire durfte nicht daran denken, dass sie im Winter darauf bereits verunglückt waren, verschüttet von dieser Lawine während ihres Urlaubs in den Dolomiten. Ein furchtbarer Einschnitt in ihrer jungen Ehe. Aber sie und Adi hatten es gemeinsam überstanden, hatten sich in der Trauerzeit ins Ferienhaus nach Vevey zurückgezogen, viel geredet und lange Spaziergänge unternommen, bis sie schließlich nach Paris zurückgekehrt waren, Adi in der Firma angefangen hatte und Robert geboren wurde. Wie weit entfernt ihr das alles nun vorkam. Jetzt beherrschte der Turm ihr Leben. Der mächtige Turm. Man konnte sich verstecken hinter ihm, in Geschäftigkeit ertrinken. Manchmal dachte sie, Adi tat das, um sich vom anhaltenden Schmerz über den Verlust seiner Eltern abzulenken.

Claire zwang sich, weiterhin ein fröhliches Gesicht zu machen, als Valentines Hochzeitsfeier nun lustig vonstattenging und die adelige italienische Verwandtschaft sich als kein bisschen steif entpuppte, sondern offen und herzlich auf die Eiffels zukam und sie in die Spiele und Musikstücke, die die Schwestern des Conte sich ausgedacht hatten, einbezog. Es wurde ein bunter und lustiger Nachmittag auf dem Gutshof der Großtante mit Camille und Valentine als strahlendem Mittelpunkt. Man sah, wie sehr sie in Einklang miteinander waren – und in ihrer Ehe sein würden –, als sie gemeinsam die Croquembouche, die Hochzeitstorte aus mit Karamell überzogenen

Windbeuteln, zerteilten und sich unter dem Gejohle der Familie gegenseitig damit fütterten.

Später am Abend zog Valentine Claire mit sich nach draußen in die herbstliche Nacht. Obwohl sie fröstelten, setzten sie sich auf die Bank unter dem großen Kastanienbaum. »Ich danke dir, große Schwester«, sagte Valentine unvermittelt.

»Wofür?« Claire zog sich den Umhang ein wenig enger um die Schultern und merkte, wie verschwitzt vom Tanzen sie noch war.

»Dafür, dass du mir Camille nicht ausgeredet hast.« Valentine stupste sie grinsend in die Seite, wurde aber sogleich wieder ernst: »Und dafür, dass du immer für mich da warst, für mich und die Geschwister. Ich weiß, dass es für dich auch nicht immer einfach war, die starke Claire an Vaters Seite zu sein.«

Claire sah ihre Schwester erstaunt an. Das hatte sie noch nie ausgesprochen.

»Du hast uns Kinder gut durch diese schwere Zeit gebracht. Und Vater auch.« Valentine nickte ernst und strich Claire eine Strähne aus dem Gesicht, die sich beim Tanzen aus der Hochsteckfrisur gelöst hatte. »Und du bist jetzt auch genau die Richtige als Privatsekretärin an Vaters Seite.« Sie umarmte sie.

»Danke, Valentine«, sagte Claire mit Tränen in den Augen.

»Wenn ich nun auf Hochzeitsreise gehe, bin ich in Gedanken auch bei dir. Und wenn ich später einmal zehn Kinder habe und in Italien auf dem Land lebe, dann komm bitte zu mir, wenn du Kummer hast, versprochen?« Sie lachte unter Tränen, aber das Lachen erstarb und wich Besorgnis. »Hast du Kummer? Mir scheint, zwischen dir und Adi läuft es momentan nicht so gut. Kann das sein, oder täusche ich mich?«

Claire wandte sich ab und ließ den Blick über den dämmrigen Hof gleiten, in dem nun ein Bediensteter umherging, um Fackeln anzuzünden, die für gemütliche Abendstimmung sorgen sollten. Wie sollte sie Valentine nur antworten? Die Schwester hatte mit ihrem feinen Gespür die Lage ganz richtig erfasst. Aber was würde es jetzt bringen, wenn sie ihr ihre Sorgen offenbarte? Valentine feierte heute ihre Hochzeit, erlebte den schönsten Tag ihres Lebens. Den wollte Claire ihr nicht mit Sorgen und Nöten trüben. Sie drehte sich zu Valentine und sagte mit einem Lächeln: »Nein, ma chérie, da täuschst du dich. Wir haben nur ein wenig viel zu tun. Es ist alles in Ordnung zwischen Adi und mir.«

Valentine war offensichtlich erleichtert, das zu hören, und wollte es gerne glauben. »Wenn aber doch mal etwas ist, dann vertraust du dich mir an, ja? Du musst nicht immer alles alleine schultern, Claire, verstehst du?«

Die Tür zur Feststube öffnete sich, Lärm, Musik und Essensduft strömten in den Hof. Camille trat heraus.

»Da bist du ja, Schatz. Kommst du? Wir wollen doch noch mehr tanzen an unserem Ehrentag, nicht?« Er zwinkerte Claire zu und zog Valentine mit sich.

Claire blieb noch einen Moment unter der Kastanie sitzen. Ein wenig hoffte sie, dass auch Adi herauskäme, um sie zu suchen. Dass er sich zu ihr setzen und ihr versichern würde, dass sie keine Angst zu haben brauche – dass er nicht weggehen würde.

Aber er kam nicht.

Als es zu kalt wurde, raffte Claire ihren Umhang und ging wieder hinein.

Kapitel 53

Valentine und Camille traten ihre Hochzeitsreise nach Florenz an, alle anderen kehrten zurück zu ihren jeweiligen Aufgaben. Es war ein Donnerstag wie jeder andere, als der junge Ingenieur, der für gewöhnlich als Kurier zwischen der Baustelle und dem Büro pendelte und Zeichenpläne transportierte, gegen Mittag mit vor Schreck geweiteten Augen ins Büro gerannt kam. Der heftige Windzug in seinem Gefolge wehte die Pläne von den umliegenden Zeichentischen auf den Boden.

Alle blickten auf. Das Entsetzen in seinen Gesichtszügen ließ sie schweigen. Niemand bückte sich nach den Zeichnungen.

Dann brach es aus ihm heraus: »Ein Arbeiter ist abgestürzt! Aus hundertzwanzig Metern!«

Claire, die gerade mit ihrem Klemmbrett bei Sauvestre stand, um mit ihm den Innenausbau der Zeitungsredaktion zu besprechen, zuckte zusammen. Nein! Oh, bitte, nein! Es hatte doch so gut funktioniert bisher, die Arbeiter waren so sorgsam und flink gewesen. Es war nichts passiert, all die Monate!

»Es handelt sich um …« Der junge Ingenieur konnte seine Tränen nun nicht mehr zurückhalten und schluchzte unterdrückt. »Es handelt sich um Giovanni Montatore!«

Claire spürte, wie ihr die Beine wegsackten. Sie schaffte es gerade noch, sich einen Schemel heranzuziehen und sich zu setzen. Nein! Bitte nicht Giovanni! Bitte nicht! Sie spürte, wie ihr Magen in Wallung geriet und der Inhalt die Speiseröhre hinaufkroch, griff nach einem Papierkorb und spie hinein. Würgend und weinend blieb sie auf ihrem Schemel, während um sie herum die Kollegen in laute, verzweifelte Diskussionen verfielen.

Wo war nur Adi? Gustave? Waren sie etwa auf der Baustelle gewesen, als es passierte? Und wie hatte es nur geschehen können? Giovanni war doch bei Weitem der Vernünftigste und Vorsichtigste, das Vorbild für so viele der Arbeiter.

Langsam erhob sie sich von ihrem Schemel, sie musste sich an der Kante des Tisches festhalten, um nicht das Gleichgewicht zu verlieren. Dann nahm sie Sauvestres Lineal und hieb damit mehrmals auf den Holztisch, bis alle sich anblickten.

»Meine Herren«, sagte sie mit zittriger Stimme. »Ich erkläre den heutigen Arbeitstag für beendet. Bitte gehen Sie nach Hause und versuchen Sie, Ruhe zu bewahren. Morgen früh um acht Uhr kehren Sie bitte an Ihre Arbeitsplätze zurück. Wir werden dann erklären, wie wir weiter verfahren werden.«

Danach setzte sie sich wieder auf den Schemel und sank in sich zusammen, nahm kaum wahr, wie sich der Raum leerte und dass die Zeichentische mit ihrem Zettelwust und den Zeichenutensilien kreuz und quer über die Tischplatten verteilt zum ersten Mal seit beinahe zwei Jahren verwaist waren.

Sie spürte noch, wie Sauvestre ihr die Schulter drückte, bevor er als Letzter das Büro verließ.

Danach sank sie auf den Fußboden, rollte sich dort zusammen und weinte und weinte.

Kapitel 54

Sie lag dort, bis Adi kam, sie aufhob, zur Kutsche trug und zu Hause direkt ins Schlafzimmer brachte, wo Nanette bereits einen Tee bereitgestellt hatte. Claire streckte sich auf dem Bett lang aus und vermochte erst einmal nichts, als mit geschlossenen Augen zu liegen. Ihre Gedanken drehten sich und zeigten ihr Schreckensbilder: Giovanni fallend, Francesca beim Hören der Nachricht, die Arbeiter, die Büroangestellten, die Zuschauer, die stets auf der Baustelle anwesend waren, Giovanni, Francesca, die Arbeiter, die Büroangestellten, die Zuschauer, Adi, Gustave, Giovanni, Francesca, die Arbeiter ... Dazu die Schreie, die furchtbaren Schreie! Vom fallenden Giovanni, von allen, die vor Ort waren! Sie hielt sich die Ohren zu, aber das half nichts. Adi streichelte sie und sprach beruhigend auf sie ein. Die Worte indes verstand sie nicht, die Worte blieben fern, da war nur dieses quälende Karussell aus Giovanni, Francesca, den Arbeitern, den Büroangestellten, den Zuschauern, Giovanni ...

Sie schrie auf, aber der Schmerz ging nicht fort. Schließlich richtete sie sich auf und verlangte nach dem Tee. Sie musste zu Francesca. Sie musste ihr zur Seite stehen. Jetzt sofort.

Adi versuchte, sie zurückzuhalten: »Bitte, Claire, geh jetzt nicht. Wir werden morgen alle zusammen ...«

Sie schob ihn weg und lief hinaus vor die Tür, wo Jacques neben der Kutsche stand, als habe er die ganze Zeit gewusst, dass sie wieder herauskäme. Sie brauchte nicht zu sagen, wo es hingehen sollte.

Als sie in die staubige Gasse des Arbeiterquartiers einbogen, war niemand zu sehen. Das ganze Viertel lag lahm. Die Baugeräusche vom Turm fehlten. Nur die Räder der Kutsche knirschten leise auf dem Sand, auf dem Weg, den Giovanni täglich gegangen war.

Jacques hielt vor Francescas Hütte und half Claire beim Aussteigen. Ihr Gang fühlte sich immer noch sehr unsicher an, und sie merkte, wie sie beim Heruntersteigen in den Knien einknickte, sodass sie fast nicht mehr in die Gerade kam.

Jacques führte sie bis zur Hüttentür. Auf ihr Klopfen kam keine Reaktion. Sie klopfte noch einmal. Da endlich hörte sie ein sehr leises und schwaches »Si«.

Sie öffnete die Tür und trat ein. Im Licht einer einzigen Kerze auf dem Tisch erkannte sie Francesca auf dem Bett liegen. Diese hatte die Augen geschlossen, trotzdem wusste sie offenbar sofort, wer gekommen war. »Setz dich zu mir, Claire«, sagte sie leise.

Claire setzte sich auf die Bettkante und nahm Francescas Hand. Sie war eiskalt und zitterte. Mit beiden Händen versuchte sie, sie zu wärmen, aber alles Leben schien daraus entwichen zu sein. »Francesca, ich kann dir gar nicht sagen, wie …«

»Schsch«, unterbrach die andere sie. »Schsch. Spürst du es nicht? Spürst du den leichten Luftzug? Er ist hier, um sich zu verabschieden.«

Claire biss die Zähne zusammen und drückte fester Francescas Hand, während diese so leise weitersprach, dass Claire Mühe hatte, ihre Worte zu verstehen. »Er war vorhin auch schon hier, als die Kinder noch bei mir waren. Ich habe es genau gespürt. Er hat sie alle drei noch einmal in den Arm genommen und sie gesegnet, weißt du. Sie sind jetzt bei einer Familie drüben auf der anderen Seite der Gasse. Dort sind sie gut aufgehoben heute Nacht. Sie haben noch nicht verstanden, was passiert ist.« Sie schwieg, ihr Atem ging schwer wie der einer alten Frau. Auch ihr Gesicht mit den geschlossenen Augen, den eingefallenen Wangen und den herausstehenden Kieferknochen wirkte plötzlich greisenhaft. Erstmals fielen Claire graue Strähnen in dem doch vormals so ebenmäßig schwarzen Haar auf.

»Kann ich dir etwas zubereiten? Einen Tee? Eine Brühe?«, fragte Claire und strich eine der grauen Strähnen aus dem Gesicht der Italienerin. Die ließ es geschehen, sprach aber mit ihrer leisen Stimme weiter, ohne auf die Worte zu reagieren: »Weißt du, der Feind kommt, um zu rauben und zu stehlen. Und zu morden. Er kommt. Und immer zur Unzeit.« Sie zog Claire näher zu sich heran. »Wir hatten das Geld für unser Haus in der Bucht von Genua beinahe zusammen. Ich hatte mich schon nach einer Schule für die Kinder erkundigt. Sobald wir hier fertig gewesen wären, wollten wir dort hinziehen. Schon nächsten Sommer.« Sie schluckte schwer. »Schon nächsten Sommer.«

Stille trat ein, eine Stille, in der nur dieser ganz leichte Luftzug zu spüren war, der kaum die Flamme der Kerze bewegte.

»Leg dich zu mir, Claire, wenn es dir nichts ausmacht. Bleib hier, und halte meine Hand. Ich werde versuchen, zu schlafen und Kraft zu schöpfen. Damit ich morgen wieder meine Kinder versorgen kann. Meine und Giovannis Kinder.«

Claire legte sich neben Francesca auf das breite Bett und

hielt ihre Hand. Sie hörte nicht, wie Francescas Atem gleichmäßiger wurde und sie einschlief. Denn er ging nicht gleichmäßiger, und sie schlief nicht, keine Sekunde. Claire hielt Francescas kalte Hand bis zum Morgengrauen.

Dann stand sie auf und brühte ihr einen Tee, den die Freundin mit langsamen Schlucken zu sich nahm.

Kapitel 55

Die Trauerfeier würde in Italien stattfinden. Giovannis Körper wurde in die Heimat überführt. Natürlich übernahm die Firma Eiffel die Kosten, und Francesca bekam die Lebensversicherung ausgezahlt und eine Sonderzahlung obendrein. Aber der Schmerz war nicht mit Geld aufzuwiegen. Er zog mit nach Italien. Aber von nun an hing er auch über der Baustelle, bleischwer, stahlschwer. Glühendes Eisen in den Eingeweiden aller Beteiligter.

Die Presse, insbesondere *Le Temps*, hatte sich natürlich sofort auf das Ereignis gestürzt, hatte die Arbeitsbedingungen hinterfragt, ohne zur Kenntnis zu nehmen, dass die Arbeiter ein eingespieltes, effizientes und sicheres System entwickelt hatten, die besten Versicherungen besaßen und dank Francescas Intervention und dem Streik vor ein paar Monaten auch die humansten Arbeitszeiten und Sonderzahlungen, die es bisher je auf einer Baustelle gegeben hatte.

Giovannis Sturz war ein tragischer Unfall gewesen. Wie die Kollegen, die Augenzeugen des Vorfalls geworden waren, berichteten, hatte ein neuer, unerfahrener Arbeiter, der nach dem Streik auf einen der freien Posten nachgerückt war, dort oben die Nerven verloren und war in Panik geraten. Er war von seiner Arbeitsbühne nicht mehr zurück auf den Turmrumpf gekommen. Giovanni, der das mitbekommen hatte, wollte dem Kollegen schnell zu Hilfe eilen. Dabei war er auf dessen liegen gebliebenem Hammer ausgerutscht und hatte das Gleichgewicht verloren.

Am Vormittag des dritten Tages nach dem Unfall begleitete Claire Francesca und die Kinder zum Zug, der sie in die Heimat bringen würde. Francesca bedankte sich für die gute Behandlung, die sie hier von Anfang an erfahren hatten. Sie wolle nun für die Kinder da sein, daheim in der Nähe der Familie und in Gedanken bei Giovanni, der sich eine gute Ausbildung und ein gutes Leben für die Kinder gewünscht hatte.

Als der Zug mit seiner Rauchwolke stampfend und keuchend die Bahnhofshalle verließ, stützte Claire sich auf Jacques' Arm und ließ sich zur Kutsche führen. Sie war noch nicht in der Lage, wieder ins Büro zu fahren, um dort weiterzuarbeiten. Sie musste raus aus der Mühle, raus aus dem unerbittlichen Rhythmus der Stahlträger, Hämmer, Kräne, Loren und Frachtkähne, die keine Sekunde Verzug duldeten. Denn es war eine Maschinerie, die sie da betrieben. Ein Uhrwerk. Sie musste sich selbst – das kleine Rädchen, das sie war – für kurze Zeit herausnehmen, um später wieder funktionieren zu können.

Für die letzten Meter bis zur Spitze.

Und so ließ sie sich von Jacques zum Marché aux Fleurs, zum Blumenmarkt bei Notre-Dame, kutschieren. Sie hatte das Bedürfnis, in die Farbenpracht abzutauchen, im süßen Duft zu versinken. Sich Lebensenergie zurückzuholen!

Gedankenverloren lief sie durch die Gänge, an deren Seiten ihr in Rot, Gelb, Blau, Violett, Weiß, Rosa die prächtigsten Blüten entgegenleuchteten. Orchideen, Schwertlilien, Papageienblumen, Ananaspalmen, Rosen, Gardenien, Chrysanthemen, Hortensien – Claire konnte nicht genug sehen und riechen. Der Geräuschteppich aus dem Geplapper der Kundinnen und Blumenfrauen, dem Rascheln des Einwickelpapiers, dem Umfüllen von Wassereimern und dem Geklimper von Münzen tat sein Übriges, um sie in einen Traumzustand zu versetzen. Vor ihren Augen, die sich immer wieder mit Tränen füllten, wenn sie daran dachte, wie steif Francesca in dem Bahnabteil gesessen hatte, umgeben von ihren drei Kindern, die winkten, als ob es ein Abschied zu einer Urlaubsreise sei, verschwammen die Farben und Formen der vielen Blüten zu einem einzigen Gemälde. Grob skizziert mit dicker Ölfarbe, ein wenig wie bei diesem Vincent van Gogh. Vielleicht hatte er doch bald Erfolg mit seinen ländlichen und botanischen Motiven. Denn er hatte erkannt, wie beruhigend und sinnstiftend die Natur war, nicht nur im realen Leben, sondern auch auf der Leinwand.

Sie riss sich von ihren Gedanken los und ging direkt auf eine der Blumenfrauen zu, die besonders schöne königsblaue und leinenweiße Schwertlilien anbot. Gleich drei ganze Sträuße kaufte sie. So tröstlich wirkten die klaren Farben und die stolzen Blüten. Sie musste sie mitnehmen. Der Packen, den die Blumenfrau ihr in den Arm legte, wog schwer.

Sie würde die Pracht zu Hause im Salon aufstellen und den Blüten beim Verblühen zuschauen. Und dann, wenn sie verblüht wären, dann wollte Claire wieder mit voller Kraft an die Arbeit gehen.

Kapitel 56

»Es tut mir außerordentlich leid, was da passiert ist«, sagte Gordon Bennett, als er einige Tage nach ihrer Rückkehr im Büro auftauchte. Sie hatte die Tage zu Hause wie unter einer Glasglocke verbracht, hatte mit Robert gespielt und sich um ihre Kamelie bemüht. Außerdem hatte sie Einlass in Nanettes Küche begehrt und eine große Menge Madeleines gebacken, um sich abzulenken. Nun saß sie zwar wieder am Schreibtisch, aber die innere Unruhe wollte nicht weichen.

»Möchten Sie eine Madeleine?« Bemüht um normale Konversation hielt sie Bennett die Schale hin, die sie auf ihrem Tisch platziert hatte und an der schon der ein oder andere Mitarbeiter vorbeigekommen war, um zu kosten.

»Oh, vorzüglich«, sagte Bennett, nachdem er pflichtschuldig probiert hatte, dann kehrte er zum Grund seines Besuches zurück. »Ich wollte mein Entsetzen ausdrücken über diesen furchtbaren Unfall. Aber ich hoffe sehr, Sie lassen sich davon nicht erschüttern, sondern bringen Ihre Arbeit zu Ende.«

Sie erwiderte nichts, sondern blätterte in ihrem Notizheft, sodass er weitersprach: »Ich bin nach wie vor ein großer Anhänger Ihres Turms und der Personen, die an ihm arbeiten, besonders von einer.« Er lächelte charmant.

»Mister Bennett, das haben wir doch nun inzwischen wirklich ausgeräumt, denke ich«, entgegnete Claire und verschränkte die Arme.

»Haben wir, werte Madame Salles, keine Sorge. Inzwischen habe ich es sogar verkraftet, dass *Le Figaro* dort oben auf dem Turm produzieren wird.« Er lächelte. »Ich habe mir nämlich einen wunderbaren Standplatz mitten auf der Weltausstellungsfläche auf dem Champ de Mars besorgt, ganz in der Nähe der *Galerie des Machines*, von wo aus man sich von meinem Fotografen mit dem Eiffelturm im Hintergrund fotografieren lassen kann. All diese Fotos drucken wir dann in meiner Zeitung. Jeden Tag eine Doppelseite voll. Und natürlich werden die Herrschaften, die abgelichtet wurden, sich diese Ausgabe sichern wollen.«

»Es freut mich, dass Sie diese Lösung gefunden haben, Mister Bennett«, sagte Claire. Es war sehr freundlich von ihm, dass er extra noch einmal bei ihr vorsprach. Aber – es fühlte sich beinahe an wie ein endgültiger Abschied. Würde es einer sein?

»Meine liebe Madame Salles, ich bin sehr gespannt auf den fertigen Turm, doch ich muss leider Ihre Einladung zum feierlichen Empfang bei der Weltausstellungseröffnung, die Sie mir haben zukommen lassen, ablehnen.«

»Ach ja? Wo Sie dem Turm so verbunden waren all die Monate?«

Er verneigte sich. »Ich muss leider ablehnen, da genau zu diesem Zeitpunkt nun endlich meine Ballonfahrt-Reportage angesetzt ist. Sie werden deshalb auch verstehen, dass ich meine Einladung an Sie, mich in die Lüfte zu begleiten, hiermit zurückziehe, da Sie als Gastgeberin ja verhindert sein werden. Ich habe mich auch schon entschlossen, wer Ihren Platz stattdessen bekommen wird.«

»Wie schön.«

»Ich werde zwei meiner Landsleute mit an Bord nehmen, die ebenfalls in enger Verbindung zum Turm stehen und ihre wahre Freude daran haben werden, an Ihnen vorbeizuschweben an einem solch besonderen Tag«, sagte er eifrig.

»Dann wünsche ich Ihnen und den Herrschaften natürlich viel Freude. Und ich bin gespannt auf die Fotografien, die dabei entstehen werden. Man sieht sie doch dann bestimmt auch in der Zeitung?«

Bennett nickte, es schien, als habe er die Sonderausgabe dazu schon vor Augen. »Wir werden dort oben ein Interview führen. Über dem vollendeten Eiffelturm schwebend, erzählen zwei amerikanische Ingenieure von ihren maßgeblichen Kontributionen zum Turm. Wundervoll!«

Zwei amerikanische Ingenieure. Das konnten doch nur …

»Mister Otis und seine entzückende Tochter sind sehr angetan von meiner Idee. Sie sind noch nie mit einem Ballon gefahren.«

Claire jubelte innerlich. Er nahm Miss O. mit? Sie käme nicht zu dem großen Eröffnungsempfang auf dem Turm? Wie wunderbar! Vielleicht schwebte der Ballon mit ihnen fort – fort, fort, fort. Bis nach Amerika. Sie hätte nichts dagegen. Gar nichts. Nichts. Aber ach…

Plötzlich befiel sie wieder diese Unruhe, und indem sie einen Termin vorschob, der gleich anstünde, verabschiedete sie Mister Bennett. Als sie ihn beobachtete, wie er mit schnellen Schritten durch die breite Tür der ehemaligen Fabrikhalle auf die Straße entschwand, merkte sie, dass sie ihm für alles, was er getan hatte, sehr dankbar war. Sie würde die gemeinsamen Momente nicht vergessen: die Kahnfahrt auf der Seine, die Schießübung mit Annie Oakley, die erste Begegnung unter den Augen der goldenen Schildkröte. Sie lächelte. Mister Bennett war eben Mister Bennett, und sie wollte seine Bekanntschaft nicht missen.

Aber wenn sie ehrlich mit sich selbst war, dann trieb sie jetzt nur noch eines um: wie sie Adi doch noch daran hindern konnte, nach Amerika zu gehen! Sie begann zu zittern und merkte, wie ihr heiße Tränen in die Augen stiegen, wie immer, wenn sie an seine Pläne dachte. Wenn sie ihn doch nur irgendwie umstimmen konnte! Ach, Adi, mein Adi …

Mit Schrecken registrierte sie, wie ihr Pulsschlag plötzlich in die Höhe schoss, bis ihr schwummerig wurde. Sie sank an die Rücklehne ihres Schreibtischstuhles und musste tief durchatmen. Aber mit einem Mal setzten auch noch hämmernde Kopfschmerzen ein, dann wurde alles dunkel.

Kapitel 57

»Kommen Sie, Doktor!«, hörte sie Adis besorgte Stimme wie durch einen Wattebausch hindurch. Ihre Ohren und ihr Kopf schmerzten, sie lag in ihrem Bett und schwitzte enorm. Das Fieber hatte sie immer noch fest im Griff. Sie fühlte sich matt, konnte sich kaum aufsetzen, wenn Nanette oder Manon versuchten, ihr Brühe oder Tee einzuflößen. Wie viele Tage das jetzt schon so ging – sie hatte keine Ahnung. Hier in ihrem Bett in der ersten Etage des Palais an der Rue de Presbourg gab es keine Zeitrechnung. Hier gab es nur Fieberträume und matte wache Phasen. Und egal, in welchem Zustand sie sich gerade befand: Sie dachte nur an Adi und den nahen Abschied.

Sofort traten ihr wieder Tränen in die Augen, sodass sie den Doktor gar nicht richtig sehen konnte, als er sich nun neben ihrem Bett aufstellte und ihren Arm nahm, um den Pulsschlag zu messen. »Schwach!«, sagte er zu Adi, der besorgt daneben stand, wie sie registrierte. »Es ist nicht besser geworden seit gestern, wie ich sehe. Sie fiebert immer noch stark. Haben Sie denn keine Kompressen gemacht?«

»Aber natürlich, Doktor!«, beeilte sich Manon zu sagen, die stets in der Nähe zu sein schien.

Claire sah durch den Schlitz ihrer Augenlider, wie sich der Doktor nun über sie beugte, ihr Nachthemd anhob und sein Stethoskop an ihre Brust setzte.

»Ganz schwache Konstitution«, sagte er. »Und das nun schon

seit zwei Wochen. Zum Glück ist sie noch so jung. Ich frage mich aber, was diese Krise ausgelöst hat. Denn wie ich meine, ist es keine Grippe, sondern eine Nervenkrise.« Er deckte sie sorgfältig wieder zu. »Sie braucht weiterhin viel Ruhe und so viel Flüssigkeit wie möglich.« Er schüttelte den Kopf. »Wahrscheinlich haben Sie ihr einfach zu viel zugemutet mit dieser ganzen Turmgeschichte. Meine Rede ist ja: Frauen gehören ins Haus und sollen sich um die Familie und den Haushalt kümmern. Alles andere ist nicht gut für ihre Nerven.« Er verabschiedete sich von den Umstehenden. »Richten Sie bitte auch Gustave Eiffel einen schönen Gruß aus. Ich bewundere, was Sie dort schaffen. Alle Achtung!« Er wandte sich zum Gehen und stieß beinahe mit Vater zusammen, der gerade das Zimmer betrat. »Ach, da kommen Sie ja, verehrter Monsieur Eiffel.«

Claire hörte Vater ein paar Worte mit dem Doktor wechseln, die aber an ihr vorbeirauschten. Schon dämmerte sie weg. Als sie wieder aufwachte, merkte sie, dass ihr Vater an ihrem Bett saß und ihre Hand hielt.

»Bitte geh nicht von uns, Claire«, hörte sie seine bebende Stimme. »Geh nicht wie deine Mutter.«

Sie meinte, ein Schluchzen zu hören, und wollte etwas antworten, aber ihre Kräfte ließen es nicht zu. So gut sie es vermochte, drückte sie seine Hand und schlief wieder ein.

Aus der Zeitung *Le Figaro*, 1. April 1889:

Trikolore auf Eiffelturm-Spitze gehisst!

Bei einer feierlichen Zeremonie hat Gustave Eiffel gestern, am 31.3.1889, die Fertigstellung des Eiffelturms verkündet. Auf der Spitze in 312,27 Metern Höhe wurde die Trikolore gehisst. Bei diesem historischen Moment anwesend waren Vertreter der Stadt und des Landes. Allerdings schafften nur rund 40 von den 150 geladenen Gästen den Aufstieg bis ganz nach oben, um bei dem Ereignis dabei zu sein. Denn die Fahrstühle sind noch nicht fertig installiert, sodass die Herrschaften die Stufen erklimmen mussten.

Gustave Eiffel zeigte sich nach den knapp sechsundzwanzig Monaten Bauzeit erleichtert: »Ich bin stolz und glücklich, dass wir dieses Monument für Paris, für Frankreich errichten konnten. Der höchste Turm der Welt steht und berichtet vom Stolz unserer Nation!«

Noch sind die Maler- und Feinarbeiten in vollem Gange. Auch wir, *Le Figaro*, arbeiten fieberhaft am Aufbau unseres Pavillons in der zweiten Etage, wo die Gäste der Weltausstellung eine Souvenirzeitung mit ihrem Namen darin werden erwerben können.

Alles blickt nun gespannt auf den 6. Mai, den Tag der Eröffnungsfeier der Weltausstellung, an dem der Turm dann auch mit Fahrstuhlbetrieb und voll ausgestatteten Innenbereichen glänzen soll. Schillernde Gäste werden erwartet: Der Erfinder Thomas Edison hat sich angekündigt, ebenso wie die Schauspielerin Sarah Bernhardt und die amerikanischen Schausteller Buffalo Bill und Annie Oakley.

Die Königshäuser Europas haben ihre Teilnahme an dem Ereignis hingegen abgesagt, da die Weltausstellung zu Ehren des hundertsten Jubiläums der Französischen Revolution stattfindet.

Epilog

Am Eiffelturm, 6. Mai 1889,
Tag der Eröffnung der Weltausstellung

Jacques lenkte die Kutsche auf den Eiffelturm zu, der soeben in den Blick kam. Die dreihundert Meter wirkten schon sehr mächtig, dachte Claire, als sie ganz nach oben schaute, um die Trikolore dort wehen zu sehen. Das hatten sie geschaffen. Diesen Koloss hatten sie in den letzten gut zwei Jahren erbaut. Rückblickend kam es ihr fast wie ein Wunder vor, dass das geklappt hatte. Auch falls der eine Fahrstuhl, den Gustave und Adi mit den Technikern heute Morgen noch in Gang zu bringen versucht hatten, immer noch nicht funktionieren sollte – der Turm stand. Und er war faszinierend!

Nervös fingerte sie wieder an dem Kirschblütenzweig in ihrem Knopfloch herum. Sie war erst den dritten Tag wieder auf den Beinen, und der Kreislauf machte ihr noch Probleme. Aber natürlich musste sie heute auf den Turm! Und sie musste Adi endlich davon überzeugen, seinen Amerika-Plan aufzugeben! Er hatte sich in den letzten Wochen nach Feierabend stets rührend um sie gekümmert. Doch das Thema Amerika hatten sie wohlweislich vermieden.

»Nicht, Mama, du machst die Blüten noch kaputt!«, rief Robert und ergriff ihre Hand. »Schau doch mal, was hier los ist! Sind die Leute etwa alle wegen des Turms da?« Er staunte über die große Menschenmenge, die sich bereits unter den Turmpfeilern vor dem Eingangsbereich zum

Weltausstellungsgelände eingefunden hatte, um gleich zu den ersten Besuchern zu gehören. Aufgeregt sprang er in der Kutsche auf und ab: »Jetzt geht's hoch hinauf! Und dann gibt es gleich die salzigen Kartoffelstangen!«

Claire nickte und versuchte bewusst, tief ein- und auszuatmen. Ein und aus. In wenigen Minuten würde sie Adi oben auf dem Turm treffen.

Robert klatschte in die Hände vor Freude, als Jacques die Kutsche zum Stehen brachte. Er wartete nicht, bis man ihm die Tür öffnete und ihm heraushalf, sondern kletterte schon selbst die Stufen hinunter, wobei er sich an dem Griff in der Kutschentür festklammerte. »Komm doch endlich, Mama!«, rief er und sprang von einem Bein aufs andere, bis sie, gestützt von Jacques, ebenfalls unter dem Ostpfeiler des Turms ankam und hinaufschaute. Die Stahlstreben über ihrem Kopf verschwammen zu einem Gitter wie auf einer schnell dahingehuschten Bleistiftskizze. Beinahe hätte sie das Gleichgewicht verloren, wenn Jacques sie nicht festgehalten hätte. »Alles in Ordnung, Madame Salles?«, fragte er leise. »Soll ich Sie bis zum Eingang begleiten?«

»Das wäre ganz reizend«, erwiderte sie, weil sie merkte, dass sie ihren Beinen noch nicht ganz trauen konnte. Robert hüpfte vor ihnen her durch den freigehaltenen Bereich, der von wartenden Schaulustigen gesäumt wurde. Sie erhofften sich wohl einen Blick auf die Berühmtheiten, von denen einige zur feierlichen Eröffnung geladen waren. Claire und Robert erkannte zum Glück niemand, denn alles konzentrierte sich auf die Schauspielerin Sarah Bernhardt, die nun dicht hinter ihnen aus einer Kutsche stieg und Jubelstürme hervorrief.

»Wird es gehen, Madame?«, fragte Jacques besorgt, als sie den Aufzug erreichten, der sie in die erste Etage bringen sollte.

Sie bejahte und dankte ihm.

»Ich wünsche Ihnen von Herzen viel Erfolg.«

Claire war nicht ganz klar, ob Jacques damit die Eröffnungsfeier meinte. Er, Nanette und auch Manon bekamen doch vermutlich viel mehr von den familiären Gegebenheiten mit, als sie ahnte.

Wie gut, dass Manon oben auf dem Turm bereits wartete und Robert in Empfang nehmen würde, um mit ihm eine Turmführung nach Kindergeschmack zu machen und die heiß ersehnten »salzigen Kartoffelstangen« zu essen, während Claire sich gemeinsam mit Gustave und Adi um die Begrüßung der Ehrengäste kümmern würde. Bevor sie dann endlich, endlich Gelegenheit bekäme, mit Adi alleine zu sprechen!

Sie sehnte den Moment herbei – andererseits hatte sie jedoch fürchterliche Angst davor. Was, wenn Adi wütend wurde, weil sie das Thema noch einmal aufmachte? Er hatte doch klar und deutlich geäußert, dass er gedenke, die Chance in Amerika wahrzunehmen.

Ihr Herz begann heftig zu schlagen, ihr Atem ging schwerer. Aber sie zwang sich zu einem Lächeln, als sie nun in den Lift geleitet wurden und zwischen freudig schwatzendem Ausschankpersonal nach oben zur ersten Plattform schwebten.

Adi und Gustave standen gleich im Ankunftsbereich. Girlanden aus blau-weiß-rotem Papier und Trikolore-Fähnchen schmückten die Stahlstreben und die Pavillons. Auf hohen Tischen mit feinen weißen Decken standen Champagnerflöten bereit, die Gustave eigenhändig zurechtrückte. Robert entdeckte sofort Adi, rannte auf ihn zu und flog in seine Arme.

Der wirbelte ihn herum und küsste ihn. »Mein kleiner Junge! Lass dich ansehen! So schick bist du heute in deinem Frack und deinem Zylinder!«

»Du aber auch, Papa!«, sagte Robert. »Endlich sehen wir mal ganz gleich aus.«

Adi lachte. »Genau. Uns gibt es zweimal. Einmal in groß, einmal in klein.«

Claire zerriss es fast das Herz. Und diese Nähe, dieses Necken, diese Fröhlichkeit wollte Adi ihnen rauben? Sich selbst, dem kleinen Robert und auch ihr? Nachdem er mehrere Monate weg gewesen wäre, vielleicht sogar ein ganzes Jahr – würde der Junge seinen Vater dann noch so zwanglos und liebevoll begrüßen?

»Guten Abend, meine hübsche Gattin«, sagte Adi lächelnd und küsste Claire sanft, bevor er sie besorgt musterte. »Du bist wunderschön gekleidet, aber mir scheint, deine Seele schwingt in Moll? An solch einem schönen Anlass?«

Er war wirklich zu arglos. War ihm denn gar nicht bewusst und störte es ihn nicht, dass ihnen nur noch wenige gemeinsame Stunden blieben, bis er nach Amerika aufbräche?

»Ach du je, jetzt ist Thomas Edison unten vorgefahren!«, rief Gustave nach einem Blick über die Brüstung und wirkte nicht minder aufgeregt als sein Enkelsohn. »Er ist tatsächlich gekommen! Los, stellt euch alle auf, wir wollen ihn gebührend begrüßen.« Damit drängte er Claire neben sich auf die eine Seite, Adi auf die andere und drehte sich gespannt der Lifttür zu, aus der gleich der erste Schwung Gäste treten würde. Claire beugte sich noch schnell zu Robert und gab ihm einen Kuss, bevor er an Manons Hand lustig plappernd zu seiner Turmführung aufbrach. Beim Weggehen drehte sich Manon noch einmal zu Claire um und gab ihr mit einer Geste zu verstehen, dass sie ihr die Daumen drückte. Ach, gute Manon!

Da öffneten sich auch schon die Fahrstuhltüren, und die ersten Besucher strömten aufgeregt aus der Kabine.

Thomas Edison war unter ihnen und nicht zu übersehen. Er war ein großer Mann, der sich behände und geschmeidig bewegte. Seine Schnelligkeit im Denken übertrug sich scheinbar auf seinen ganzen Körper. Er wirkte, als habe er gar keine Zeit, auf einem Fleckchen stehen zu bleiben. Beinahe wie ein Boxer, der den Gegner belauert, um zum Hieb auszuholen. Nur dass seine Hiebe blitzschnelle Gedanken waren. Claire stellte sich vor, wie er zu Hause ständig Ideen auf Zetteln notierte und nicht flink genug in seine Werkstatt eilen konnte, um sie umzusetzen. Aber er war ein sehr freundlicher und lustiger Mann, der bei der Begrüßung gleich alle Anspannung herausnahm, indem er einen Witz über sich selbst machte und erzählte, wie er am Morgen beim Frühstück im Hotel in Gedanken bei seinem Sprach- und Bildübertragungsapparat gewesen sei und den Dijonsenf mit der Pfirsichmarmelade verwechselt habe.

»Mister Edison, Sie können sich gar nicht vorstellen, wie sehr ich mich über Ihren Besuch freue!«, sagte Gustave unnötigerweise, denn das las man ihm deutlich vom Gesicht ab. »Kommen Sie, ich führe Sie persönlich herum, bis es nachher Zeit ist für die Festrede. Aber das dauert noch, bis alle Gäste eingetroffen sind.« Er nickte Adi und Claire zu: »Ihr übernehmt doch hier gemeinsam, ja?« Damit war er schon mit Mister Edison fort.

Wir übernehmen hier gemeinsam. Ja, so stellte Gustave sich das vor.

Sie riss sich zusammen und begrüßte Sarah Bernhardt, die

es in ihrer kostbaren Robe aus lindgrüner Seide nun auch bis hier herauf geschafft hatte und sich wohlwollend nickend umsah. »Da ist Ihnen aber etwas sehr Feines gelungen, meine liebe Familie Eiffel«, sagte sie. »Wenn Sie hier oben in den Restaurants auch noch gutes Essen servieren, werden Sie mich hier manches Mal antreffen.«

»Das würde uns natürlich sehr ehren, Madame«, sagte Adi und deutete einen Handkuss an. »Übrigens waren und sind wir begeistert von Ihrer Darstellung der Kameliendame.«

»Vielen Dank. Das sind viele. Werde ich denn heute Abend hier auch ihren Schöpfer, den guten Alexandre Dumas fils, antreffen?«, fragte sie an Claire gewandt. »Wie ich in der Zeitung las, war er anfangs ja unverständlicherweise sehr gegen den Turm eingenommen.«

Claire musste trotz aller Sorgen, die ihr im Hinterkopf saßen, lächeln. »Auf unsere Einladung bekamen wir leider die Auskunft, Monsieur Dumas würde sich lieber nackt auf eine Wanderschaft über den Nordpol begeben, als den Turm zu betreten.«

Die Schauspielerin lachte. »Nun gut, dann soll er mal weiter schmollen. Ich kann mir nicht vorstellen, dass er das ein Leben lang durchhält. Irgendwann möchte jeder einmal von hier oben die Aussicht genießen, nicht wahr?« Sie nahm den Champagner von Adi entgegen. »Und das werde ich jetzt auch tun, bevor es dunkel wird.« Sie nickte ihnen noch einmal zu und flanierte fort.

Der Aufzug war gerade wieder unten, um die nächsten Gäste zu holen, also nahm Claire all ihren Mut zusammen: »Adi, ich möchte mit dir nachher gerne einmal alleine ein paar Worte wechseln.«

»Du siehst doch, was hier los ist. Das wird in den nächsten Stunden schwer möglich sein«, gab er zurück, als der Fahrstuhl schon wieder bei ihnen hielt und eine Fuhre neuer Gäste ablud, darunter den Grafen de Montesquiou-Fezensac, der heute ganz ohne Turban kam, aber tatsächlich seine goldene und edelsteinüberzogene Schildkröte in einem Körbchen mit sich führte.

»Meine Cleopatra wollte unbedingt auch die Aussicht genießen!«, flötete er und trug sie postwendend zur Brüstung. Gleich hinter ihm folgten Annie Oakley und Buffalo Bill stilecht in ihren Wildwest-Kostümen.

»Ich gratuliere sehr herzlich!«, sagte Annie strahlend. »Und keine Angst, ich habe meinen Colt unten gelassen.« Sie zwinkerte und schob Bill gleich weiter, damit weitere Gäste den Aufzug verlassen konnten.

Claire lächelte und begrüßte und lächelte und begrüßte und bot Champagner an. Sie erhielten Komplimente für den Turm, und jeder wollte wissen, ob er bis ganz nach oben dürfe. Das musste Claire verneinen. Die dritte Plattform konnte nicht so viele Besucher gleichzeitig aufnehmen. Deshalb kämen die Gäste heute nur bis in den zweiten Stock, wo Gustave später auch seine Festrede halten wollte.

Im dritten, ganz oben, war die private Dienstwohnung der Eiffels gestern erst fertiggestellt worden. Dorthin hatte sich Gustave nun wohl vorerst mit Thomas Edison zurückgezogen, um sich tiefschürfenden wissenschaftlichen Diskussionen hinzugeben.

Später allerdings – das nahm Claire sich vor –, nach Gustaves Rede, wenn die versammelte Festgemeinschaft auf das Feuerwerk wartete und auf der zweiten Etage weilte, dann würde sie mit Adi dort hinaufgehen, nur sie beide, ganz allein. Dort würde sie den letzten Versuch wagen, ihn umzustimmen. Ja, so würde sie es machen. Das wäre doch der beste Ort. Wenn es dort, so nah am Himmel, nicht klappte, dann … Plötzlich spürte sie, wie ihr übel wurde. Vor Aufregung? Sie entschuldigte sich schnell bei Adi, der weiter die Gäste begrüßte. War das wirklich nur die Aufregung?, schoss es ihr durch den Kopf, als sie sich einen Weg durch die Gästeschar Richtung Toilette bahnte und es nicht schnell genug gehen konnte. Oder war es ein Rückfall in ihre Krankheit? Aber nein, nein, es kam ihr anders vor. Bekannt kam es ihr vor. Aus der Schwangerschaft mit Robert. Oh, herrjemine.

»Meine sehr verehrten Mesdames et Messieurs«, rief Gustave wenig später, als Claire von ihrem Ausflug auf die Toilette zurückgekehrt war und alle Gäste das erste – oder auch schon zweite – Glas Champagner in Händen hielten. Gustave stand auf den Stufen, die von der zweiten zur dritten Etage führten. Dort oben war er gut zu sehen. »Ich bedanke mich sehr, dass Sie alle gekommen sind, um diesen besonderen Tag mit uns zu feiern und den einzigartigen Blick von unserem Turm zu genießen.« Er machte eine weite Bewegung mit den Armen. Hier, in hundertfünfzehn Metern Höhe, fielen die Häuser und der Fluss dort unten deutlich kleiner aus, beinahe schon winzig. Die Welt wirkte noch mehr, als könne man sie in einer dieser Schneekugeln präsentieren, die Claire als Kind so geliebt hatte. Aber sie konnte das Panorama jetzt nicht würdigen, sondern nur an die Aussprache mit Adi denken, die kurz bevorstand. Gustaves Worte rauschten an ihr vorbei.

»Sechsundzwanzig Monate Bauzeit haben uns als Familie

und als Firma sehr gefordert. Und wie Sie alle wissen, haben wir leider auch einen fürchterlichen Verlust erleiden müssen.« Gustave schwieg einen Moment, bevor er fortfuhr: »Deshalb wollen wir an dieser Stelle eine Gedenkminute einlegen für unseren Vorarbeiter Giovanni Montatore, der auf so tragische Weise aus dem Leben schied.« Alle senkten die Köpfe, und es wurde so still, dass man das Rumoren, das Stimmengewirr und die Kapellen von ganz unten auf dem Champ de Mars hören konnte, wo die Weltausstellung ihre Pforten nun ebenfalls geöffnet hatte.

Nach einer Minute sprach Gustave weiter: »Wir sind allen rund zweihundertfünfzig Arbeitern, die an diesem Turmbau beteiligt waren, sehr, sehr dankbar. Sie haben hervorragende Arbeit geleistet, die lange Bestand haben wird. Davon bin ich überzeugt!« Er schaute anerkennend an den Stahlstreben empor, bevor er fortfuhr: »Auch wollen wir nicht vergessen, dass wir der Wissenschaft sehr viel verdanken: Unsere Kenntnisse aus der Materialkunde, aus der Mechanik, aus der Physik haben diesen Turmbau erst möglich gemacht. Deshalb wollen wir der uns vorangegangenen Wissenschaftler ebenfalls gedenken«, er nickte eifrig, »und haben die Namen von zweiundsiebzig bedeutenden Forschern am Fries des Turms verewigt.«

Die Zuhörer klatschten.

»Aber zuallererst ist dieser Turm ein Zeichen der Stärke unserer *Grande Nation*!« Er zeigte zur wehenden Trikolore an der Spitze hinauf, die Gesichter der Menge wandten sich empor. »Er ist ein unübersehbares Zeichen unseres französischen Stolzes, unseres Erfindungsgeistes und unserer Fertigkeiten«, sagte Gustave, und seine Stimme schwankte leicht vor

Rührung. »Daher lassen Sie uns aus voller Kehle ein dreifaches Vivat auf unser Frankreich ausrufen!«

»Vivat, vivat, vivat!«, erschallte es aus Hunderten Kehlen. Die Menge klatschte und jubelte.

Als es wieder ruhig wurde, beendete Gustave seine Rede: »Und nun, meine Herrschaften, da wir in Frankreich bekanntlich nicht nur den höchsten Turm, sondern auch die formidabelste Küche haben, wollen wir an diesem Feiertag natürlich auch dieser frönen und bitten Sie zu einem festlichen Büfett in unserem Restaurant Le Jules Verne.« Er zwinkerte. »Übrigens dürfen Sie Monsieur Verne während des Essens auch gerne zu seinen neuen Romanprojekten befragen – denn dort ist er!« Er zeigte auf den Schriftsteller mitten in der Menge, der bereitwillig und lächelnd seinen Zylinder lüftete, damit man ihn erkannte.

»Ich wünsche Ihnen allen nun weiterhin einen abenteuerlichen Aufenthalt hier auf dem Turm – und später nach Anbruch der Dunkelheit viel Freude beim großen Feuerwerk und der Lichterschau!«

Unter freudigem Applaus verließ Gustave die Stufen und wurde sofort von der Menge verschluckt. Claire atmete durch. Es war geschafft. Der Turm war feierlich eingeweiht.

Nun wurde es richtig ernst.

Der Aufzug in den dritten Stock verweigerte tatsächlich weiterhin seinen Dienst, den hektischen Bemühungen des Morgens zum Trotz. Somit waren Claire und Adi gezwungen, die Stufen zu nehmen. Schon nach kurzer Zeit atmete Claire schwer. Das lange Liegen während ihrer Krankheit machte sich bemerkbar. Aber sie verbot sich, ihren Schritt zu verlangsamen und Schwäche zu zeigen, als sie vor Adi in die Höhe stieg.

Er hatte zwar gemeckert, dass er bei der Festgesellschaft bleiben wolle, aber sie hatte darauf bestanden. Und irgendetwas in ihrem Blick musste ihm verraten haben, dass er keine Wahl hatte.

So erreichten sie endlich schnaufend die dritte Plattform und traten an die Brüstung. Herrjemine, wenn man hier stand, waren zweihundertsechsundsiebzig Meter doch etwas anderes als auf dem Papier, dachte Claire. Der Wind wehte ihr eine Haarsträhne vor die Augen, sie strich sie fort. Die Stadt, der Fluss, die leichten Hügel und Wälder, wie in den Dunst gezeichnet, im Hintergrund – das alles erschien von hier oben nun wirklich gar winziger als auf einer Modelleisenbahnplatte. Und als ihr Blick den schnell ziehenden Wolken folgte, hatte sie fast das Gefühl, der Turm schwanke ein wenig.

Fasziniert schweigend standen sie da und ließen diese Miniaturwelt auf sich wirken. Claire konnte sich partout nicht überwinden, ihre erste Ansprache zu beginnen, so schön war das Bild, das sich unter ihr ausbreitete – ein lebendiges Gemälde, wie diese jungen Künstler vom Montmartre es auch nicht schöner hätten malen können, dachte sie. Langsam zog die Dämmerung heran und tauchte die Stadt in ihr blaues Licht, als Claire einen winzigen Punkt am Horizont entdeckte, von den letzten Sonnenstrahlen golden beschienen. Sie musste die Augen zusammenkneifen, so klein war er, aber tatsächlich: Ziemlich weit weg, über den Feldern und Wäldern außerhalb der Stadt, schwebte ein Gasluftballon mit Gondel am Himmel! Schau mal, können das Bennett und Miss Otis sein?, wollte sie beinahe schon rufen, verkniff es sich jedoch in letzter Sekunde und lief zur entgegengesetzten Seite der Plattform, Adi mit sich ziehend, um dort die Aussicht zu genießen.

Er trat dicht an sie heran. »Ist das nicht wunderschön, was wir da geschaffen haben? Zusammen?«, fragte er leise.

Sie nickte, und ihr Herz krampfte sich zusammen. Gemeinsam hatten sie das hinbekommen. Gemeinsam. Als Familie. Wenn er jetzt wegginge, dann wären sie nicht mehr komplett, dann wären sie …

»Claire«, sagte er auf einmal sehr ernst und drehte sie sanft zu sich um. Er hielt sie an beiden Armen, damit sie ihn anschaute, auch wenn sie es kaum wagte, denn sie wollte nicht in seine um Verständnis bittenden Augen blicken, wenn er ihr einmal mehr sagen würde, dass er seinen nächsten Karriereschritt nun mal in Amerika gehen müsse, dass er die Entwicklungschance nutzen, dass er wachsen wolle … Nein. Nein! Sie riss sich los: »Fang nicht wieder damit an, wie wichtig dieses Amerika-Projekt für dich ist!«, rief sie und stampfte auf. Gleichzeitig ärgerte sie sich über sich selbst, dass sie mit ihrem Ausbruch nun die Chance vergeben hatte, ihm ruhig und argumentativ noch einmal ihre Position zu schildern und einen letzten, innigen Appell an ihn zu richten. Aber wie konnte er nur …

»Claire!«, sagte er wieder. »Liebes, beruhige dich doch!« Er nahm sie fest in den Arm und flüsterte: »Du weißt doch, dass du und Robert das Allerwichtigste auf dieser Welt für mich seid. Wichtiger als jeder Karriereschritt.«

Was? Claire hielt ganz still in seinem Arm.

»Ich habe, während du krank im Bett lagst, sehr viel nachgedacht und mich entschlossen, das Angebot, nach Amerika zu gehen, abzulehnen«, hörte sie ihn sagen, und ihr Herz machte einen Sprung. Sie versuchte, sich aus seinem Arm zu lösen, aber er hielt sie weiterhin ganz fest. »Ich werde nicht in der Nähe von Elisabeth arbeiten und auch nicht lange fern von euch sein.«

Claire merkte, wie ihr Tränen der Erleichterung die Wangen hinunterrannen. Er war zur Vernunft gekommen, dem Himmel sei Dank! Er hatte die Familie an erste Stelle gesetzt.

»Oh, Adi«, setzte sie an, »du weißt gar nicht …«

Aber er unterbrach sie sanft: »Schsch, mein Schatz. Hör mir weiter zu.«

Sie sah ihn ängstlich an. Gab es etwa einen Haken?

»Ich gehe stattdessen nach London, um dort an einem anderen großen Projekt der Firma Otis zu arbeiten. Mit deinem Vater ist bereits alles geklärt. Er leiht mich gewissermaßen für ein paar Monate aus. Ich werde dort ebenfalls wichtige Erfahrungen sammeln können und neue Arbeitswelten kennenlernen. Es wird sehr hilfreich sein.« Er lächelte. »Na, wie gefällt dir das?«

London! Das war natürlich deutlich näher als Washington oder Philadelphia. Aber …

»Und ich bitte dich, mich mit Robert nach London zu begleiten!«, fügte er lächelnd hinzu.

Sie fiel ihm um den Hals. London! Diese Stadt hatte sie schon lange einmal besuchen wollen, den Tower, den Hyde Park und die Themse sehen! Und für Robert konnte es nur gut sein, erste Sprachkenntnisse in Englisch zu erwerben. Und sie würden dort einen hübschen Haushalt gründen und englische Gepflogenheiten kennenlernen. Und … Aber halt, was war mit Vater? Er hatte offenbar allem zugestimmt – aber sie konnten ihn doch nicht ganz alleine hier lassen. Selbst wenn Nanette und Jacques weiterhin für ihn da wären, wäre er ganz auf sich gestellt! Und sie hatte doch Maman versprochen, immer für ihn da zu sein. *Maman, liebste Maman, kann ich das jetzt machen? Kann ich denn Vater verlassen? Er wird sicher …*

»Valentine und Camille werden in der Zeit in unser Haus in der Rue de Presbourg ziehen. Sie suchen noch nach einem geeigneten Heim für ihre zukünftige Familie, denn sie wollen vorerst doch in Paris bleiben. Sie leisten Gustave Gesellschaft, wenn wir fort sind«, hörte sie Adi in ihre Gedanken hinein sagen – und da durchwogte sie plötzlich eine beruhigende Wärme, und sie meinte, von fern, im Rauschen des Windes und eingebettet im Klangmeer des regen Treibens der Weltausstellung weit unter ihnen, die Stimme ihrer Mutter zu hören: *Liebste Claire, geliebtes Kind, es ist an der Zeit, dich zu lösen. Du gehörst zu Adi und Robert. Und zu dem kleinen Wesen, das in dir wächst. Genieße das Leben, genieße London, meine tapfere Tochter! Du hast genug getan. Nun folge deinem Herzen!*

Claire wischte sich die Tränen von den Wangen und spürte, wie der ganze Druck von ihr abfiel. Sie schmiegte sich an Adi. Er würde nicht nach Amerika gehen! Sie würden zusammen eine neue Stadt erkunden! Sie war frei, und sie würden …

»Aber, Moment. Was ist mit meiner Stelle als Privatsekretärin?«, fragte sie. »Wer besetzt denn diesen Posten? Habt ihr daran auch gedacht?«

Adi lachte. »Immer pflichtbewusst, was? Ja, daran haben wir auch gedacht. Das wird ein Sekretär von Ferdinand de Lesseps übernehmen, der sich mit Wasserbau bestens auskennt. Denn Gustave und die Firma werden in nächster Zeit hauptsächlich mit dem Kanalbau in Panama beschäftigt sein.« Er zog sie wieder fest an sich. »Vergiss jetzt mal deinen Vater für eine Weile. Lass uns nur an uns denken. An uns zwei und an Robert.«

»Und an vielleicht noch einen anderen kleinen Geist«, flüsterte Claire und nickte, als Adi sie erstaunt ein kleines Stück von sich schob, um in ihren Augen lesen zu können. »Ich bin mir fast sicher, dass wir …«

Abrupt drückte Adi sie so fest an sich, dass sie fast keine Luft mehr bekam.

»Entschuldige«, sagte er erschrocken und lockerte seine Umarmung. »Dann müssen wir ja jetzt vorsichtig sein.« Er schaute auf ihren Bauch, wo natürlich noch nichts zu erkennen war, und streichelte ihn. Dann beugte er sich zu ihr und gab ihr einen langen Kuss. »Das ist zwar nicht der Montmartre, aber hier sieht uns auch niemand, nicht wahr?«, flüsterte er dicht an ihrem Ohr und küsste sie erneut.

In diesem Augenblick zischte und krachte es, schon zauberten die ersten Feuerwerkskörper rote, blaue, weiße Leuchtsterne und goldenen und silbernen Funkenregen an den Himmel über Paris.

Claire kuschelte sich ganz fest an ihren Mann und wusste nun ganz sicher, dass dies doch noch einer der schönsten Tage ihres Lebens geworden war.

Nachwort

Liebe Leserinnen, liebe Leser,

warum steht die Tochter des Erbauers als eine von nur drei Wachsfiguren im ehemaligen Privatsalon der Eiffels an der Spitze des Turms hoch über den Dächern von Paris? Diese junge, elegante Dame mit den rotblonden Locken unter dem federgeschmückten Hut und in dem bordeauxroten Tournürenkleid, den zeitgemäßen Fächer in der Hand? Sie scheint den bedeutenden Männern Gustave Eiffel und Thomas Edison zu lauschen, die rege ins Gespräch vertieft dargestellt sind.

Warum hat man sie dort mit aufgestellt? Was war ihre Rolle?

Mit dieser Frage begann meine Reise in die Geschichte des Turmbaus und der Familie Eiffel. Als ich herausfand, dass Claire die Privatsekretärin des Vaters war, wurde mir klar, dass sie einen tiefen Einfluss auf ihn gehabt haben und eng in den Turmbau und die Geschäfte der Firma Eiffel eingebunden gewesen sein muss.

Die Geschichte dieser jungen Frau zu erzählen, die einen so anderen Weg beschritt als ihre Zeitgenossinnen und die Entstehung dieses legendären Wahrzeichens der Stadt der Liebe maßgeblich begleitete – das war mir Ansporn und Freude zugleich.

Die Recherche entpuppte sich allerdings als schwierig: Zum Turmbau selbst gibt es natürlich etliche Quellen, zum

Privatleben der Eiffels und zu Claire im Speziellen hingegen kaum etwas. Claire hat keine Memoiren oder Tagebücher veröffentlicht. Es wurde zu Lebzeiten wenig über sie berichtet. Als Orientierung diente mir deshalb besonders der wunderbare und üppige Bildband, den ein heutiger Nachfahre der Eiffels erst kürzlich herausgegeben hat: *Eiffel über Eiffel* (siehe Literaturliste). Darin finden sich zahlreiche persönliche Dokumente aus dem Familienarchiv: Fotos, Speisekarten, Eintrittskarten, Baupläne, Briefe, Urkunden und Berichte über Familienereignisse. Sie zeichneten mir ein lebendiges Bild des Familienlebens und des Zeitkolorits.

Fakten und Fiktion

In meiner Geschichte sind reale Abläufe und Begebenheiten untrennbar verwoben mit Fiktion. Die handelnden Personen sind weitestgehend real und waren zu dieser Zeit in Paris zugegen. Die Beziehungen, in die ich sie stelle, sind allerdings nicht belegt.

Einige Figuren sind fiktiv, allen voran **Elisabeth Otis**, obwohl die Firma Otis sehr wohl an der Konstruktion der Turmfahrstühle beteiligt war. Auch **Francesca** und **Giovanni** sind fiktiv, obwohl es stimmt, dass die meisten auf der Turmbaustelle beschäftigten Arbeiter Italiener waren und es zu einem einzigen tödlichen Unfall kam. Die Sicherheitsstandards und Arbeitsbedingungen auf der Baustelle galten für die damalige Zeit als außerordentlich gut, und die Bezahlung der Monteure war überdurchschnittlich.

Gordon Bennett junior war im damaligen Paris ein äußerst schillernder und prominenter Zeitgenosse. Ihm werden nächtliche Nacktfahrten in seiner vierspännigen Kutsche über die Champs-Élysées nachgesagt sowie Begebenheiten im Edellokal Maxim's, wo er durch den Mittelgang schlendernd die Tischdecken von den Tischen zog, an denen die Hautevolee gerade speiste. Aus seiner Zeitung *The Paris Herald* entwickelte sich die renommierte *International Herald Tribune*, die heute zur *New York Times*-Gruppe gehört und als *New York Times International Edition* verkauft wird. Bennett heiratete in späten Jahren die Tochter des Gründers der Nachrichtenagentur Reuters. Er war sportverrückt, spielte Polo, segelte und liebte später Autorennen. Außerdem rief er ein jährliches Ballonwettfahren ins Leben, das immer noch als *Gordon Bennett Cup* ausgetragen wird. 2022 starteten die Gasballons vom schweizerischen St. Gallen aus. Im britischen Englisch gibt es einen Ausdruck des Erstaunens, vergleichbar mit unserem »Potzblitz!«, der in den allgemeinen Sprachgebrauch übergegangen ist: »Gordon Bennett!«

Authentisch ist auch die mit Gold und Edelsteinen überzogene Schildkröte des Dandys **Robert de Montesquiou-Fezensac**. Für mich ein exzellentes Symbol für die Dekadenz der Belle Époque und des Fin de Siècle.

Die Weltausstellung

Die **Weltausstellung fand vom 6. Mai bis 6. November 1889** auf dem Festgelände am Champ de Mars statt und zog 32 Millionen Besucher aus aller Welt an, obwohl zahlreiche europäische Königreiche ihre Teilnahme aufgrund der Widmung der Weltausstellung zu Ehren von »100 Jahre Französische Revolution« verweigert hatten und nicht ausstellten. Jedoch tat dies der Freude des Publikums offenbar keinen Abbruch. Die Besucher fuhren mit einer kleinen

Dampfeisenbahn über das Festgelände und genossen dem damaligen Zeitgeschmack folgend die zahlreichen völkerkundlichen Darbietungen aus aller Welt: Sie tranken Tee in marokkanischen Berberzelten und applaudierten indonesischen Tänzerinnen in ihren exotischen Trachten. Die Wildwest-Show von **Buffalo Bill** und der Kunstschützin **Annie Oakley**, deren Geschichte 1946 im Musical *Annie Get Your Gun* verewigt wurde, war eine große Attraktion. **Thomas Edisons** Phonograph mit den ersten Tonaufnahmen erstaunte und begeisterte die Massen. Der vierrädrige Stahlradwagen mit Zweizylinder-V-Motor und Vierganggetriebe von **Gottlieb Daimler** und seinem Konstrukteur **Wilhelm Maybach**, eines der ersten Autos, wurde hingegen nicht als Sensation erkannt und kaum beachtet.

Der Eiffelturm überstrahlte nicht nur mit seiner bereits damals stattfindenden abendlichen Lichterschau (mit Gaslaternen und Spiegeln betrieben) alles und war auch in der Folgezeit ein absoluter Besuchermagnet. Schon nach weniger als einem Jahr hatte die Familie Eiffel ihre finanziellen Auslagen zurückverdient. Sogar in Künstlerkreisen regte sich nun Interesse, aller anfänglicher Skepsis zum Trotz, und der Turm avancierte zu einer Ikone der Moderne: Es gibt heute kein Bauwerk, das häufiger in Kunstwerken verewigt ist – seien es Gedichte, Geschichten, Fotografien, Musik, Film oder bildende Kunst. Sogar **Guy de Maupassant** kehrte irgendwann nach Paris zurück und freundete sich auf seine ganz eigene Art mit dem Turm an: Er ging beinah täglich im Turmrestaurant Mittag essen – damit er das Eisending auf diese Weise nicht sehen musste.

Das Turmrestaurant Le Jules Verne im zweiten Stock wurde

erst später eingerichtet und so benannt und ist inzwischen mit einem Stern des Guide Michelin ausgezeichnet. Es ist nicht belegt, wie der Abenteuerschriftsteller und Futurist **Jules Verne** sich zu dem Turm verhielt; die Begegnungen mit den Eiffels in meinem Roman sind fiktiv.

Der weitere Verlauf

Die Beteiligung Gustave Eiffels am Bau des **Panamakanals** nahm kein gutes Ende. Die Arbeiter starben weiterhin am Gelbfieber, die Franzosen bekamen die Lage in dem sumpfigen Gebiet nicht in den Griff. Auch Staatshilfen und das Geld etlicher französischer Kleinanleger konnten die Unternehmung nicht mehr retten. Viele Kleinanleger verloren ihre Existenz, wählten gar den Freitod oder verklagten die Baufirmen. Ferdinand de Lesseps und auch Gustave Eiffel mussten sich vor Gericht verantworten und wurden zu hohen Geldstrafen verurteilt. Die Fertigstellung des Kanals übernahmen schließlich amerikanische Firmen, was als Schmach für Frankreich gewertet wurde.

Der Ruhm, den Gustave Eiffel sich mit dem Turm erkämpft hatte, war damit unter seinen Zeitgenossen schon wieder dahin. Perdu die Wertschätzung und Anerkennung, um welche die Familie so lange gerungen hatte, stand sie doch seit dem Deutsch-Französischen Krieg 1870 bis 1871 wegen Gustaves deutscher Abstammung nicht sehr weit oben auf der Beliebtheitsskala. Sein Geburtsname war **Alexandre Gustave Bonickhausen**. Erst 1878 beantragte er die Namensänderung in Eiffel, mit der Begründung, dass ihm der allzu deutsch klingende Name Bonickhausen (ursprünglich einmal Bönickhausen) geschäftliche Nachteile bringe.

Laut der oben erwähnten Familiendokumentation *Eiffel über Eiffel* hat Gustave Eiffel nach dem Tod seiner Frau 1877 nie wieder geheiratet (anders als in Online-Lexika vermerkt), sondern bis zu seinem Tod 1923 mit Claire und ihrem Mann Adolphe zusammengelebt. In seinem Testament verfügte Gustave, dass Claire die Hälfte seines Besitzes erhalten sollte, während ihre vier Geschwister sich die andere Hälfte teilen sollten. Er verhinderte diesbezügliche Rechtsstreitigkeiten, indem er festlegte, dass Claire das gesamte Erbe erhalten würde, sollte eines der anderen Kinder dieses Testament anfechten. Claire starb 1934.

Der Turm lebt weiter

Der Turm hat den Eiffels zu ewigem Weltruhm verholfen. Als er vertragsgemäß nach zwanzig Jahren abgerissen werden sollte, hatte Gustave Eiffel ihn bereits als Forschungsstätte für Höhen- und Wetterexperimente etabliert. Später nutzte das Militär ihn für den Funkverkehr und zur Feindbeobachtung. In den 1920er- und 1930er-Jahren wurde er mit Radio- und Fernsehantennen bestückt, später mit Mobilfunkanlagen, sodass er seit dem Bau erheblich gewachsen ist: Heute misst er 330 Meter.

Seit 1964 ist er als Denkmal eingetragen. Mit dem letztendlichen Auslaufen der Konzession der Familie Eiffel am 1. Januar 1980 ging er in die Obhut einer Tochtergesellschaft der Stadt Paris über. Pflege und Betrieb kosten jährlich etliche Millionen – allein der alle sieben Jahre anstehende Schutzanstrich der circa 200 000 Quadratmeter Fläche mit gut 60 Tonnen Farbe dauert 16 Monate und schlägt mit rund drei Millionen Euro zu Buche. Die knapp sieben Millionen Besucher pro Jahr ermöglichen die Instandhaltung. Seit 1991 gehört der Eiffelturm samt seiner unmittelbaren Umgebung am Seineufer zum Weltkulturerbe der UNESCO.

Für unsere heutigen Generationen ist der Eiffelturm das Markenzeichen von Paris und ein Sehnsuchtsort vieler Menschen aus aller Welt. Er ist zum Turm der Liebe geworden, auf dem Millionen von Heiratsanträgen gemacht wurden und stetig werden – und Milliarden Küsse verteilt.

Gustave Eiffel, seine Ingenieure Koechlin und Nouguier, der Architekt Sauvestre und auch seine Privatsekretärin Claire haben somit ein bewegendes Kunstwerk geschaffen, das tief in unseren Herzen und unserem kollektiven Gedächtnis verankert ist. Ein Ort, der Träume weckt, Gedanken beflügelt, Liebe schenkt und Menschen vereint.

Alors, auf nach Paris, *non*? Gustave und Claire erwarten uns oben in ihrem Turmsalon.

Bon voyage
Sophie Villard

Merci beaucoup!

Ganz herzlich bedanken möchte ich mich bei meiner Lektorin Anna Mezger, die sich für die Idee, über Claire Eiffel und den Turmbau zu schreiben, so sehr begeistert hat.

Susann Harring danke ich sehr für die sorgfältige und impulsbringende Redaktion und Textarbeit und Katharina Eichler für die engagierte Pressearbeit.

Meiner Agentin Dr. Dorothee Schmidt gilt mein großer Dank für die Vermittlung des Stoffes an den Penguin Verlag und ihre stets so herzliche und engagierte Beratung.

Meiner Familie danke ich für ihre stetige Bestärkung. Dafür, dass er mir im richtigen Moment Einfälle schickt, wenn die Finger über der Tastatur einmal nicht weiterwissen, danke ich dem lieben Gott.

Und ein ganz besonders herzliches Dankeschön gilt der Familie Eiffel: für den Mut und die Kühnheit, diesen Turm zu bauen, der uns Menschen weltweit bis heute so sehr erfreut, inspiriert und zum Staunen und Träumen bringt!

Literaturliste

Philippe Coupérie-Eiffel: *Eiffel über Eiffel*. Edition Olms 2014.

Jill Jonnes: *Eiffel's Tower. The Thrilling Story Behind Paris's Beloved Monument and the Extraordinary World's Fair That Introduced It*. Penguin Books 2009.

Uwe Schultz: *Der Eiffelturm*. Primus Verlag 2013.

Gustave Eiffel und Bertrand Lemoine: *The Eiffel Tower*. Taschen Verlag 2016.

Roland Barthes: *Der Eiffelturm*. Suhrkamp Verlag 2015.